채만식 장편소설
태평천하

책임 편집 · 이주형

서울대학교 국어국문학과와 같은 과 대학원 졸업.
현재 경북대학교 국어교육과 교수.
저서로『한국근대소설연구』『이무영』『채만식 전집』(공편) 등이 있음.

한국문학전집 11

태평천하
채만식 장편소설

초판 1쇄 발행 2005년 1월 25일
초판 41쇄 발행 2024년 5월 30일

지 은 이   채만식
책임 편집   이주형
펴 낸 이   이광호
펴 낸 곳   ㈜**문학과지성사**
등록번호   제1993-000098호

주   소   04034 서울 마포구 잔다리로7길 18(서교동 377-20)
전   화   02)338-7224
팩   스   02)323-4180(편집) 02)338-7221(영업)
전자우편   moonji@moonji.com
홈페이지   www.moonji.com

ⓒ ㈜**문학과지성사**, 2005. Printed in Seoul, Korea

ISBN 89-320-1571-6 04810
ISBN 89-320-1552-X(세트)

채만식 장편소설
태평천하

이주형 책임 편집

문학과지성사 한국문학전집 11

차 례

| 일러두기 |

1. 『태평천하』는 1938년 1월부터 9월까지 『조광(朝光)』에 연재되었으며 단행본으로는 1940년에 『3인 장편집』(명성사)에 포함되어 실렸다. 이후 1948년 동지사(同志社)에서 나온 『태평천하』는 채만식이 생존 당시 최후로 수정을 가한 완결본이라 할 수 있다. 이 책은 동지사의 『태평천하』를 원본으로 하였다.

2. 이 책의 맞춤법은 1988년 1월 19일 문교부 교시 '한글 맞춤법'에 따르는 것을 원칙으로 하였다. 단 작품의 분위기에 영향을 준다고 판단되는 방언이나 구어체 표현, 의성어 · 의태어 등은 그대로 두었다.

   예) 숙부님께서나 <u>가슈</u>.

   이분이 김선생 조카 되시는 <u>분이구랴</u>.

3. 원본의 한자는 가급적 한글로 바꾸었으며, 작품 이해에 도움이 될 만한 한자는 그대로 두고 괄호 안에 넣었다(예 ①). 반복적으로 등장하는 한자어는 최초에만 괄호 안에 한자를 병기하고 후에는 한글로만 표기하였다. 또 책임 편집자가 독자들의 이해를 위해 필요하다고 판단되어 부가적으로 병기한 한자는 중괄호(〔 〕)를 사용하여 표기하였다 (예 ②).

   예) ① 花郎의 後裔→화랑의 후예(後裔)

   ② 차마→차마〔車馬〕

4. 대화를 표시하는 『 』 혹은 「 」은 모두 " "로 바꾸었고, 대화가 아닌 강조의 경우에는 ' '로 바꾸었다. 또 책 제목은 『 』로, 영화 · 단편소설 등의 제목은 「 」로 표시했다. 말줄임표 '…' '‥' '……' 등은 모두 '……'로 통일시켰다.

5. 외래어 표기는 1986년 1월 7일 문교부 교시 '외래어 표기법'에 따라 바꾸었다(예 ①). 단 작품의 제목이나 중요한 어휘로 등장하는 경우에는 원본을 그대로 살렸다(예 ②).

   예) ① 쩌어날리스트→저널리스트

   ② 조선의 심볼(현 외래어 표기법으로는 '심벌')

6. 과도하게 사용된 생략 부호나 이음 부호는 읽기에 편하도록 조절하였다.

7. 책임 편집자가 부가적인 설명이나 단어 풀이가 필요하다고 판단한 경우에는 본문에 중괄호(〔 〕)로 표시해놓거나 책의 뒤쪽에 미주로 설명을 붙여놓았다. 아울러 미주에 나오는 단어 풀이 중 일부는 『채만식 어휘사전』(임무출 엮음, 토담)을 참고로 하였음을 밝힌다.

1. 윤직원尹直員 영감 귀택지도歸宅之圖

추석을 지나 이윽고, 짙어가는 가을 해가 저물기 쉬운 어느 날 석양.

저 계동(桂洞)의 이름난 장자(富者) 윤직원(尹直員) 영감이 마침 어디 출입을 했다가 방금 인력거를 처억 잡숫고 돌아와 마악 댁의 대문 앞에서 내리는 참입니다.

간밤에 꿈을 잘못 꾸었던지, 오늘 아침에 마누라하고 다툼질을 하고 나왔던지, 아무튼 엔간히 일수 좋지 못한 인력거꾼입니다.

여느 평탄한 길로 끌고 오기도 무던히 힘이 들었는데 골목쟁이로 들어서서는 빗밋이¹ 경사가 진 이십여 칸을 끌어올리기야, 엄살이 아니라 정말 혀가 나올 뻔했습니다.

이십팔 관 하고도 육백 몸메!……²

윤직원 영감의 이 체중은, 그저께 춘심이년을 데리고 진고개로 산보를 갔다가 경성우편국 바로 뒷문 맞은편, 아따 무어라더냐 그 양약국 앞에 놓아둔 앉은뱅이저울에 올라서본 결과, 춘심이년이 발견을 했던 것입니다.

이 이십팔 관 육백 몸메를, 그런데, 좁쌀 계급인 인력거꾼은 그래도 직업적 단련이란 위대한 것이어서, 젖 먹던 힘까지 아끼잖고 겨우겨우 끌어올려, 마침내 남대문보다 조금만 작은 솟을대문 앞에 채장을 내려놓곤, 무릎에 드렸던 담요를 걷기까지에 성공을 했습니다.

윤직원 영감은 옹색한 좌판에서 가까스로 뒤를 쳐들고, 자칫하면 넘어박힐 듯싶게 휘뚝휘뚝하는 인력거에서 내려오자니 여간만 옹색하고 조심이 되는 게 아닙니다.

"야, 이 사람아!……"

윤직원 영감은 혼자서 내리다 못해 필경 인력거꾼더러 걱정을 합니다.

"……좀 부축을 히여줄 것이지. 그냥 그러구 뻐언허니 섰어야 옳담 말잉가?"

실상인즉 뻔히 섰던 것이 아니라, 가쁜 숨을 돌리면서 땀을 씻고 있었던 것이나, 인력거꾼은 책망을 듣고 보니 미상불 일이 좀 죄송하게 되어, 그래 얼핏 팔을 붙들어 부축을 해드립니다.

내려선 것을 보니, 진실로 거판진[3] 체집입니다.

허리를 안아본다면, 아마 모르면 몰라도, 한 아름하고도 반은 실히 될까 봅니다. 그런 데다가 키도 알맞게 다섯 자 아홉 치는 넉넉합니다. 얼핏 알아듣기 쉽게 빗대면, 지금 그가 타고 온 인력거가 장난감 같고, 그 큰 대문간이 들어서기도 전에 사뭇 그들먹합니다.

얼굴도 좋습니다.

거금 삼십여 년 전에, 몇 해를 두고 부안변산(扶安邊山)을 드나들면서 많이 먹은 용(茸)이며 저혈장혈(猪血獐血)이며, 또 요새도 장복을 하는 인삼 등속의 약효로 해서 얼굴은 불콰하니 동안(童顔)이요, 게다가 많지도 적지도 않게 꼬옥 알맞은 수염은 눈같이 희어, 과시⁴ 홍안백발의 좋은 풍신입니다.

초리가 길게 째져 올라간 봉의 눈, 준수하니 복이 들어 보이는 코, 뿌리가 추욱 처진 귀와 큼직한 입모, 다아 수부귀다남자⁵의 상입니다.

나이?⋯⋯ 올해 일흔두 살입니다. 그러나 시쁘 여기진 마시오. 심장비대증으로 천식(喘息)기가 좀 있어 망정이지, 정정한 품이 서른 살 먹은 장정 여대친답니다.⁶ 무얼 가지고 겨루든지 말이지요.

그 차림새가 또한 혼란스럽습니다. 옷은 안팎으로 윤이 지르르 흐르는 모시 진솔 것이요, 머리에는 탕건에 받쳐 죽영(竹纓) 달린 통영갓(統營笠)이 날아갈 듯 올라앉았습니다.

발에는 크막하니 솜을 한 근씩은 두었음직한 흰 버선에, 운두 새까만 마른신을 조마맣게 신고, 바른손에는 은으로 개대가리를 만들어 붙인 화류 개화장이요, 왼손에는 서른네 살배기 묵직한 합죽선입니다.

이 풍신이야말로 아까울사, 옛날 세상이었더면 일도의 방백(一道方伯)일시 분명합니다. 그런 것을 간혹 입이 비뚤어진 친구는 광대로 인식 착오를 일으키고, 동경·대판의 사탕장수들은 캐러멜 대장감으로 침을 삼키니 통탄할 일입니다.

인력거에서 내려선 윤직원 영감은, 저절로 떠억 벌어지는 두루마기 앞섶을 여미려고 하다가 도로 걷어 젖히고서, 간드러지게 허리띠에 가 매달린 새파란 염낭끈을 풉니다.

"인력거 쌕이(삯이) 몇 푼이당가?"

이 이야기를 쓰고 있는 당자 역시 전라도 태생이기는 하지만, 그 전라도 말이라는 게 좀 경망스럽습니다.

"그저 처분해줍사요!"

인력거꾼은 담요로 팔짱 낀 허리를 굽실합니다. 좀 점잖다는 손님한테는 항투로 쓰는 말이지만, 이 풍신 좋은 어른께는 진심으로 하는 소립니다. 후히 생각해달란 뜻이지요.

"으응! 그리여잉? 그럼, 그냥 가소!"

윤직원 영감은 인력거꾼을 짯짯이 바라다보다가 고개를 돌리더니, 풀었던 염낭끈을 도로 비끄러맵니다.

인력거꾼은 어쩐 영문인지를 몰라 뚜렛뚜렛하다가, 혹시 외상인가 하고 뒤통수를 긁적긁적하면서……

"그럼, 내일 오랍쇼니까?"

"내일? 내일 무엇 허러 올랑가?"

윤직원 영감은 지금 심정이 약간 좋지 못한 일이 있는데, 가뜩이나 긴찮이 잔말을 씹힌대서 적이 안색이 변합니다.

그러나 이편 인력거꾼으로 당하고 보면, 무엇 하러 오다니, 외상 준 인력거 삯 받으러 오지요, 라는 것이지만 어디 무엄스럽게 그런 말을 똑바로 대고 하는 수야 있나요. 그러니 말은 바른대로 하지 못하고, 그래 자못 난처한 판인데, 남의 그런 속도 몰라주고, 윤직원 영감은 인제는 내 할 말 다 했다는 듯이 천천히 돌아서버리자고 합니다.

인력거꾼은, 이러다가는 여느 때도 아니요, 허파가 터질 뻔한 오늘 벌이가 눈 멀뚱멀뚱 뜨고 그만 허사가 되지 싶어, 대체 이 어른이 어째서 이러는지는 모르겠어도, 그건 어찌 되었든지 간에 좌우간 이렇게 병신스럽게 우물쭈물하고만 있을 일이 아니라고 크게 과단을 내지 않을 수가 없습니다.

"저어, 삯 말씀이올습니다. 헤……"

크게 과단을 낸다는 게 결국은 크게 조심을 하는 것뿐입니다.

"싹?"

"네에!"

"아니 여보소, 이 사람……"

윤직원 영감은 더럭 역정을 내어, 하마 삿대질이라도 할 듯이 한 걸음 나섭니다.

"……자네가 아까 날더러, 처분대루 허라구 허잖있넝가?"

"네에!"

"그렇지?…… 그런디 거, 처분대루 허람 말은 맘대루 허람 말이 아닝가?"

인력거꾼은 비로소 속을 알았습니다.

알고 보니 참 기가 막힙니다. 농도 할 사람이 따로 있지요. 웬만하면 허허하고 한바탕 웃어젖힐 노릇이겠지만, 점잖은 어른 앞에서 그럴 수는 없고 그래 히죽이 웃기만 합니다.

"……그리서 나넌 그렇기 처분대루, 응?……, 맘대루 말이네. 맘대루 허라구 허길래, 아 인력거 삯 안 주어두 갱기찮언 종 알구서, 그냥 가라구 히였지!"

인력거꾼은 이 어른이 끝끝내 농을 하느라고 이러는가 했지만, 윤직원 영감의 안색이며 말씨며 조금도 그런 내색이 보이지 않습니다.

"……거참!…… 나는 벨 신통헌 인력거꾼두 다아 있다구, 퍽 얌전허게 부았지! 늙은 사람이 욕본다구, 공으루 인력거 태다 주구 허닝 게 쟁히 기특허다구. 이 사람아, 사내대장부가 그렇기 그 짓말을 식은 죽 먹듯 헌담 말잉가? 일구이언은 이부지자(一口二言二父之子)라네. 암만히여두 자네 어매(어머니)가 행실이 좀 궂었덩개비네!"

인력거꾼쯤이니 일구이언은 이부지자라는 공자님식(孔子式)의 욕이야 알아듣지 못했겠지만, 자네 어매가 행실이 궂었덩개비네, 하는 데는 슬며시 비위가 상하지 않을 수가 없습니다. 실상 그렇지 않아도 인력거 삯을 주지 않으려고 농인지 진정인지는 모르겠으되 쓸데없는 승강을 하려 드는 게 심정이 좋지 않은 참인데, 게다가 한술 더 떠서 이건 한다는 소리가 거짓말을 한다는 둥, 또 죽은 부모를 편사 놈이 널(棺) 머리 들먹거리듯' 들먹거리는 데야 누군들 좋아할 이치가 있다구요.

사실 웬만한 내기가 인력거를 타고 와설랑, 납작한 초가집 앞에서 그따위 수작을 했다가는 인력거꾼한테 되잡혀가지곤 뺨따구니나 한 대 넙죽하니 얻어맞기가 십상이지요.

"점잖은 어른께서 괜히 쇤네 같은 걸 데리구 그리십니다!……
어서 돈짱⁸이나 주어 보냅사요! 헤……"

인력거꾼은 상하는 심정을 눅이고 종시 공순합니다. 그러나 그
돈짱이란 말이 윤직원 영감한테는 저 히틀러라든지 하는 덕국 파
락호(破落號)의 폭탄선언이라는 것만큼이나 놀라운 말입니다.

"머어? 돈짱?…… 돈짱이 무어당가? 대체……"

"일 환 한 장 말씀입죠! 헤……"

남은 기가 막혀서 하는 말을, 속없는 인력거꾼은 고지식하게 언
해(諺解)를 달고 있습니다.

"헤헤, 나 참, 세상으 났다가 벨일 다아 보겠네!…… 아니 글
씨, 안 받어두 좋드끼 처분대루 허라던 사람이, 인제넌 마구 그
냥 일 원을 달래여? 참 기가 맥혀서 죽겠네…… 그만두소. 용천
배기⁹ 콧구녕으서 마널씨를 뽑아 먹구 말지, 내가 칙살스럽게¹⁰ 인
력거 공짜루 타겠넝가!…… 을메(얼마) 받을랑가? 바른대루 말
허소!"

인력거꾼은 괜히 돈 몇십 전 더 얻어먹으려다가 짜장 얻어먹지
도 못하고 다른 데 벌이까지 놓치지 싫어, 할 수 없이 오십 전을
불렀습니다. 그러나, 윤직원 영감은 여전합니다.

"아니, 이 사람이 시방, 나허구 실갱이(승강이)를 허자구 이러
넝가? 권연시리(괜스레) 자꾸 쓸디읎넌 소리를 허구 있어!……
아 이 사람아, 돈 오십 전이 뉘 애기 이름인 종 아넝가?"

"많이 여쭙잖습니다. 부민관서 예꺼정 모시구 왔는뎁쇼!"

"그러닝개 말이네. 고까짓 것 엎어지면 코 달 년의 디를 태다 주구서 오십 전썩이나 달라구 허닝개 말이여!"

"과하게 여쭙잖었습니다. 그리구 점잖은 어른께서 막걸리 값이나 나우 주서야 허잖겠사와요?"

윤직원 영감은 못 들은 체하고 모로 비스듬히 돌아서서, 아까 풀렀다가 도로 비끄러맨 염낭끈을 다시 풀더니, 이윽고 십 전박이 두 푼을 꺼내가지고 그것을 손톱으로 싸악싹 가를 긁어봅니다. 노상 사람이란 실수를 하지 말란 법이 없는 법이라, 좀 일은 되더라도 이렇게 다시 한 번 손질을 해보면, 가사 십 전짜린 줄 알고 오십 전짜리를 잘못 꺼냈더라도, 톱날이 있고 없는 것으로 아주 적실하게 분별을 할 수가 있는 것이니까요.

"옜네…… 꼭 십오 전만 줄 것이지만, 자네가 하두 그리싸닝개 이십 전을 주넝 것이니, 오 전을랑 자네 말대루 막걸리를 받어 먹든지, 탁배기를 사 먹든지 맘대루 허소. 나넌 모르네!"

"건 너무 적습니다!"

"즉다니? 돈 이십 전이 즉담 말인가? 이 사람아 촌으 가면 땅이 열 평이네, 땅이 열 평이여!"

인력거꾼은, 그렇거들랑 그거 이십 전 가지고 촌으로 가서 땅 열 평 사놓고서 삼대 사대 빌어먹으라고 쏘아 던지고서 휙 돌아서고 싶은 것을, 그러나 겨우 참습니다.

"십 전 한 푼만 더 줍사요. 그리구 체두 퍽 무거우시구 허셨으니깐, 헤……"

"아니, 이 사람이 인제넌 벨 트집을 다아 잡을라구 허네! 이 사람아, 그럴 티면 나넌 이 큰 몸집으루 자네 그 쬐외깐헌 인력거 타니라구 더 욕을 부았다네. 자동차나 기차나, 몸 무겁다구 돈 더 받넌 디 부았넝가?"

"헤헤, 그렇지만……"

"어쩔 티여? 이것 받어갈랑가? 안 받어갈랑가? 안 받어간다면 나 이놈으루 괴기 사다가 야긋야긋 다져서 저녁 반찬이나 히여 먹을라네."

"거저 십 전 한 푼만 더 쓰시면 허실 걸, 점잖어신 터에 그리십니다!"

"즘잖? 이 사람아, 그렇기 즘잖얼라다가넌 논 팔어먹겄네!…… 에잉, 그거 참! 그런 인력거꾼 두 번만 만났다가넌 마구 감수(減壽)허겄다!……"

이 말에 인력거꾼이 바른대로 대답을 하자면, 그런 손님 두 번만 만났다가는 기절하겠다고 하겠지요.

윤직원 영감은 맸던 염낭끈을 또 도로 풀더니, 오 전박이 한 푼을 더 꺼냅니다. 이 오 전은 무단스레 더 주는 것이거니 생각하면 다시금 역정이 나고 돈이 아까웠지만, 인력거꾼이 부둥부둥 떼를 쓰는 데는 배겨낼 수가 없다고, 진실로 단념을 한 것입니다.

"……거 참!…… 옜네! 도통 이십오 전이네. 이제넌 자네가 내 허리띠에다가 목을 매달어두 쇠천 한 푼 막무가낼세!"

인력거꾼은 윤직원 영감이 말도 다 하기 전에 딸그랑하는 대소백통화 서 푼을 그 육중한 손바닥에다가 받아 쥐고는, 고맙다고 하는지 무어라고 하는지 분명찮게 입 안의 소리로 두런거리면서,

놓았던 인력거 채장을 집어들고 씽하니 가버립니다.

"에잉! 권연시리 그년의 디를 갔다가 그놈의 인력거꾼을 잘못 만나서 실갱이를 허구, 애맨 돈 오 전을 더 쓰구 히였구나! 고년 춘심이년이 방정맞게 와서넌 명창대훤(名唱大會)지 급살인지 헌다구, 쏘사악쏘삭허기 때미 그년의 디를 갔다가……"

윤직원 영감은 역정 끝에 춘심이더러 귀먹은 욕을 하던 것이나, 그렇지만 그건 애면 탓입니다. 왜, 부민관의 명창대회를 무슨 춘심이가 가자고 해서 갔나요? 춘심이는 그저 부민관에서 명창대회를 하는데 제 형 운심이도 연주에 나간다고 자랑삼아 재잘거리는 것을, 윤직원 영감 자기가 깜짝 반겨선 되레 춘심이더러 가자가자 해서 꼬여가지고 갔으면서……

사실 말이지, 춘심이가 그런 귀띔을 안 해주었으면 윤직원 영감은 오늘 명창대회는 영영 못 가고 말았을 것이고, 그래서 다음날이라도 그걸 알았으면 냅다 발을 굴렀을 것입니다.

2. 무임승차_{無賃乘車} 기술_{奇術}

윤직원 영감은 명창대회를 무척 좋아합니다. 아마 이 세상에 돈만 빼놓고는 둘째가게 그 명창대회란 것을 좋아할 것입니다.

윤직원 영감은 본이 전라도 태생인 관계도 있겠지만, 그는 워낙 남도 소리며 음률 같은 것을 이만저만찮게 좋아합니다.

그렇게 좋아하는 깐으로는, 일 년 삼백예순 날을 밤낮으로라도 기생이며 광대며를 사랑으로 불러다가 듣고 놀고 하고는 싶지만 그렇게 하자면 일왈 돈이 여간만 많이 드나요!

아마 일 년을 붙박이로 그렇게 하기로 하고, 어느 권번이나 조선음악연구회 같은 데 교섭을 해서 특별 할인을 한다더라도 하루에 소불하¹ 십 원쯤은 처주어야 할 테니, 하루에 십 원이면 한 달이면 삼백 원이라, 그리고 일 년이면 삼천……, 아유! 그건 윤직원 영감으로 앉아서는 도무지 생각할 수도 없게시리 큰돈입니다. 천문학적 숫자란 건 아마 이런 경우에 써야 할 문잘걸요.

한즉, 도저히 그건 아주 생심도 못할 일입니다.

그런데 그거야말로 사람 살 곳은 골골마다 있다든지, 윤직원 영 감의 그다지도 뜻 두고 이루지 못하는 대원을 적이나마 풀어주는 게 있으니, 라디오와 명창대회가 바로 그것입니다. 이완(李浣)이 대장으로 치면 군산(群山)을 죄꼼은 깎고, 계수를 몇 가지 벤 만 큼이나 하다 할는지요. 윤직원 영감은 그래서 바로 머리맡 연상 (硯床) 위에 삼구(三球)짜리 라디오 한 세트를 매두고, 그걸 금이 야 옥이야 하면서 방송국의 마이크를 통해 오는 남도 소리며 음 률 가사 같은 것을 듣고는 합니다.

장죽을 기다랗게 물고는 보료 위에 편안히 드러누워 좋다! 소 리를 연해 쳐가면서 즐거운 그 음악 소리를 듣노라면, 고년들의 예쁘게 생긴 얼굴이나 광대들의 거동이 눈에 보이지 않아서 유감 은 유감이지만, 그래도 좋기야 참 좋습니다.

라디오를 프로그램대로 음악을 조종하는 소임은 윤직원 영감의 차인[2] 겸 비서 겸 무엇 겸, 직함이 수두룩한 대복(大福)이가 맡아 합니다.

혹시 남도 소리나 음률 가사 같은 것이 없는 날일라치면 대복이 가 생으로 벼락을 맞아야 합니다.

"게, 밥은 남같이 하루에 시 그릇썩 먹으면서, 그래, 어떻기 사 람이 멍청허먼, 날마당 나오던 소리를 느닷없이 못 나오게 헌담 말잉가?"

이러한 무정지책에 대복이는 유구무언, 머리만 긁적긁적합니 다. 하기야 대복이도 처음 몇 번은 방송국에서 프로그램을 그렇게 정했으니까, 집에 앉아서야 라디오를 아무리 주물러도 남도 소리는 나오지 않는 법이라고 변명을 했더랍니다.

한다 치면, 윤직원 영감은 더럭

"법이라께? 그런 개× 같은 놈의 법이 어딨당가?…… 권연시리 시방 멍청허다구 그러닝개, 그 말은 그리두 고까워서 남한티 다가 둘러씨니라구?…… 글씨 어떤 놈의 소리가 금방 엊저녁까지 들리던 소리가 오널사 말구 시급스럽게 안 들리넝고? 지상(妓生)이랑 재인 광대가 다아 급살 맞어 죽었다덩가?"

이렇게 반찬 먹은 고양이 잡도리하듯 지청구를 하니, 실로 죽어나는 건 대복입니다. 방송국에서 한동안, 꼭같은 글씨로, 남도 소리를 매일 빼지 말고 방송해달라는 투서를 수십 장 받은 일이 있습니다.

그게 뉘 짓인고 하니, 대복이가 윤직원네 영감한테 지청구를 먹고는 홧김에 써보고, 핀잔을 듣고는 폭폭하여 써보내고 하던, 그야말로 눈물의 투서였던 것입니다.

윤직원 영감의 불평은 그러나 비단 그뿐이 아닙니다. 소리를 기왕 할 테거든 두어 시간이고 서너 시간이고 붙박이로 하지를 않고서, 고까짓 것 삼십 분, 눈 깜짝할 새 감질만 내다가 그만둔다고, 그래서 또 성홥니다.

물론 투정이요, 실상인즉 혼자 속으로는, 그놈의 것 돈 십칠 원 들여서 사놓고 한 달에 일 원씩 내면서 그 재미를 다 보니, 미상불 헐키는 헐타고 은근히 좋아하지 않는 것은 아닙니다.

그렇지만 또 막상 청취료 일 원야라를 현금으로 내주는 마당에

당해서는 라디오에 대한 불평 겸, 돈 일 원이 못내 아까워서,

"그까짓 놈의 것이 무엇이라구 다달이 돈을 일 원씩이나 또박 또박 받어간다냐?"

"그럴 티거든 새달버텀은 그만두래라!"

이렇게 꿍짜를 하기를 마지않습니다.

라디오는 그리하여, 아무튼 그러하고, 그다음이 명창대흽니다.

기생이며 광대가 가지각색이요, 그래서 노래도 여러 가지려니 와 직접 눈으로 보면서 오래오래 들을 수가 있기 때문에, 감질나 는 라디오보다는, 그것이 늘 있는 게 아니어서 흠은 흠이지만, 그 때그때만은 퍽 생광스럽습니다. 윤직원 영감의 소원 같어서는, 그런즉슨 명창대회를 일 년 두고 삼백예순 날 날마다 했으면 좋 을 판입니다.

이렇듯 천하에 달가운 명창대횐지라, 서울 장안에서 언제고 명 창대회를 하게 되면 윤직원 영감은 세상 없어도 참례를 합니다. 만일 어느 명창대회에 윤직원 영감이 참례를 못한 적이 있다면 그것은 대복이의 태만입니다.

대복이는 멀리 타관에를 심부름 가고 있지 않는 이상 매일같이 골목 밖 이발소에 나가서 라디오의 프로그램과 명창대회나 조선 음악연구회 주최의 공연이 있는지를 신문에서 찾아내야 합니다.

대복이가 만일 실수를 해서 윤직원 영감한테 그것을 알려드리 지 못한 결과, 혹시 한 번이라도 그 끔찍한 굿(구경)에 참례를 못 하고서 궐을 했다는 사실을 윤직원 영감이 추후라도 알게 되는 날이면, 그때에는 대복이가 집안 가용을 지출하는 데 있어서(가

령 두 모만 사야 할 두부를 세 모를 사기 때문에) 돈을 오 전가량 요외로 더 지출했을 때만큼이나 벼락같은 꾸중을 듣게 됩니다.

아무튼 그만큼이나 좋아하는 명창대회요. 그래 오늘만 하더라도 낮에는 한 시부터 시작을 한다는 걸, 윤직원 영감이 춘심이를 앞세우고 댁에서 나선 것이 열한 시 반이 채 못 되어섭니다.

"글쎄 이렇게 일찍 가서 무얼 해요? 구경터에 일찍 가서 우두커니 앉었는 것두 꼴불견인데……"

앞서 가던 춘심이가 일껏 잘 가다가 말고 해뜩 돌아서더니, 한참 까부느라고 이렇게 쫑알거리던 것입니다.

윤직원 영감은 허연 수염을 한번 쓰다듬으면서 헤벌심 웃습니다.

"저년이 또 초라니치름 까분다!…… 그러지 말구, 어서 가자, 가아!"

윤직원 영감이 살살 달래니까 춘심이는 다시 돌아서서 아장아장 걸어갑니다.

아이가 얼굴이 남방 태생답잖게 갸로옴한 게, 또 토끼 화상이 아니라도, 두 눈은 또렷, 코는 오뚝, 입술은 오믓, 다 이렇게 생겨놔서 대단히 야무집니다. 그렇게 야무지게 생긴 제값을 하느라고 아이가 착실히 좀 까불구요.

나이가 아직 열다섯 살이라 얼굴이 피지는 않았어도 보고 듣는 게 그런 탓으로, 몸매하며 제법 계집애 꼴이 박혔습니다.

머리를 늘쩡늘쩡 땋아내려, 자주 댕기를 드린 머리채가 방둥이에서 유난히 치렁치렁합니다. 그러나 이 머리는 알고 보면 중동을 몽땅 자른 단발머리에다가 다래³를 드린 거랍니다.

앞머리는 좀 자르기도 하고 지져서 오그려 붙이기도 하고 군데군데 핀을 꽂았습니다.

빨아서 분홍물을 들인, 흘게⁴ 빠진 생수⁵ 깨끼적삼에, 얼쑹덜쑹한 주릿대 치마를 휘걷어 넥타이로 질끈 동인 게 또한 제격입니다.

살결보다는 버짐이 더 많이 피고, 배내털이 숭얼숭얼해서 분을 발랐다는 게 고루 먹지를 않고, 어루러기가 진 것 같습니다.

이만하면 어디다가 내놓아도, 대광교 천변가로 숱해 많이 지나다니는 그런 모습의 동기(童妓)지, 갈데없습니다. (그러나 그렇다고 깔보지는 마십시오. 그래 보여도 그 애가 요새 그 연애를 한답니다.)

춘심이는 윤직원 영감이 달래는 대로 한동안 앞을 서서 찰래찰래 가고 있다가, 무슨 생각이 났는지 또 해뜩 돌려다보면서,

"영감님!"

하고 뱅글뱅글 웃습니다. 이 애는 잠시라도 까불지 못하면 정말 좀이 쑤십니다.

"무어라구 또 촐랑거리구 싶어서 그러냐?"

"이렇게 일찍 가는 대신 자동차나 타고 갑시다, 네?"

"자동차?"

"네에."

"그리라, 젠장맞일……"

춘심이는 윤직원 영감이 섬뻑 그러라고 하는 게 되레 못 미더워

서, 짯짯이 얼굴을 올려다봅니다. 아닌 게 아니라, 히물히물 웃는
게 장히 미심쩍습니다.

"정말 타구 가세요?"

"그리어! 이년아."

"그럼, 전화 빌려서 자동차 불러예죠?"

"일부러 안 불러두, 죄꼼만 더 가면 저기 있단다."

"어디가 있어요! 안국동 네거리까지 가야 있는걸."

"게까지 안 가두 있어!"

"없어요!"

"있다!⋯⋯ 뻔쩍뻔쩍허게 은칠 헌 놈, 크다란 자동차⋯⋯"

"어이구 참! 누가 빠쓰 말인가, 뭐⋯⋯"

춘심이는 그만 속은 것이 분해서 뾰롱해가지고 종알댑니다.

"빠쓸 가지구, 아주 자동차래요!"

"자동차라두 그놈이 여니 자동차보담 더 비싸다, 이년아!"

"오 전씩인데 비싸요!"

"타는 차값 말이간디? 그놈 사올 때 값 말이지⋯⋯"

윤직원 영감은 재동 네거리 버스 정류장에서 춘심이와 같이 버
스를 기다립니다. 때가 아침저녁의 러시아워도 아닌데 웬일인지
만원 된 차가 두 대나 그냥 지나가버립니다. 그러더니 세 대째 만
에, 그것도 여간 붐비지 않는 걸, 들이 떠밀고 올라타니까 버스걸
이 마구 울상을 합니다.

윤직원 영감은 자기 혼자서 탔으면 꼭옥 알맞을 버스 한 채를
만원 이상의 승객과 같이 탔으니 남이야 어찌 되었든 간에 윤직

원 영감 당자도 무척 고생입니다. 그럴 뿐 아니라, 갓을 버스 천장에다가 치받치지 않으려고 허리를 구부정하고 섰자니, 공간을 더 많이 차지해야 됩니다. 그 대신 춘심이는 윤직원 영감의 겨드랑 밑에 가 박혀 있어 만약 두루마기 자락으로 가리기만 하면 차삯은 안 물어도 될 성싶습니다.

겨우겨우 총독부 앞 종점에 당도하여 다들 내리는 데 섞여 윤직원 영감도 춘심이로 더불어 내리는데, 버스에 탔던 사람들은 기념이라도 하고 싶은 듯이 제가끔 한 번씩 쳐다보고 갑니다.

윤직원 영감은 버스에서 내려서 대견하게 숨을 돌린 뒤에, 비로소 염낭끈을 풀어 천천히 돈을 꺼낸다는 것이 십 원짜리 지전입니다.

"그걸 어떡허라구 내놓으세요? 거스를 돈 없어요!"

여차장은 그만 소갈머리가 나서 보풀떨이*를 합니다.

"그럼 어떡허넝가? 이것두 돈은 돈인디……"

"누가 돈 아니래요? 잔돈 내세요!"

"잔돈 읎어!"

"지끔 주머니 속에서 잘랑잘랑 소리가 나든데 그리세요? 괜히……"

"으응, 이거?……"

윤직원 영감은 염낭을 흔들어 그 잘랑잘랑 소리를 들려주면서

"……이건 못 쓰넌 돈이여, 사전이여…… 정 그렇다면 못 쓰넌 돈이라두 그냥 받을 티여?"

하고 방금 끈을 풀려고 하는 것을, 여차장은 오만상을 찡그리

고는

"몰라요! 속상해 죽겠네!…… 어디꺼정 가세요?"

하면서, 참으로 구박이 자심합니다.

"정거장."

"그럼, 전차에 가서 바꾸세요!"

"그러까?"

잔돈을 두어두고도 십 원짜리를 낸 것이며, 부청 앞에서 내릴 테면서 정거장까지 간다고 한 것이며가, 모두 요량이 있어서 한 짓입니다.

무사히 공차를 탄 윤직원 영감은 총독부 앞에서부터는 춘심이를 앞세우고 부민관까지 천천히 걸어서 갑니다.

"좁은 뽀수 타니라구 고생헌 값을 이렇기 도루 찾는 법이다."

그는 이윽고 공차 타는 기술을 춘심이한테도 깨우쳐주던 것인데, 그런 걸 보면 아마 청기와장수[7]는 아닌 모양입니다.

3. 서양국西洋國 명창대회名唱大會

중로에서 그렇듯 많이 충그리고 길이 터지고 했어도, 회장에 당도했을 때는 부민관 꼭대기의 큰 시계가 열두 시밖에는 더 되지 않았습니다.

입장권을 사기 전에 윤직원 영감과 춘심이 사이에는 또 한바탕 상지[1]가 생겼습니다.

윤직원 영감은 춘심이더러, 네 형이 출연을 한다면서, 무대 뒷문으로 제 형을 찾아 들어가 공짜로 구경을 하라고 시키던 것입니다. 그러나 춘심이는, 암만 그렇더라도 저도 윤직원 영감을 따라왔고, 그래서 버젓한 손님이니까 버젓하게 표를 사가지고 들어가야 말이지, 누가 치사하게 공구경을 하느냐고 우깁니다.

그래 한참이나 서로 고집을 세우고 양보를 않던 끝에, 윤직원 영감은 슬며시 십 전박이 두 푼을 꺼내서 춘심이 손에 쥐여주면서 살살 달랩니다.

"옛다. 이놈으루 군밤이나 사먹구, 귀경(구경)은 공으루 들여달라구 히여, 응……? 그렇게 허면 너두 좋구 나두 좋구 허지?"

한여름에도 아이들한테 돈을 주려면 군밤값이라는 게 윤직원 영감의 보캐불러리입니다.

춘심이는 군밤값 이십 전에 할 수 없이 매수가 되어, 마침내 타협을 하고, 먼저 무대 뒤로 해서 들어갔습니다.

윤직원 영감은 넌지시 오십 전을 내고 하등표를 달라고 해서, 홍권(紅券)을 한 장 샀습니다. 그래가지고는, 아래층 맨 앞자리의 맨 앞줄에 가서 처억 앉으니까, 미상불 아무도 아직 들어오지 않았고, 갈데없이 첫쨉니다.

조금 앉았노라니까, 아마 윤직원 영감의 다음은 가게 날쌘 사람이었던지, 한 사십이나 되어 보이는 양복신사 하나가 비로소 들어오더니, 역시 맨 앞줄을 골라 앉습니다.

그 양복신사는 웬일인지 처음 들어오면서부터 윤직원 영감을 연해 흥미있게 보고 또 보고 해쌓더니, 차차로 호기심이 더하는 모양, 필경은 자리를 옮아 옆으로 바싹 와서 앉습니다. 그러고는 잠시 앉아서 윤직원 영감에게 말없는 경의를 표한다고 할까, 아무튼 몹시 이야기를 붙여보고 싶어하는 눈치더니 마침내

"이번에 인기가 굉장헌 모양이지요?"

하고 은근공손히 말을 청합니다. 그러나 윤직원 영감으로 보면 인기란 말이 무슨 뜻인지도 모르거니와, 또 낯모를 사람과 쓰잘데없이 이야기를 할 맛도 또한 없는 것이라, 그저

"예에!"

하고 건성으로 대답을 할 뿐입니다.

양복신사씨는 좀 싱거웠던지, 잠깐 덤덤하더니 한참 만에 또

"거 소릴 얼마나 공불 허면 그렇게 명창이 되시나요?"

하고 묻는 것입니다. 윤직원 영감은 별 쑥스런 사람도 다 보겠다고, 귀찮게 여기며 아무렇게나……

"글씨……, 나두 몰루."

"헤헤엣다, 괜히 그리십니다!"

"무얼 귀녀언이 그런다구 그러우……? 나넌 소리를 좋아넌 히여두 소리를 헐 종은 모르넌 사램이요!"

"괘애니 그러세요! 명창 이동백씨가 노래헐 줄 모르신다면 누가 압니까?"

원 이럴 데가 있습니까! 어쩌면 윤직원 영감더러 광대 이동백이라고 하다니요!

윤직원 영감은 단박, 분하고 괘씸하고 창피하고 뭐, 도무지 어떻다고 형언할 수가 없습니다. 아무리 예법이 없어진 오늘이라 하더라도, 만일 그 자리가 그 자리가 아니고 계동 자기네 댁만 같았어도, 이놈 당장 잡아 내리라고, 호령을 한바탕 했을 겝니다.

그러나 산전수전 다아 겪고 칼날 밑에서와 총부리 앞에서 목숨을 내걸어보기 수없던 윤직원 영감입니다. 또 시속이 어떻다는 것이며, 그래 아무 데서고 함부로 잘못 호령깨나 하는 체하다가는, 괜히 되잡혀서 망신을 하는 수가 있다는 것도 잘 알고 있습니다.

윤직원 영감은 속을 폭신 삭여가지고, 자기 손에 쥔 표를 내보이면서, 나도 이렇게 구경을 왔노라고, 점잖이 깨우쳐주었습니

다. 그랬더니 양복신사씨는 윤직원 영감이 생각한 바와는 딴판으로, 백배사죄도 않고 그저 아 그러냐고, 실례했다고, 고개만 한 번 까닥합니다. 윤직원 영감은 그게 다시 괘씸했으나 참은 길이라 그냥 눌러 참았습니다.

그럴 때에 마침 또 다른 양복쟁이 하나가 나타났습니다. 윤직원 영감한테는 갖추 불길한 날입니다.

그 양복쟁이는 옷깃에다가 가화(假花)를 꽂은 양이, 오늘 여기서 일 서두리²를 하는 사람인가 본데, 우연히 지나가다가 윤직원 영감이 홍권을 사가지고 어엿하게 백권석에 앉아 있는 것을 발견했던 것입니다. 그는 그 붉은 입장권을 보지 못했었다면 설마 이 풍신 좋은 양반이 홍권을 가지고 백권석에 들어앉았으랴는 의심이야 내지도 않았겠지요.

"저어, 여긴 백권석입니다. 저 위칭으루 가시지요!"

양복쟁이는 좋은 말로 이렇게 간섭을 합니다. 그러나 윤직원 영감은 백권석이란 신식 문자는 모르되 이층으로 가라는 데는 자못 의외였습니다.

"왜 날더러 그리 가라구 허우?"

"여긴 백권석인데요, 노인은 홍권을 사셨으니깐 저 위칭 홍권석으루 가셔야 합니다."

"아니…… 이건 하등표요! 나넌 돈 오십 전 주구 하등표 이놈 샀어! 자, 보시오!"

"그러니깐 말씀입니다. 노인 말씀대루 하면 여긴 상등이거든요. 그런데 노인께선 하등표 사가지구 이 상등에 앉았으니깐, 저

하등석으루 올라가시란 말씀입니다."

"예가 상등이라? 그러구 저 높은 디 이칭이 하등이라?"

"네에."

"아니, 여보? 그래, 그런 법이 어디가 있담 말이오? 높은 디가 하등이구 나찬 디가 상등이라니! 나넌 칠십 평생으 그런 말은 츰 듣겄소!"

"그래두 그렇잖습니다. 여기선 예가 상등이구, 저 이칭이 하등입니다."

"거 참! 그럼, 예는 우리 죄선(朝鮮) 아니구, 저어 서양국(西洋國)이요? 그렇길래 이렇기 모다 꺼꾸루 되지?"

"허허허허, 그렇지만 신식은 다아 그렇답니다. 그러니 정녕 이 자리에서 구경을 허시겠거던 돈을 일 원 더 내시구 백권을 사시지요?"

"나넌 그럴 수 없소! 암만 그리두, 나넌 예가 하등이닝개루, 예서 귀경헐라우!"

우람스러운 몸집과 신선 같은 차림을 하고서, 애기처럼 응석을 부리는 데는, 서두리꾼도 어리광을 받아주는 양 짐짓 지고 말아, 윤직원 영감은 마침내 홍권으로 백권석에서 구경을 했습니다.

실상 윤직원 영감은 위정 그런 어거지를 쓴 것은 아닙니다. 꼭 극장만 여겨서 아래층이 하등인 줄 알았던 것입니다.

윤직원 영감의 처음 몇 번의 경험에 의하면, 명창대회는 아래층(그러니까 하등이지요) 맨 앞자리의 맨 앞줄이 제일 좋은 자리였습니다. 기생과 광대들의 일동일정이 바로 앞에서 잘 보이고, 노래가 가까이 들리고, 그리고 하등이라 값이 헐하고.

이러한 묘리를 터득한 윤직원 영감이라, 오늘도 하등표를 산다고 사가지고 하등을 간다고 간 것이 삼 곱이나 더하는 백권석이었던 것입니다.

그러나 뱃심이라고 할지 생억지라고 할지, 아무튼 서두리꾼을 이겨내고, 필경은 그대로 백권석에서 구경을 했습니다.

더욱 좋은 것은, 여느 극장 같으면 하등인 맨 앞자리는 고놈 깍쟁이 같은 조무래기 패가 옴닥옴닥 들어박혀 윤직원 영감의 육중한 체구가 처억 그 틈에 끼여 있을라치면, 들이 놀림감이 되고, 그래 좀 창피했는데, 오늘은 이 상등스러운 하등이 모두 점잖은 어른들이나 예쁜 기생들뿐이요, 그따위 조무래기 떼가 없어서 실로 금상첨화라 할 수 있었습니다.

구경을 아주 원만히 마치고 난 윤직원 영감은, 춘심이는 제 집이 청진동이니까 걸어 가라고 보내고, 자기 혼자만 전차 정류장까지 나왔습니다. 그러나 숱해 몰려나온 구경꾼들과 같이서 전차를 탈 일이며 또 버스를 탈 일이며, 그뿐 아니라 재동서 내려 경사진 계동 길을 걸어 올라가자면 숨이 찰 일이며, 모두 생각만 해도 대견했습니다. 십 원짜리를 가지고 하면 또 공차를 탈 수도 있을 테지만, 에라 내가 돈을 아껴서는 무얼 하겠느냐고 실로 하늘이 알까 무서운 변심을 먹고, 마침 지나가는 인력거를 불러 탔던 것이고, 결과는 돈 오 전을 가외에 더 뺏겼고, 해서 정히 역정이 났었고, 그리고 또, 대문이 말입니다.

대문은 언제든지 꽉 잠가두거니와, 옆으로 난 쪽문도 안으로 잠겼어야 할 것이거늘 그것이 훤하게 열려 있었던 것입니다.

윤직원 영감은 큰대문을 열어놓고 있노라면, 어쩐지 집안엣 것이 형적 없이 자꾸만 대문으로 해서 빠져나가는 것만 같고, 그 대신 상서롭지 못한 것이 자꾸만 술술 들어오는 것만 같고 하여, 간혹 장작바리나 큰 짐이 들어올 때가 아니면, 큰대문은 결단코 열어놓는 법이 없습니다. 이것은 아주 이 집의 엄한 가헌(?)입니다.

큰대문은 그래서 항상 봉해두고, 출입은 어른 아이 상전 하인 할 것 없이 한옆으로 뚫어놓은 쪽문으로 드나듭니다. 그거나마 꼭꼭 지쳐두어야지, 만일 오늘처럼 이렇게 열어놓곤 하면 거지 등속의 반갑잖은 손님이 들어올 위험이 다분히 있습니다.

물론 아무리 밀질간³ 거지가 들어와서 목을 매고 늘어진댔자 동전 한 푼 동냥을 주는 법은 없지만, 그러자니 졸리고 악다구니를 하고 하기가 성가신 노릇이니까요. 그러므로 만일 쪽문을 열어놓는 것이 윤직원 영감의 눈에 뜨이고 보면, 기어코 한바탕 성화가 나고라야 마는데, 대체 식구 중에 누가 갈충머리없이⁴ 이런 해망⁵을 부렸는지, 참말 딱한 노릇입니다.

역정이 난 윤직원 영감이, 낙타가 바늘구멍으로 나가는 만큼이나 애를 써서, 좁다란 그 쪽문으로 겨우겨우 비비 뚫고 들어서면서 꽝 소리가 나게 문을 닫는데, 마침 상노아이놈 삼남이가 그제야 뽀르르 달려 나옵니다.

이놈이 썩 묘하게 생겼습니다. 우선 부룩송아지 대가리같이 머리가 곱슬곱슬하고 노랗기까지 한 게 장관이요, 그런 대가리가 어쩌면 그렇게도 큰지 남의 것 같습니다. 눈은 사팔이어서 얼굴을 모로 돌려야 똑바로 보이고, 코는 비가 오면 고개를 숙여야 합니다.

나이는 스무 살인데 그것은 이 애한테만 세월이 특별히 빨리 갔는지, 열 살은 에누리 없이 모자랍니다.

그러나 이 애야말로 윤직원 영감한테는 대단히 보배스러운 도구입니다. 윤직원 영감은 상노아이놈을 똑똑한 놈을 두는 법이 없습니다. 똑똑한 놈이면 으레껀 훔치훔치, 즉 태을도(太乙道: 도적질)를 한대서 그러는 것입니다.

실상 전에 시골서 살 때에는 똑똑한 상노놈을 더러 두어본 적도 있었으나, 했다가 번번이 그 태을도를 하는 바람에 뜨거운 영금[6]을 보았었습니다.

이 삼남이는 시골 있는 산지기 자식으로, 못난 이름이 근동에 널리 떨친 것을 시험 삼아 데려다가 두고 보았더니 미상불 천하일품이었습니다.

너무 멍청해서 데리고 부리기가 매우 갑갑한 때도 있기는 하지만, 그 대신 일 년 삼백예순 날을 가도 동전 한 푼은커녕 성냥 한 개비 몰래 축내는 법이 없습니다. 또 산지기의 자식이니, 시속 아이놈들처럼 월급이니 무엇이니 하는 그런 아니꼬운 것도 달라고 않습니다. 해서 참말 둘도 구하기 어려운 보물인 것입니다.

그런지라 윤직원 영감은 여느 때 같으면 삼남이가 나와서 그렇게 허리를 굽실하면 그저 오냐 하고 좋게 대답을 했을 것이지만, 오늘은 그래저래 역정이 난 판이라, 누구든지 맨 처음에 눈에 띄는 대로 소리를 우선 버럭 질러주어야 할 판입니다.

"야 이놈아! 어떤 손모가지가 문은 그렇기 휘어언허게 열어누

왔냐? 응?"

"저는 안 그맀어라우! 아마 중마내님이 금방 둘오싰넌디, 그렇기 열어누왔넝개비라우?"

중마내님이라는 건 윤직원 영감의 며느리로 지금 이 집의 형식상 주부(主婦)입니다.

"그맀으리라! 짝 찢을 년!……"

윤직원 영감은 며느리더러 이렇게 욕을 하던 것입니다. 그는 며느리뿐만 아니라 딸이고 손자며느리고, 또 지금은 죽고 없지만 자기 부인이고, 전에 데리고 살던 첩이고, 누구한테든지 욕을 하려면 우선 그 '짝 찢을 년'이라는 서양말의 관사(冠詞) 같은 것을 붙입니다. 남잘 것 같으면 '잡어 뽑을 놈'을 붙이고……

"짝 찢을 년!…… 아, 그년은 글씨 무엇 허러 밤낮 그렇기 싸댕긴다냐?"

"모올라우!"

"옳다, 내가 모르넌디 늬가 알 것이냐…… 짝 찢을 년! 그년이 서방이 안 돌아부아주닝개 오두'가 나서 그러지, 오두가 나서 그리여!"

"아마 그렁개비라우!"

관중이 없어서 웃어주질 않으니 좀 섭섭한 장면입니다.

윤직원 영감이 그렇게 쌍소리로 며느리며 누구 할 것 없이 아무한테고 욕을 하는 것은, 그의 입이 험한 탓도 있겠지만, 그의 근지(根地)가 인조견이나 도금비녀처럼 허울뿐이라 그렇다고도 하겠습니다.

윤직원 영감의 근지야 참 보잘 게 벼랑 없습니다.

4. 우리만 빼놓고 어서 망ㄷ해라!

　얼굴이 말(馬面)처럼 길대서 말대가리라는 별명을 듣던 윤직원 영감의 선친 윤용규는 본이 시골 토반(土班)이더냐 하면 그렇지도 못하고, 그렇다고 아전이더냐 하면 실상은 아전질도 제법 해먹지 못했습니다.

　아전질을 못해먹은 것이 시방 와서는 되레 자랑거리가 되었지만, 그때 당년에야 흔한 도서원(道書院)이나마 한자리 얻어 하고 싶은 생각이 꿀안 같았어도, 도시에 그만한 밑천이며 문필이며가 없었더랍니다.

　말대가리 윤용규 그는, 삼십이 넘도록 탈망 바람으로 삿갓 하나를 의관 삼아 촌 노름방으로 어슬어슬 돌아다니면서 개평푼이나 뜯으면 그걸로 되돌아앉아 투전장이나 뽑기, 방퉁이질¹이나 하기, 또 그도 저도 못하면 가난한 아내가 주린 배를 틀어쥐고서 바느질품을 팔아 어린 자식과(이 어린 자식이라는 게 그러니까 지금의 윤직원 영감입니다) 입에 풀칠을 하는 것을 얻어먹고는, 밤이나 낮이나 질펀히 드러누워, 소대성[2]이 여대치게 낮잠이나 자기……, 이 지경으로 반생을 살았습니다. 좀 호협한 구석이 있고 담보가 클 뿐, 물론 판무식꾼이구요.

그런데, 그런 게 다 운수라고 하는 건지, 어느 해 연분인가는 난데없는 돈 이백 냥이 생겼더랍니다. 시골 돈 이백 냥이면 서울 돈으로 이천 냥이요, 그때만 해도 웬만한 새끼부자 하나가 왔다 갔다 할 큰돈입니다.

노름을 해서 딴 돈이라고 하기도 하고, 혹은 그 아내가 친정의 먼 일갓집 백부한테 분재를 타온 돈이라고 하기도 하고, 또 누구는 도깨비가 져다 준 돈이라고 하기도 하고 하여 자못 출처가 모호했습니다.

시방이야 가난하던 사람이 불시로 큰돈이 생기면 경찰서 양반들이 우선 그 내력을 밝히려 들지만, 그때만 해도 육십 년 저쩍 일이니, 누가 지날 말로라도 시비 한마딘들 하나요. 그저 그야말로 도깨비가 져다 주었나 보다 하고 한갓 부러워하기나 했지요.

아무튼 그래, 말대가리 윤용규는 그날부터 칼로 벤 듯 노름방 발을 끊고, 그 돈 이백 냥을 들여 논을 산다, 대푼변[3] 돈놀이를 한다, 곱장리를 놓는다 해가면서 일조에 착실한 살림꾼이 되었습니다. 그러노라니까, 정말 인도깨비를 사귄 것처럼 살림이 불 일 듯 늘어서, 마침내 그의 당대에 삼천 석을 넘겨받게 되었던 것입니다.

윤직원 영감(그때 당시는 두꺼비같이 생겼대서, 윤두꺼비로 불려지던 윤두섭) 그는 어려서부터 취리에 눈이 밝았고, 약관에는 벌써 그의 선친을 도와가며 그 큰 살림을 곧잘 휘어나갔습니다. 그리고 1903년 계묘년(癸卯年)부터는 고스란히 물려받은 삼천 석거리를 가지고, 이래 삼십여 년 동안 착실히 가산을 늘려왔습니다.

그래서 지금으로부터 십여 년 전, 가권을 거느리고 서울로 이사를 해오던 그때의 집계를 보면 벼를 실 만 석을 받았고, 요즘 와서는 현금이 십만 원 가까이 은행에 예금되어 있었습니다.

이런 걸 미루어 보면, 그는 과시 승어부(勝於父)라 할 것입니다.

하기야 그 양대(兩代)가 그 어둔 시절에 그처럼 치산을 하느라고(시절이 어두우니까 체계변이며 장리변의 이문이 숫지고, 또 공문서(空文書: 공토지)가 수두룩해서 가산 늘리기가 좋았던 한편으로 말입니다) 욕심 사나운 수령(守令)한테 걸려들어 명색 없이 잡혀 갇혀서는, 형장(刑杖)을 맞아가며 토색질⁴을 당한 것도 한두 번이 아니요, 화적(火賊)의 총부리 앞에 목숨을 내걸고 서서 재물을 약탈당하기도 부지기수요. 그러다가 말대가리 윤용규는 마침내 한 패의 화적의 손에 비명의 죽음까지 한 것인즉슨, 일변 생각하면 피로 낙관(落款)을 친 치산이지, 녹록한 재물이라고 할 수는 없을 것입니다.

윤직원 영감은 그떠 일을 생각하면 시방도 가슴이 뭉클하고, 그의 선친이 무참히 죽어 넘어진 시체하며, 곡식이 들이쌓인 노적(露積)과 곡간이 불에 활활 타던 광경이 눈앞에 선연히 밟히곤 합니다.

잊히지도 않는 계묘년 삼월 보름날입니다. 이 삼월 보름날이 말대가리 윤용규의 바로 제삿날이니까요.

온종일 체곗돈 받고 내주고 하기야, 춘궁에 모여드는 작인(小作人)들한테 장릿벼 내주기야, 몸져누운 부친 윤용규의 병시중 들기야, 하느라고 큰살림을 맡아 처리하는 사람의 일례로, 두꺼비 윤두섭, 즉 젊은 날의 윤직원 영감은 밤늦게야 혼곤히 들었던 잠이 옆에서 아내의 흔들며 깨우는 촉급한 속삭임 소리에 놀라 후닥닥 몸을 일으켰습니다.

한두 번도 아니요, 화적을 치르기 이미 수십 차라, 그는 잠결에도 정신이 들기 전에 육체가 먼저 위급함을 직각했던 것입니다. 장수가 전장에 나가면, 진중에서는 정신은 잠을 자도 몸은 깨서 있다는 것이나 마찬가지 이치라고 할는지요.

실로 그때 당시 윤씨네 집안은 자나 깨나 전전긍긍, 불안과 긴장과 경계 속에서 일시라도 몸과 마음을 늦추지 못하고, 마치 살얼음을 건너가는 것처럼 위태위태 지내던 판입니다.

젊은 윤두꺼비는 깜깜 어둔 방 안이라도, 바깥의 달빛이 희유끄름한 옆문을 향해 뛰쳐나갈 자세로, 고의춤을 걷어잡으면서 몸을 엉거주춤 일으켰습니다. 보이지는 않으나 아내의 황급한 숨길이 바투 들리고, 더듬어 들어오는 손끝이 바르르 떨리면서 팔에 닿습니다.

"어서! 얼른!"

아내의 쥐어짜는 재촉 소리는, 마침 대문을 총개머린지 몽둥인지로 들이 쾅쾅 찧는 소리에 삼켜져버립니다.

"아버님은?"

윤두꺼비는 뛰쳐나가려고 꼬느었던 자세와 호흡을 잠깐 멈추고서, 아내더러 물어보던 것입니다.

"몰라요…… 그렇지만…… 아이구 어서, 얼른!"

아내가 기색할 듯이 초초한 소리로 팔을 잡아 훑는 힘이 아니라도, 윤두꺼비는 벌써 몸을 날려 옆문을 박차고 나갑니다.

신발 여부도 없고 버선도 없는 맨발로, 과녁 반 바탕은 될 타작마당을 단숨에 달려, 두 길이나 높은 울타리를 문턱 넘듯 뛰어넘어, 길같이 솟은 보리밭 고랑으로 몸을 착 엎드리고 꿩 기듯 기기 시작하는 그동안이, 아내가 흔들어 깨울 때부터 쳐서 겨우 오 분도 못 되는 순간입니다.

이렇게 윤두꺼비가 울타리를 넘어, 그러느라고 허리띠를 매지 않은 고의를 건사하지 못해서 홀라당 벗어 떨어뜨린 알몸뚱이로 보리밭 고랑에서 엎드려 기기 시작을 하자, 그제야 방금 저편 모퉁이로부터 두 그림자가 하나는 담총을 하고 하나는 몽둥이를 끌고 마침 돌아 나왔습니다.

뒤 울타리로 해서 도망가는 사람을 잡으려는 파순데, 윤두꺼비한테는 아슬아슬한 순간의 찰나라 하겠습니다.

그들도 도망가는 윤두꺼비를 못 보았거니와 윤두꺼비도 물론 그러한 위경이던 줄은 모르고 기기만 하던 것입니다.

만약 그들의 눈에 띄기만 했더라면 처음에는 쫓아갈 것이고, 그러다가 못 잡으면 대고 불질을 했을 겝니다. 부지깽이 같은 그 화승총을 가지고, 더구나 호미와 쇠스랑을 다루던 솜씨로, 으심치무레한 달밤에 보리밭 사이로 죽자 살자 내빼는 사람을 쏜다고 쏘았댔자 제법 똑바로 가서 맞을 이치도 없기도 하지만.

그래 아무튼, 발가벗은 윤두꺼비는 무사히 보리밭을 서넛이나 지나, 다시 솔숲을 빠져나와 나직한 비탈에 왜송이 둘러선 산허리에까지 단숨에 달려와서야 비로소 안심과 숨찬 걸 못 견디어 펄신 주저앉았습니다.

화적이 드는 눈치를 채면, 여느 일 젖혀놓고 집안 돌아볼 것 없이 몸을 빼쳐 피하는 게 제일 상책입니다.

화적이 인가를 쳐들어와서 잡아 족치는 건 그 집 대주(戶主)와 셈든 남자들입니다. 그래서 그들의 손에 붙잡히기만 하고 보면 우선 〔이 부분 1행 반 삭제〕 반죽음은 되게 매를 맞아야 합니다.

그렇게 얻어맞고도, 마침내는 재물은 재물대로 뺏겨야 하고, 그 서슬에 자칫 잘못하면 목숨이 왔다 갔다 합니다. 둘이 잡히면 둘이 다, 셋이 잡히면 셋이 다 그 지경을 당합니다.

그러므로 제가끔 먼저 기수를 채는 당장으로, 아비를 염려해서 주춤거리거나 자식을 생각하여 머뭇거리거나 할 것이 없이, 그저 먼저 몸을 피해놓고 보는 게 당연한 일로 되어 있었습니다. 그럴 것이, 가령 자식이 아비의 위태로움을 알고 그냥 버틴다거나 덤벼든다거나 했자, 저편은 수효가 많은 데다가 병장기를 가진, 그리고 사람의 목숨쯤 파리 한 마리만큼도 여기잖는 패들이니까요.

이날 밤 윤두꺼비도 그리하여, 일변 몸져누운 부친이 마음에 걸려 선뜻 망설이기는 하면서도, 사리가 그러했기 때문에 이내 제 몸을 우선 피해놓고 보던 것입니다.

말대가리 윤용규는 나이 이미 육십에, 또 어제까지 등이며 볼기

며에 모진 매를 맞다가 겨우 옥에서 놓여나온 몸이라, 도저히 피할 생각은 내지도 못하고 그 대신 침착하게 일어나 앉아 등잔에 불까지 켰습니다.

기위 당하는 일이라서, 또 있는 담보겠다, 악으로 한바탕 싸워보자는 것입니다.

화적패들은 이윽고 하나가 울타리를 넘어 들어와 빗장을 벗기는 대문으로, 우 몰려들었습니다.

"개미새끼 하나라도 놓치지 말렷다!"

그중 두목이, 대문 지키는 두 자와 옆으로 비어져가는 파수 둘더러, 호령을 하는 것입니다.

"영 놓치겠거던, 대구 쏘아라!"

재우쳐 이른 뒤에, 두목이 앞장을 서서 사랑채로 가고, 한 패는 안으로 갈려 들어갑니다. 그렇게도 사납고 짖기를 극성으로 하는 이 집 개들이 처음부터 끽소리도 못 내고 낑낑거리면서 도리어 주인네의 보호를 청하는 걸 보면, 당시 화적들의 기세가 얼마나 기승스러웠음을 족히 알 수가 있는 것입니다.

"기집이나 어린것들은 손대지 말렷다!"

두목이 잠깐 돌아다보면서 신칙을 하는 데 응하여 안으로 들어가던 패가 몇이

"예이!"

하고 한꺼번에 대답을 합니다.

이것은 참으로 이상스러운 그네들의 엄한 풍도입니다. 이 밤에 이 집을 쳐들어온 이 패들만 보아도, 패랭이 쓴 놈, 테머리 한 놈,

머리 땋은 총각, 늙은이 해서 차림새나 생김새가 가지각색이듯이, 모두 무질서하고 무지한 잡색 인물들이기는 하나, 일반으로 그들은 어느 때 어디를 쳐서 갖은 참상을 다 저지르곤 할 값에, 좀처럼 부녀와 어린아이들한테만은 손을 대는 법이 없습니다.

만일 그걸 범했다가는, 그는 당장에 두목 앞에서 목이 달아나고라야 맙니다.

사랑채로 들어간 두목이 한 수하를 시켜 윗미닫이를 열어젖히고서 성큼 마루로 올라설 때에, 그는 뜻밖에도 이편을 앙연히[5] 노려보고 있는 말대가리 윤용규와 눈이 딱 마주쳤습니다.

두목은 주춤하지 않지 못했습니다. 그는 윤용규가 이 위급한 판에 한 발자국이라도 도망질을 치려고 서둘렀지, 이다지도 대담하게, 오냐 어서 오란 듯이 버티고 있을 줄은 천만 생각 밖이었던 것입니다.

더욱, 핏기 없이 수척한 얼굴에 병색을 띠고서도, 일변 악이 잔뜩 올라 이편을 무섭게 노려보는 그 머리 센 늙은이의 살기스런 양자가 희미한 쇠기름불에 어른거리는 양이라니, 무슨 원귀와도 같았습니다.

두목은 만약 제 등 뒤에 수하들이 겨누고 있는 십여 대의 총부리와 녹슬었으나마 칼들과 몽둥이들과 도끼들이 없었으면, 그는 가슴이 서늘한 대로 물심물심 뒤로 물러섰을는지도 모릅니다.

"으응, 너 잘 기대리구 있다!"

두목은 하마 꺾이려던 기운을 돋우어 한마디 으릅니다. 실상 이 두목(그러니까 오늘 밤의 이 패들)과 말대가리 윤용규와는 처음

만나는 게 아니고, 바로 구면입니다. 달포 전에 쳐들어와서 돈 삼백 냥을 빼앗고, 그 밖에 소 한 마리와 패물과 어음 몇 쪽을 털어간 그 패들입니다. 그래서 화적패들도 주인을 잘 알려니와 주인 되는 윤용규도 두목의 얼굴만은 익히 알고 있고, 그러고도 또 달리 뼈에 사무치는 원혐이 한 가지 있는 터라, 윤용규는 무서운 것 보다도(이미 피치 못할 살판인지라) 차차로 옳게 뱃속으로부터 분노와 악이 치받쳐 올랐습니다.

"이놈 윤가야, 네 들어보아라!"

두목은 종시 말이 없이 앙연히 앉아 있는 윤용규를 마주 노려보면서, 그 역시 분이 찬 음성으로 꾸짖는 것입니다.

"……네가 이놈 관가에다가 찔러서, 내 수하를 잡히게 했단 말이지?…… 이놈, 그러구두 네가 성할 줄 알았드냐?…… 이놈 네가 분명코 찔렀지?……"

"오냐, 내가 관가에 들어가서 내 입으루 찔렀다. 그래?……"

퀄퀄하게 대답을 하면서 도사리고 앉은 윤용규의 눈에서는 불이 이는 듯합니다.

"……내가 찔렀으니 어쩔 테란 말이냐?…… 흥! 이놈들 멀쩡하게 도당 모아갖구 댕기면서, 양민들 노략질이나 히여먹구, 네가 그러구두 성할 줄 알았더냐? 이놈아!……"

치받치는 악에, 소리를 버럭 높이면서 다시

"……괴수놈, 너두 오래 안 가서 잽힐 테니 두구 보아라! 네 모가지에 작두날이 내릴 때가 머잖았느니라, 이노옴!"

하고는, 부드득 이를 갈아붙입니다.

목전의 절박한 사실에 대한 일종의 발악임은 틀림이 없을 것입니다. 그러나 그것은 일변 깊이 생각을 하면, 하나의 웅장한 선언일 것입니다.

핍박하는 자에게 대한, 일후의 보복과 승리를 보류하는 자신 있는 선언……

사실로 윤용규는, 무식하고 소박하나마, 시대가 차차로 금권(金權)이 유세해감을 막연히 인식을 했던 것입니다.

그것은 그러므로, 비단 화적패들에게만 대한 선언인 것이 아니라, 그 야속하고 토색질을 방자히 하는 수령까지도 넣어, 전 압박자에게 대고 부르짖는 선전의 포고였을 것입니다. 가령 그 자신이 그것을 의식하고 못하고는 고만두고라도……, 말입니다.

"……이놈들! 밤이 어둡다구, 백년 가두 날이 안 샐 줄 아느냐? 두구 보자, 이놈들!"

윤용규는 연하여 이렇게 살기등등하니 악을 쓰는 것입니다.

"하, 이놈, 희떠운 소리 헌다! 허!"

두목은 서글퍼서 이렇게 헛웃음을 치는데, 마침 윗목에서 이제껏 자고 있던 차인꾼이, 그제야 잠이 깨어 푸스스 일어나다가 한참 두릿거리더니, 겨우 정신이 나는지 별안간 버얼벌 떨면서 방 구석으로 꽁무니 걸음을 해 들어갑니다.

그러자 또 안으로 들어갔던 패 중에 하나가 총 끝에 흰 무명 고의 하나를 꿰들고 두목 앞으로 나옵니다.

"두령, 자식놈은 풍겼습니다!"

"풍겼다? 그럼, 그건 무어란 말이냐?"

"그놈이 울타리를 뛰어넘어 가다가 벗어버린 껍데기올시다. 자다가 허리띠두 못 매구서 달아나느라구, 울타리 밑에서 홀라당 벗어졌나 봅니다."

발가벗고 도망질을 치는 광경을 연상함인지, 몇이 킥킥하고 소리를 죽여 웃습니다.

"으젓잖은 놈들! 어쩌다가 놓친단 말이냐!"

두목은 혀를 차다가, 방 윗목에서 떨고 있는 차인꾼을 턱으로 가리킵니다.

"……아니 그런 게 아니라, 혹시 저놈이 자식놈이 아니냐?"

윤두꺼비는 전번에도 잡히지 않았기 때문에 두목은 그의 얼굴을 몰랐던 것입니다.

두목의 말을 받아 수하 하나가 끼웃이 들여다보더니……

"아니올시다, 저놈은 차인꾼이올시다."

"쯧! 그렇다면 헐 수 없고…… 잘 지키기나 해라. 그리고, 아직 몽당숟갈 한 매라도 손대지 말렷다!"

"에이…… 그런데 술이 좋은 놈 한 독 있습니다, 두목…… 닭허구 돼지두 마침 먹을 감이구요……"

전전해 신축(辛丑)년의 큰 흉년이 아니라도, 화적 된 자치고 민가를 털 제, 술이며 고기를 눈여겨보지 않는 법은 없는 법입니다.

"이놈 윤가야, 말 들어라…… 오늘 저녁에 우리가 네 집에를 온 것은……"

두목은 다시 윤용규에게로 얼굴을 돌리고 을러댑니다.

"……네놈의 재물보담두, 너를 쓸 디가 있어서 온 것이다……

허니, 어쩔 테냐? 내 말을 순순히 들을 테냐? 안 들을 테냐?"

윤용규는 두목을 마주 거들떠보고 있다가, 말이 끝나자 고개를 홱 돌려버립니다.

"어쩔 테냐? 말을 못 듣겠단 말이지?"

"불한당놈의 말 들을 수 없다!…… 내가, 생각허면 네놈들을 갈아 먹구 싶은디, 게다가 청을 들어? 홍!"

윤용규는 그새 여러 해 두고 화적을 치러내던 경험에 비추어 보면, 그들 앞에서 서얼설 기고 네네 살려줍시사고 굽실거리나, 마주 대고 네놈 내놈 하면서 악다구니를 하거나, 필경 매를 맞고 재물을 뺏기기는 일반이던 것을 잘 알고 있습니다.

그러니 어차피 당하는 마당에, 그처럼 굽실거릴 생각은 애초부터 없었을 뿐 아니라, 일변 그, 이 패에게 대하여 그야말로 갈아 먹고 싶은 원혐입니다.

달포 전인데 이 패에게 노략질을 당하던 날 밤, 그중에 한 놈, 잘 알 수 있는 자가 섞여 있는 것을 윤용규는 보아두었습니다. 그 자는 박가라고, 멀지 않은 근동에서 사는 바로 그의 작인이었습니다.

"오! 이놈 네가!"

윤용규는 제 자신, 작인에게 어떠한 원한받을 짓을 해왔다는 것은 경위에 칠 줄은 모릅니다. 다만 내 땅을 부쳐 먹고사는 놈이, 이 도당에 참예를 하여 내 집을 털러 들어오다니, 눈에서 불이 나고 가슴이 터질 듯 분한 노릇이었습니다.

이튿날 새벽같이 윤용규는 몸소 읍으로 달려 들어가서, 당시 그

고을 원(守令)이요, 수차 토색질을 당한 덕에 안면(!)은 있는 백영규(白永圭)더러, 사분이 이만저만하고 이러저러한데, 그중에 박아무개라는 놈도 섞여 있었다고, 그러니 그놈만 잡아다가 족치거드면 그 일당을 다 잡을 수가 있으리라고 아뢰어 바쳤습니다.

백영규는 그러나 말대가리 윤용규보다 수가 한 길 윗수였습니다.

그는 자초지종 이야기를 다 듣더니, 아 그러냐고, 그러면 박가라는지 그놈을 잡아오기는 올 것으로되, 그러나 화적패에 투신한 놈을 그처럼 잘 알진댄, 윤용규 너도 미심쩍어, 그러니 같이 문초를 해야 하겠은즉 그리 알라고, 우선 윤용규부터 때려 가두었습니다.

약은 수령이 백성의 재물을 먹자고 트집을 잡는데 무슨 사리와 경우가 있나요? 루이 14센지 하는 서양 임금은 짐이 바로 국가(朕即國家)라고 호통을 했고, 조선서도 어느 종실세도(宗室勢道) 한 분은 반대파의 죄수를 국문하는데, 참새가 찍 한다고 해도 죽이고, 쨕 한다고 해도 죽이고, 필경은 찍 쨕 합니다 해도 죽였다고 하지 않습니까.

당시 일읍(一邑)의 수령이면 그 고장에서는 왕이요, 그의 덮어놓고 하는 공사는 바로 법과 다를 바 없던 것입니다. 항차 그는 화적을 잡기보다는 부자를 토색하기가 더 긴하고 재미가 있는데야.

말대가리 윤용규는 혹을 또 한 개 덜렁 붙이고서 옥에 갇히고, 박가도 그날로 잡혀 들어왔습니다.

문초는 그러나 각각 달랐습니다. 박가더러는 그들 일당의 성명과 구혈과 두목을 대라고 족쳤습니다.

박가는 제가 그 도당에 참예한 것은 불었어도, 그윗것은 입을 꽉 다물고서 실토를 안 했습니다. 주리를 틀려 앞정강이의 살이 문드러지고 허연 뼈가 비어져도, 그는 불지를 않았습니다.

일변 윤용규더러는, 네가 그 도당과 기맥을 통하고 있고, 그 패들에게 재물과 주식을 대접했다는 걸 자백하라고 문초를 합니다. 박가의 실토를 들으면 과시 네가 적당과 연맥이 있다고 하니, 정 자백을 안 하면 않는 대로 그냥 감영으로 넘겨 목을 베게 하겠다는 것이었습니다.

이것이 좀 먹자는 트집인 것은 두말할 것도 없는 속이었고, 그래 누가 이래라저래라 시킬 것도 없이 벌써 줄 맞은 병정이 되어서, 젊은 윤두꺼비는 뒷줄로 뇌물을 쓰느라고 침식을 잊고 분주했습니다.

오백 냥씩 두 번 해서 천 냥은 수령 백영규가 고스란히 먹고, 또 천 냥은 가지고 이방 이하, 호장이야, 형방이야, 옥사정이야, 사령이야, 심지어 통인 급창이까지 고루 풀어 먹였습니다.

이천 냥 돈을 그렇게 들이고서야 어제 아침 달포 만에 말대가리 윤용규는 장독(杖毒)으로 꼼짝 못하는 몸을 보교에 실려 옥으로부터 집으로 놓여나왔던 것입니다.

사맥[6]이 이쯤 되었으니, 윤용규로 앉아서 본다면 수령 백영규한테와 화적패에게 원한이 자못 깊습니다. 그러나 아무리 원한이 깊었자, 저편은 감히 건드리지도 못할 수령이라, 그 만만하달까,

화적패에게 잔뜩 보복을 벼르고 있었고, 그런 참인데 마침 그 도당이 또다시 달려들어서는 이러니저러니 하니 그야말로 갈아 먹고 싶을 것은 인간의 옹색한 속이 아니라도 당연한 근경[7]이라 하겠지요.

일은 그런데 피장파장이어서 화적패도 또한 말대가리 윤용규에게 원한이 있습니다. 동료 박가를 찔러서 잡히게 했다는 것입니다.

박가가 잡혀가서 그 모진 혹형을 당하면서도 구혈이나 두목이나 도당의 성명을 불지 않는 것은 불행 중 다행입니다. 그러니 그런 만큼 의리가 가슴에 사무치지 않을 수가 없었던 것입니다.

윤용규한테 대한 원한은 우선 접어놓고, 어디 일을 좀 무사히 펴이게 하도록 해볼까 하는 것이 그들의 첫 꾀였습니다. 만약 그런 꾀가 아니라면야 들어서던 길로 지딱지딱 해벼리고 돌아섰을 것이지요.

두목은 윤용규가 전번과는 달라 악이 바싹 올라가지고 처음부터 발딱거리면서 뻣뻣이 말을 못 듣겠노라고 버티는 데는 물큰 화가 치밀어오르지 않을 수가 없었습니다.

"진정이냐?"

그는 눈을 부라리면서 딱 을러댑니다. 그러나 윤용규는 종시 까딱 않고 대답입니다.

"다시 더 물을 것 읎너니라!"

"너, 그리 고집 세지 마라!……"

두목은 잠깐 식식거리면서 윤용규를 노리고 보다가, 이윽고 음성을 눅여 타이르듯 합니다.

"……그러다가는 네게 이로울 게 없다. 잔말 말구, 네가 뒤로 나서서 삼천 냥만 뇌물을 써라. 너두 뇌물을 쓰구서 뇌여나왔지? 그럴 테면 네가 옭아넣은 내 수하도 풀어놓아주어야 옳을 게 아니야?…… 허기야 너를 시키느니 내가 내 손으로 함직한 일이기는 하지만, 나는 당장 삼천 냥이 없고, 그걸 장만하자면 너 같은 놈 열 놈의 집은 더 털어야 하니 시급스럽게 안 될 말이고, 또오 내가 나서서 뇌물을 쓰다가는 됩다 위태할 것이고, 허니 불가불 일은 네가 할 수밖에 없다. 허되 급히 서둘러야지, 며칠 안 있으면 감영으로 넹긴다드구나?"

두목은 끝에 가서는 거진 사정하듯 목마른 소리로 말을 맺고서, 윤용규의 대답을 기다립니다.

윤용규는 그러나 싸늘하게 외면을 하고 앉아서, 두목이 하는 소리는 들리지도 않는 체합니다.

"……어쩔 테냐? 한다든 못한다든, 대답을……"

두목은 맥이 풀리는 대신 다시 울화가 치받쳐, 버럭 소리를 지르다 말고 입술을 부르르 떱니다.

"못한다!……"

윤용규도 지지 않고 소리를 지릅니다.

"……네놈들이 죄다 잽혀가서 목이 쓸리기를 축원허구 있는 내가, 됩다 한 놈이라두 뇌여나오라구, 내 재물을 들여서 뇌물을 써? 흥! 하늘이 무너져두 못헌다!"

"진정이냐?"

"오냐!"

윤용규는 아주 각오를 했습니다. 행악은 어차피 당해둔 것, 또 재물도 약간 뺏기는 둔 것, 그렇다고 저희가 내 땅에다가 네 귀퉁이에 말뚝을 박고 전답을 떠가지는 못할 것, 그러니 저희의 청을 들어 삼천 냥을 들여서 박가를 빼놓아주느니보다는 월등 낫겠다고, 이렇게 이해까지 따진 끝의 각오이던 것입니다.

"진정?"

두목은 한 번 더 힘을 주어 다집니다.

"오냐, 날 죽이기밖으 더 헐 테야?"

"저놈 잡아내랏!"

윤용규의 말이 미처 떨어지기 전에, 두목이 뒤를 돌아다보면서 호령을 합니다.

등 뒤에 모여 섰던 수하 중에 서넛이나가 우르르 방으로 몰려 들어가더니, 왁진왁진 윤용규를 잡아끕니다. 그러자 마침 안채로 난 뒷문이 와락 열리더니, 흰 머리채를 풀어 헤뜨린 윤용규의 노처가, 아이구머니 이 일을 어쩌느냐고, 울어 외치면서 달려들어 뒤엎으러져 매달립니다.

화적패들은 윤용규를 앞뒤에서 끌고 떠밀고 하고, 윤용규는 안 나가려고 버둥대면서도 그래도 할 수 없이 문께로 밀려 나옵니다. 그러다가 어찌어찌 부스대는 윤용규의 손에 총대 하나가 잡혔습니다.

총을 홀트려 쥔 그는 장독으로 고롱거리는 육십객답지 않게 불끈 기운을 내어, 총대를 가로, 빗장 대듯 문지방에다가 밀어대면서 발로 문턱을 디디고는 꽉 버팅깁니다. 그러고 나니까는, 아무리 상투를 잡아끌고 몽둥이로 직신거리고 해도, 으응 소리만 치지, 꿈쩍 않고 그대로 버팁니다. 수령이 그걸 보다 못해 옆에 섰는 수하의 몽둥이를 채어가지고, 윤용규가 총대에다가 버틴 바른편 팔을 겨누어 으끄러지라고 한 번 내리칩니다. 한 것이 상거는 밭고[8] 또 문지방이며 수하의 어깨하며 걸리적거리는 것이 많아, 겨냥은 삐뚜로 나가고 말았습니다.

"따악!"

빗나간 겨냥이 옆으로 비껴, 이마를 바스러지게 얻어맞은 윤용규는,

"어이쿠우!"

소리와 한가지로, 피를 좌르르 흘리며 털신 주저앉았습니다.

동시에 윤용규의 노처가 그만 눈이 뒤집혀

"아이구우! 인제는 사람까지 죽이는구나아! 나두 죽여라아! 이놈들아!"

하고 외치면서, 죽을 둥 살 둥 어느 겨를에 달려들었는지 두목의 팔을 덥신 물고 늘어집니다. 윤용규는 주저앉은 채 정신이 아찔하다가 번쩍 깨났습니다. 그는 화적패들이 무슨 내평[9]으로 밖으로 끌어내려고 하는지 그건 몰라도, 아무려나 이롭지 못할 것 같아 되나 안 되나 버팅겨보았던 것인데, 한번 얻어맞고 정신이 오리소리한 판에 마침 그의 아내가 별안간

"……인제는 사람까지 죽이는구나!"

하고, 왜장치는 이 소리에, 정말로 죽음이 박두한 줄로만 알았습

니다.

그러면 인제는 옳게 이놈들의 손에 죽는구나, 그렇다면 죽어도 그냥은 안 죽는다, 이렇게 악이 복받치자, 그는 벌떡 일어서면서 눈앞에 보이는 대로 칼 하나를 채어가지고는 마구 대고 휘저었습니다.

더욱이 눈이 뒤집히기는, 아무리 화적이라도 결단코 하지 않던 짓인데, 여인을, 하물며 늙은 여인을 치는 걸 본 것입니다. 그는 그의 아내가 두목의 팔을 물고 늘어진 줄은 몰랐고, 다만 두목이 아내의 머리끄덩이를 잡아 동댕이를 쳐서, 물린 팔을 놓치게 하는 그 광경만 보았던 것입니다.

아무리 죽자 살자 악이 받쳐 칼을 휘두른다지만 죽어가는 늙은 인 걸, 십여 개나 덤비는 총개머리야 몽둥이야 칼이야 도끼야를 당해낼 수야 없던 것입니다.

윤용규가 마지막, 목덜미에 도끼를 맞고 엎드러지자, 피를 본 두목은 두 눈이 불덩이같이 벌컥 뒤집혀졌습니다. 그는 실상 윤용규를 죽일 생각은 없었습니다.

그렇다고 윤용규 하나쯤 죽이기를 차마 못해서 그런 것은 아니고, 제 구혈로 잡아가쟀던 것입니다. 한때 만주에서 마적들이 하던 그 짓이지요. 볼모로 잡아다 두고서 가족들로 하여금 이편의 요구를 듣게 하쟀던 것입니다.

"노적허구 곡간에다가 불질러랏!"

두목은 뒤집힌 눈으로 피투성이가 되어 쓰러진 윤용규를 노려보다가, 수하를 사납게 호통하던 것입니다.

이윽고 노적과 곡간에서 하늘을 찌를 듯 불길이 솟아오르고, 동네 사람들이 그제야 여남은 모여들어 부질없이 물을 끼얹고 하는 판에, 발가벗은 윤두꺼비가 비로소 돌아왔습니다. 화적은 물론 벌써 물러갔고요.

윤두꺼비는 피에 물들어 참혹히 죽어 넘어진 부친의 시체를 안고 땅을 치면서,

"이놈의 세상이 어느 날에 망하려느냐!"

고 통곡을 했습니다.

그리고 울음을 진정하고는, 불끈 일어서 이를 부드득 갈면서,

"오냐, 우리만 빼놓고 어서 망해라!"

고 부르짖었습니다. 이 또한 웅장한 절규였습니다. 아울러 위대한 선언이었고요.

윤직원 영감이 젊은 윤두꺼비 적에 겪던 격난의 한 토막이 대개 그러했습니다.

그러니, 그러한 고난과 풍파 속에서 모아 마침내는 피까지 적신 재물이니, 그런 일을 생각해서라도 오늘날 윤직원 영감이 단 한 푼을 쓰재도 벌벌 떠는 것도 일변 무리가 아닐 것입니다.

돈을 모으는데 무얼 어떻게 해서 모았다는 거야 윤직원 영감으로는 상관할 바 아닙니다. 사실 착취라는 문자를 가져다 붙이려고 하면, 윤직원 영감은 거 웬 소리냐고 훌훌 떨 겝니다.

다아 참, 내가 부지런하고, 또 시운이 뻗쳐서 부자가 되었지, 작인이며, 체계돈 쓴 사람이며, 장릿벼 얻어다 먹은 사람이며가 무

슨 관계가 있느냐서 말입니다.

바스티유 함락과는 항렬이 스스로 다르기는 하지만, 아무튼 윤직원 영감은 그처럼 육친의 피로써 물들인 재산더미 위에 올라앉아 옛날 그다지도 수난 많던 시절과는 딴판이요, 도무지 태평한 이 시절을 생각하면, 안심되고 만족한 웃음이 절로 솟아날 때가 많습니다.

하나, 말을 타면 경마도 잡히고 싶은 게 인정이라고 합니다.

시대가 바뀌면서 소란한 세상이 지나가고 재산과 몸이 안전한 세태를 당하자, 윤두꺼비는 돈으로는 남부러울 게 없어도 문벌이 변변찮은 게 섭섭한 걸 비로소 느끼게 되었습니다.

하기야 중년에 또다시 양복청년, 혹은 권총청년이라는 것 때문에 가끔 혼띔이 나곤 하지 않은 것은 아니더랍니다.

이런 일이 있었습니다.

기미경신(己未庚申), 바로 경신년 섣달입니다. 논이 마침 욕심나는 게 한 오천 평 수중에 들어오게 되어서, 그 땅값을 치르려고 사천 원을 집에다가 두어두고 땅 팔 사람이 오기를 기다리던 날입니다.

그런데 그게, 귀신이 곡을 할 일이라고 윤두꺼비는 두고두고 기막혀 하였지마는, 그걸 어떻게 염탐했는지, 벌건 대낮에 쏙 빠진 양복쟁이 둘이 들어 덤벼가지고는 그 돈 사천 원을 몽땅 뺏어가던 것입니다.

뭐, 꿀꺽 소리 못하고 고스란히 내다가 내바쳤지요. 고 싸늘한 쇠끝에 새까만 구멍이 똑바로 가슴패기를 겨누고서 코앞에다가

들이낸 걸, 그러니 염라대왕이 지켜선 맥이었지요.

옛날 화적들은 밤중에나 들어와서 대문이나 짓부수고 하지요. 그 덕에 잘하면 도망이나 할 수 있지요.

한데 이건, 바로 대낮에 귀한 손님 행차하듯이 어엿이 찾아와서는, 한다는 짓이 그 짓이니 꼼짝인들 할 수가 있었나요.

그래, 사천 원을 도무지 허망하게 내주고는, 윤두꺼비는 망연자실해서 우두커니 한 식경이나 앉았다가, 비로소 방바닥에 떨어진 종잇장으로 눈이 갔습니다. 돈을 받았다는 영수증을 써놓고 갔던 것입니다.

"허! 세상이 개명을 허닝개루, 불한당놈들두 개명을 히여서 영수징 써주구 돈 뺏어간다?"

윤두꺼비는 빼앗긴 돈 사천 원이 아까워서 꼬박 이틀 동안, 그리고 세상이 또다시 옛날 화적이 횡행하던 그런 시절이나 되고 보면, 그 일을 장차 어찌하나 하는 걱정으로 꼬박 나흘 동안, 도합 엿새를 두고 밥맛과 단잠을 잃었습니다.

그런 뒤로도 다시 두어 번이나 그런 긴찮은 손님네를 치렀습니다. 돈은 그러나 한 푼도 뺏기지 않았습니다. 처음 겪은 일로 미루어 그 뒤로는 단돈 십 원도 집에다가 두어두지를 않았으니까요.

시골서 돈을 많이 가지고 살면, 여러 가지 공과금이야, 기부금이야, 또 가난한 일가 푸네기들한테 뜯기는 것이야, 그런 것 때문에 성가시기도 하고, 또 제일왈 그 양복 입은 그런 나그네가 종시 마음 놓이지 않기도 하고 해서, 윤두꺼비는 마침내 가권을 거느리고 서울로 이사를 했던 것입니다.

윤두꺼비가 이윽고 세상이 평안한 뒤엔, 집안의 문벌 없음을 섭섭히 여겨, 가문을 빛나게 할 필생의 사업으로 네 가지 방책을 추렸습니다.

맨 처음은 족보에다가 도금(鍍金)을 했습니다. 그럼직한 일가들을 추겨가지고 보소(譜所)를 내놓고는, 윤두섭의 제 몇 대 윤아무개는 무슨 정승이요, 제 몇 대 윤아무개는 무슨 판서요, 제 몇 대 아무는 효자요, 제 몇 대 아무 부인은 열녀요, 이렇게 그럴싸하니 족보를 새로 꾸몄습니다. 땅 짚고 헤엄치기지요.

그러느라고 한 이천 원 돈이 들었습니다. 그렇지만 일이 수나로운 만큼, 그러한 족보 도금이야 조상치레나 되었지, 그리 신통할 건 없었습니다.

아무 데 내놓아도, 달대가리 윤용규 자식 윤두꺼비요, 노름꾼 윤용규의 자식 윤두섭인걸요. 자연, 허천 들린 뱃속처럼 항상 뒤가 헛헛하던 것입니다.

신씨(申氏) 성 가진 친구를 잔나비라고 육장[10] 놀려주면, 그래 그러던 끝에 그 신씨가 동물원엘 가서 잔나비를 보면, 어찌 생각이 이상하고, 내가 정말 잔나비거니 여겨지는 수가 있답니다.

그 푼수로, 누구 사음[11]이나 한자리 얻어 할 양으로 보비위[12]나 해주려는 사람이, 윤두꺼비네의 그 신편족보(新篇族譜)를 외어가지고 다니면서, 매일 몇 번씩 윤정승 아무개씨의 제 몇 대손 윤두섭씨, 윤판서 아무개씨의 제 몇 대손 윤두섭씨, 이렇게 대고 불러주었으면, 가족보(假族譜)나마 적이 실감이 나서 듣는 당자도 좋아하고 하겠지만, 어디 그런 영리하고도 실없는 사람이야 있나요. 혹은 작곡을 해가지고 그것을 시체 유행가수를 시켜 소리판에다가 넣어서 육장 틀어놓고 듣는다면 모르지요마는.

족보는 아무튼 그래서 득실이 상반이었고, 그다음은 윤두꺼비 자신이 처억 벼슬을 한자리했습니다.

시골은 향교(鄕校)라는 게 있어서, 공자님 맹자님을 비롯하여 옛날 여러 성현을 모시는 공청이 있습니다.

춘추로 소를 잡고 돼지를 잡고 해서 제사를 지내고 하지요. 들이꺼서는 그게 바로 학교더랍니다.

이 향교의 맨 우두머리 가는 어른을 직원(直員)[13]이라고 합니다.

직원을 옛날에는, 그 골에서 학문과 덕망이 높은 선비가 여러 사람의 촉망으로 뽑혀서 지내곤 했는데, 근년 향교의 재정이며 모든 범백을 군청에서 맡아보게 된 뒤로부터는, 전과는 기맥이 좀 달라졌는지, 장의(掌儀)라고 바로 직원의 아랫길 가는 역원들이 있는데 그 사람들한테 사음이며 농토 같은 것을 줄 수 있는 다액납세자(多額納稅者)라면 직원 하나쯤 수월한 모양입니다.

윤두꺼비로서야 과거를 보아 벼슬을 해서 양반이 되겠습니까, 능참봉을 하겠습니까. 아쉬운 대로 향교의 직원이 만만했겠지요.

그래 그는 직원이 되었습니다. 그래서 윤두섭이란 석 자 위에 무어나 직함이 붙기를 자타가 갈망하던 끝이라 윤두꺼비는 넙죽 뛰어 윤직원 영감이 되었던 것입니다.

그 뒤로 삼 년 동안 윤두꺼비(가 아니라) 윤직원 영감은 직원으로 지내면서, 춘추 두 차례씩 향교에 올라가,

"흥—"

"바이—"[14]

소리에 맞추어, 누가 기운이 더 세었던지 모르는 공자님과 맹자님을 비롯하여 여러 성현께 절을 하는, 양반이요 선비 노릇을 착실히 했습니다.

공자님과 맹자님이 누가 기운이 더 세었던지 모르겠다는 말은, 윤직원 영감이 창조해낸 억만고의 수수께끼랍니다.

다른 게 아니라, 어느 해 여름인데, 윤직원 영감이 향교엘 처억 올라오더니, 마침 풍월(風月)을 하느라고 흥얼흥얼하고 앉았는 여러 장의와 선비들더러 밑도 끝도 없이,

"대체 거, 공자님허구 맹자님허구 팔씨름을 히였으면 누가 이겼으꼬?"

하고 물었더랍니다.

장의와 선비들은 웃어야 할지 울어야 할지 분간 못해서 입만 떠억 벌렸고, 아무도 윤직원 영감의 궁금증은 풀어주지는 못했답니다.

삼 년 동안 직원을 지내다가, 서울로 이사를 해오는 계제에 그 직책을 내놓았습니다. 그러나 직원이라는 영광스런 직함은, 공자님과 맹자님이 팔씨름을 했으면 누가 이겼을까? 하는 수수께끼로 더불어, 영원히 쳐졌던 것입니다.

그다음, 윤직원 영감이 집안 문벌을 닦는 데 또 한 가지의 방책은 무어냐 하면, 양반 혼인이라는 좀더 빛나는 사업이었습니다.

외아들(서자 하나가 있기는 하니까 외아들이랄 수는 없지만 아무

튼) 외아들 창식은 나이 근 오십 세요, 벌써 옛날에 시골서 아전 집과 혼인을 했던 터이라 치지도외하고, 딸은 서울 어느 양반집 으로 시집을 보냈습니다. 오막살이에 가랑이가 찢어지게 가난한 집인데, 그나마 방정맞게시리 혼인한 지 일 년 만에 사위가 전차 에 치여 죽고, 딸은 새파란 과부가 되어 지금은 친정살이를 하지 만, 아무려나 양반 혼인은 양반 혼인이었습니다.

또 맏손자며느리는 충청도의 박씨네 문중에서 얻어왔습니다. 역시 친정이 가난은 해도 패를 찬 양반의 씹니다.

둘째손자며느리는 서울 태생인데, 시구문[15] 밖 조씨네 집안이 나, 그렇다고 배추장수네 딸은 아니고, 파계를 따지면 조대비(趙 大妃)와 서른일곱촌인지 아홉촌인지 된다고 합니다.

이렇게 해서 버젓하게 양반 사돈을 세 집이나 두게 된 것은 윤 직원 영감으로 가히 한바탕 큰기침을 할 만도 합니다.

그다음 마지막 또 한 가지가 무엇이냐 하면, 이게 가장 요긴하 고 값나가는 품목(品目)입니다.

집안에서 정말 권세 있고 실속 있는 양반을 내놓자는 것입니다.

군수 하나와 경찰서장 하나……

게다가 마침맞게 손자가 둘이지요.

하기야 군수보다는 도장관(道知事)이 좋겠고, 경찰서장보다는 경찰부장이 좋기는 하겠지만, 그건 너무 첫술에 배불러지라는 욕심이라 해서, 알맞게 우선 군수와 경찰서장을 양성하던 것입 니다.

5. 마음의 빈민굴 貧民窟

　윤직원 영감은 그처럼 부민관의 명창대회로부터 돌아와서, 대문 안에 들어서던 길로 이 분풀이, 저 화풀이를 한데 얹어 그 알뜰한 삼남이 녀석을 데리고, 며느리 고씨더러 짝 찢을 년이니 오두가 나서 그러느니, 한바탕 귀먹은 욕을 걸쭉하게 해주고 나서야 적이 직성이 풀려, 마침 또 시장도 한 판이라, 의관을 벗고 안방으로 들어갔습니다.

　아랫목으로 펴놓은 돗자리 위에, 방 안이 온통 그들먹하게시리 발을 개키고 앉아 있는 윤직원 영감 앞에다가, 올망졸망 사기 반상기가 그득 박힌 저녁상을 조심스레 가져다 놓는 게 둘째손자며느리 조씹니다. 방금, 경찰서장감으로 동경 가서 어느 사립 대학의 법과에 다니는 종학(鍾學)의 아낙입니다.

　서울 태생이요 조대비의 서른일곱촌인지 아홉촌인지 되는 양반집 규수요, 시구문 밖이 친정이기는 하지만 배추장수 딸은 아니라도 학교라곤 근처에도 못 가보았고 얼굴은 얇디얇은 납작 바탕에 주근깨가 다닥다닥 박혀서, 그닥 줄 수는 없는 인물입니다.

그런 중에도 더욱 안된 건, 잡아 뽑아놓은 듯이 뚜하니 나온 위아랫입술입니다. 이 쑤욱 나온 입술로, 그 값을 하느라고 그러는지, 새수빠진¹ 소리를 그는 퍽도 잘합니다. 새서방 종학이한테 눈의 밖에 나서 소박을 맞는 것도, 죄의 절반은 그 입술과 새수빠진 소리 잘하는 것일 겝니다.

종학은 동경으로 유학을 가면서부터는, 아주 털어 내놓고서, 이혼을 해달라고 줄창치듯 편지로 집안 어른들을 졸라대지만, 윤직원 영감으로 앉아서 본다면 천하 불측한 놈의 소리지요.

아무튼 그래서 생과부가 하나……

밥상 뒤를 따라, 쟁반에다가 양은 주전자에 술잔을 받쳐들고 들어서는 게 맏손자며느리 박씹니다.

이 집안의 업덩어립니다. 얌전하고 바지런해서 그 크나큰 안살림을 곧잘 휘어나가고, 게다가 시할아버지의 보비위까지 잘하니 더할 나위 없습니다.

인물도 얼굴이 동그름하고 눈이 시원스럽게 생겨서, 올해 나이 서른이로되 도리어 스물다섯 살 먹은 동서보다도 젊어 보입니다.

다만 한 가지, 맏아들 경손(慶孫)이가 금년 열다섯 살인 걸, 아직도 아우를 못 보는 게 흠이라면 흠이라고 하겠지만, 하기야 손(孫)이 귀한 건 이 집안의 내림이니까요.

한데, 이 여인 역시 신세가 고단한 편입니다. 무슨 소박이니 공방이니 하는 문자까지 가져다 붙일 것은 없어도, 남편이요 이 집안의 장손인 종수(鍾秀)가 시골로 내려가서 첩살림을 하기 때문에, 할 수 없이 생과부 축에 끼지 않을 수가 없던 것입니다.

종수는 윤직원 영감의 가문을 빛내기 위한 네 가지 사업 가운데, 군수와 경찰서장을 만들어내려는 품목 중에 편입된 그 군수 재목입니다. 그래 오륙 년 전부터 고향의 군(郡)에서 군서기(郡雇員) 노릇을 하느라고, 서울서 따들인 기생첩을 데리고 치가를 하는 참이랍니다.

이래서 생과부가 둘……

맏손자며느리 박씨가 들고 들어오는 술반을 받아가지고, 윗목 화로 옆으로 다가앉아 술을 데우는 게, 윤직원 영감의 딸 서울아씨라는 진짜 과붑니다. 양반 혼인을 하느라고, 서울 어느 가랑이가 찢어지게 가난한 집으로 시집을 갔다가, 새서방이 일 년 만에 전차에 치여 죽어서 과부가 된 그 여인입니다.

이마가 좁고 양미간이 넓고 콧잔등은 푹신 가라앉고, 온 얼굴에 검은깨를 끼얹어놓았고 목이 옴츠러지고, 이런 생김새가 아닌 게 아니라 청승맞게는 생겼습니다.

"네가 소갈머리가 고따우루 생깄으닝개루, 저 나이에 서방을 잡어먹었지!"

윤직원 영감은 딸더러 이렇게 미운 소리를 곧잘 하곤 합니다. 그러나 그런 말을 할 때면, 소갈머리뿐 아니라 생김새도 그렇게 생겨먹었느니라고, 으레껀 생각을 합니다.

젊은 과부다운 오뇌는 없지 않지만, 자라기를 호강으로 자랐고, 또 이내 포태(胞胎)도 해보지 못했기 때문에, 스물여덟이라는 제 나이보다 훨씬 앳되기는 합니다.

　이래서, 생과부 통과부 등 합하여 과부가 셋……

　그러나 과부가 셋뿐인 건 아닙니다.

　시방 건넌방에서 잔뜩 도사리고 앉아, 무어라고 트집거리가 생기기만 하면 시아버지 되는 윤직원 영감과 한바탕 맞다대기²를 할 양으로 벼르고 있는 이 집의 맏며느리 고씨, 이 여인 또한 생과붑니다.

　그리고 또 아까 안중문께로 나갔다가 마침 윤직원 영감이 삼남이 녀석을 데리고 서서 며느리 고씨더러 군욕질을 하는 걸 듣고 들어와서는, 그 말을 댓 발이나 더 잡아 늘여 고씨한테 일러바친 침모 전주댁, 이 여인이 또 진짜 과붑니다.

　이래서 이 집안에 과부가 도합 다섯입니다. 도합이고 무엇이고 명색 여인네치고는 행랑어멈과 시비 사월이만 빼놓고는 죄다 과부니 계산이야 순편합니다.

　이렇게 생과부, 통과부, 떼과부로 과부 모를 부어놓았으니 꽃모종이나 같았으면 춘삼월 제철을 기다려 이웃집에 갈라주기나 하지요. 이건 모는 부어놓고도 모종으로 갈라줄 수도 없는 인간 모종이니 딱한 노릇입니다.

　밥상을 받은 윤직원 영감은 방 안을 한 바퀴 휘휘 둘러보더니,

　"태식이는 어디 갔느냐?"

하고 누구한테라 없이, 띄워놓고³ 묻습니다. 윤직원 영감이 인간 생긴 것치고 이 세상에서 제일 귀애하는 게 누구냐 하면, 시방 어디 갔느냐고 찾는 태식입니다.

지금 열다섯 살이고, 나이로는 증손주 경손이와 동갑이지만, 아들은 아들입니다. 그러나 본실 소생은 아니고, 시골서 술어미(酒女)를 상관한 것이, 그걸 하나 보았던 것입니다.

배야 뉘 배를 빌려 생겨났든 간에 환갑이 가까워서 본 막내둥이니, 아버지로 앉아서야 예뻐할 건 당연한 노릇이겠지요. 하물며 낳은 지 삼칠일 만에 어미한테서 데려다가 유모를 두고 집안의 뭇 눈치 속에서 길러낸 천덕꾸러기니, 여느 자식보다 불쌍히 여겨서라도 한결 귀애할 게 아니겠다구요.

윤직원 영감은 밥을 먹어도 꼭 태식이를 데리고 같이 먹곤 하는데, 오늘 저녁에는 마침 눈에 뜨이지 않으니까 숟갈을 들려고 않고서 그 애를 먼저 찾던 것입니다.

윗목께로 공순히 서서 있던 두 손자며느리는, 이거 또 걱정을 한바탕 단단히 들어두었나 보다고 송구해하는 기색만 얼굴에 드러내고 있고, 그러나 딸 서울아씨는 친정아버지의 성화쯤 그다지 겁나지 않는 터라

"방금 마당에서 놀았는걸!……"

하고 심상히 대답을 하면서, 술주전자를 들고 밥상 옆으로 내려옵니다.

"방금 있었넌디 어디루 갔담 말이냐? 눈에 안 뵈거덜랑 늬가 잘 동촉히여서, 찾어보구 좀 그래야지……"

아니나 다를까, 윤직원 영감은 딸더러 하는 소리는 소리지만, 온 집안 식구들한테다 대고 나무람을 하던 것입니다.

"동촉이구 무엇이구, 제멋대루 나가 돌아다니는 걸 어떻게 일

일이 참견허라구 그리시우?…… 인전 나이 열다섯 살이나 먹었
으니 아버니두 제발 얼뚱애기 거천허드끼 그리시지 좀 마시우!"

"흥! 내가 그렇게라두 안 돌아부아부아라?…… 늬들이 작히 그
걸 불쌍히 여겨서, 조석이라두 제때 챙겨 멕이구 헐 듯싶으냐?"

"아버니가 너무 역성이나 두시구 떠받아주시구 그리시니깐, 집
안 식구는 다아 믿거라구 모른 체헌다우!"

"말은 잘현다만, 인제 나 하나 발 뻗어부아라? 그것이 박적(바
가지) 들구 고샅 담박질헐 티닝개."

"제 몫으루 천 석거리나 전장해주실 테믄서 그리시우? 천석꾼
이 거지가 되믄 사백 석거리밖엔 못 탄 년은 금시루 기절을 해 죽
겠수!"

서자요 병신인 태식이한테는 천 석거리를 몫 지어놓고, 서울아
씨 저한테는 사백 석거리밖엔 주지 않았대서, 그걸 물고 뜯는 수
작입니다. 서울아씨로는 육장 계제만 있으면 내놓는 불평이지요.

이렇게 부녀가 태각태각하려고 하는 판인데, 방 윗미닫이가 사
르르 열리더니, 문제의 장본인 태식이가 가만히 고개를 들이밀고
는 방 안을 휘휘 둘러봅니다. 그러다가 윤직원 영감이 눈에 띄니
까는 들이 천동한 것처럼 우당퉁탕 뛰어들어, 윤직원 영감의 커
다란 무릎 위에 펄신 주저앉습니다.

그 서슬에 서울아씨는 손에 들고 있던 술주전자를 채고서 이
맛살을 찌푸리고, 윤직원 영감은 턱을 치받쳤으나 헤벌심 웃으
면서,

"허허어 이 자식아, 원!"

하고, 귀엽다고 정수리를 만져줍니다.

아이가 사랑에 있는 상노아이놈 삼남이와 동기간이랬으면 꼭 맞게 생겼습니다.

열다섯 살이라면서, 몸뚱이는 네댓 살배기만큼도 발육이 안 되고, 그렇게 가냘픈 몸 위에 가서 깜짝 놀라게 큰 머리가 올라앉은 게 하릴없이 콩나물 형국입니다.

"이 자식아, 좀 죄용죄용허지 못허구, 그게 무슨 놈의 수선이냐? 응?…… 이 코! 이 코 좀 보아라……"

엿가래 같은 누런 콧줄기가 들어가지고는, 숨을 쉴 때마다 이건 바로 피스톤처럼 바쁘게 들락날락합니다.

"……코가 나오거덜랑 행 풀던지, 좀 씻어달라구 허던지 않구서, 이게 무어란 말이냐? 응? 태식아……"

윤직원 영감은 힐끔, 딸과 손자며느리들을 건너다보면서, 손수 두 손가락으로 태식의 콧가래를 잡아 뽑아냅니다. 맏손자며느리가 재치 있게 걸레를 집어들고 옆으로 대령을 합니다.

"앱배!"

태식은 코를 풀리고 나서, 고개를 되들고 앱배를 부릅니다.

"오냐?"

"나, 된……"

돈이란 말인데, 어리광으로 입을 가래비쌔고⁴ 말을 하니까 된이 됩니다.

"돈? 돈은 또 무엇 허게? 아까 즘심때두 주었지? 그놈은 갖다가 무엇 히였간디?"

"아탕 사먹었저."

"밤낮 그렇게 사탕만 사먹어?"

"나, 뒨 주엉!"

"그리라…… 그렇지만 이놈은 잘 두었다가 내일 사먹어라? 응?"

"응."

윤직원 영감이 염낭에서 십 전박이 한 푼을 꺼내주니까, 아이는 히히 하고 그의 독특한 기성을 지르면서 무릎으로부터 밥상 앞으로 내려앉습니다.

윤직원 영감은 이렇게 한바탕 막내둥이의 재롱을 보고 나서야, 서울아씨가 부어주는 석 잔 반주를 받아 마십니다. 그동안에 태식은 씨근버근 넘싯거리면서, 밥상에 있는 반찬들을 들이 손가락으로 거덤거덤 집어다 먹느라고 정신이 없습니다. 집어다 먹고는 옷에다가 손을 쓱쓱 씻고 집어오다가 질질 흘리고 해도 서울아씨는 아버지 앞에서라 지청구는 차마 못하고, 혼자 이맛살만 찌푸립니다.

반주 석 잔이 끝난 뒤에 윤직원 영감은 비로소 금으로 봉을 박은 은숟갈을 뽑아들고 마악 밥을 뜨려다가, 문득 고개를 쳐들더니 심상찮게 두 손자며느리를 건너다봅니다.

"아니, 야덜아……"

내는 말조가 과연 졸연찮습니다.

"……늬들, 왜 내가 시키넌 대루 않냐? 응?"

두 손자며느리는 벌써 거니⁵를 채고서 고개를 떨어뜨립니다.

윤직원 영감은 밥이 새하얀 쌀밥인 걸 보고서, 보리를 두지 않았다고 그걸 탄하던 것입니다.

"……보리, 벌써 다아 먹었냐?"

"안직 있어요!"

맏손자며느리가 겨우 대답을 합니다.

"워너니 아직 있을 티지…… 그런디, 그러면 왜 이렇기 맨 쌀만 히여 먹냐? 응?"

조져도, 아무도 대답이 없습니다.

"……그래, 내가 허넌 말은 동네 개 짖넌 소리만두 못 예기넝구나? 어찌서 보리넌 조깨씩 누아 먹으라닝개 쥑여라구 안 들구서, 이렇게 허연 쌀만 삶어 먹으러 드냐?……"

"그 궁상스런 소리 작작 허시우, 아버니두……"

서울아씨가 듣다 못해, 아버지를 핀잔을 주는 것입니다.

"쌀밥 좀 먹기루서니 만석꾼이 집안이 당장 망헐까 바서 그리시우? 마침 보리쌀을 삶은 게 없어서 그랬대요…… 고만두시구, 어여 진지나 잡수시우!"

"아니, 보리쌀은 삶잖구 그냥 누아두면, 머 제절루 삶어진다더냐? 삶은 놈이 옰거던 다아 요량을 히여서, 미리미리 조깨씩 삶어두구 끄니때면 누아 덕어야지!…… 그게 늬덜이 모다 호강스러서 보리밥이 멕기 싫으닝개루 핑계 대넌 소리다, 핑계 대넌 소리여. 공동뫼지를 가부아라? 핑계 읎넌 무덤 하나나 있데야?……"

윤직원 영감은 아까운 듯이 밥을 한 술 떠넣고 씹으면서 씹으면서 생각하니 더욱 아깝던지 또다시 뇌사립니다. 자기 자신이 부연 쌀밥만 먹기가 아깝거든, 이 아까운 쌀밥을 온 집안 식구와, 심지어 종년이며 행랑것들까지 다들 먹을 것이고, 솥글겅이[6]와 밥티가 쌀밥인 채로 수챗구멍으로 흘러나갈 일을 생각하면 그야 소중하고 아깝기도 했을 겝니다.

"……글씨 야덜아, 그 보리밥이랑 게, 사람으 몸에 무척 좋단다. 또오, 먹기루 말허더래두 볼깡볼깡 씹히닝게 맨 쌀밥만 먹기보다는 훨씬 입맛이 나구…… 그런디 늬덜은 왜 그걸 안 먹으러 드냐?"

태식이가 밥을 먹느라고 째금째금 씨근버근 요란을 떨 뿐이지 아무도 대답이 없고, 두 손자며느리는 그저 지당하신 말씀이십니다고, 순종하겠다는 빛을 얼굴에 드러내기에 애가 쓰입니다.

"……그러나마 늬덜더러 구찮언 보리방애를 찌여 먹으랬을세 말이지, 아 시골서 작인덜 시키서 대끼서, 그리서 올려온 것이니, 흔헌 물으다가 북북 씻어서 있는 나무에 푹신 삶어두구 조깨씩 누아 먹기가 그리 심이 들 게 무어람 말이냐?…… 허어, 참 딱헌 노릇이다!……"

말을 잠깐 멈추더니, 그 다음엔 아주 썩 구수하게, 음성도 부드럽게……

"……야덜아, 그러구 말이다. 거, 보리밥이 그런 성불러두, 그걸 노상 먹느라면 글씨, 애기 못 낳던 여인네가 포태를 헌단다! 포태를 헌대여! 응?"

과부나 생과부가 남편이 없이 공규[7]는 지켜도 보리밥만 노상 먹노라면 아기를 밴단 말이겠다요.

그러나, 그 말의 반응은 실로 효과 역력했습니다. 한 것이, 맏손자며느리는 그렇다면 내일 아침부터 꼭꼭 보리밥을 먹어야 하겠다고 좋아했고, 둘째손자며느리는 아무려나 나도 먹어는 보겠다고 유념을 했고, 서울아씨는 나도 먹었으면 좋겠는데 하는 생각을 했으니 말입니다.

다만, 이편 건넌방에서 시방 싸움을 잔뜩 벼르고 앉아 있는 며느리 고씨만은, 저 영감태기가 또 능청맞게 애들을 속여먹는다고 안방으로 대고 눈을 흘깁니다.

참말이지, 조금만 무엇했으면, 우르르 쫓아와서 그 허연 수염을 움켜쥐고 쌀쌀 들이잡아 동댕이를 쳐주고 싶게, 하는 짓이 일일이 밉광머리스럽습니다.

이 고씨는 말하자면 이 세상 며느리의 썩 좋은 견본이라고 하겠습니다.

──암캐 같은 시어거니, 여우나 꽁꽁 물어가면 안방 차지도 내 차지, 곰방조대도 내 차지.

대체 그 시어머니라는 종족이 며느리라는 종족한데 얼마나 야속스러운 생물이거드면, 이다지 박절할 속담까지 생겼습니다.

열여섯 살에 시집을 온 고씨는 올해 마흔일곱이니, 작년 정월 시어머니 오씨가 죽는 날까지 꼬박 삼십일 년 동안 단단히 그 시집살이라는 걸 해왔습니다.

사납대서 살쾡이라는 별명을 듣고, 인색하대서 진지리꼽재기라는 별명을 듣고, 잔말이 많대서 담배씨라는 별명을 듣고 하던 시어머니 오씨(그러니까, 바로 윤직원 영감의 부인이지요) 그 손 밑에서 삼십일 년 동안 설운 눈물 많이 흘리고 고씨는 시집살이를 해오다가, 작년 정월에야 비로소 그 압제 밑에서 해방이 되었습니다. 남의 집 종으로 치면 속량이나 된 셈이지요. 그러나 막상 이 고씨라는 여인이 하 그리 현부(賢婦)였더냐 하면 그런 것도 아닙니다. 하기야 아무리 흠잡을 데 없이 얌전스럽고 덕이 있고 한 며느리라도, 야속한 시어머니한테 걸리고 보면 반찬 먹은 개요, 고양이 앞에 쥐요 하지 별수가 없는 것이지만, 고씨로 말하면 사람이 몸집 생김새와 같이 둥실둥실한 게 후덕하기는 하나, 대단히 이퉁이 세어 한번 코를 휘어붙이면 지렛대로 떠곤질러도 꿈쩍을 않고, 또 몹시 거만진 성품까지 없지 않습니다. 사상의(四象醫)더러 보라면 태음인(太陰人)이라고 하겠지요.

그래 아무튼 고씨는, 그 말썽 많은 시집살이 삼십일 년을 유난히 큰 가대를 휘어잡아가면서 그래도 쫓겨난다는 큰 파탈은 없이 오늘날까지 살아왔습니다. 그러는 동안에 종수와 종학 두 아들을 낳아서 윤직원 영감으로 하여금 군수와 경찰서장을 양성할 동량(棟梁)도 제공했고, 그리고 이제는 나이 마흔일곱에 근 오십이요, 머리가 반백에, 손자 경손이가 중학교 이년급을 다니게까지 되었던 것입니다.

그러자 계제에, 작년 정월에는 암캐 같은 시어머니였든지 테리어 같은 시어머니였든지 간에 좌우간, 그 시어머니 오씨가 여우가 꽁꽁 물어간 것은 아니나 당뇨병으로 세상을 떠났고, 그러므로 주부(主婦)의 자리가 비었은즉 제일 첫째로 며느리인 고씨가 곰방조대야, 피종을 피우는 터이니 차지를 안 해도 상관없겠지만, 안방 차지는 응당히 했어야 할 게 아니겠다구요?

장모는 사위가 곰보라도 예뻐하고, 시아버지는 며느리가 뻐드렁이에 애꾸눈이라도 예뻐는 하는 법인데, 윤직원 영감은 어떻게된 셈인지, 며느리 고씨를 미워하기를 그의 부인 오씨 못잖게 미워했습니다. 노마나님 오씨의 초종범절을 치르고 나서, 서울아씨가 올케 되는 고씨한테 안방을 (섭섭하나마) 내줘야 하게 된 차인데, 윤직원 영감이 처억 간섭을 한다는 말이……

"야야! 너두 아다시피, 내가 조석을 꼭꼭 안방으 들와서 먹넌디, 아 늬가 안방을 네 방이라구 이름지어 각구 있으 량이면 내가 편찮히여서 어디 쓰겠냐? 그러니 나 죽넌 날까지나 그냥저냥 웃방(건넌방)을 쓰구 지내라."

핑계야 물론 그럴듯합니다. 그래서 안방은 노마나님 오씨의 시체만 나갔을 뿐이지 전대로 서울아씨가 태식을 데리고 거처를 하고, 고씨는 건넌방에 눌러 있게 되었던 것입니다.

"흥! 만만한 년은 제 서방 굿도 못 본다더니, 나는 두 다리 뻗는 날까지 접방살이(곁방살이, 행랑살이) 못 면헐걸!"

고씨는 방 때문에 비위가 상할 때면 으레 이런 구느름*을 잊지 않고 하곤 합니다. 그러나 고씨의 억울한 건 약간 안방 차지를 못하는 것 따위만이 아닙니다.

시어머니 오씨는 마지막 숨이 지는 그 시각까지도 며느리 고씨를 못 먹어했습니다.

"오냐, 인제넌 지긋지긋허던 내가 급살 맞어 죽으닝개, 시언허구 좋아서 춤출 사람 있을 것이다!"

이건 물론 며느리 고씨를 물고 뜯는 말이요, 이제 자기가 죽고 나면 며느리 고씨가 집안의 안어른이 되어가지고, 마음대로 휘둘러가면서 지낼 테라서, 그 일을 생각하면 안타깝고 밉고 하여, 숨이 넘어가는 마당에서까지 그대도록 야속한 소리를 했던 것입니다.

미상불 고씨는 시어머니의 거상을 입으면서부터 기를 탁 폈습니다. 예를 들자면 드리없지만' 가령 밤늦게까지 건넌방에서 아무리 성냥 긋는 소리가 나도 이튿날 새벽같이

"밤새두룩 댐배질만 허니라구 성냥 열일곱 번 그신(그은) 년이 어떤 년이냐?"

하고 야단을 치는 사람이 없어, 잠 못 이루는 밤을 담배로 동무 삼아 밝히기도 무척 임의로웠습니다.

또, 나들이를 한 사이에 건넌방 문에다가 못질을 해서 철갑을 하는 꼴을 안 당하게 된 것도 다 좋은 일입니다.

그러나 그렇게 기만 조금 펴고 지내게 되었을 뿐이지, 실상 아무 실속도 없고 말았습니다. 시아버지 윤직원 영감이 처결하기를, 집안의 살림살이 전권(全權)이 마땅히 물려받아야 할 주부 고씨는 젖혀놓고서, 한 대(一代)를 껑충 건너뛰어 손자대(孫子代)로 내려가게 했던 것입니다. 고씨의 며느리 되는 종수의 아낙인 박씨 즉, 윤직원 영감의 맏손자며느리가 시할머니의 뒤를 바로 이어서, 집안의 안살림을 도맡아 하게 되었던 것입니다.

그러고 보니, 묻지 않아도 내가 주부로 들어앉아 며느리를 거느리고 집안 살림을 해가는 어른이 되겠거니 했던 고씨는, 그만 개

밥의 도토리가 되어버리고, 도리어 시어머니 오씨 대신에 며느리 박씨한테 또다시 시집살이(?)를 하게쯤 된 셈평이었습니다. 선왕(先王)의 뒤를 이어 즉위는 했으나 권력은 왕자가 쥐게 된 그런 판국과 같다고 할는지요.

그런 데다가 시아버지 윤직원 영감은 죽고 없는 마누라 몫까지 해서, 갈수록 더 못 먹어서 으릉으릉 뜯지요. 시뉘 되는 서울아씨는 내가 주장입네 하는 듯이 안방을 차지하고 누워서 사사이 할퀴려 들지요. 그런데, 또 더 큰 불평과 심홧거리가 있으니……

고씨는 시방 동경엘 가서 경찰서장감으로 공부를 하고 있는 둘째아들 종학을 낳은 뒤로부터 스물네 해 이짝, 남편 윤주사 창식과 금실이 뚝 끊겨 생과부로 좋은 청춘을 늙혀버렸습니다.

윤주사는 시골서부터 첩장가를 들어 딴살림을 했었고, 서울로 올라올 때도 그 첩을 데리고 와서, 지금 동대문 밖에다가 치가를 하고 있습니다.

그리고 요새는, 그새까지는 별로 않던 짓인데, 새 채비로 기생첩 하나를 더 얻어서 관철동에다 살림을 차려놓고는, 이 집으로 가서 놀다가 저 집으로 가서 누웠다 하며 지냅니다.

그러고는 본집에는 돈이나 쓸 일이 있든지, 또 부친 윤직원 영감이 두 번 세 번 불러야만 마지못해 오곤 하는데, 오기는 와도 사랑방에서 부친이나 만나보고 그대로 횡나케 돌아가지, 안에는 도무지 발걸음도 않습니다.

이 윤주사라는 사람은 성미가 그의 부친 윤직원 영감과는 딴판이요, 좀 호협한 푼수로는 그의 조부 말대가리 윤용규를 닮았다고나 할는지, 그리고 살쾡이요 진지리꼽재기요 담배씨라던 그의 모친 오씨와는 더욱 딴 세상 사람입니다.

도무지 철을 안 이후로 나이 마흔여섯이 되는 이날 이때까지 남과 언성을 높여 시비 한 번인들 해본 적이 없습니다.

남이 아무리 낮게 해야,[10] 그저 그런가 보다고 모른 체할 따름이지, 마주 대고 궂은소리라도 하는 법이 없습니다. 본시 사람이 이렇게 용하기 때문에 그를 낮아 하는 사람도 별반 없지만……

가산이고 살림 같은 것은 전혀 남의 일같이 불고하고, 또 거두잡아서 제접[11] 살림살이를 할 줄도 모릅니다.

부친 윤직원 영감의 말대로 하면, 위인이 농판이요, 오십이 되도록 철이 들지를 않아서 세상 일이 죽이 끓는지 밥이 넘는지, 통히 모르고 지내는 사람입니다.

미워서 꼬집자면 그렇게 말도 할 수가 없는 건 아니겠지요. 그러나, 또 좋게 보자면 세상 물욕(物慾)을 초탈한 사람이라고도 하겠지요.

누구 어려운 친척이나 친구가 찾아와서 아쉬운 소리를 할라치면, 차마 잡아떼지를 못하고서 있는 대로 털어줍니다.

남이 빚 얻어 쓰는 데 뒷도장 눌러주고는, 그것이 뒤집혀 집행을 맞기가 일쑵니다.

윤직원 영감은 몇 번 그런 억울한 연대 채무란 것에 몇만 원 돈손을 보던 끝에 이래서는 못쓰겠다고 윤주사를 처억 준금치산 선고를 시켜버렸습니다.

그렇지만, 그랬다고 쓸 돈 못 쓸 리는 없는 것이어서, 윤주사는 준금치산 선고를 받은 다음부터는 윤두섭이라는 부친의 도장을 새겨서 쓰곤 합니다.

윤두섭의 아들 윤창식이가 찍은 도장이면 그것이 위조 도장인 줄 알고서도 몇천 원 몇만 원의 수형[12]을 받아주는 사람이 수두룩하고, 차용 증서도 그 도장으로 통용이 되니까요.

나중에 가서 일이 뒤집혀지면 윤직원 영감은 그래도 자식을 인장 위조죄로 징역은 보낼 수가 없으니까, 그런 걸 울며 겨자 먹기라든지, 할 수 없이 그 수형이면 수형, 차용 증서면 차용 증서를 물어주곤 합니다.

윤주사 창식 그는 아무튼 그러한 사람으로서, 밤이고 낮이고 하는 일이라고는 쌍스럽지 않은 친구 사귀어두고 술 먹으러 다니기, 활쏘기, 제철 따라 승지(勝地)로 유람 다니기, 옛 한서(漢書) 모아놓고 뒤지기, 한시(漢詩) 지어서 신문사에 투고하기, 이 첩의 집에서 술 먹다가 심심하면 저 첩의 집으로 가서 마작하기, 도무지 유유자적한 게 어떻게 보면 신선인 것처럼이나 탈속이 되어 보입니다.

물론 첩질이나 하고, 마작이나 하고, 요정으로 밤을 도와 드나드는 걸 보면 갈데없는 불량자고요.

사람마다 이상한 괴벽은 다 한 가지씩 있게 마련인지, 윤주사 창식도 야릇한 편성이 하나 있습니다.

그가 마음이 그렇듯 활협하고, 남의 청을 거절 못하는 인정 있는 구석이 있다는 소문을 듣고서 어느 교육계의 명망 유지 한 사람이 그의 문을 두드린 일이 있었습니다.

소간[13]은 그 명망 유지씨가 후원을 하고 있는 사학(私學) 하나가 있는데, 근자 재정이 어렵게 되어 계제에 돈을 한 이십만 원 내는 특지가 있으면, 그 나머지는 달리 수합을 해서 재단의 기초를 완성시키겠다는 것이고, 그러니 윤주사더러 다 좋은 사업인즉 십만 원이고 이십만 원이고 내는 게 어떠냐고, 참 여러 가지 말과 구변을 다해 일장 설파를 했습니다.

윤주사는 자초지종 그러냐고, 아 그러다뿐이겠느냐고, 연해 맞장구를 쳐주어가면서 듣고 있다가 급기야 대답할 차례에 가서는 한단 소리가

"학교가 없어서 공부를 못하기보다는 돈이 없어서 있는 학교도 못 다니는 사람이 많지 않습니까?"

하고, 엉뚱한 반문을 하더라나요. 그래 명망 유지씨는 신명이 풀려 두어 마디 더 이야기를 하다가 돌아갔습니다.

아닌 게 아니라, 윤주사는 남의 사정을 쏠쏠히 보아주는 사람이면서도 공공사업이나 자선사업 같은 데는 죽어라고 일전 한 푼 쓰지를 않습니다.

부친 윤직원 영감은 그래도 곧잘 기부는 하는 셈이지요. 시골서 살 때엔 경찰서의 무도장(武道場)을 독담으로 지어놓았고, 소방대에다가 백 원씩 오십 원씩 두어 번이나 기부를 했고, 보통학교 학급 증설 비용으로 이백 원 내논 일이 있었고, 또 연전 경남 수재 때에는 벙어리를 새로 사다가 동전으로 일 원 칠십이 전을 넣어서, 태식이를 주어서, 신문사로 보내서, 사진까지 신문에 난 일이 있는걸요. 그 위대한 사진 말입니다.

그러나 윤주사 창식은 도무지 그런 법이 없습니다. 영 졸리다 졸리다 못하면, 온 사람을 부친 윤직원 영감한테로 슬그머니 따 보내버릴망정 기부 같은 건 막무가내로 하지를 않습니다.

*

속담에, 부자라는 건 한정이 있다고 합니다. 가령 천석꾼이 부자면 천 석까지 먹이 찬 뒤엔, 또 만석꾼이 부자면 만 석까지 먹이 찬 뒤엔, 그런 뒤에는 항상 그 근처에서 오르고 내리고 하지, 껑충 뛰어넘어서 한정 없이 불어나가지는 못한다는 그 뜻입니다.

미상불 그렇습니다. 가령 윤직원 영감만 놓고 보더라도, 일 년에 벼로다가 꼭 만 석을 받은 지가 벌써 십 년이 넘습니다. 그러니 그게 매년 십만 원씩 아닙니까?

또 현금을 가지고 수형장수(手形割引業)를 해서, 일 년이면 이삼만 원씩 새끼를 칩니다.

그래서 매년 수입이 십수만 원이니 그게 어딥니까? 가령, 세납이야 무엇이야 해서 일반 공과금과 가용을 다 쳐도 그 절반 오륙만 원이 다 못 될 겝니다.

그렇다면 그 나머지 오륙만은 해마다 처져서, 십 년 전에 만 석을 받은 백만 원짜리 부자랄 것 같으면, 십 년 후 시방은 일백 오십만 원의 일만 오천 석짜리 부자가 되었어야 할 게 아니겠습니까?

그런데 글쎄, 그다지도 가산 늘리기에 이골이 난 윤직원 영감이건만 십 년 전에도 만석 십 년 후 시방도 만석……, 그렇습니다그려.

그렇다고 윤직원 영감이 무슨 취리에 범연해서 그랬겠습니까? 결국 아들 창식이 그런 낭비를 하고, 또 맏손자 종수가 난봉을 부리고, 군수를 목표한 관등의 승차에 관한 운동비를 쓰고 그러는 통에, 재산이 그 만석에서 더 붇지를 못하고 답보를 한 거랍니다.

윤직원 영감은 가끔 창식의 그런 빚을 물어주느라고 사뭇 날뛰면서, 단박 물고라도 낼 듯이 호령호령, 그를 잡으러 보냅니다. 그러나 창식은 부친이 한 번쯤 불러서는 냉큼 와보는 법이 없고, 세 번 네 번 만에야 겨우 대령을 합니다.

"야, 이 수언¹⁴ 잡어 뽑을 놈아, 이놈아!"

윤직원 영감은 혼자서 실컷 속을 볶다가, 아들이 처억 들어와서 시침을 뚜욱 따고 앉는 양을 보면, 마구 속이 지레 터질 것 같아 냅다 욕이 먼저 쏟아져 나옵니다.

그럴라치면 창식은 아주 점잖게

"아버니두 무슨 말씀을 그렇게 허십니까!……"

하고 되레 부친을 나무랍(?)니다.

"……아, 손자놈들이 다아 장성을 허구, 경손이놈두 전 같으면 벌써 가속을 볼 나인데, 그것들이 번연히 듣구 보구 하는 걸, 아버니는 노오 말씀을 그렇게……"

"아니, 무엇이 어찌여?"

윤직원 영감은 그만 더 말을 못합니다. 노상 아들한테, 입 더럽게 놀린다고 핀잔을 먹은 그것을 부끄러워할 윤직원 영감이 아니건만, 어쩐 일인지 그는 아들 창식이한테만은 기를 펴지를 못합니다.

혼자서야, 이놈이 오거든 인제 어쩌구저쩌구 단단히 닦달을 하려니 하고 굉장히 벼르지요. 그렇지만 딱 마주쳐서는 첫마디에 기가 죽어버리고 되레 꼼짝을 못합니다.

"그놈이 호랭이나 화적보담두 더 무선 놈이라닝개! 천하 무선 놈이여!"

윤직원 영감은 늘 이렇게 아들을 무서운 놈으로 칩니다. 그러니 세상에 겁날 것이 없이 지내는 윤직원 영감을 힘으로도 아니요, 아귓심[15]도 아니요, 총으로도 아니면서 다만 압기(壓氣)로다가, 그러나마 극히 유순한 것인데, 그것 하나로다가 그저 꼼짝 못하게 할 수 있는 창식은 미상불 호랑이나 화적보다 더 무서운 사람일밖에 없는 것입니다.

번번이 그렇게 윤직원 영감은 꼼짝도 못하고서는 할 수 없이, 한단 소리가……

"돈 내누아라, 이놈아!…… 네 빚 물어준 돈 내누아!"

"제게 분재시켜주실 데서 잡아 까시지요!"

창식은 종시 시치미를 떼고 앉아서 이렇게 대답을 합니다.

윤직원 영감은 그제는 아주 기가 탁 막혀서 씨근버근하다가,

"뵈기 싫다, 이 잡어 뽑을 놈아!"

하고 고함을 치고는 돌아앉아버립니다.

이래서 결국 윤직원 영감이 지고 마는 싸움은 싸움이라도, 한 달에 많으면 두세 번 적어서 한 번쯤은 으레껀 싸움을 해야 합

니다.

이런 빚 조건으로 생긴 싸움이, 아들 창식하고만이 아니라 맏손
자 종수하고도 종종 해야 하니, 엔간히 성가실 노릇이긴 합니다.

또, 그런 빚을 물어주는 싸움은 아니라도, 윤직원 영감은 가끔
딸 서울아씨와도 싸움을 해야 합니다. 작은손자며느리와도 싸움
을 해야 하고, 방학에 돌아오는 작은손자 종학과도 싸움을 해야
합니다.

며느리 고씨하고는 말할 것도 없고, 사랑방에 있는 대복이나 삼
남이와도 싸움을 해야 합니다.

맨 웃어른 되는 윤직원 영감이 그렇게 싸움을 줄창치듯 하는가
하면, 일변 경손이는 태식이와 싸움을 합니다.

서울아씨는 올케 고씨와 싸움을 하고, 친정 조카며느리들과 싸
움을 하고, 경손이와 싸움을 하고, 태식이와 싸움을 하고, 친정아
버지와 싸움을 합니다.

고씨는 시아버지와 싸움을 하고, 며느리들과 싸움을 하고, 시누
이와 싸움을 하고, 다니러 오는 아들과 싸움을 하고, 동대문 밖과
관철동의 시앗집엘 가끔 쫓아가서는 들부수고 싸움을 합니다.

그래서, 싸움, 싸움, 싸움, 사뭇 이 집안은 싸움을 근저당(根抵
當)해놓고 씁니다. 그리고 그런 숱한 여러 싸움 가운데 오늘은 시
아버지 윤직원 영감과 며느리 고씨와의 싸움이 방금 벌어질 켯속
입니다.

6. 관전기 觀戰記

　고씨는 그리하여, 그처럼 오랫동안 생수절을 하고 살아오다가 마침내 단산(斷産)할 나이에 이르렀습니다. 여자 아닌 여자로 변하는 때지요.

　이때를 당하면 항용 의좋은 부부 생활을 해오던 여자라도 히스테리라든지 하는 이상야릇한 병증이 생기는 수가 많답니다. 그런걸 고씨로 말하면, 이십오 년 청춘을 홀로 늙히다가, 이제 바야흐로 여자로서의 인생을 오늘내일이면 작별하게 되었은즉, 가령 히스테리를 제쳐놓고 보더라도 마음이 안존할 리가 없을 건 당연한 노릇이겠지요. 윤직원 영감의 걸쭉한 입잣¹대로 하면, 오두가 나는 것도 그러므로 무리가 아닐 겝니다.

　그러한 데다가, 자아, 집안 살림을 맡아서 하니 그 재미를 봅니까. 자식들이래야 다 장성해서 뿔뿔이 흩어져 살고, 어미는 생각도 않지요.

손자 경손이놈은 귀엽기는커녕 까불고 앙똥해서² 얄밉지요. 남편이래야 남이 아니면 원수지요. 시아버지라는 영감은 괜히 못먹어서 으르렁으르렁하고, 걸핏하면 쫙 찢을 년이네, 오두가 나서 그러네 하고 군욕질이지요.

그러니 고씨로 앉아서 당하고 보면 심술에다가 악밖에 날 게 더 있겠습니까.

그래도 작년 정월 시어머니 오씨가 살아 있을 때까지는 삼십 년 눌려서 살아온 타성으로, 고양이 앞에 쥐같이 찍소리도 못하고 마음으로만 앓고 살았지만, 이제는 그 폭군이 하루아침에 없고 보매 기는 탁 펴지는데, 그러나 세상은 여전히 뜻과 같지 않으니, 불평은 할 수 없이 악으로 변해버리게만 되었던 것입니다.

시어머니가 죽고 없은 뒤로는 집안에서 어른이라면 시아버지 윤직원 영감 하나뿐이요, 그 밖에는 죄다 재하자[在下者]들입니다.

한데, 그는 윤직원 영감쯤 망령난 동네 영감태기 푼수로나 보이지, 결단코 시아버지요, 위하고 어려워할 생각은 털끝만큼도 없습니다.

그러니까 그는 집안의 어른이고 아이고 간에 트집거리만 있으면 상관없이 들이대고 싸웁니다.

시방 오늘 저녁만 하더라도, 아까 쪽대문을 열어놓았다고 윤직원 영감이 군욕질을 했대서 그 원혐³으로다가, 기어코 한바탕 화용도⁴를 내고라야 말 작정으로 그렇게 벼르고 있는 참입니다.

하기야 쪽대문을 열어놓은 것도 실상 알고 보면, 우정 그런 것이지요. 윤직원 영감이 보고서 속 좀 상하라고. 그리고 그 끝에 무어라고 욕이나 하게 되면 싸움거리나 장만할 양으로…… 용 못 된 이무기 심술만 남더라고, 앉아서 심술이나 부려야 속이나 시원하지요.

어쨌든, 그러니 속이 후련하도록 싸움을 대판거리로 한바탕 해 대야만 할 텐데, 이건 암만 도사리고 앉아 들어야 영감태기가 음충맞게시리 어린 손자며느리들더러 보리밥을 먹으면 애기 밴다는 소리나 하고 있지, 종시 이리로 대고는 무어라고 그 더러운 구습[口習]을 놀리는 것 같지가 않습니다.

그렇다고 그냥 참고 말잔즉 더 부아가 나기도 할뿐더러, 대체 무엇이 대끼며⁵ 뉘 코 무서운 사람이 있다고, 그 부아를 참거나 조심을 할 며리⁶도 없는 것이고 해서, 시방 두 볼이 아무튼 상말로 오뉴월 무엇처럼 추욱 처져가지고는, 숨길이 씨근버근, 코가 벌씸벌씸, 입이 삐쭉삐쭉, 깍짓손으로 무르팍을 안았다 놓았다, 담배를 비벼 껐다 도로 붙였다, 사뭇 부지를 못합니다. 미상불 사람이란 건 싸우고 싶은 때 못 싸우면 더 부아가 나는 법이니까요.

집 안은 안방에서 윤직원 영감이 태식을 데리고 앉아서 저녁을 먹으면서, 잔소리를 섬느라고 웅얼거리는 소리, 태식이 딸그락딸그락 째금째금 하는 소리, 그 외에는 누구 하나 기침 한번 크게 하는 사람 없고, 모두 조심을 하느라 죽은 듯 조용합니다.

바깥은 황혼이 또한 소리 없이 짙어가고, 어슴푸레하던 방 안에는 깜박 생각이 난 듯이 전등이 반짝 켜집니다.

마침 이 전등불을 신호 삼듯, 집 안의 조심스런 침정을 깨뜨리고, 별안간 투덕투덕 구둣발 소리가 안중문께서 요란하더니, 경손이가 안마당으로 들어섭니다.

교복 정모에 책가방을 걸멘 것이, 학교로부터 지금에야 돌아오는 길인가 본데, 이 애가 섬뻑 그렇게 들어서다 말고, 대뜰에 저의 증조부의 신발이 놓인 걸 힐끔 넘겨다보더니, 고개를 움칠 혓바닥을 날름하면서 발길을 돌려 살금살금 뒤채께로 피해 가고 있습니다.

눈에 띄었자 상 탈 일 없고, 잘못하면 사날 전에 태식을 골탕 먹여 울린 죄상으로 욕이나 먹기 십상일 테라, 아예 몸조심을 하던 것입니다.

저는 아무도 안 보거니 했는데, 그러나 조모 고씨가 빤히 내다보고 있었습니다. 실상 고씨가 본댔자 영감태기한테 혓바닥을 내미는 것 말고 그보다 더한 주먹질을 해도 상관할 바 아니지만, 그러니까 그걸 가려 어쩌자는 게 아닙니다. 그 애를 통해 생트집을 잡자는 모양이지요.

"네 이놈, 경손아!"

유리쪽으로 내다보고 있던 미닫이를 냅다 벼락 치듯 와르르 따악 열어젖히면서, 집 안이 온통 떠나가게 왜장을 칩니다.[7] 온 집안이 모두 놀란 건 물론이지만, 경손은 그만 질겁을 했습니다. 그 애는 증조부 윤직원 영감이 아니고 아무 상관도 없는 조모가 그렇게 내닫는 게 뜻밖이어서 더욱 놀랐습니다.

그러나 놀란 것은 순간이요, 이내 침착하여 천천히 돌아서면서,

"네에?"

하고 의젓이 마주 올려다봅니다.

이편은 살기가 사뭇 뚝뚝 떴는데, 저는 아무렇지도 않은 듯이 시침을 뚜욱 따고 서서 도무지 눈도 한번 깜짝 않는 양이라니, 앙뚱하기 아닐 말로 까 죽이고 싶게 밉살머리스럽습니다.

고씨는 영영 시아버지와 싸움거리가 생기지를 않으니까, 아무고 걸리는 대로 붙잡고 큰소리를 내서 시아버지의 비위를 건드려서, 그래서 욕이 나오면 어더고야[8] 트집을 잡아가지고 싸움을 하쟀던 것인데, 고놈 경손이놈이 하는 양이 우선 비위에 거슬리고 본즉, 가뜩이나 부아가 더 치밀고, 그렇지만 이 판에 부아를 돋우어주는 거리면 차라리 해롭잖을 판속입니다.

이편, 경손더러 그러나 바른대로 말을 하라면, 집안이 제한테는 모두 어른이건만 하나도 사람 같은 건 없고, 그래서 누가 무어라고 하건 죄꼼도 무섭지가 않습니다.

증조부 윤직원 영감이 그렇고, 대고모 서울아씨가 그렇고, 대부 태식이는 문제도 안 되고, 제 부친 종수나 숙모 조씨가 그렇고, 조부 윤주사의 첩들이 그렇고, 해서 열이면 아홉은 다아 시쁘고[9] 깔보이기만 합니다.

그래 시방도 속으로는,

'흥! 누구 말마따나, 오두가 났나? 왜 저 모양인구?…… 암만 그래 보지? 내가 애면 화풀이를 받아주나……'

하면서, 제 염량[10] 다 수습하고 있습니다.

고씨는 당장 무슨 거조를 낼 듯이 연하여 높은 소리로

"네, 이놈!"

하고 한 번 더 을러댑니다. 그러나 이놈 이놈, 두 번이나 고함만

쳤지, 그다음은 무어라고 나무랄 건덕지가 없습니다.

하기야 시아버지가 진짓상을 받고 계신데, 며느리 된 자 어디라고 무엄스럽게 문소리 목소리를 크게 내서 어른을 불안케 했은즉, 응당 영감태기로부터, 어허 그 며느리 대단 괘씸쿠나! 하여 필연 응전 포고가 올 것이고, 그 응전 포고만 오고 보면 목적한 바는 올바로 들어맞는 켯속이니 그만일 텁니다. 그러나 지금 당장은 저기 저놈 경손이놈이 사람 여남은 집어삼킨 능청맞은 얼굴을 얄밉살스럽게시리 되들고 서서, 그래 무엇이 어쨌다고 소리나 꽥꽥 지르고 저 모양인고! 할 말 있거든 해보아요? 내 참 별꼴 다 보겠네!······ 이렇게 속으로 빈정대는 게 아주 번연하니, 썩 발칙스럽기도 하려니와 일변 어째 그랬든 한번 개두를 한 이상 뒷갈무리를 못해서야 어른의 위신과 체모가 아니던 것입니다.

"이놈, 너넌 어디 가서 무얼 허니라구 인자사 이러구 오냐?"

고씨는 겨우 꾸짖는다는 게 이겝니다.

거상"에 손자놈이 학교를 잘 다니건 말건 공부를 착실히 하건 말건, 통히 알은체도 안 해오던 터에, 오늘 밤이야 말고서 갑작스레 그런 소리를 하는 게 다 속 앗길 짓이기는 하지만, 다급한 판이니 옹색한 대로 둘러댈 수밖에 없던 것입니다.

"전람회 준비했어요! 그르느라구 학교서 늦었어요!"

경손은 고씨의 말이 떨어지기가 무섭게, 다뿍 시쁘하는 소리로 대답을 해줍니다. 그때 마침 그 애의 모친 박씨가 당황히 안방에서 나오더니 조용조용,

"너는 학교서 파하거던 일찍일찍 오지는 않구서, 무슨 해망을

허느라구 이렇게 저물구…… 할머니 걱정허시게 허구 그래!"

하고 며느리답게 시어머니를 대접하느라 아들놈을 나무랍니다.

"어머닌 또 무얼 안다구 그래요?……"

경손은 버럭, 미어다 부듯듯[12] 제 모친을 지천을 하는데, 그야 물론 조모 고씨더러 배채이란[13] 속이지요.

"……전람회 준비 때문에 학교서 늦었단밖에 어쩌라구 그래요? 왜 속두 몰라가지구들 그래요?"

"아, 저놈이!"

"가만있어요. 어머닐랑…… 대체 집에 들앉은 부인네들이 무얼 안다구 그래요?…… 내가 이 집에선 제일 어리니깐 만만헌 줄 알구, 그저 속상헌 일만 있으면 내게다가 화풀일 허려 들어! 왜 그 래요? 왜?…… 괜히 나인 어려두 인제 이 집안에선 매앤 어룬 될 사람이라우, 나두…… 왜 걸핏하면 날 잡두리우? 잡두리가…… 어림없이!……"

한마디 거칠 것 없이, 굽힐 것 없이, 퀄퀄히 멋스러댑니다.[14]

"아, 이 녀석이!"

저의 모친 박씨가 목소리를 짓눌러가면서 나무라다 못해 때려라도 주려고 달려 내려올 듯이 벼르는 것을, 그러나 경손은 본체만체 쾅당쾅당 요란스럽게 발을 구르면서 뒤꼍으로 들어갑니다.

"흥! 잘은 되야먹는다, 이놈의 집구석……"

고씨는 차라리 어처구니가 없다고 혀를 끌끄을 차다가, 미닫이를 도로 타악 닫으면서 구느름이 나오기 시작합니다.

"……잘 되야먹어! 이마빡으 피두 안 마른 것두 으런이 무어라

구 나무래먼 천장만장 떠받구 나서기버틈 허구!…… 흥! 뉘놈의
집구석 씨알머리라구, 워너니 사람 같은 종자가 생길라더냐!"

이 쓸어넣고 들먹거려 하는 욕이 고씨의 입으로부터 떨어지자
마자, 마침내 농성(籠城)코 나지 않던 적(敵)은, 드디어 성문을
좌우로 크게 열고(가 아니라) 안방 미닫이를 벼락 치듯 열어젖히
고, 일원 대장이 투구 철갑에 장창을 비껴들고(가 아니라) 성이
치달은 윤직원 영감이, 필경 싸움을 걸어 맡고 나서는 것입니다.

실상 윤직원 영감은 저편이 싸움을 돋는 줄을 몰랐던 건 아닙니
다. 다 알고서도 어디 얼마나 하나 보자고 넌지시 늦추 잡도리를
하느라, 고씨가 처음 꽥 소리를 칠 때도 손자며느리와 딸을 건너
다보면서

"저, 짝 찢을 년은 왜 또 지랄이 나서 저런다냐!"
하고 입만 삐죽거렸습니다.

서울아씨는 친정아버지를 따라 입을 삐죽거리고, 두 손자며느
리는 고개를 숙이고 있다가 박씨만 조심조심 경손을 나무라느라
고 마루로 나오고, 경손이가 온 줄 안 태식은 미닫이의 유리로 밖
을 내다보다가 도로 오더니

"아빠 아빠, 저 경존이 잉? 깍쟁이 자직야, 잉? 아주 옘병헐 자
직이야!"
하고 떠듬떠듬 말재주를 부리고 했습니다.

"아서라! 어디서 그런……"

"잉? 아빠, 경존이 깍쟁이 자직야. 도족놈의 자직야, 잉? 아빠,
그치?"

"아서어! 그런 욕 허면 못쓴다!"

윤직원 영감은 이 육중한 막내둥이를 나무란다고 하기보다도, 말재주가 늘어가는 게 신통하대서 빙그레 웃고 있었습니다.

두번째 건넌방에서 고씨의 큰소리가 들렸을 때도 윤직원 영감은 딸과 작은손자며느리를 번갈아 건너다보면서 혼잣말을 하듯이, 저년이 또 오두가 나서 저러느니, 서방한테 소박을 맞고 지랄이 나서 저러느니, 원체 쌍놈 아전의 자식이요, 보고 배운 데가 없어 저러느니 하고, 고씨더러 노상 두고 하는 욕을 강[講]하듯 내씹고 있었습니다.

하다가 필경 전기(戰機)는 익어, 마침내 고씨의 입으로부터 집 안이 어떻다는 둥, 뉘놈의 씨알머리가 어떻다는 둥, 가로로는 온 집안을, 세로로는 신주 밑구멍까지 들먹거리면서 군욕질이 쏟아져 나왔고, 그리하여 윤직원 영감은 기왕 받아주는 싸움에 이런 고패[15]를 그대로 넘길 머리가 없는 것이라, 드디어 결전을 각오했던 것입니다.

"아니, 야야?……"

미닫이를 타앙 열어젖히고 다가앉는 윤직원 영감은, 그러기 전에 벌써 밥 먹던 숟갈은 밥상 귀퉁이에다가 내동댕이를 쳤고요.

"……너, 잘허넝 건 무엇이냐? 너, 잘허넝 건 대체 무엇이여? 어디 입이 꽝지리(꽝우리) 구녁 같거던 말 좀 히여부아라? 말 좀 히여부아?"

집 안이 떠나가게 소리가 큽니다. 몸집이 크니까 소리도 클 거야 당연하지요.

이렇게 되고 보면 고씨야 기다리고 있던 판이니 어련하겠습니까.

"나넌 아무껏두 잘못헌 것 읎어라우! 파리 족통만치두 잘못헌 것 읎어라우! 팔자가 기구히여서 이런 징글징글헌 집으루 시집온 죄뺴으넌 아무 죄두 읎어라우! 왜, 걸신허먼 날 못 잡어먹어서 응을거리여? 삼십 년 두구 종질히여준 보갚음으루 그런대여? 머 내가 살이 이렇게 쪘으닝개루, 소쩡16이 나서 괴기라두 뜯어 먹을라구? 에이! 지긋지긋히라! 에이 숭악히라."

신사(또는 숙녀)적으로 하는 파인 플레이라 그런지 어쩐지 몰라도, 하나가 말을 하는 동안 하나가 나서서 가로막는 법이 없고, 한바탕 끝이 난 뒤라야 하나가 나서곤 합니다.

"옳다! 참 잘헌다! 참 잘히여. 워너니 그게 명색 메누리 체껏이 시애비더러 허넌 소리구만? 저두 그래, 메누리 자식을 둘썩이나 읃어다 놓고, 손자자식이 쉬엠이 나게 생깄으먼서, 그래 그게 잘 허넌 짓이여?"

"그러닝개루 징손주까지 본 이가 그래, 손자까지 본 메누리년더러 육장 짝 쬣을 년이네, 오두가 나서 싸돌아댕기네 허구, 구십을 놀리너만? 그건 잘허넌 짓이구만? 똥 묻은 개가 저(겨) 묻은 개 나무래지!"

"쌍년이라 헐 수 읎어! 천하 쌍놈, 우리게 판백이 아전 고준평이 딸자식이, 워너니 그렇지 별수 있겠냐!"

"아이구! 그, 드럽구 칙살스런 양반! 그런 알량헌 양반허구넌 안 바꾸어…… 양반, 흥!…… 양반이 어디 가서 모다 급살 맞어 죽구 읊덩갑만…… 대체 은제 적버텀 그렇게 도도헌 양반인고? 읍내 아전덜한티 잽혀가서 볼기 맞이먼서 소인 살려줍시사 허던 건 누군고? 그게 양반이여? 그 밑구녁 들칠수룩 구린내만 나너 만?"

아무리 아귓심이 세다 해도 본시 남자란 여자의 입심을 못 당하는 법인데, 가뜩이나 이렇게 맹렬한 육탄(아닌 언탄)을 맞고 보니, 윤직원 영감으로는 총퇴각이 아니면, 달리 기습(奇襲)이나 게릴라 전술을 쓸 수밖엔 별도리가 없습니다.

사실 오늘의 이 싸움에 있어선, 자기 딴은 입이 광주리 구멍 같아도 고씨가 그쯤들이 폭로를 시키는 데야, 꼼짝 못하고 되잡히게만 경우가 되어먹었습니다.

그러니 가장 좋은 도리는, 전자에 그의 부인 오씨가 하던 법식으로 냅다 달려들어 며느리의 머리끄덩이를 잡아 엎지르고, 방치¹⁷ 같은 걸로 능장질¹⁸을 했으면야 효과가 훌륭하겠지요.

그러나 그 시어머니라는 머자와 시아버지라는 버자가 획 하나 덜하고 더하고 한 걸로, 시아버지는 시어머니처럼 며느리를 때려 주지는 못하게 마련이니, 그 법을 그다지 야속스럽게 구별해논 자, 삼대를 빌어먹을지라고, 윤직원 영감으로는 저주하지 않을 수가 없습니다.

"야, 이놈, 경손아!"

육집이 큰 보람도 없이 뾰족하니 몰린 윤직원 영감은 마침내 마루로 쿵 하고 나서면서 뒤채로 대고 소리를 지릅니다.

경손은 제 방에서 감감하게 대답을 하나, 윤직원 영감은 들었는지 못 들었는지, 연해 소리소리 외칩니다.

한참 만에야 경손이가 양복 고의 바람으로 가만가만 나와서 한 옆으로 비껴 섭니다.

"너 이놈, 시방 당장 가서 네 할애비 불러오니라. 당장 불러와!"

"네에."

"요새 시체년 거, 이혼이란 것 잘덜 헌다더라, 이혼…… 이놈, 오널 저녁으루 담박 제 지집을 이혼을 안 히였다 부아라! 이놈을 내가……"

과부댁 종놈은 왕방울로 행세한다더니, 윤직원 영감은 며느리 고씨와 싸우다가 몰리면 이혼하라고 할 테라고, 아들 창식을 불러오라는 게 유세통[19]입니다.

그러나 부르러 간 놈한테 미리 소식 다 듣는 윤주사는, 따고 안 오기가 일쑤요, 몇 번 만에 한 번 불려와선, 네에 내일 수속하지요 하고 시원히 대답은 해도, 그 자리만 일어서면 죄다 잊어버려 버립니다. 그래도 좋게시리 윤직원 영감은 그 이튿날이고 이혼 수속 재촉을 하는 법이 없으니까요.

"아 이놈, 냉큼 가서 불러오던 않구, 무얼 뻐언허구 섰어?"

윤직원 영감은 주춤거리고 섰는 경손이더러 호통을 합니다.

경손은 그제야 대답을 하고 옷을 입으러 가는 체, 뒤꼍으로 들어갑니다. 눈치 보아가면서 밖으로 나갔다가 들어오든지, 무엇하면 그냥 잠자코 있다가 넌지시 입을 씻고 말든지, 없어서 못 데리고 왔다고 하든지 할 요량만 대고 있으니까 별로 힘드잘 것도 없는 노릇입니다.

"두구 보자!"

윤직원 영감은 마루가 꺼져라고 굴러 디디면서 대뜰로 내려섭니다.

"……두구 부아, 어디…… 내가 그새까지넌 말루만 그렸지만, 인지 두구 부아라. 저허구 나허구 애비자식 천륜을 끊든지, 지집을 이혼을 허든지 좌우양단간 오널 저녁 안으루 요정을 내구래야 말 티닝개루…… 두구 부아!"

윤직원 영감은 으르면서 구르면서 사랑으로 나가고, 고씨는 그 뒤꼭지에다 대고 제발 좀 그럽시사고, 이혼을 한다면 누가 무서워서 서얼설 기고, 어엉엉 울 줄 아느냐고 퀄퀄스럽게 받아넘깁니다.

이래서 시초 없는 싸움은 또한 끝도 없이 휴전이 되고, 각기 장수가 진지(陣地)로부터 퇴각을 하자, 집안은 다시 평화가 회복되었습니다.

모두들 태평합니다.

계집종인 삼월이는 부엌에서 행랑어멈과 같이서 얼추 설거지를 하고 있고, 행랑아범은 안팎 아궁이를 찾아다니면서 군불을 조금씩 지피고, 그 나머지 식구들은 고씨만 빼놓고 다 안방으로 모여 저녁밥을 시작합니다.

서울아씨, 두 동서, 경손이, 태식이, 전주댁, 이렇습니다. 그들은 아무도 방금 일어났던 풍파를 심려한다든가 윤직원 영감이 저녁밥을 중판맨[20] 것을 걱정한다든가, 고씨가 밥상을 도로 쫓은 걸 민망히 여긴다든가 할 사람은 하나도 없고, 따라서 아무도 입맛이 없어 밥 생각이 안 날 사람도 없습니다.

다만, 먼저의 싸움의 입가심같이 그다음엔 조그마한 싸움 하나가 벌어집니다.

태식이가 구경에 세마리가 팔렸다가[21] 싸움이 끝이 나니까 다시 밥 시작을 하는데, 마침 경손이가 툭 튀어들더니 윤직원 영감이 앉았던 자리에 털썩 주저앉아서는 두말 않고 그 숟갈로 그 밥을 퍼먹습니다.

태식은, 이 깍쟁이요 도적놈인 경손이가 아빠의 숟갈로 아빠의 밥을 먹어대는 게 밉기도 하려니와, 또 맛있는 반찬을 뺏길 테니, 그래저래 심술이 나지 않을 수가 없습니다.

"히잉, 우리 아빠 밥야!"

태식은 밥숟갈을 둘러메는 것이나, 경손은 거들떠보지도 않고서

"왜 이 모양야! 밥그릇에다가 문패 써 붙였나?"

하고 놀려줍니다.

"히잉, 깍쟁이!"

"무어 어째?…… 잠자꾸 있어, 괜히……"

"히잉, 도족놈!"

"아, 요게! 병신이 지랄해요! 대갈쟁이가……"

"깍쟁이! 도족놈!"

"가만둬 두니깐……! 저거 봐요! 숟갈을 둘러메믄, 제가 누굴 때릴 텐가? 요것 하나 먹구퍼? 요것……"

"저 애가……! 경손아!"

경손이가 주먹을 쥐어 밥상 너머로 을러대는 걸, 마침 저의 모친 박씨가 들어서다가 보고 깜짝 놀라던 것입니다.

"병신이 괜히 지랄허니깐, 나두 그리지!······ 내 이름이 깍쟁이구 도독놈이구 그런가? 머······"

"아따, 그런 소리 좀 들으믄 어떠냐? 잠자꾸 밥이나 먹으려무나."

"이 병신, 다시 그따위 소릴 해봐? 죽여놀 테니깐······"

"저 녀석이 말래두, 아니 듣구서!······ 너 그리다간 큰사랑 할아버지께 또 꾸중 듣는다?"

"피이! 무섭잖아."

"허는 소리마다. 너 그렇게 버릇없이 굴믄 귀양 간다! 귀양······"

"곤충 채집허구, 수영허구, 등산허구 실컷 놀다가 도루 오지, 무슨 걱정이우?"

서울아씨가 손을 씻으면서 방으로 들어오다가 태식이가 여태 밥상을 차고 앉아, 그러나마 먹지도 않고 이짐²²이 나서 엿가래 같은 코를 훌쩍거리고 있는 것을 보고는 상을 잔뜩 찌푸립니다.

"누나!"

"왜 그래?"

역성이나 들어줄 줄 알고 불러본 것이, 대고 쏘아버리니, 이제는 울기라도 해서 아빠를 불러대는 수밖에 없습니다.

과연 태식은 입이 비죽비죽, 얼굴이 움질움질하는 게 방금 아앙하고 울음이 터질 시초를 잡습니다.

만약 태식을 울려놓고 보면 큰일입니다. 약간 아까, 고씨와 싸우던 그따위 풍파가 아니고, 온통 집이 한 귀퉁이 무너나게시리[23] 벼락이 내릴 판이니까요. 윤직원 영감은 다른 잘못도 잘 용서를 않지만, 그중에도 누구든지 태식을 울린다든가 하는 죄는 단연 용서를 하지 않던 것입니다.

"어서 밥 먹어라. 밥 먹다가 이짐 쓰구 그러면 못써요!"

서울아씨가 할 수 없이 목소리를 눅여 살살 달랩니다. 박씨도 코를 씻어주면서 경손이더러 눈을 끔적끔적합니다.

"대부 할아버지?"

경손은 눈치를 채고서, 빈들빈들, 버엉떼엥 엎어삶느라고……[24]

"……어서 진지 잡수! 그리구 대부 덕분에 손자두 이런 존 반찬 좀 얻어먹어예지, 응? 할아버지…… 우리 대부가 참 착해, 그렇지 대부……"

파계를 따지자면, 열다섯 살 먹은 경손은 같은 열다섯 살 먹은 태식의 손자요, 태식은 경손의 할아버지가 갈데없습니다. 일가 망한 건 항렬만 높단 말로 눙치고 넘기자니, 차라리 이 조손 관계(祖孫關係)는 비극이라 함이 옳겠습니다.

7. 쇠가 쇠를 낳고

사랑방에는 언제 왔는지, 올챙이 석서방이 과시 올챙이같이 토옹통한 배를 안고 윗목께로 오도카니 앉아 있습니다.

시쳇말로는 브로커요, 윤직원 영감 밑에서 거간을 해먹는 사람입니다.

돈도 잡기 전에 배 먼저 나왔으니, 갈데없이 근천스런[1] ×배요, 납작한 체격에 형적도 없는 모가지에, 다 올챙이 별명 타자고 나온 배지 별게 아닐 겁니다.

"진지 잡수셨습니까?"

올챙이는 오꼼[2] 일어서면서 공순히, 그러나 친숙히 인사를 합니다.

윤직원 영감은 속으로야, 이 사람이 저녁에 다시 온 것이 반가울 일이 있어서, 느긋하기는 해도 짐짓

"안 먹었으면 자네가 설넝탱이라두 한 뚝배기 사줄라간디, 밥

먹었냐구 묻넝가?"

하면서 탐탁찮아하는 낯꽃으로 전접스런³ 소리를 합니다.

"아, 잡수시기만 하신다면야 사드리다뿐이겠습니까……?"

생김새야 아무리 못생겼다 하기로서니, 남의 그런 낯꽃 하나 여새겨⁴ 볼 줄 모르며, 그런 보비위 하나 할 줄 모르고서, 몇천 원 더러는 몇만 원 거간을 서 먹노라 할 위인은 아닙니다.

옳지, 방금 큰소리가 들리더니, 정녕 안에서 무슨 일로 역정이 난 끝에 밥도 안 먹고 나오다가, 그 화풀이를 걸리는 대로 나한테 하는 속이로구나, 이렇게 단박 눈치를 채고는 선뜻 흠선⁵을 피우면서, 마침 윤직원 영감이 발이나 넘는 장죽에 담배를 재어 무니까, 냉큼 성냥을 그어 댑니다.

"……그렇지만 어디 지가 설마한들 설렁탕이야 사드리겠어요! 참 하다못해 식교자라두 한 상……"

"체에! 시에미가 오래 살면 구정물통으(개숫물통에) 빠져 죽넌다더니, 내가 오래 사닝개루 벨일 다아 많얼랑개비네! 인제넌 오래간만으 목구녕의 때 좀 벳기넝개비다!"

윤직원 영감 입에서는 담배 연기가 피어올라 자옥하니 연막을 치고, 올챙이는 팽팽한 양복 가랑이를 펴면서, 도사렸던 다리를 퍼근히⁶ 하고 저도 마코를 꺼내서 붙입니다.

"온 영감두!…… 지가 영감 식교자 한 상 채려드리기루서니 그게 그리 대단하다구, 그런 말씀을……"

"글씨 이 사람아, 말만 그렇기, 어따 저어 상말루, 줄 듯 줄 듯 허면서 안 주더라구, 말만 그렇기 허지 말구서 한 상 처억 좀 시

기다 주어보소? 늙은이 괄세넌 히여두 아덜 괄세넌 않넌다데마
넌, 늙은이 대접두 더러 히여야 젊은 사람이 복을 받고 허넌 벱이
네. 그렇잖엉가? 이 사람……"

윤직원 영감은 히죽이 웃기까지 하는 것이, 방금 그다지 등등하
던 기승은 그새 죄다 잊어버린 모양으로 아주 태평입니다. 워너
니 그도 그래야 할 것이, 만약 그 숱해 많은 싸움을, 싸움하는 족
족 오래 두고 화가 풀리지 않을래서야, 사람이 지레 늙을 노릇이
지요.

"아니 머, 빈말씀이 아니라……"

올챙이는, 금세 일어서서 밖으로 나갈 듯이 뒤를 들먹들먹합
니다.

"……시방이라두 나가서, 무어 약주 안주나 될 걸루 좀 시켜가
지구 오지요. 전화루 시키면 곧 될 테니깐두루…… 정녕 저녁 진
질 아니 잡수셨어요? 그러시다면 그 요량을 해서……"

"헤헤엣다! 참, 엎질러 절 받기라더니, 야 이 사람, 그런 허넌
첼랑 구만 히여두소. 자네가 암만히여두 딴 요량쨍이 있어각구서
시방 그러넌 속 나두 다아 알구 있네!"

"네? 딴 요량요? 온, 천만에!"

"아까 아참나잘으 와서 이얘기허던 그 조간7 때미 그러지? 응?"

"아니올시다, 온!…… 그건 그거구 이건 이거지, 어쩌면 절 그
런 놈으루만 치질 하십니까! 허허허."

"그러구저러구 간으, 그건 아침에 말헌 대루 이화리(二割引) 아
니구넌 안 되니 그렇게 알소잉?"

윤직원 영감은 정색을 하느라고 담뱃대를 입에서 뽑고, 올챙이도 다가앉을 듯이 안지매°를 되사립니다.

"그리잖어두 허긴 그 사람 강씰 방금 또 만나구 오는 길인데요…… 그래 그 말씀두 요정을 내구 허기는 해야겠습니다마는……"

"그럼, 이화리 히여서라두 쓴다구 그러덩가?"

"그런데 거, 이번 일은 제 얼굴을 보시구서라두 좀 생각해주서야 하겠습니다!"

"생각이라께 별것 있넝가? 돈 취히여주넝 것이지."

"물론 주시긴 주시는데, 일 할(一割)만 해주세요!"

"건, 안 될 말이래두!"

"온, 자꾸만 그리십니다. 칠천 원짜리 삼십 일 수형에 일 할이라두, 자아, 보십시오. 선변°을 제하시니깐 육천삼백 원 주시구서 한 달 만에 칠백 원을 얹어서 칠천 원으루 받으시니 그만 해두 그게 어딥니까?…… 아무리 급한 돈이래두, 쓰는 사람이 생각하면 하늘이 내려볼까 무섭잖겠어요?…… 그런 걸 글쎄, 이 할이나 허자시니!"

"허! 사람두!…… 이 사람아, 돈이 급허면 급헐수룩 다아 요긴 허구, 그만침 갭이 나갈 게 아닝가? 그러닝개루 변두 더 내구서 써야지?"

"그렇더래두 영감 말씀대루 허자면 칠천 원 액면에 오천육백 원을 쓰구서 한 달 만에 일천사백 원 이자를 갚게 되니, 돈 쓰는 사람이 억울하잖겠습니까?"

"억울허거던 안 쓰면 구만이지?…… 머, 내가 쓰시요오 쓰시요 허구 쫓아댕김서 억지루 처맽긴다덩가? 그 사람 참!"

윤직원 영감은 이렇게 배부른 흥정으로 비스듬히 드러누우려고는 하지만, 올챙이의 말이 아니라도 육천삼백 원에 한 달 이자 칠백 원이 어디라고, 이 거리를 놓치고 싶지는 않습니다.

에누리를 하는 셈이지요. 해서 이 할을 뗄 수 있으면 더할 나위 없고, 눈치 보아서 일 할 오 부로 해주어도 괜찮고, 또 저엉 무엇하면 일 할이라도 그리 해롭지는 않고…… 그게 그러나마 달리 융통을 시켜야 할 자본일세 말이지, 은행의 예금장에서 녹이 슬고 있는 돈인 걸, 두고 놀리느니보다야 이문이 아니냔 말입니다.

"영감이 무가내루 이 할만 떼신다면, 아마 그 사람두 안 쓰기 쉽습니다……"

올챙이는 역시 윤직원 영감의 배짱을 아는 터라, 마침내 이렇게 슬그머니 한번 덜미를 눌러놓습니다. 그러고는 한참 있다가 다시……

"……그러니 자아 영감, 그러구저러구 하실 것 없이, 일 할 오 부만 하시지요…… 일 할 오 부라두 일 칠은 칠, 오 칠 삼십오허구, 일천오십 원입니다!"

"아니 이 사람, 자네넌 내 밑으서 거간 서구, 내 덕으 사넌 사람이, 육장 그저 내게다가 해만 뵐라구 드넝가?"

"온 참! 그게 손해 끼쳐드리는 게 아닙니다! 일을 다아 되두룩 마련하자니깐 그리지요. 상말루, 싸움은 말리구 흥정은 붙이라구 않습니까? 그런데 그게 남의 일이라두 모를 텐데 항차 영감의 일인 걸……"

"아따, 시방 허넌 소리가!…… 야 이 사람아, 구문[10]이 안 생겨두 자네가 시방 이러구 댕길 팅가?"

"허허, 그야…… 허허허허. 그런데 참 구문이라니 말씀이지, 저두 구문만 많이 먹기루 들자면 할이가 많은 게 좋답니다. 그렇지만 세상일을 어디 그렇게 제 욕심대루만 할래서야 됩니까?"

"이 사람아, 그런 소리 말소. 욕심 읎이 세상 살라다가넌 제 창사구(창자) 뽑아서 남 주어야 허네!"

"것두 옳은 말씀은 옳은 말씀입니다…… 그런데 자아, 어떡허실렵니까? 제 말씀대루 일 할 오 부만 해서 주시지요? 네?"

"아이, 모르겄네! 자네 쇠견대루 허소!"

"허허허허. 진즉 그리실 걸 가지구…… 그럼 내일 당자 강씰 데리구 올 텐데, 어느만 때가 좋을는지?…… 내일 은행 시간까진 돈을 써야 할 테니깐요."

"글씨…… 대복이가 와야 헐 턴디. 오늘 저녁으 온댔으닝개 오기넌 올 것이구, 오머넌 내일 아무 때라두 돈이사 주겄지만…… 자리넌 실수 읎을 자리겄다?"

"그야 지가 범연하겠습니까? 아따, 만창상점이라구, 바루 저 철물교 다리 옆입니다. 머 그 사람이 부랑자루 주색잡기하느라구 쓰는 돈이 아니구, 내일 해전으루다가 은행에 입금을 시켜야만 부도가 아니 나게 됐다는군요!…… 글쎄 은행에서들 돈을 딱 가두어놓군 돌려주질 않기 때문에, 너 나 할 것 없이 모두 죽는 소립니다!…… 그러나저러나 간에 이 사람 강씬 아무 염려 없구요.

다 조사해보시면 아시겠지만……"

"내가 무얼 알겠넝가마는……"

윤직원 영감은 담뱃대를 놓고 일어서더니, 벽장 속에서 조선 백지로 맨 술 두꺼운 장부(?) 한 권을 찾아냅니다.

이것이 대복이의 주변으로, 종로 일대와 창안 배오개 등지와, 그 밖에 서울 장안의 들뭇들뭇한 상고"들을 뽑아 신용 정도를 조사해둔 블랙리스트입니다.

신용이라도 우리네가 보통 말하는 신용이 아니라, 가산은 통 얼마나 되는데, 갚을 빚은 얼마나 되느냐는 그 신용입니다.

이걸 만들어놓고, 대복이는 날마다 신문이며 홍신내보(興信內報)며 또는 소식 같은 걸 참고해가면서, 그들의 신용의 변동에 잔주(註解)를 달아놓습니다.

그러니까 생기기는 아무렇게나 백지로 맨 한 권의 문서책이지만, 척 한번 떠들어만 보면, 어디서 무슨 장사를 하는 아무개는 암만까지는 돈을 주어도 좋다는 것을 횡하니 알 수가 있는 것입니다.

윤직원 영감은 시골 사람, 그중에도 부랑자가 돈을 쓴다면 으레건 매도 계약까지 첨부한 부동산을 저당 잡고라야 돈을 주지만, 시내에서 장사하는 사람들한테는 대개 수형을 받고서 거래를 합니다. 그는 수형의 효험과 위력을 잘 알고 있으니까 안심을 합니다.

세상에 수형처럼 빚 쓴 사람한테는 무섭고, 빚 준 사람한테는 편리한 것이 없답니다. 기한이 지나기만 하면 거저 불문곡직하고 수형 액면에 쓰인 만큼 차압을 해서 집행 딱지를 붙여놓고는 경매를 한다나요.

가령 그게 사기에 걸린 돈이라고 하더라도, 수형이고 보면 안 갚고는 못 배긴다니, 무섭지 않고 어쩌겠습니까.

윤직원 영감은 이 편리하고도 만능한 수형장사를 해서 매삭 이삼만 원씩 융통을 시키고, 그 이문이 적어도 삼천 원으로부터 사천 원은 됩니다.

일 할 이상 이 할까지나 새끼를 치는 셈이지요.

송도 말년(松都末年)에는 쇠가 쇠를 먹었다고 합니다. 그러던 게 지금은 다아 세태가 바뀌고, 을축갑자(乙丑甲子)로 되는 세상이라서 그런 것도 아니겠지만, 쇠가 쇠를 낳기로 마련이니, 그건 무슨 징조일는지요.

아무튼 그놈 돈이란 물건이 저희끼리 목족(睦族)은 무섭게 잘하는 놈인 모양입니다. 그렇기에 자꾸만 있는 데로만 모이지요?

윤직원 영감은 허리에 찬 풍안집에서 풍안을 꺼내더니, 그걸 코허리에다가 처억 걸치고는, 그 육중한 자가용 홍신록을 뒤적거립니다.

올챙이는 이제 일이 거진 성사가 되었대서, 엔간히 마음이 뇌는지, 담배를 피워 물고 앉아서는 하회를 기다립니다.

윤직원 영감은 만창상회의 강무엇이를 찾아내어 대강 입구구를 따져본 결과, 빚이 더러 있기는 해도, 아직 칠팔천 원은 말고 이삼만 원쯤은 돌려주어도 한 달 기간에 낭패가 생기지는 않을 만큼 저엉정한 걸 알았습니다.

"거 원, 우선 내가 뵈기는 괜찮얼 상부르네마는……"

윤직원 영감은 이쯤 반승낙을 하고는, 장부를 도로 벽장에다가 건사하고, 풍안을 코끝에서 떼어내고, 그러고서 담뱃대를 집어 물면서 자리에 앉습니다. 아까 먼젓번에 한 승낙은, 말은 없어도 신용 조사에 낙방이 안 돼야만 돈을 준다는 얼승낙이요, 이번 것이 진짜 승낙한 보람이 날 승낙이던 것입니다.

그러나 이러이러하네마는 하고, 그 '마는'이 붙었으니 온승낙이 아니고 반승낙인 것입니다. 대복이가 없으니까 그와 다시 한 번 상의를 할 요량이지요. 그래서 혹시 대복이가 불가하다고 한다든지 하면, 말로만 반승낙을 했지 무슨 계약서라도 쓴 게 아니고 한즉, 이편 마음대로 자빠져버리면 고만일 테니까요.

"그러면……"

올챙이는 윤직원 영감의 그 마는이라는 말끝을 덮어씌우느라고, 다시금 다지려 듭니다.

"……내일 은행 시간 안으루는 실수 없겠죠?"

"글씨, 우선은 그러기루 히여두지."

"그래서야 어디 저편이 안심을 하나요? 영감이 주장이시니깐, 영감이 아주 귀정〔歸正〕을 지어서 말씀을 해주셔야 저 사람두 맘 놓구 있지요!"

"그렇기두 허지만, 실상 이 사람아, 자네두 늘 두구 보지만, 내사 무얼 아녕가……? 대복이가 다아 알어서 이러라구 허면 이러구, 저러라구 허면 저러구 허지. 괜시리 속두 잘 모르구서 돈 그까짓것 천오십 원 읃어먹을라다가, 웬걸 천오십 원이나마 나 혼자 죄다 먹간디? 자네 구문 백오 원 주구 나면, 천 원두 채 못 되넝 것, 그것 먹자구, 잘못허다가 내 생돈 육천 원 업어다 난장〔亂杖〕 맞히게?"

"글쎄 영감! 자리가 부실한 자리면 지가 애초에 새에 들질 않는답니다. 그새 사오 년지간이나 두구 보시구서두 그리십니까? 언제 머 지가 천거한 자리루 동전 한 푼 허실한 일이 있습니까?"

"아는 질두 물어서 가랬다네. 눈 뜨구서 남의 눈 빼먹넌 세상인 종 자네두 알면서 그러넝가?"

"허허허허. 영감은 참 말년 가두 실수라구는 없으시겠습니다! 다아 그렇게 전후를 꼭꼭 재가면서 일을 하셔야 실수가 없긴 하지요…… 그럼 아무튼지 대복이가 오늘루 오긴 오죠?"

"늦더래두 올 것이네."

"그럼, 대복이만 가한 양으루 말씀하면 돈은 내일루 실수 없으시죠?"

"그럴 티지."

"그러면 아무려나 내일 오정 때쯤 해서 당자 강씰 데리구 오지요…… 좌우간 그만해두 한시름 놓았습니다. 허허……"

"자네넌 시언헌가 부네마넌, 나넌 돈 천이나 더 먹을 걸 못 먹은 것 같어서 섭섭허네!"

"허허허허, 그럼 이댐에나 들무웃한 걸 한자리 해오지요…… 가만히 계십시오. 수두룩합니다. 은행에서 돈을 아니 내주기 때문에 거얼걸들 합니다. 제일 죽어나는 게 은행돈 빚 얻어다가는 땅장수니 집장수니 하던 치들인데, 머 일보 사오십 전이라두 못

108

써서 쩔맵니다!"

"이 판으 누가 일보 오십 전 받구 빚을 준다덩가? 소불하 일 원은 받어야지…… 주넌 놈이 아순가? 쓰넌 놈이 아수닝개로 그거라두 걷어 쓰지……"

윤직원 영감은 요새 새로 발령된 폭리 취체¹² 속을 도무지 모릅니다. 그러나 안다고 하더라도 이미 십 년 전부터 벌써 법이 금하는 고패를 넘어서 해먹는 돈장사니까, 시방 새삼스럽게 폭리 취체쯤 무서울 것도 없으려니와, 좀 까다롭겠으면 다 달리 이러쿵저러쿵 하는 수가 얼마든지 있은즉 만날 떵그렁입니다.

"그러면 그 일은 그렇게 허기루 허구……"

올챙이는 볼일 다 보았으니 선뜻 일어설 것이로되, 그러나 두고두고 뒷일을 좋도록 하자면, 이런 기회에 듬씬 보비위를 해야 하는 것인 줄을 자알 알고 있습니다.

"……그런데, 정녕 저녁 진질 아니 잡수셨습니까?"

"먹다가 말었네! 속상히여서……"

윤직원 영감은 그새 잊었던 화가 그 시장기로 해서 새 채비로 비어지던 것이고, 그래 재떨이에 담배 터는 소리도 절로 모집니다.

"거 온, 그래서 어떡허십니까! 더구나 연만하신 노인이!"

"그러닝개 그게 다아 팔자라네!"

또 역정을 낼 줄 알았더니, 그런 게 아니고 방금 아무 근심기 없던 얼굴이 졸지에 해 질 무렵같이 흐려들면서, 음성은 풀기 없이 가라앉습니다.

"……내가 이 사람아, 나락으루 해마닥 만 석을 추수를 받구, 돈으루두 몇만 원씩을 차구 앉었넌 사람인디, 아 그런 부자루 앉어서 글씨, 가끔 이렇기 끄니를 굶네그려! 으응?"

과연 일 년 추수하는 쌀만 가지고도 밥을 해 먹자면 백년 천년을 배불리 먹고도 남을 테면서, 그러나 이렇게 배고픈 때가 있으니, 곰곰이 생각을 하면 한심하여 팔자 탄식이 나오기도 할 겝니다.

"……여보게 이 사람아!…… 아 자네버텀두 날더러 팔자 좋다구 그러지? 그렇지만 이 사람아, 팔자가 존 게 다아 무엇잉가! 속 모르구서 괜시리 허넌 소리지…… 그저 날 같언 사람은 말이네, 그저 도독놈이 노적가리 짊어져 가까 버서 밤새두룩 짖구 댕기는 개, 개 신세여! 허릴없이 개 신세여!……"

윤직원 영감은 잠잠히 말을 그치고, 담배 연기째 후루루 한숨을 내쉬면서, 어디라 없이 한눈을 팝니다.

거상에 짜증난 얼굴이 아니면, 불콰하니 마음 편안한 얼굴, 호리를 다투는[13] 뜩뜩한 얼굴이 아니면, 남을 꼬집어뜯는 전접스런 얼굴, 그러한 낯꽃만 하고 지내는 이 영감한테 이렇듯 추렷하니[14] 침통한 기색이 드러날 적이 있다는 것은 자못 심외라 않을 수 없습니다.

돈을 흥정하는 저자에서 오고 가고 하는 속한[俗漢]일 뿐이지, 올챙이로서야 어디 그러한 방면으로 들어서야 제법 깊은 인정의 기미를 통찰할 재목이 되나요. 그저 백만금의 재물을 쌓아놓고 자손 번창하겠다, 수명장수, 아직도 젊은 놈 여대치게 저엉정하

겠다, 이런 천하에 드문 호팔자를 누리면서도, 근천이 질질 흐르
게시리 밥을 굶네, 속이 상하네, 개 신세네 하고 풀 죽은 기색으
로 탄식을 하는 게, 이놈의 영감이 그만큼 살고 쉬이 죽으려고 청
승을 떠는가 싶어 얼굴이 다시금 쳐다보일 따름이었습니다.

8. 상평통보常平通寶 서 푼과……

올챙이는, 윤직원 영감이 자기가 자청해서 자기 입으로 개라고 하니, 차라리 그렇거들랑 어디 컹컹 한바탕 짖어보라고 놀리기나 하고 싶습니다. 그렇지만 그런 버릇없는 농담을 할 법이야 있습니까. 속은 어디로 갔든 좋은 말로다 자손이 번창하고 가운이 융성하게 되면, 집안 어른 된 이로는 그런 근심 저런 걱정 노상 아니할 수도 없는 것인즉, 그걸 가지고 과히 상심할 게 없느니라고 위로를 해줍니다.

"아, 여보소?"

윤직원 영감은 남이 애써 위로해주는 소리는 귀로 듣는지 코로 맡는지 종시 우두커니 한눈을 팔고 앉았다가, 갑자기 긴한 낯으로 고개를 내밀면서,

"……자네, 사람 죽었을 때 염(殮)허넝 것 더러 부았넝가?"

하고 묻습니다. 자기 딴에는 따로이 속내평이 있어서 하는 소리

겠지만, 이건 느닷없이 송장 일곱 매 묶는 이야기가 불쑥 나오는 데는, 등이 서늘하고 그다지 긴치 않기도 했을 것입니다.

"더러 부았으리…… 그런디 말이네……"

윤직원 영감은 올챙이가 이렇다저렇다 얼른 대답을 못하고 우물우물하는 것을, 상관 않고 자기가 그 뒤를 잇습니다.

"……아, 우리 마니래(마누라)가 작년 정월이 죽잖있넝가?"

"네에! 아 참, 벌써 그게 작년 정월입니다그려! 세월이 빠르긴 허군!……"

"게, 그때, 수혐을 헌다구 날더러두 들오라구 허기에, 시쳇방으를 들어가잖있덩가. 들어가서 가만히 보구 섰으닝개, 수의를 죄다 갈어입히구 나서넌 일곱 매를 묶기 전에, 어따 그놈의 것을 무어라구 허데마는…… 쌀 한 숟가락을 떠서 맹인 입으다가 놓는 체허면서 천 석이요오 허구, 두 숟가락 떠느면서 이천 석이요오 허구, 세 숟가락 떠느면서 삼천 석이요오 허구, 아 이런담 말이네!…… 그러구 또, 시방은 쓰지두 않넌 옛날 돈 생평통보(常平通寶) 한 푼을 느주면서 천 냥이요오, 두 푼 느주면서 이천 냥이요오, 서 푼 느주면서 삼천 냥이요오, 이러데그려!"

"그렇지요! 그게 다아……"

올챙이는 비로소 윤직원 영감의 말하고자 하는 속을 알아차렸대서, 고개를 까댁까댁 맞장구를 칩니다.

"……그게 맹인이 저승길 가면서 노수'두 쓰구, 또 저승에 가서 두 부자루 잘 지내라구 그리잖습니까?"

"응 그리여. 글씨 그런 줄 나두 알기넌 알어. 또, 우리 어머니

아버지 때두 다아 보구 그리서, 츰으루 보덩 건 아니지. 그러닝개 츰 귀경히였다닝 게 아니라, 내 말은 그런 말이 아니구…… 아니 글씨 여보소, 우리 마니래만 히여두 명색이 만석꾼이 집 예편네가 아닝가? 만석꾼이…… 그런디 필경 두 다리 쭈욱 뻗구 죽으닝개년 저승으루 갈라면서, 쌀 게우 세 숟가락허구, 돈 엽전 스 푼허구, 게우 고걸 각구 간담 말이네그려, 웅? 만석꾼이가 죽어 저승으로 가먼서넌 쌀 세 숟가락에 엽전 스 푼을 달랑 얻어각구 간담 말이여!"

올챙이는 자못 엄숙해하는 낯으로 고즈넉이 앉아 듣고 있고, 윤직원 영감은 뻐끔뻐끔 한참이나 담배를 빨더니, 후우 한숨을 한번 내쉬고는 말끝을 다시 잇댑니다.

"게, 그걸 보구서 고옴곰 생각을 허닝개루, 나두 한번 눈을 감구 죽어지면 벨수 읎이 저렇기 쌀 세 숟가락허구 엽전 스 푼허구, 달랑 고걸 읃어각구 저승으루 가겄거니!…… 그럴 것 아닝가? 머, 나라구 무덤을 죄선만 허게 파구서, 그 속으다가 나락을 수천 석 쟁여주며, 돈을 수만 냥 디릿딜여주겄넝가? 또오, 그런대두 아무 소용 읎넌 짓이구…… 그렇잖엉가?"

"허허, 다아 그런 게지요!"

"그렇지? 그러니 말이네. 아, 내 손으루 만석을 받구, 수만 원을 주물르던 나두, 죽어만 지면 별수 읎이 쌀 세 숟가락허구, 엽전 달랑 스 푼 얻어각구 저승으루 갈 테먼서 말이네…… 글씨 그럴라면서 왜 내가 시방 이 재산을 지키니라구 이대두룩 악을 쓰구, 남안티 실인심허구, 자식 손자놈덜안티 미움받구, 나 쓰구 싶은 대루 나 지내구 싶은 대루 못 지내구 이러넝고! 웅? 그 말뜻 알어들어?"

"네네…… 허허, 참 거……"

"그러나마, 그러나마 말이네…… 내가 앞으루 백 년을 더 살 것 잉가? 오십 년을 더 살 것잉가? 잘히어야 한 십 년 더 살다가, 두 다리 뻗을 티먼서. 그러니, 나 한번 급살 맞어 죽어삐리면 아무것두 모르구 다아 잊어삐릴 년의 세상…… 그런디 글씨, 어쩌자구 내가 이렇기 아그려쥐구 앉어서, 돈 한 푼에 버얼벌 떨구, 뭇 놈년덜 눈치코치 다아 먹구, 늙발에 호의호식, 평안히 못 지내구…… 그것뿐잉가? 게다가 한 푼이라두 더 못 뫼야서 아등아등허구…… 허니, 원 내가 이게 무슨 놈의 청승이며, 무슨 놈의 지랄짓잉고오? 이런 생객이 가끔, 그 뒤버틈은 들더람 말이네그려!"

윤직원 영감으로 앉아, 그런 마음을 먹고 이런 소리를 함부로 하다께, 올챙이의 소견이 아니라도 이건 정말 죽으려고 마음이 변했나 봅니다.

주객이 잠시 말이 없고 잠잠합니다. 올챙이는 무어라고 위로를 해야겠어서 말긋말긋 윤직원 영감의 눈치를 살핍니다.

아무래도 노망이 아니면 환장한 소린 것 같은데, 혹시 그게 정말이어서 이놈의 영감태기가, 자아 여보소, 나는 인제는 재산이고 무엇이고 죄다 소용없네……, 없으니, 자아 이걸 가지고 자네나 족히 평생을 하소……, 이렇게 선뜻 몇만 원 집어주지 말랄 법도 노상 없진 않으려니 싶어(싫다기보다도) 그렇게 횡재를 했으면 좋겠다고 다뿍 허욕이 받쳐서, 올챙이는 시방 궁상으로 부른 헛

배가 가뜩이나 더 부르려고 하는 판입니다. 눈에 답신 고이도록
보비위를 해줄 필요가 그래서 더욱 간절했던 것입니다.

"영감님?"

"어이?"

부르는 소리도 은근했거니와 대답 소리도 다정합니다.

"지가 꼬옥 영감님께 한 가지 권면해드릴 게 있습니다!"

"권면?"

"네에, 다름이 아니라……"

"아니, 자네가 시방 또, 은제치름 날더러 저 무엇이냐, 핵교 허
넌 디다가 돈 기부허라구, 그런 권면 헐라구 그러잖넝가? 그런 소
리거덜랑 이 사람아, 애여 말두 내지두 말소!"

이렇게 황망히 방색²을 하는 것이, 윤직원 영감은 어느덧 꿈이
깨고, 생시의 옳은 정신이 들었던 모양입니다.

미상불 여태까지 그 가라앉은 침통한 목소리나 암담한 안색은
씻은 듯이 어디로 가고 없고, 활기 있는 여느 때의 그의 얼굴을
도로 지니고 앉았습니다.

"아니올시다! 온……"

올챙이는 그만 속으로 떡심이 풀리고 입이 헤먹으나,³ 그럴수록
이 더욱 잘 건사를 물어야 할 판이어서, 흔감스럽게 말을 받아넘
깁니다.

"천만에 말씀이지, 그때 한번 영감이 안 되겠다구 하신 걸 또
말을 낼 리가 있습니까? 그게 무슨 그대지 유익하신 일이라
구…… 실상 그때 그 말씀을 한 것두 달리 그런 게 아니랍니다.

116

다아 학교라두 하나 만드시면 신문에두 추앙이 자자할 것이구, 또오 동상두 서구 할 테니깐, 영감님 송덕이 후세에 남을 게 아니겠다구요? 그래서 저두 머, 지낼 말루다가 한번 말씀을 비쳐본 거지요…… 사실 또 생각하면, 괜히 돈 낭비나 되지, 그게 그리 신통한 소일두 아니구말구요!"

"신통이구 지랄이구 이 사람아, 왜 글씨 제 돈 디려가면서 학교를 설시허네 무얼 허네, 모두 남 존 일을 헌담 말잉가? 천하 시러베 개아덜놈덜이지…… 인제 보소마넌, 그런 놈덜은 손복을 히여서, 오래잔히여 박적을 차구 빌어먹으러 댕길 티닝개루, 두구 보소!"

과연 윤직원 영감은 환장한 것도 아니요, 노망이 난 것도 아니요, 정신이 초랑초랑합니다. 아마 아까 하던 소리는 잠꼬댈시 분명합니다. 따라서 올챙이에게는 미안하나 어쩔 수 없는 노릇입니다.

올챙이는 윤직원 영감의 비위를 맞추자던 것이 되레 건드려논 셈이 되었고 본즉, 땀이 빠지도록 언변을 부려가면서, 공공사업에 돈을 내는 게 불가한 소치를 한바탕 늘어놓습니다. 그러고 나서 비로소 처음 초를 잡다가 만 이야기를 다시금 꺼내던 것입니다.

"참 지가, 하루이틀 영감님을 뫼시구 지내는 배가 아니구, 그래 참 저렇게 상심이나 하시구, 그런 끝에 노인이 궐식이나 하시구, 그러시는 걸 뵙기가 여간만 민망스런 게 아니에요. 저두 늙은 부모가 있는 놈인데, 남의 댁 어룬이라구 그런 근경 못 살피겠습니까……? 그래 제 깐에는 두루 유념을 하구 지내지요. 이건 참 입에 붙은 말씀이 아니올시다!"

"그렁개루 설렁탕 사준다구 허닝가?"

"온! 영감두!…… 이거 보세요, 영감님?"

"왜 그러닝가?"

"지가 꼬옥 맘을 두구서 권면하는 말씀이니, 저어 마나님 한 분 얻으시는 게 어떠세요?"

윤직원 영감은 대답 대신 히물죽 웃으면서 눈을 흘깁니다. 네 이놈 괘씸은 하다마는 그럴듯하기는 그럴듯하구나……, 이 뜻이지요.

올챙이도 히죽히죽 웃으면서, 없는 모가지를 늘여가지고 조촘한 무릎 다가앉습니다.

"거, 아직 기운두 좋시구 허니, 불편허신 때 조석 마련이며, 몸시중이며, 살뜰히 들어주실 여인네루, 나이나 좀 진득헌 이를 하나 구허셔서, 이 근처 가까운 데다가 치가나 시키시구 허시면, 아조옴 좋아요? 허기야 따님까지 와서 기시구 허니깐 머어 범연하겠습니까마는, 그래두 잘하나 못하나 마나님이라구 이름 지어두구 지내시면, 시중 드는 것두 훨씬 맘에 드실 것이구, 또오 아직 저엉정하시겠다 밤저녁으루 적적하시면 내려가서 위로두 더러 받으시구, 헤헤!……"

"네라끼 사람!"

올챙이의 말조가 매우 근경속⁴이 있고 더욱이 그 끝엣 한 대문⁵은 썩 실감적이고 보매, 윤직원 영감은 눈을 흘기고 히물죽 웃는

118

것만으로는 못 견디겠던지, 담뱃대를 뽑는 입에서 지르르 침이
흘러내립니다.

"헤헤…… 거, 좋잖습니까?…… 그러니 여러 말씀 마시구, 마
나님 구허실 도리를 하십시오, 네?"

"허기사 이 사람아!……"

윤직원 영감은 마침내 까놓고 흉중을 설파합니다.

"……자네가 다아 참, 내 근경을 알어채구서 기왕 말을 냈으니
말이지, 낸들 왜 그 더숙이[6]에 서캐 실은 예편네라두 하나 있으면
좋을 생각이 읎겄넝가?…… 아, 그렇지만, 그렇다구 내가 이 나이
에 어디 가서 즘잔찮게 예편네 읃어달라구 말을 낼 수야 읎잖넝
가? 그렇잖엉가?"

"아, 그야 그러시다뿐이겠습니까! 그러신 줄 저두 아니깐……"

"글씨, 그러니 말이네…… 그런 것두 다아 내가 인복이 읎어서
그럴 티지만, 거 창식이허며 또 종수허며 그놈덜이 천하에 불효
막심헌 놈덜이니! 마근 잡어 뽑을 놈덜이여. 왜 그렇고 허먼, 아
글씨, 즈덜은 네기, 첩년을 모두 둘씩 셋씩 읃어서 데리구 살면서,
나넌 그냥 그저 모르쇠이네그려!…… 아, 그놈덜이 작히나 사람
된 놈덜이머넌 허다못해서 눈 찌그러진 예편네라두……, 흔헌 게
예편네 아닝가? 허니 눈 찌그러지구 코 삐틀어진 예편네라두 하
나 줏어다가 날 주었으면, 자네 말대루 내가 몸시중두 들게 허구,
심심파적두 허구 그럴 게 아닝가? 그런디 그놈덜이, 내가 뫼야준
돈은 각구서 즈덜만 밤낮 그 지랄을 허지, 나넌 통히 모른 체를
허네그려! 그러니 그놈덜이 잡어 뽑을 놈덜 아니구 무엇이람 말

잉가?"

속이 본시 의뭉하고, 또 전접스런 소리를 하느라고 그러지, 실상 알고 보면 혼자 지내는 게 작년 가을 이짝 일 년지간이고, 그 전까지야 첩이 끊일 새가 없었더랍니다.

시골서 살 때에 첩을 둘씩 얻어 치가를 시키고, 동네 술어미가 은근하게 있으면 붙박이로 상관을 하고 지내고, 또 촌에서 계집 애가 북실북실한 놈이 눈에 뜨이면 다리 치인다는 핑계로 데려다 가 두고서 재미를 보고, 두루 이러던 것은 그만두고라도, 서울로 올라와서 지난 십 년 동안 첩을 갈아세운 것만 해도 무려 십여 명 은 될 것입니다.

기생첩이야, 가짜 여학생첩이야, 명색 숫처녀첩이야, 가지각색 이었지요. 모두 일 년 아니면 두서너 달씩 살다가 갈아세우고 하 던 것들입니다.

그래 오던 끝에, 재작년인가는 좀 그럴듯한 과부 하나를 얻어, 바로 집 옆집을 사가지고 치가를 시키면서 쏠쏠히 탈 없이 일 년 넘겨 이태 가까이 재미를 본 일이 있었습니다.

나이는 서른댓이나 되었고, 인물도 그리 추물은 아니고, 신식 계집들처럼 되바라지지도 않고, 그리고 근경속 있고 솜씨 얌전하 고 해서, 참 마침감이었습니다.

윤직원 영감은, 제가 그대로 병통 없이 말치 없이,[7] 자기 종신토 록 자알 살아만 주면 마지막 임종에 가서, 그 집하고 또 땅이나 벼 백 석거리하고 떼어주어 뒷고생 않게시리 해주려니, 이쯤 속 치부[8]를 잘해두었습니다.

아 그랬는데 글쎄, 그 여편네만은 결코 그러지 않으려니 했던
게, 웬걸, 제 버릇 개 못 준다더니, 남의 첩데기 짓을 하느라고,
끝내는 요게 샛밥을 날름날름 집어먹다가, 필경은 이웃집에 기식
하고 있는 젊은 보험회사 외교원 양반과 찰떡같이 배가 맞아가지
고는 어느 날 밤엔가 패물이야 옷 나부랭이를 말끔 쓸어가지고
야간도주를 해버렸습니다.

늙은 영감한테 매달려, 얼마 아니 남은 인생을 멋없이 흐지부지
늙혀야 하느냐, 혹은 내일은 삼수갑산을 갈 값에 셰퍼드 같은 젊
은 놈과 붙어서 지내야 하느냐 하는 그 우열과 이해의 타산은 제
각기 제 나름이겠지만, 윤직원 영감은 그걸 보고서, 그년이 제 복
을 제가 털어버렸다고, 그년이 인제 논두덕 죽음 하지야고, 두고
두고 욕을 했습니다.

그 여편네의 신세를 가긍히 여겨 그랬다느니보다, 보물은 아니
라도 썩 마음에 들던 손그릇이나 하나 잃어버린 것같이 신변이
허전하고, 그래 오기가 나서 욕으로 화풀이를 했던 것이지요.

아무튼 한번 그렇게, 알뜰한 첩에 맛을 들인 뒤로는 여느 기생
첩이나 가짜 여학생첩이나 그런 것은 다시 얻을 생각이 없고, 꼭
그런 놈만 마침 골라서 전대로 재미를 보고 싶습니다.

그러잖았으면야 그게 작년 가을인데 버얼써 그동안 둘은 들고
나고 했지, 그대로 지냈을 리가 있나요.

첩을 얻어들이는 소임으로, 몇 해 단골 된 곰보딱지 방물장수
가, 그 운덤에 허파에서 바람이 날 지경이지요. 일껏 골라다가는
선을 뵐라치면 트집을 잡아가지굴랑 탁탁 퇴짜를 놓고, 그러면서

속히 서둘지 않는다고 성화를 대곤 해서요.

윤직원 영감으로야 일 년짝이나 혼자 지내고 보니, 급한 성미에 중매가 더디다고 야단을 치는 게 무리도 아니요, 그러니 자연 늙은이다운 농엄[9]이나 심술로다가 첩 아니 얻어주는 맏아들 창식이 윤주사나 큰손주 종수가 밉고, 미우니까 전접스런 소리며 욕이 나올밖에요.

저희들은 마음대로 골라잡아 마음대로 데리고 살면서, 그러니까 마음만 있게 되면 썩 좋은 놈을 뽑아다가 부친(또는 조부의) 봉친거리로 바칠 수가 있을 테련만, 잡아 뽑을 놈들이라 범연하여 그래주지를 않는대서요.

윤직원 영감은 혹시 무슨 다른 일로라도, 아들 윤주사나 큰손주 종수를 잡아다가 앉혀놓고 욕을 하던 끝이면 으레껀

"야, 이 수언 불효막심헌 놈덜아! 그래, 느놈덜은 이놈덜, 밤낮 지집 둘셋 은어놓구…… 그러면서 이 늙은 나넌 이렇기…… 죽으라구 내뻬려두어야 옳담 말이냐. 이 수언 잡아 뽑을 놈덜아!"

이렇게, 충분히 노골적으로 공박을 하곤 합니다. 그러니까 시방 올챙이를 데리고 앉아서 그쯤 꼬집어 뜯는 것은, 오히려 점잖은 편이라 하겠습니다.

올챙이는 보비위 삼아 생색을 내자던 노릇이라, 구하다 못하면 썩은 나무토막이라도 짊어져다 들이안길 값에, 기왕 낸 말이니 입맛 당기게시리 뒷갈무리를 해두어야만 할 판입니다.

"지가 불일성지[10]루, 썩 그럴듯한 놈, 아니 참 저 마나님 하나를 방구어보지요……[11] 실상은 말씀이야 오늘 저녁에 첩으루 냈지

만, 그새두 늘 그런 유념을 하구설랑, 눈여겨보기두 허구, 그럴 만한 자리에 연통두 해보구 그래왔더랍니다!"

"뜻이나마 고맙네만, 구만두소, 원……"

말은 그렇게 나왔어도, 실눈으로 갠소름하니[12] 웃는 눈웃음하며, 헤벌어지는 입이며, 다뿍 느긋해하는 게 갈데없습니다. 너 같으면 발이 넓어 먹는 골도 여러 갈래고, 또 게다가 주변도 있고 하니까 쉽사리 성사를 하리라, 이렇게 미더운 생각이 들었던 것입니다.

"괜히 그리십니다! 저 하는 대루 가만두고 보십시오, 인제……"

"더군다나 거 지상(기생)이니 여학생이니, 그런 것이나 어디 가서 줏어올라구? 돈이나 뜯어낼라구 허구, 검방지기나 허구, 밤낮 샛밥이나 처먹구…… 그것덜은 쓰겠덩가, 어디……"

"못쓰구말구요! 전 그런 것들은 애여 천거두 않습니다. 인제 보십시오마는, 나이 어쨌든 진드윽허니 한 오십 먹은 과부루다가……"

"네라끼 사람! 쉰 살 먹은 늙은이를 데리다가 무엇이다 쓴다덩가!"

"허허허허…… 네네, 그건 지가 영감님 속을 떠보느라구 짐짓 그랬답니다. 허허허허……"

"허! 그 사람 참……"

"허허허허…… 헌데, 그러면 한 서른댓 살이나, 그렇잖으면 사십이 갓 넘었던지……"

"허기사 너머 젊어두 못쓰겄데마는……"

"네에, 알겠습니다. 다아 제게 맽겨두구 보십시오, 나이두 듬지 익허구, 생김새두 숫두루움허구,[13] 다아 얌전스럽구 까리적구[14] 살림 잘허구 근경속 있구……, 어쨌든지……"

마침 골목 밖에서 신문배달부의 요란스런 방울 소리가 울려와서, 두 사람의 이야기를 막고 문득 긴장을 시켜놓습니다. 호외가 돌던 것입니다.

사변(중일전쟁(中日戰爭))은 국지 해결이 와해가 되고 북지사변으로부터 전단이 차차 중남지로 퍼지면서 지나사변에로 확대가 되어가고, 그에 따라 신문의 호외도 잦은 판입니다.

물론 호외 그것의 방울 소리가 아무리 잦더라도, 여느 수재나 그런 것이라면 흥미가 오히려 무디어지는 수가 있지만, 이건 전쟁이라는 커다란 사변인지라, 호외가 잦으면 잦을수록 사건의 확대와 진전을 의미하는 게 되어서, 사람의 신경은 더욱더욱 날이 서던 것입니다.

호외 방울 소리에 말은 끊기고 주객은 다 잠잠합니다. 제가끔 사변 현실에 대한 저네의 인식 능력을 토대 삼아, 그 발전을 호외 방울 소리에 의해서 제 마음대로 상상을 하고 있던 것입니다.

"어디 또 한 군디 함락시켰넝개비네, 잉?"

이윽고 방울 소리가 멀리 사라지자 윤직원 영감이 비로소 침묵을 깨뜨리던 것입니다.

"글쎄요…… 아마 그랬는 게지요."

"거 머, 청국이 여지읎넝개비데? 워너니 즈까짓 놈덜이 어디라

124

구, 세계서두 첫찌간다넌 일본허구 쌈을 헐라구 들 것잉가?"

"그렇구말구요!…… 지나 병정이라껀 허잘것없습니다. 앞에서 총소리가 나면 총칼 내던지구서 도망뺄 궁리버텀 하구요…… 그래서 지나는 병정이 두 가지가 있답니다. 앞에서 전쟁하는 병정이 있구, 또 그놈들이 못 도망가게 하느라구 뒤에서 총을 대구 지키는 병정이 있구…… 도망을 가는 놈이 있으면 그대루 대구 쏘아 죽인다니깐요!"

"원, 저런 놈덜이!…… 아니 그 지랄을 히여가면서, 무슨 짓이라구 쌈은 헌다넝가? 응? 들으닝개루, 이번으두 즈가 먼점 쩝적거리서 쌈이 되얐다네그려?"

"그렇죠. 그놈들이 다아 어리석어서 그래요!"

"아니 글씨, 좋게 호떡장수나 히여먹구, 인죄견장수나 히여먹을 일이지, 어디라구 글씨 덤비냔 말이여!"

"즈이는 별조¹⁵ 없어두, 따루 믿는 구석이 있어서 그랬다나 바요?"

"믿다니?"

"아라사를 찜믿구서 그랬다구요!"

"아라사를?"

"네에…… 그것두 달리 그랬으꼬마는, 아라사가 쏘삭쏘삭해서, 지나의 장개석일 충동일 시켰대요. 이 애 너 일본하구 싸움 않니? 아니 해? 어 병신 바보 녀석아, 그래 그렇게 꿈쩍 못해?…… 싸움해라, 싸움해. 하기만 하면 내가 뒤에서 한몫 거달아줄 테니, 응? 아무 걱정 말구서 덤벼들어라. 덤벼서 싸움만 하란 말이다.

하면 다아 좋은 수가 있으니…… 이렇게 충동일 놀았대요!"

"오옳지, 아라사가 그랬다!…… 그런디 아라사가 왜?…… 저 거시기 그때 일아전쟁(日俄戰爭)에 진 그 원혐으루? 그 분풀이루……"

"아니지요. 그런 게 아니구, 아라사가 지나를 집어삼킬 뱃심으루 그랬지요!"

"청국을 집어먹을 뱃심이라?…… 아니, 그거야 집어먹자구 들라면, 차라리 청국허구 맞붙어서 헌다넝 건 몰라두……"

"그건 모르시는 말씀입니다…… 아라사루 말허면 아따 저 무엇이냐, 사회주의를 하는 종족이거든요!"

"거 참 아라사놈덜은 그렇다데그려…… 그놈의 나라으선 부자 사람의 것을 말끔 뺏어다가 멋이냐 농군놈덜허구 노동꾼놈덜허구 나눠주었다지?"

"그렇지요!"

"허! 세상 참……"

"그런데, 아라사는 즈이만 그걸 할 뿐 아니라, 지나두 즈이허구 한판속을 만들려구 들거든요!"

"청국을?…… 청국두 그놈의 사회주의라냐, 그 부랑당 속을 맨들어?…… 그게 무어니 무어니 히여두 이 사람아, 알구 보닝개루 바루 부랑당 속이지 별것이 아니데그려?…… 자네는 모르리마넌 옛날 죄선두 활빈당(活貧黨)이라넝 게 있었너니. 그런디 그게 시체 그놈의 것 무엇이냐 사회주의허구 한속이더니……"

"저두 더러 이야긴 들었습니다."

"거 보소. 그런디 활빈당이라게 별것 아니구, 그냥 부랑당이더니, 부랑당…… 그러닝개루 그놈의 것두 부랑당 속이지 무어여? 그렇잖엉가?"

"그렇죠! 가난헌 놈들이, 있는 사람의 것을 뜯어먹자는 속으루 들어선 일반이니까요!"

"그렇구말구. 그게 모다 환장 속이여. 그런 놈덜이, 즈가 못사닝개루 환장 속으루 오기가 나서 그러거던…… 그런디 무엇이냐, 그 아라사놈덜이 청국두 즈치름 그런 부랑당 속을 꾀미러 들었담 말이지?"

"그렇죠…… 허기야 지나뿐이 아니라, 온 세계를 그리자구 든다니까요!"

"뭐이? 그러면, 우리 죄선두?…… 아니, 죄선서야 그놈덜이 사회주의허다가 말끔 잽히가서 전중이[16] 살구서, 시방은 다아 너끔 허잖덩가?"[17]

"그렇지만, 만약 지나가 그 속이 되구 보면 재미가 없죠. 머, 죄선뿐이 아니라 동양 천지가 모두 재미없습니다!"

"참 그렇기두 허겄네! 청국지어 죄선이라, 바루 가까우닝개루…… 거 참 그렇겠네! 그렇다면 못쓰지! 못쓰구말구…… 아, 이 사람아, 다런 사람두 다런 사람이지만, 나버텀두 어떻게 헌담 말잉가? 큰일 나지, 큰일 나…… 재전[18]에 그놈의 부랑당패를 디리없이 치루던 일을 생각허면 시방두 몸서리가 치이구, 머어 치가 떨리구 허넌디, 아니 그 격난을 날더러 또 저끄람 말이여?…… 안 될 말이지! 천하 없어두 안 될 말이지!…… 어디를! 이놈덜…… 죽일 놈덜!"

눈앞에 실지로 원수를 대하는 듯, 윤직원 영감은 마구 흥분하여 냅다 호통을 하던 것입니다.

"아니 그러니깐……"

"아 글씨, 누가 즈더러 부자루 못살래서 그리여? 누가 즈 것을 뺏었길래 그리여? 어찌서 그놈덜이 그 지랄이여?…… 아, 사람 사람이 다아 제가끔 지가 타구난 복대루, 부자루두 살구, 가난허 게두 살구, 그러기루 다아 하눌이 마련헌 노릇이구, 타구난 팔잔 디…… 그래, 남은 잘살구 즈덜은 못산다구, 생판 남의 것을 뺏어 다가 즈덜 창사구(창자)를 채러 들어? 응?…… 그게 될 말이 여?…… 그런 놈덜은 말끔 잡어다가 목을 숭덩숭덩 쓸어 죽여야 지!…… 아 이 사람아, 만약에 세상이 도루 그 지경이 되구 보면 그 노릇을 어쩐담 말잉가? 응?"

"허허, 그런 걱정은 아니 허셔두 좋습니다!"

"안 히여두 좋다?"

"그럼요!"

"그렇다면 다행이네마넌……"

"시방 지나를 치는 것두 다아 그것 때문이랍니다. 장개석이가, 즈이 망할 장본인 줄은 모르구서, 사회주의 하는 아라사의 꼬임 수에 넘어가지굴랑……, 꼭 망할 장본이지요…… 영감님 말씀대 루 온통 부랑당 속이 될 테니깐두루……"

"그렇지! 망허다뿐잉가?…… 허릴읎이 옛날으 부랑당패 한참 드세던 죄선 뻔새가 되구 말 티닝개루……"

"그러니깐 말하자면, 시방 지나가 아라사의 꼬임에 빠져서 정신을 못 채리구는 함부루 납뛰는[19] 셈이죠. 그래서 그걸 가만둬 뒀선 청국 즈이두 망하려니와 동양이 통으루 불안하겠으니깐, 이건 이래서 안 되겠다구 말씀이지요, 안 되겠다구, 일본이 따들구 나서가지굴랑 지나를 정신을 채리게 하느라구, 이를테면 따구깨나 붙여가면서 훈계를 하는 게 이번 전쟁이랍니다.!"

"하하아! 오옳지, 옳여! 인제 보닝개루 사맥이 그렇게 된 사맥이네그려! 거 참 그럴듯허구만! 거, 잘허넌 노릇이여! 아무렴 그리야 허구말구…… 여부가 있을 것잉가!…… 그렇거들랑 그 녀석들을 머, 약간 뺌사대기(따귀)만 때릴 게 아니라, 반죽음을 시켜서, 다실랑 그런 못된 본을 못 보게시리 늘신 두들겨주어야지, 늘신…… 다리빽다구를 하나 부질어주어두 한무내하지,[20] 머…… 어, 거 참 장헌 노릇이다…… 그러닝개루 이번 일은 여늬, 치구뺏구 허넌 그런 전쟁허구두 내평이 달르네그려?"

"그야 다르죠!"

"참 장헌 노릇이여!…… 아 이 사람아 글씨, 시방 세상으 누가 무엇이 그리 답답히여서 그 노릇을 허구 있겄넝가……? 자아 보소. 관리허며 순사를 우리 죄선으루 많이 내보내서, 그 숭악헌 부랑당놈들을 말끔 소탕시켜주구, 그래서 양민덜이 그 덕에 편히 살지를 않넝가? 그러구 또, 이번에 그런 전쟁을 히여서 그 못된 놈의 사회주의를 막어내주니, 원 그렇게 고맙구 그렇게 장헐 디가 어디 있담 말잉가…… 어 참, 끔쩍이두 고맙구 장헌 노릇이네!…… 게 여보소, 이번 쌈에 일본은 갈디없이 이기기넌 이기렷

대잉?"

"그야 여부없죠! 일본이 이기구말구요!"

"그럴 것이네 워너니. 일본이 부국갱병허기루 천하제일이라넌
디…… 어 참, 속이 다 후련허다."

이야기에 세마리가 팔렸던 올챙이가 정신이 들어, 시계를 꺼내
보더니, 볼일이 더디었다고 총총히 물러갔습니다. 그는 물러가면
서, 잘 유념을 하여 쉬이 그 마나님감을 골라다가 현신시키겠다
고, 자청 다짐을 두기를 잊지 않았습니다.

9. 절약節約의 도락 정신道樂精神

올챙이를 보내고 나서 윤직원 영감은 퇴침을 도두 베고, 보료 위에 가 편안히 드러눕습니다.

침침한 십삼 와트 전등불에 담배 연기만 자욱하니, 텅 빈 삼칸 장방 아랫목에 가서 허연 영감 하나만 그들먹하게 달랑 드러누운 것이, 어떻게 보면 징그럽기도 하고, 다시 어떻게 보면 폐허같이 호젓하기도 합니다.

윤직원 영감은 멀거니 드러누웠자매 심심해서 못 견디겠습니다. 춘심이년이나 어서 왔으면 하겠는데, 저녁 먹고 곧 오마고 했으니까 오기는 올 테지만, 그년이 이내 뽀로로 오는 게 아니라 까불고 초라니짓을 하느라고 이렇게 더디거니 싶어 얄밉습니다.

대복이도 까맣게 기다려집니다. 간 일이 궁금도 하거니와, 여덟 신데 오래잖아 라디오를 들어야 하겠으니, 그 안으로 돌아와야 하겠습니다.

저녁을 몇 술 뜨다가 말아서 속도 출출합니다. 이런 때에 딸이고 손자며느리고 누가 하나 밥상이라도 들려 가지고 나와서, 진지 잡수시라고 권을 했으면, 못 이기는 체하고 달게 먹을 텐데, 그런 재치 하나 부릴 줄 모르는 것들이거니 하면 다시금 화가 나기도 합니다.

시장한 깐으로는 삼남이라도 내보내서 우동이라도 한 그릇 불러다가 후루룩 쭉쭉 먹었으면 좋겠지만, 그렇게 생각하니까는 어금니 밑에서 사뭇 신 침이 괴어 나오고 가슴이 쓰리기는 하지만, 집안 애들이 볼까 보아 체수¹에 차마 못합니다.

누가 먼저 오나 했더니 대복이가 첫찌(?)를 했습니다.

운동화에 국방색 당꾸바지²에, 검정 저고리에, 오그라붙은 칼라에, 배애배 꼬인 검정 넥타이에, 사 년 된 맥고자에, 볕에 탄 얼굴에, 툭 불거진 광대뼈에, 근천스럽게 말라붙은 안면 근육에, 깡마른 눈정기³에⋯⋯, 이 행색과 모습은 백만장자의 지배인 겸 서기 겸 비서 겸, 이러한 인물이라기는 매우 섭섭해 보입니다.

차라리 살림살이에 노상 시달리는 촌의 면서기가, 그날 출장을 나갔다가 다뿍 시장해가지고 허위단심 집엘 마침 당도한 포즈랬으면 꼬옥 맞겠습니다. 실상 또 면서기 출신이 아닌 것도 아니고요.

대복이가 방으로 들어만 섰지 미처 무어라고 인사도 하기 전에 윤직원 영감은 벌떡 일어나 앉으면서

"히였넝가?"

하고 묻습니다. 가차압을 나가는 집달리를 따라갔으니 물어보나

마나 알 일이지마는 성미가 급해놔서 진득이 저편의 보고를 기다리고 있지를 못합니다.

"예에, 다아 잘……"

대복이는 늘 치어난[4] 훈련으로, 제가 복명을 하기보다 주인이 묻는 대로 대답을 하기 위하여, 넌지시 꿇어앉아 다음을 기다립니다.

"무엇으다가 붙있넝가?"

"마침 광으가 나락이 한 오십 석이나 있어서요……"

"나락? 거 참 마침이구만!…… 그래서 그놈으다가 붙있넝가?"

"예에."

"잘힜네! 인제 경매헐 때 그놈을 우리가 사머넌 거 갠찮얼 것이네! 나락이닝개루……"

"그렇잔히여두 그럴라구 다아 그렇게 저렇게 마련을……"

워너니 대복이가 누구라고, 그걸 범연히 했을 리가 없던 것입니다.

꿩 먹고 알 먹고 하는 속인데, 윤직원 영감은 채무자의 재산을 가차압을 해놓고, 기한이 지난 뒤에 경매를 하게 되면, 속살로 그것을 사가지고, 그것에서 다시 이문을 봅니다. 그 맛이 하도 고소해서 언제든지 기회만 있으면 놓치지를 않습니다.

"에 거, 일 십상 잘되얐네!…… 그리서, 그분네, 술대접이나 좀 힜넝가?"

"돈 십 원어치나 술을 멕있더니, 아마 그 값이 넉넉 빠질라닝개 비라우!"

"것두 잘혔네! 무엇이구, 멕이면 되는 세상잉개루…… 그럼 어
서 건너가서 저녁 먹소. 시장컸네…… 저 거시기…… 아니 그만
두구, 어서 건너가서 저녁 먹소. 이따가 이얘기허지!……"

윤직원 영감은 아까 올챙이와 말이 얼린 만창상점의 수형 조
건을 상의하려다가, 그거야 이따고 내일이고 천천히 해도 급하
지 않대서, 대복이의 시장하고 피곤할 것을 여겨 그만두던 것입
니다.

윤직원 영감으로는 이문 속으로 탈이나 없고 할 경우면, 실상은
탈을 내는 일도 없기는 하지만, 더러 대복이를 위해줄 만도 합니
다. 대복이는 참으로 보뱁니다. 차라리 윤직원 영감의 한쪽이라
고 하는 게 옳겠지요.

성명은 전대복(全大福)인데, 장차에는 어떻게´ 될는지 기약하기
어렵다 하더라도, 반평생을 넘겨 산 오늘날까지, 이름대로 복이
온전코 크고 하지는 못했습니다. 오히려 박복했지요.

윤직원 영감과 한고향입니다. 면서기를 오 년 다녔고 그중 사
년이나 회계원으로 있었습니다.

꼼꼼하고[5] 착실하고 고정하고[6] 그러고도 사람이 재치가 있고,
이래서 윤직원 영감의 눈에 들었습니다. 그런 결과 윤직원 영감
네가 서울로 이사해 올 때에, 자가용 회계원 겸 서무서기 겸 심
부름꾼 겸 만능잡이[7]로다가 이삿짐과 한가지로 묻혀가지고 왔습
니다.

이래 십 년, 대복이는 까딱없이 지내왔습니다. 참말로 윤직원
영감한테는 깎아 맞췄어도 그렇게 손에 맞기는 어려울 만큼 성능

이 두루딱딱이[8]로 만점이었습니다.

약삭빠르고 고정하고 민첩하고, 잇속이라면 훤하니 밝고……, 이러니 무슨 여부가 있을 리가 있나요.

가령 두부를 오늘 저녁에는 세 모만 사들여 보낼 예정이라면, 사는 마당에서는 두 모하고 반만 사고 싶습니다. 그러나 두부 반 모는 서울 장안을 온통 매고 다녀야 파는 데가 없으니까, 더 줄여 서 두 모를 삽니다. 결국 이 전 오 리를 아끼려던 것이, 그 갑절 오 전을 득했으니, 치부꾼으로 그런 규모가 어디 있겠습니까. 대 복이라는 사람이 돈을 아끼는 그 솜씨가 무릇 이렇다는 일렙니 다. 진실로 얼마나 충실한 사람입니까.

그러나 그렇대서 사람이 잘다고만 하면, 그건 무릇 인간성을 몰 각한 혐의가 없지 않습니다.

대복이가 가령 주인네 반찬거리로 세 모를 사들여 보낼 두부를 두 모하고 반 모만 사고 싶다가, 반 모는 팔질 아니하니까 두 모 를 사는 그 조화가 단지 돈 그것을 아끼자는, 즉 순전한 목적의식 만으로만 그러던 건 아닙니다.

그는 돈이야 뉘 돈이 되었든, 살림이야 뉘 살림이 되었든, 그 돈을 졸략히 쓰는 방법, 거기에 우선 깊은 취미를 가지는 사람입 니다.

그러한 때문에, 두부를 세 모를 살 텐데 두 모 반을 못 사서 두 모만 산 때라든지, 윤직원 영감의 심부름으로 동대문 밖을 나가 는데 갈 제는 걸어서 가고 올 제만 타고 와서 전찻삯 오 전을 덜 쓴 때라든지, 이러한 날은 아껴 쓰고 남긴 그 돈 오 전을 연신 들여다보고 들여다보고 하면서, 무한히 유쾌해합니다. 그 돈 오 전을 그렇다고 제 낭탁*에다가 넌지시 집어넣느냐 하면, 물론 절대로 없습니다.

대복이는 그러므로, 가령 한 사람의 훌륭한 도락가(道樂家)로 천거하더라도 결단코 자격에 손색이 없을 겝니다.

어떤 사람은 가지각색 고서(古書)를 모으기에 재미를 붙입니다. 별 얄망궂은 책들을 다 모으지요.

어떤 사람은 화분 가꾸기에 재미를 들입니다. 올망졸망 화초들을 분에다가 심어놓고 그것을 가축하느라, 심지어 모필로다가 잎사귀에 앉은 먼지를 털기까지 합니다.

이러한 도락이 남이 보기에는 곰상스럽기나 했지 아무 소용도 없는 것 같지만, 그걸 하고 있는 당자들은 천하에도 없이 끔찍스레 재미가 있습니다.

마찬가지로, 돈을 쓰는 데 요모조모로 아끼고 졸이고 깎고 해가면서, 군것은 먼지 한 낱도 안 붙게시리 씻고 털고 한 새말간 알맹이 돈을 만들어 쓰곤 하는, 대복이의 그 극치에 다다른 규모도 그러니까 뼈젓한 도락이 아닐 수가 없습니다.

윤직원 영감과 대복이 사이에는 네 것 내 것이 없습니다. 죄다 윤직원 영감의 것이요 대복이 것은 하나도 없어서 말입니다.

하기야 윤직원 영감은 대복이를 탁 믿고 월급이니 그런 것은 작정도 없이, 네 용돈은 네가 알아서 쓰라고 내맡겼은즉, 한 백만 원 집어 쓸 수도 있기는 합니다.

그러나 대복이에게 매삭 든다는 것이란 게 극히 적고도 겸하여 일정한 것이어서, 담배 단풍표 서른 곽과(만약 큰달일라치면 31일 날 하루는 모아둔 꽁초를 피웁니다) 박박 깎는 이발삯 이십오 전과, 목간삯 칠 전과 이런 것이 경상비요, 임시비로는 가장 하길의 피복대와 십 전 미만의 통신비가 있을 따름입니다.

그는 그러한 중에서도 주인 윤직원 영감의 살림이나 사업에 드는 비용은 물론이거니와, 그대도록 바닥이 맑아 빠안히 들여다보이는 제 비용도 가다간 용하게 재주를 부려서 뻐젓하니 절약을 해내곤 합니다.

가령 쉬운 예를 들자면, 이런 것도 있습니다.

대복이는 한 달에 한 번씩 반드시(!) 목간을 하는데, 그 비용은 물론 칠 전입니다. 비누를 쓰지 않으니까 꼭 칠 전 외에는 수건이나 해지면 해졌지, 다른 것은 더 들 게 없습니다.

그런데 언젠가는 그 한 달에 한 번씩 하던 그 목간을 약간 늦추어, 한 달 하고 닷새, 즉 삼십오 일 만에 한 번씩 해보았습니다. 그렇게 하기를 여섯 번을 한 결과로는 매번 닷새씩 아낀 것으로 해서 일곱 달 동안에 여섯 번의 목간을 했고, 동시에 한 달 목간삯 칠 전을 절약하는 데 성공을 했습니다.

이 성과를 거둔 날의 대복이는 대단히 유쾌했습니다. 진실로 입신(入神)의 묘기(妙技)로 추앙해도 아깝지 않습니다.

고향에서는 그의 과히 늙지는 않은 양친이 윤직원 영감네 땅을 부쳐 먹고 지내면서, 그다지 고생은 않습니다.

아내가 고향에서 시부모를 섬기고 있었는데, 연전에 죽었고, 그래 대복이는 시방 홀아빕니다.

죽은 아내가 불쌍하고, 시골 살림이 각다분하고,[10] 홀아비 신세가 초라하고 하기는 하지만, 그런 걸 전화위복이라고, 과연 복이 될는지 무엇이 될는지 아직은 몰라도, 복이려니 하는 대망을 아무튼 홀아비가 된 그걸로 해서 품을 수만은 있게 되었던 것입니다.

대복이 그가 임자 없는 사내인 것과 일반으로 안에는 시방 임자 없는 여편네 서울아씨가 있어서, 우선 임자 없는 계집 사내가 주객이 되었다는 것이 가히 원칙적으로는 그 둘은 합쳐줄 조건이 되던 것입니다.

물론 실제란 놈은 언제고 원칙을 생색내주려 들지 않으니까, 그래서 대복이의 대망도 장차 어떻게 될는지 모르기는 합니다.

첫째, 둘이서(아니 저쪽에서) 뜻이 있어야 하고, 윤직원 영감이 죽어버리거나, 그러잖으면 묵인을 해주거나 해야 하겠으니, 그것이 모두 미지수가 아니면 억지로다가 뛰어넘을 수는 없는 난관입니다.

가령 윤직원 영감이 막고 못하게 하는 것을 저희 둘이서만 배가 맞아서 살잔즉 서울아씨의 분재받은 오백 석거리가 따라오지 않을 테니, 그건 대복이로 앉아서 보면 목적을 전연 무시한 결과라, 아무 의의도 없을 노릇입니다.

대복이라는 사람이 본시 계집에게 반하고 어쩌고 할 활량[11]도 아니요, 반할 필요도 없기는 하지만, 그러니 더구나 목움추리에, 주근깨 바탕에, 납작코에, 그런 빈대 상호[12]의 서울아씨가 계집으로 하 그리 탐탁하다고, 욕심이 날 이치는 없습니다.

다만 홀아비라는 밑천이 있으니까, 오백 석거리로 도금한 과부라는 데에 오직 친화성이 발견될 따름이고, 그게 대망의 초점이지요.

그러니까 시방 대복이는 제일단의 문제로, 서울아씨가 저에게 뜻이 있으면 하고 바랍니다. 만약 그렇기만 하다면 일이 한 조각은 성공이니까, 매우 기뻐할 현상이겠습니다.

그러나 아무리 그렇더라도, 가령 서울아씨가 쫓아 나와서 제 허리띠에 목을 매고 늘어지더라도, 제이단의 난관인 윤직원 영감의 묵인이나 승낙이 없고 볼 것 같으면 알짜 오백 석거리의 도금이 벗어져버린 서울아씨일 터인즉, 그는 단연코 그 정을 물리칠 것입니다.

몽글게 먹고 가늘게 싸더라도,[13] 윤직원 영감이 인제 죽을 때는 단돈 몇천 원이라도 끼쳐줄 눈치요, 그것만은 외수[14]가 없는 구멍인 것을, 잘못하다가 그 구멍마저 놓쳐서는 큰 낭패이겠으니 말입니다.

*

"전서방님 오셨넌디 저녁 진짓상 주어기라우……"

삼남이가 안방 대뜰로 올라서면서 띄워놓고 하는 소립니다.

"전서방 오셨니?"

안방에서 경손이와 태식이를 데리고 무슨 이야긴지 이야기를 하고 있던 서울아씨가, 와락 반가운 소리로 대답을 하면서 마루로 나오더니 이어 부엌으로 내려갑니다.

전서방이고 반서방이고 간에, 그의 밥상을 알은체할 머리도 없고, 또 계제가 그렇게 되었더라도 삼월이를 불러대서 시키든지 조카며느리들한테 밀든지 할 것이지, 여느 때는 부엌이라고 들여다보지도 않는 서울아씨로, 느닷없이 이리 서두는 것은 적실코 한 개의 이변이 아닐 수가 없습니다.

경손이가 그 이변을 직각하고서 서울아씨가 나간 뒤에다 대고 고개를 끄덱끄덱, 혓바닥을 날름날름합니다.

서울아씨는 물론 그런 눈치를 보인 줄은 모를 뿐 아니라, 자신의 그러한 행동이 이변스러운 것조차 미처 깨닫지를 못합니다.

하나, 그렇다고 또 서울아씨가 대복이한테 깊수룸한 향의〔向意〕가 있는 것이냐 하면 실상인즉 그게 매우 모호해서 섬뻑 이렇다고 장담코 대답하기는 난감합니다.

혓바닥은 짧아도 침은 멀리 뱉는다고 합니다. 서울아씨는, 다 아 참, 양반의 집 자녀요, 양반의 집 며느리였고, 친정이 만석꾼이요, 내 몫으로 오백 석거리가 돌아올 테고, 이러한 신분을 가져다가 사랑방 서사 대복이와 견줄 생각은 일찍이 해본 적이 없습니다.

그러니까 가령 어떻게 어떻게 되어서, 이러쿵저러쿵 말이 얼려가지고 대복이한테로 팔자를 고친다 치더라도, 그거나마 마다고 물리치지는 않을지언정, 대복이라는 인물이 하 그리 솔깃하거나 그래서 그러는 것은 아닐 텝니다. 하고, 오로지 그가 치마를 두른 계집이 아니고 남자라는 것, 단연 그것 하나 때문일 것입니다.

그렇기로 들면, 같은 남자일 바에야 대복이보다는 어느 모로 따지든지 취함직한 남자가 하고많을 텐데 하필 그처럼 눈에도 안 차는 대복이냐고 하겠지요.

그러나 서울아씨는 시집을 갈 수 있는 숫처녀인 것도 아니요, 신풍조를 마신 새로운 여인도 아닙니다.

그는 단지 하나의 낡은 세상의 과부입니다. 이 세상에 사람이 있는 줄은 알아도, 남자가 있는 줄은 의식적으로 모릅니다.

그것은 또, 결단코 절개가 송죽 같아서가 아니라, 눈 가린 마차말(馬車馬)이 마차를 게고 달리는 것과 일반으로, 훈련된 본능일 따름입니다.

과부라는 것은, 그 이유는 몰라도, 그냥 그저 두번째 남편을 맞지 않는 것이라고만 알고 있기 때문입니다.

그리하여 서울아씨도 장차 어떠한 고패에 딱 다들려서는,[15] 그 훈련된 본능을 과연 보전할지가 의문이나, 아직까지는 털고 나서서 개가를 하겠다는 의사는 감히 없고, 역시 재혼이라는 것은 못하는 걸로 여기고만 있습니다.

하기야 더러 그 문제를 가지고 빈약한 소견으로 두루두루 생각을 해보지 않는 것은 아니나, 아무리 둘러대보아야 그것은 힘에 벅찬 거역이어서, 도저히 가망수가 없으리라 싶기만 하던 것입니다.

'그러하다면서 대복이한테 그가 심상찮은 마음의 포즈를 보인다고 한 것은 역시 공연한 떼마[16]가 아니냐?'

그러나 그것은 막상 그렇지 않은 소치가 있습니다.

과부라고, 중성(中性)이 아닌 바에야 생리적으로 꼼짝 못할 명

령자가 있는 것을, 그러니 이성이 그립지 않을 이치가 없습니다. 서울아씨도 이성이 그립습니다. 지금 스물아홉인데 십이 년 전에 일 년 동안 겨우 남편과 지내고서 이내 홀몸입니다.

삼십이 되어오니 그 이성 그리움이 차차로 더합니다. 그가 성자(聖者)다운 수련을 쌓지 않은 이상, 단지 과부라는 형식만이 있어 가지고는, 호르몬 분비의 명령인 한 개의 커다란 필연을 도저히 막아낼 수는 없던 것입니다.

그러므로 그는 극히 자연스러운, 그러나 일종 근육적인 반사 작용으로서 이성을 그리워하고, 무의식한 가운데 이성을 반겨하고 하지 않을 수가 없는 여자 서울아씨던 것이요, 그런데 일변 그의 세계란 것은 겨우 일백마흔 평이라는 이 집 울안으로 제한이 되어 있고, 그 제한된 세계에는 오직 대복이가 남자로 존재해 있을 따름이던 것입니다.

그러니까 서울아씨는 대복이라면 그와 같이 의식보다도 제풀 근육이 반사적으로 날뛰어, 몸이 먼저 반가워하고, 그것이 날이 갈수록 남의 눈에 뜨이게 차차로 현저해가던 것입니다.

그렇지만 서울아씨의 근육이 풍겨 내놓은 이변은, 그러나 저 혼자서는 도저히 발전을 할 능력이 없을 뿐 아니라, 아직은 한낱 재료일 따름이요, 겸하여 의사의 판단과 상량[17]을 치르지 않은 것인 즉, 미리서 대복이를 위하여 축배를 들 거리는 못 되는 것입니다.

그건 그렇다고 하더라도, 삼남이가 웬만큼 눈치가 있었더라면, 밥상을 들고 나가서 대복이더러 넌지시, 아 서울아씨가 펄쩍 뛰어나오더니 평생 않던 짓을, 밥상을 차린다, 이것저것 반찬을 골라놓는다, 또 숭늉을 데운다, 뭐 야단이더라고, 이쯤 귀띔이라도 해주었을 것입니다.

그랬으면야 대복이도 속이 대단 굴저했을[18] 것이고, 어떻게 적극적으로 무슨 모션을 건네보려고 궁리도 할 것이고 그랬을 텐데, 삼남이란 본시 제 눈치도 모르는 아인 걸 남의 눈치를 알아챌 한인(閑人)은 아니었으니까요.

그래, 대복이는 전에 없던 밥상인 것만 이상히 여기고 말았습니다.

그러나 경손이 그 애가 능청맞은 애라, 제 대고모의 그러한 이변을 발견했은즉, 혹시 무슨 장난이라도 할 듯싶고, 그 끝엔 어떤 일이 생길 듯도 하고 하기는 합니다마는, 물론 꼭이 그러리라고 단언은 할 수 없는 일이고요.

10. 실제록失題錄

대복이가 윤직원 영감의 머리맡 연상(硯床)에 놓인 세트의 스위치를 누르는 대로 JODK의 풍류(風流)가 마침 기다렸던 듯 좌악 흘러져 나옵니다.

"따앙 찌찌, 즈응 증지 따앙 증응 다앙……"

잔영산입니다.

청승스런 단소의 동근 청과, 의뭉한 거문고의 콧소리가 서로 얽혔다 풀렸다 하는 사이를, 가냘파도 양금이 야물치게 메기고 나갑니다.

"다앙 당 동, 다앙 동 다앙당, 증찌, 다앙 당동당, 다앙 따앙."

이윽고 초장이 끝을 흥 있이 몰아치는 바람에, 담뱃대를 물고 모로 따악 드러누워 듣고 있던 윤직원 영감은

"좋다아!"

하면서 큼직한 엉덩판을 한번 칩니다.

무릇 풍류란 건 점잖대서, 잡가나 그런 것과 달라 그 좋다! 를 않는 법이랍니다. 그러나 그까짓 법이 무슨 상관이 있나요. 윤직 원 영감은 좋으니까 좋다고 하면 그만이지요.

이렇게 무식은 해도, 그거나마 음악적 취미의 교양이 윤직원 영 감한테 지녀져 있다는 것이 일변 거짓말 같기는 하지만, 돌이켜 직원 구실을 지낼 무렵에 선비들과 주축한¹ 그 덕이라 하면, 그리 이상튼 않겠습니다.

라디오를 만져놓고 마악 제 방으로 물러가는 대복이와 엇갈려, 춘심이년이 배시시 웃으면서 들어섭니다.

"어서 오니라. 이년, 왜 이렇게 늦게 오냐?"

윤직원 영감은 반가워하면서 욕을 하고, 춘심이는 욕을 먹어도 타지는 않습니다.

"일찍 올 일은 또 무엇 있나요? 오구 싶으믄 오구, 말구 싶으믄 말구 하지요. 시방 세상은 자유 세상인데!⋯⋯"

춘심이가 단숨에 이렇게 쎄와리면서, 얼굴 앞에 바투 주저앉는 것을, 윤직원 영감은 멀거니 웃고 바라다봅니다.

"대체, 네년 주둥아리다가넌 도롱태를 달었넝개비다? 어찌 그 리 말허넌 주둥이가 때르르허니 방정맞녀?"

"도롱태가 무어예요?"

"떠들지 말구, 이년아⋯⋯ 나 풍류 소리 들을라닝개 발치루 가 서 다리나 좀 처라, 응?"

"싫여요! 밤낮 다리만 치라구 허구⋯⋯"

불평을 낼 만도 하지요. 비록 반풀 값에 영업장을 가졌고, 세납을 물고 하는 기생더러 육장 다리를 치라니요.

춘심이는 금년 봄부터 시작하여 윤직원 영감의 다섯 번이나 내리 실연을 한 여섯번째의 애인입니다.

작년 가을, 그 살뜰한 첩이 도망을 간 뒤로 윤직원 영감은 객회(?)가 대단히 심했고, 그뿐 아니라 밤저녁으로 말동무가 없게 되어 여간만 심심치가 않았습니다.

사랑은 쓰고 있으되, 놀러 올 영감 친구 하나 없습니다. 정 무엇하면 객초(客草) 몇 대씩 허실하면서라도 바둑 친구나 청해 오겠지만, 윤직원 영감은 바둑이니 장기니 그런 것은 자고(自古) 이후로 통히 손을 대본 적이 없습니다. 웬만한 노인들은 대개 만질 줄은 아는 골패도 모르고 이날 이때까지 살아왔습니다. 그런 기국이나 잡기에 손을 대지 않은 것은, 소싯적에 남들이 노름꾼 말대가리 자식놈이라고 뒷손가락질과 귀먹은 욕을 하는 데 절치부심을 한 소치라고 합니다.

말동무 하나 없이 밤이나 낮이나 텅 빈 삼칸 장방에 담뱃대를 물고 혼자 달랑 누웠다 앉았다 하자니, 어떤 때에는 마구 다리가 비비 꼬이게시리 심심해 살 수가 없습니다.

그러자 마침 올 삼월인데, 윤직원 영감이 작년 추석에 성묘 겸 고향을 내려갔을 제 술자리에서 수삼 차 불러 논 기생 하나가 그 뒤 서울로 올라왔다고, 그래 고향 어른을 뵈러 온다고 우정 이 계동 구석까지 찾아온 일이 있었습니다.

그때에 그 기생이 제 동생이라고, 머리 땋은 동기아이 하나를 데리고 와서 같이 인사를 드렸고, 윤직원 영감은 고놈 동기아이가 매우 귀여웠습니다.

"너, 가끔 놀러 오니라. 와서 날 이얘기책두 읽어주구, 더러 다리두 쳐주구 허머넌, 내 군밤 사먹으라구 돈 주지……"

덜머리 진 총각[2] 녀석이 꼬마둥이더러, 엿 사주께시니…… 달라는 법수와 별반 다를 게 없는 행투겠지요. 깊이 캐고 보면 말입니다.

설마 그런 눈치야 몰랐겠지만 동기아이는 웃기만 하지 대답을 않는 것을, 형 되는 큰 기생이 제 동생더러, 그래라 올라와서 모시고 놀아드려라. 노인은 애들이 동무란다고, 타이르던 것입니다. 역시 무슨 딴 의사가 있을 줄은 몰랐을 것이고, 다만 제 생색을 내어 놀음발이라도 틀까 하는 요량이던 게지요.

윤직원 영감은 허기야 큰 기생이 종종 와주었으면 해롭진 않을 판입니다. 더러 와서는 조용히 시조장이나 부르고, 콧노래 섞어 잡가 토막도 부르고, 이런 이야기 저런 이야기 이야기나 하고……

물론 그것뿐입니다. 윤직원 영감은 큰 기생 그한테 뜻이 있을 필요는 전연 없습니다. 털어놓고 오입을 한다든지 하자면야, 서울 장안의 기생만 하더라도 얼굴이 천하일색이 수두룩하고, 또 가령 얼굴은 안 본다 칠 값에 노래가 명창으로 멋이 쿡 든 기생이 또한 하고많은데, 그런 놈 죄다 제쳐놓고 하필 인물도 노래도 다 시원찮은 이 기생을, 같은 돈 들여가면서 그러잘 머리가 없는 게니까요.

그러나 일변, 기생으로 보면, 새파란 젊은 년이 무슨 그리 살뜰한 정분이며 알뜰한 정성이 있다고, 제 벌이 제 볼일 제쳐놓고서, 육장 이 구석을 찾아와서는 노름채 못 받는 개평 노름을 논다, 아무 멋대가리도 없는 늙은이 시중을 든다, 하고 싶을 이치가 없을 게 아니겠습니까.

경위가 이러하고 본즉, 윤직원 영감은 단지 눈앞의 화초로만 데리고 놀재도 이편에서 오라고 일러야 할 것이요, 오라고 해서 오고 보면 그게 한두 번일세 말이지, 세 번에 한 번쯤은 소불하 십원 한 장은 집어주어야 인사가 아니겠다구요.

그러나 돈이 십 원, 파랑딱지 한 장이면 일 원짜리로 열 장이요, 십 전짜리로 일백 닢이요, 일 전짜리로 일천 닢이요, 옛날 세상이라면 엽전으로는 오천 닢이요, 오천 닢이면 만석꾼이 부자라도 무려 일천칠백 번이나 저승을 갈 수 있는 노수요, 한 걸 생판 어디라고 윤직원 영감이 그렇게 함부로 쓸 법은 없던 것입니다.

그런데 그게 옹근 기생이 아니요 동기고 볼 양이면, 이런 체면 저런 대접 여부 없이, 가끔가다가 돈짱이나 집어주곤 하면 제야 군밤을 사먹거나 봉지쌀을 사들고 가거나 이편의 아랑곳이 아니요, 내가 할 도리는 넉넉 차리게 될 테니까, 두루 좋습니다.

그런 고로 해서, 동기를 데리고 노는 것이 돈 덜 드는 규모 있는 소일일 뿐만 아니라, 또 윤직원 영감은 기왕 소일거리로 데리고 놀 바에야 계집애가 더 귀엽고 재미가 있습니다. 오히려 그 소일거리 이상의 경우를 고려해서, 역시 돈은 적게 들고 비공식이요, 그러고도 취미는 더 있을 게 계집애입니다.

사람이 나이 늙으면 늙을수록 어린 계집애가 귀여운 법이라구요. 그거야 귀여워하는 법식 나름이겠지만, 윤직원 영감의 방법은 의미심장합니다.

그리하여, 계제가 마침 좋은지라, 윤직원 영감은 기생 형제가 하직 인사를 하고 일어설 때에 큰 기생더러

"그럼 자네가 더러 좀 올려보내소. 내가 거 원, 이렇게 혼자 있으닝개 제일 말동무가 옰어서 심심히여 못허겄네…… 그러니 부디 가끔가끔……"

하고 근천스런 부탁을 했습니다.

큰 기생은 종시 선선히 응답을 하고 돌아갔고, 그런 지 사흘 만인가 윤직원 영감이 혼자 누워서 심심하다 못해, 고년이 어쩌면 올 성도 부른데, 이런 때 좀 왔으면 작히나 좋아! 몰라 또, 말은 그렇게 흔연히 하고 갔어도 보내기는 웬걸 보낼라구? 아니 그래도 혹시 어쩌면…… 이리 궁금해하면서 기다리노라니까, 아닌 게 아니라, 훨씬 낮이 겨운 뒤에 그 애 동기아이가 찰래찰래 오지를 않겠습니까.

젊은것들끼리 제 애인을 고대고대하다가 겨우 와주어서 만날 때도 아마 그렇게 반갑겠지요. 윤직원 영감도 대단 반갑고 일변 신통스럽습니다.

윤직원 영감은 그 살뜰한 애기 손님을 옆에 중소히[3] 앉히고는 머리도 쓰다듬어주고, 종알종알 이야기하는 입도 들여다보고, 꼬챙이로 찌르듯 빼악빽하는 노래도 시켜보고 하면서 끔찍한 재미를 보았습니다.

그럭저럭 날이 저무니까 간다고 일어서는 것을 달래서, 전에 없

이 맞상을 내다가 같이 저녁을 먹었고, 저녁을 마친 뒤에는 시급히 『춘향전』을 사들여 그 애더러 읽으라고 하고는 자기는 버얼떡 드러누워서 이야기책 읽는 입을 바라다보고 하느라고 그야말로 천금 같은 봄밤의 한 식경을 또한 즐겁게 보낼 수가 있었습니다.

초저녁부터 몇 번 붙잡아 앉힌 것은 물론이고, 마침내 열시가 되자 할 수 없이 놓아 보내는데, 윤직원 영감은 크게 생색을 내어, 인력거를 불러다가 선금을 주어서 태워 보내는 외에, 일 원 한 장을 따로 손에 쥐여주기까지 했습니다. 대단한 적공이지요.

보내면서, 내일도 오너라 했더니, 과연 이튿날 저녁에 저녁을 일찌감치 먹곤 올라왔습니다.

윤직원 영감은 어제 저녁처럼 옆에다가 앉혀놓고는, 이야기도 시키고 이야기책도 읽히고, 내시가 이 앓는 소리[4] 같은 노래도 듣고, 오늘 저녁 개시로 다리도 치라 하고, 그러면서 삼남이를 시켜 말눈깔사탕 십 전어치도 사다가 먹이고, 머리는 물론 여러 번 쓰다듬어주었고, 그러구러 밤이 이슥한 뒤에 돌려보냈습니다.

대접상으로는 역시 인력거를 태워주었어야 할 것이지만, 인제 앞으로 자주 다닐 텐데 그렇게 번번이 탈 수야 있느냐고, 그러니 오늘 저녁부터는 이 애더러 바래다 달래라고, 그 알뜰한 삼남이를 안동[5]해 보냈습니다.

인력거를 안 태웠으니 돈이라도 일 원을 다 주기가 아깝거든 오십 전이나마 주었어야 할 것이지마는 그것 역시 자꾸만 그래쌓다가는 아주 버릇이 되어서, 오기만 오면 으레껀 돈을 탈 것으로 알게시리 길을 들여서는 안 되겠다 하여, 짐짓 입을 씻어버렸던 것입니다. 그러고서 그저 세 번이나 네 번에 한 번씩 일 원 한 장이고 쥐여줄 요량을 했습니다.

그 뒤로부터 그 애는 윤직원 영감의 뜻을 곧잘 받아, 이틀에 한 번, 또 어느 때는 매일같이 올라와선 놀곤 했고, 그렇게 하기를 한 이십여 일 해오던 어느 날 밤이었습니다.

밤은 아직 초저녁이었고, 그들먹하게 뻗고 누웠는 다리를 조막만한 계집애가 밤만 한 주먹으로 토닥토닥 무심히 치고 있는데, 문득 윤직원 영감이

"너 몇 살 먹었지?"

하고 새삼스럽게 나이를 묻던 것입니다.

"열늬 살이라우."

동기아이는 아직도 고향 사투리가 가시지 않았습니다. 하기야 윤직원 영감 같은 사람은 십 년이 되었어도 종시 '그러닝개루'를 못 놓지만요.

"으응! 열늬 살이여!"

윤직원 영감은 또 한참 있다가

"다리 구만 치구, 이리 온?"

하면서 턱을 까붑니다.

아이는 발딱 일어서더니 발치께로 돌아, 윤직원 영감의 가슴 앞에 바투 앉고, 윤직원 영감은 물었던 담뱃대를 비껴놓고는 아이의 머리를 싸악싹 쓸어줍니다.

"응…… 열늬 살이먼 퍽 숙성히여!"

"……"

"야?"

"예?"

"으음…… 저어 거기서, 저어……"

"……"

"야?"

"예?"

"저어, 너……"

"예에."

"너 내 말 들을래?"

"예에?"

아이는 무슨 뜻인지 못 알아듣고는 눈을 깜작깜작합니다. 윤직원 영감은, 히죽 웃으면서 머리 쓸던 팔로 슬며시 아이의 목을 끌어안습니다.

"내 말 들어라, 응?"

"아이구머니!"

아이는 마치 불에 덴 것처럼 화닥닥 놀라면서 뛰쳐 일어나더니, 그냥 문을 박차고 그냥 꽁무니가 빠지게 달아나버립니다.

가뜩이나 덩지 큰 영감이 좀 모양 창피했지요. 그러나 뭘, 아무도 본 사람은 없었고, 또 보았기로서니, 게, 양반이 파립(破笠) 쓰고 한번 대변 보기가 예사지, 그걸 그다지 문벌 깎일 망신으로 칠 것은 없습니다.

윤직원 영감은, 에 거 아예 어린 계집애년들 예뻐하고, 데리고 놀고 할 게 아니라고, 얼마 동안을 다시 전대로 소일거리 없이 심심한 밤과 낮을 보냈습니다.

그러나 한번 걸음을 내친 게 불찰이지, 일 당하던 당장에 창피하던 기억은 차차로 잊혀지고, 일변 심심찮이 놀던 일만 아쉬워집니다. 뿐 아니라, 맛을 보려다가 회만 동해논, 그놈 식욕이 아예 가시지를 않습니다.

윤직원 영감의 이 계집애에 대한 흥미는 일찍이 고향에 있을 때부터 촌 계집애들을 주무른 솜씨라, 오늘날에 비로소 시작된 것이 아니라면 아니기도 하겠지만, 그래도 그때의 계집애들은 십칠팔 세가 아니면 기껏 어려야 십육칠 세이었지, 열네 살배기의 정말 젖비린내 나는 계집애에까지는 이르질 않았습니다.

그러니까 만약 그 식욕을 엄밀히 구별한다면 시골 있을 무렵에 계집애(어리기는 해도 계집으로서의 기능을 갖춘) 그놈을 잡아먹던 식성과 시방 열네 살 그 또래의 계집 이전인 계집애에게 대해서 우러나는 구미(口味)와는 계통이 다르다 할 것입니다. 더욱이 방물장수 아씨더러, 첩 더디 얻어들인다고 성화를 대는 그런 순수한 생리와도 파계가 다릅니다.

윤직원 영감의 이 새로운 식욕은 그런데 매우 강렬하기까지 해서 도저히 그대로 참지를 못할 지경이었습니다.

드디어 대복이가 나섰습니다.

경지영지하시니[6] 불일성지라더니, 뉘 일일새 범연했겠습니까. 대복이는 골목 밖 이발소의 긴상[7]한테 청을 지르고, 긴상은 계제좋게 안국동 저의 이웃에 사는 동기아이 하나가 있어, 쉽사리 지수[8]를 했습니다. 사실 별반 힘들 게 없는 것이, 그런 조무래기야 장안에 푹 쌨고. 그런데 이편으로 말하면 이러저러한 곳에 사는 재산 있고, 칠십 먹은 점잖은 아무 댁 영감님인바, 노인이 심심소일 삼아 옆에 앉혀놓고서 말동무도 하고 이야기책도 읽히고 노래도 시키고 다리도 치이고, 이렇게 데리고 논다는 조건이고 본즉, 만약에 춘향이가 인도환생을 한 에미애비라 하더라도 감히 거기에 어떠한 위험을 느끼진 않을 게니까요.

하물며 계집애자식을 논다니 판에다 내놓아 목구멍을 도모하자는 에미애비들이거든 딱히 그 흉한 속내를 알았기로서니, 오히려 반가워할 것이지 조금치나 저어를 할 머리는 없는 것입니다. 이발소 긴상의 서두리로, 사흘 만에 한 놈이 대비가 되었는데, 나이는 이편에서 십오 세 이내로 절대 지정한 소치도 있겠지만 마침 열네 살이요, 생긴 거란 역시 별수 없고 까칠한 게 갓 나는 고양이 새끼 여대치게 어설폈습니다.

그러나 윤직원 영감은 계집애면 만족이니까 별 여부 없었고, 흔연히 맞아들여 노래도 우선 시켜보고, 머리도 쓸어주고, 이야기책도 읽히고, 다리도 치게 하고, 눈깔사탕도 사먹이고, 이렇게 며칠 두고서 적공을 들였습니다.

그러다가 이윽고 낯을 안 가릴 만하니까 비로소, 너 몇 살이냐?…… 응, 숙성하구나! 너 내 말 들을늬? 하면서 머리 쓸던 팔로 허리를 그러안았습니다.

그랬더니, 이번 아이는 서울 태생이라 그런지 좀더 영악스럽게

"이 영감이 왜 이 모양야? 미쳤나!"

하면서 욕을 냅다 갈기고 통통 나가버렸습니다.

이래서 두번째의 무렴[無廉]을 보았습니다. 그러나 암만 무렴은 보았어도 윤직원 영감은 본시 얼굴이 붉으니까 새 채비로 홍안은 당하지 않았지만

"헤에! 그거 참!"

하면서 헤벌씸 웃지 않진 못했습니다.

윤직원 영감은 그 뒤로도 처음 뜻을 굽히지 않았습니다. 그리하여 세 번 네 번 다섯 번 이렇게 대거리를 구해 들였고, 그러나 그러는 족족 실연의 쓴 술잔이 아니라, 핀잔을 거듭거듭 마셔왔습니다.

대단히 비참한 노릇입니다. 고, 아무렇게나 생긴 동기 계집애년 하나를 뜻대로 다루지 못하고서, 늦은 봄부터 초가을까지 무려 다섯 차례나 낭패를 보다니, 윤직원 영감으로는 일대의 치욕이 아닐 수가 없습니다.

사실이지, 백만의 거부를 누리는 데도 그대도록 힘이 들지는 않았고, 평생을 돌아보아야 한 개의 목적을 놓고 앉아 내내 다섯 번씩 실패를 해본 적이라고는 찾고 싶어도 일찍이 없었습니다.

하기야 전연 딴 방도가 없었던 건 아닙니다. 시골 있는 사음한테로 기별만 할 양이면, 더는 몰라도 조그마한 소녀 유치원 하나는 꾸밈직하게 열서너 살짜리 계집애를 한 떼 쓸어올 수가 있으니까요.

작인들이야 저네가 싫고 싫지 않고는 문제가 아니요, 어린 딸은 말고서 아닐 말로 늙어 쪼그라진 어미라도 가져다가 바치라는 영이고 보면, 여일히 거행하기는 해야 하게끔 다 되질 않았습니까.

진실로 그네는 큰 기쁨으로든지, 혹은 그 반대로 땅이 꺼지는 한숨을 쉬면서든지 어느 편이 되었든지 간에, 표면은 씨암탉 한 마리쯤 설이나 추석에 선사 삼아 안고 오는 것과 진배없이 간단하게, 그네의 어린 딸 혹은 누이를 산(生) 제수로 바치지 않질 못합니다.

윤직원 영감은 그러므로, 가령 세번째의 허탕을 치고 나서부터는 시골 계집애를 잡아올까 하는 궁리를 해보지 않은 것은 아니었습니다.

과연, 당장 편지를 해서 그 머리 검은 병아리를 구해 보내라고 할 생각을 몇 번이고 했었습니다.

그러나 생각을 그렇게 하기는 했어도, 한편으로는 보는 데가 없지 않아, 아직 주저를 했던 것입니다.

만약 시골서 계집애를 데려오고 보면, 그때는 동기를 불러다가 말동무를 삼는다는 형식이 아니요, 단박 첩을 얻어 들인 게 되겠으니, 원 아무리 뭣한들 칠십 먹은 늙은이가 열세 살이나 네 살배기 첩을 얻다니, 체면도 아닐 뿐 아니라, 또 체면 문제보다는 시골 계집애는 노래를 못하니까 서울 동기보다 쓸모는 적으면서, 오며 가며 찾았이야 몸 수발이야 뒷갈무리야 해서 돈은 훨씬 더 듭니다.

이러한 불편이 있는 고로 해서, 그래 시골 계집애를 섬뻑 데려오지 못하던 것인데, 그러나 이번 춘심이한테까지 낭패를 보고서도 종시 그런 주저를 하겠느냐 하면, 그건 도저히 보장하기가 어렵습니다. 그러니 일변 생각하면 춘심이의 소임이 매우 중대하고도 미묘한 의의를 가졌다고 할 수 있겠습니다.

이렇듯 조건이 붙었다면 붙었달 수 있는 춘심이요, 한데[9] 다니기 시작한 지도 벌써 보름이 넘었습니다.

이제는 그만하면 낯가림은 안 할 만큼 되었고, 또 공력도 그새 다른 아이들한테보다는 특별히 더 들이느라고 들였습니다.

윤직원 영감은 시방, 그런 것 저런 것 속으로 가늠을 해보면서, 손치에 퍼근히 주저앉아 다리를 안 치겠다고 대가리를 쌀쌀 흔들며 암상떨이[10]를 하는 춘심이를 히죽히죽 올려다보고 누웠습니다.

옆으로 앉아서 고개를 내두르는 대로, 뒤통수의 몽창한 단발이 까불까불합니다. 치렁치렁하던 머리채가 다래를 뽑아버리면 이렇게 여학생이 됩니다. 흰 저고리 통치마에 양말이 모두 여학생 차림입니다. 춘심이는 이런 여학생 차림새를 좋아해서, 권번에 갈 제와 또 권번 사람의 눈에 뜨일 자리 말고는, 대개 긴치마에 긴머리를 늘이고 가지를 않습니다. 그러니까 윤직원 영감한테 오는 때도 권번에서 바로 가는 길이 아니면 언제고 여학생 차림입니다.

그 주제를 하고 앉아서

"사안이이로구나아 헤."

하는 꼴이, 대체 무어라고 빗댔으면 좋을지 모르겠어도, 저는 이상이요, 간혹 윤직원 영감이, 야 이년아! 여학생이 잡가도 한다더냐고 더러 조롱을 하지만, 역시 그만한 입살은 탈 아이가 아닙니다.

마침 라디오는 풍류가 끝나고, 조금 있더니 지랄 같은 깡깽이 소리(洋樂)가 들려나옵니다. 윤직원 영감은 이맛살을 찌푸리면서 스위치를 젖혀버립니다.

"너 이년, 다리년 안 치기루 혔냐?"

"싫여요! 누가 암마야상¹¹인가, 머!"

"허! 그년 참!…… 그럼 다리 안 치넌 대신, 노래나 한마디 불러라!"

"노랜 하죠! 풍류 끝엔 텁텁한 걸루다 잡가를 들어야 하신다죠?"

"그런 걸 다아 알구, 제법이다!"

"어이구, 참! 나구는 샌님만 업신여긴다¹²구!…… 자아, 노래하께 영감님 장단 치시오?"

"장단은 이년아, 장구가 있어야 치지?"

"애개개! 장구가 있으믄 영감님이 장단을 칠 줄은 아시구요?"

"혜혜, 그년이. 이년아 늬가 꼭 여수 같다!"

"네에. 난 여우 같구요, 영감님은 하마(河馬) 같구요? 해해해!"

"네리끼년! 허허허허…… 그년이 꼭 어디서 초라니같이 까분당개루?"

"초라니? 초라니가 무어예요?"

"초라니패라구 있더니라. 홍동지 박첨지가 탈바가지 쓴 대가리를 내놓구서, 서루 찢구 까불구, 꼭 너치름 방정맞게 촐랑거리구, 지랄을 허구 그러더니라…… 떼루 떼루 박첨지야, 이런 노래를 불러가면서……"

"해해해해, 어디 그 소리 또 한 번 해보세요? 아이 참, 혼자 보기 아깝네! 해해해……"

"히! 그년이!"

이렇게, 그야말로 찧고 까불고 하는 소리를, 누가 속은 모르고 밖에서 듣기만 한다면 꼭 손맞은[13] 애들이 지껄이고 노는 줄 알 겝니다.

방 안을 들여다보면?…… 그런다면 저네들 말마따나, 동물원의 하마와 여우가 한 울안에서 재미있게 노는 양으로 보이겠지요.

"춘심아?"

"네에?"

"너어……"

"네에!"

"저어, 무어냐……"

윤직원 영감은 다리를 비비 꼬면서 말끝을 어름어름합니다.

못 견디겠어서 인제 웬만큼, 너 몇 살이지? 응, 숙성하다. 너 내 말 들을늬…… 이, 이를테면 사랑의 고백을 해야만 하겠는데, 그놈이 목구멍까지 올라왔다가는 도로 넘어가곤 하던 것입니다. 역시 다섯 번이나 창피를 본 나머지라, 어쩔까 싶어 뒤를 내는 것도 그럴듯한 근경입니다.

그게 젊은것들 사이라면, 나는 당신을 사랑합니다! 그 소릴 텐데, 그 소리 한마디 나오기가 어렵기란, 아마도 만고를 두고 노소 없이, 또 사정과 예외를 통틀어 넣고 일반인가 봅니다.

"인제 구만 까불구, 어서 노래나 시작히여라."

윤직원 영감은 드디어 망설이다 못해 기회를 뒤로 미뤘습니다.

"네네, 무얼 하까요? 아까 낮에 명창대회서 영감님이 연신 조오
타! 조오타! 하시던 적벽가 새타령 하까요?"

"하아따! 고년이 섯바닥은 짤뤄두 침은 멀리 비얄넌다더니, 이
년아 늬가 적벽가 새타령을 허머넌 나는 하눌서 빌을 따오겄다!"

"애개개! 아니 내 그럼 내일이라두 권번에 가서 그거 한마디만
배워가지구, 영감님 듣는 데 할 테니깐 정말 하눌 가서 별 따오실
테야요?"

"누가 인자사 배각구 말이냐? 시방 이 당장으서 말이지……"

"피, 아무렇게 해두 하기만 하면 고만이지, 머……"

"그년이 노래허라닝개루 또 잔사살"을 내놓너만!"

"네네 헴…… 자아 합니다. 헴…… 망구강사안 유람헐 제!"

단가로는 맹자 견 양혜왕짜리요, 한데 망구강산의 망구는 오식
(誤植)이 아닙니다.

고저가 옳게 맞을 리도 없고 장단이 제대로 갈 리도 없는 데다
가, 소리 선생 앞에서 배울 때에 쓰던 그 목을 그대로 고래고래
내시처럼 되게 지르고 앉았으니, 윤직원 영감의 취미 아니고는
듣기에 장히 고생이 되지 않을 수 없는 음악입니다. 게다가 윤직
원 영감의, 역시 장단을 유린하는, 좋다! 소리가 오히려 제격이
요, 겨우 노래가 끝나니까는 에 수고했네! 에 이르러서는 진실로
근천의 절창이라 하겠습니다.

"너, 배 안 고푸냐?"

윤직원 영감은 쿨럭 갈앉은 큰 배를 슬슬 만집니다. 춘심이는

그 속을 모르니까 뚜렛뚜렛합니다.

"아뇨, 왜요?"

"배고푸다머넌 우동 한 그릇 사줄라구 그런다."

"아이구머니! 영감 죽구서 무엇 맛보기 첨이라더니!"

"저런 년 주둥아리 좀 부아!"

"아니, 이를테믄 말이에요!…… 사주신다믄야 밴 불러두 달게 먹죠!"

"그리라. 두 그릇만 시키다가 너허구 한 그릇씩 먹자!"

"우동만, 요?"

"그러먼?"

"나, 탕수육 하나만……"

"저 배때기루 우동 한 그릇허구, 또 무엇이 더 들어가?"

"들어가구말구요! 없어 못 먹는답니다!"

"허! 그년이 생부랑당이네! 탕수육인지 그건 한 그릇에 을매씩 허냐?"

"아마 이십오 전인가, 그렇죠?"

윤직원 영감의 말이 아니라도 계집애가 여우가 다 되어서, 탕수육 한 접시에 사십 전인 줄 모르고 하는 소리가 아닙니다.

우동 두 그릇 탕수육 한 그릇 얼른 빨리…… 우동 두 그릇 탕수육 한 그릇 얼른 빨리…… 삼남이는 이 소리를 마치 중이 염불하듯 외우면서 나갑니다. 사실 삼남이한테는 그걸 잊어버리지 않는 것이, 하루 세 끼 중에 한 끼를 잊어버리지 않음과 일반으로 중요한 일이어서, 그만큼 긴장과 노력이 필요하던 것입니다.

무슨 그림자가 지나간 것처럼, 방 안이 잠깐 교교했습니다. 이 침정의 순간이 윤직원 영감에게 선뜻 좋은 의사를 한 가지 얻어 내게 했습니다.

전에 아이들한테 하듯, 단박에 왁진왁진 그러지를 말고서, 가만 가만 제 눈치를 먼저 떠보아보는 것이 수다……, 이런 말하자면 점진안(漸進案)입니다.

동티가 나지 않게, 또 창피를 안 당하게 가만히 슬쩍 제 속을 뽑아보고, 그래 보아서 싹수가 있는 성부르면 그담에는 바싹 다그쳐보고……, 미상불 그럴 법하거니 싶어 우선 혼자 만족을 해 싱그레 웃습니다.

"춘심아?"

머리를 싸악싹 쓸어주면서 부르는 음성도 은근합니다.

"네에?"

"너, 몇 살이지?"

"그건 새삼스럽게 왜 물으세요?"

"아니, 그저 말이다!"

"열다섯 살이지 머, 그새 먹어서 없어졌을라구요?"

"응 참, 그렇지…… 퍽 숙성히여, 우리 춘심이가……"

"키는 커두 몸은 이렇게 가늘어요! 아이 참, 영감님은 몇 살이세요?"

"나?…… 글씨 원, 하두 많이 먹어서 인제넌 나이 먹은 것두 다아 잊어뻬렀넝가 부다!"

"애개개, 암만 나일 많이 잡수셨다구, 잊어버리는 사람이 어디가 있어요……? 이렇게 머리랑 수염이랑 시었으니깐 나이두 퍽 많으실 거야!"

춘심이는 백마 꼬리같이 탐스런 수염을 쓰다듬습니다. 윤직원 영감은 다른 한 손으로 춘심이의 나머지 한 손을 조물조물 주무릅니다.

"춘심아!"

"네에?"

"너, 내가 나이 많언 게 싫으냐?"

"싫은 건 무엇 있나요?…… 몇 살이세요? 정말……"

"그렇게 알구 싶으냐?"

"몸 달을 건 없지만……"

"일러주래?"

"네에."

"예순…… 으응……, 다섯 살이다!"

"아이구머니!"

춘심이는 입이 떡 벌어지고, 윤직원 영감은 윤직원 영감대로 또 속이 있어서, 입이 벌심 벌어집니다.

윤직원 영감의 나이 꼬박 일흔둘인 줄은 천하가 다 아는 사실입니다. 그런 것을, 글쎄 애인한테라서 그중 일곱 살만 줄여 예순다섯으로 대다니, 그것을 단작스럽다[15]고 웃어버리기보다 오히려 옷깃을 바로잡고 엄숙히 한번 생각해보아야 할 것입니다. 일흔두 살 먹은 영감이 열다섯 살 먹은 애인 앞에서 나이를 일곱 살을 줄여 예순다섯 살로 대던 것입니다.

기생들이 손님에게다가 나이를 속이는 것은 예삽니다. 또 젊은 계집애들이 제 나이를 리베[16]씨한테다가 줄여서 대답하는 수도 더러 있습니다. 속을 알고 보면 그야 근경이 그럴듯하기도 하지요.

그러나 여기, 일흔두 살 먹은 허연 영감태기가, 열다섯 살배기 동기 계집애를 아탕발림[17]시키느라고, 나이를 일곱 살을 야바위쳐서,[18] 예순다섯 살로 속이던 것이랍니다.

그도, 곧이야 듣건 말건, 한 이십 살 꼬아먹고 쉰 살쯤 됐다면 또 몰라요. 고작 일곱 살. 늙은이의 나이 예순다섯에서 일흔두 살까지 거리가 그리 육중스럽게 클까마는, 그래도 열다섯 살배기 애인한테 고거나마 젊게 보이고 싶어, 그 일곱 살을 덜 불렀더랍니다, 예순다섯 살이다, 고.

그 우람스런 체집에 어디를 눌렀는데, 그런 간드러진 소리가 나왔을까요.

저어 공자님 말씀에

"소인이 한가히 지낼 것 같으면 아름답지 못한 꿍꿍이를 꾸미나니라."

하신 대문이 있겠다요.

그 대문을 윤직원 영감한테 그대로 적용을 말고서 죄꼼 고쳐가지고

"소작인이 바쁘게 지낼 것 같으면 지주 영감은 약시약시하느니라."[19]

이랬으면 어떨까요.

인간이 색의 기능을 타고나는 것은 생물로서 운명적 필연이요,

그러니까 결단코 그걸 나무랄 일은 못 됩니다. 또 누가 나무라고 시비를 한다고 그게 없어지는 것도 아니고요. 해서 비판이나 간섭의 피안에 있는 것입니다.

하지만 윤직원 영감처럼 나이 칠십여 세에, 연령의 한계를 마구 무시하는 그의 야만스러운 정력은, 부질없이 생물로서의 선천적인 운명이라고만 처분은 안 됩니다.

본시 체질을 좋게 타고났다고 주장을 하겠지요.

그러나 아무리 신돈이 같은 체질을 타고났다고 하더라도, 윤직원 영감이 윤직원 영감다운 팔자를 얼러서 타고나지 못했으면 그 체질은 성명이 없고[20] 말 것입니다.

몇백 명이나 되는 윤직원 영감의 소작인 중엔 윤직원 영감만 한 체질을 타고난 사람이 몇은 없을 리가 있다구요.

그렇건만 그 사람네는 온전히 도조를 해다가 바치기에 정력이 죄다 말라 시들고, 보약 한 첩 구경도 못했기 때문에 자연의 섭리 이하로 오히려 떨어지고 만 것이 아니겠습니까.

또 가령 특별한 예외나 기적으로, 윤직원 영감네 소작인 가운데 윤직원 영감처럼 칠십이로되 능히 계집을 다룰 정력을 지탱하고 있는 자 있다 치더라도, 그가 감히 첩질과 계집질을 할 팔자며, 그럴 생심인들 하겠습니까.

그러니 결국 그것은 늙은이한테는 생물적 필연이라는 관용도 안 될 말이요, 타고난 선천이니 체질이니 하는 것도 다아 여벌이고, 주장은 한갓 팔자(시쳇말로는 환경) 그놈이 모두 농간을 부리는 놈입니다.

소작인이 바빠 벼가 만 석이 그득 쌓이기 때문에, 그의 생리와 건강과 행동과 이 모든 것이 화합되어(혼합이 아니라 화합이 되어) 오늘날의 싱싱한 윤직원 영감을 창조한 것이니라…… 이런 해석도 그러므로 고집은 해볼 만합니다.

춘심이는 윤직원 영감이 예순다섯 살이란 말에, 계집애가 까부느라고 아이구! 예순다섯 살이라니, 픽도 많이 자시기는 했네! 그러면 가만있자, 나보담 몇 살 더한고? 응, 가만있자, 예순다섯이라, 열다섯을 빼면 응……, 쉬흔, 아이구 어찌나! 쉬흔 살이나 더 잡수셨구료! 이러고 허겁떨이"를 해쌉니다.

윤직원 영감은, 제가 하는 대로 빙그레 웃으면서 보고만 있습니다. 춘심이야 아무 생각 없이 그저 제 나이와 빗대보던 것인데, 윤직원 영감은 그게 무슨 뜻을 두기는 두었던 표적이려니 하고 혼자 느긋해하는 판입니다.

뜻은 있는데, 나이 하도 많으니까 놀라는 것이고, 그러나 뜻이 있었던 것만은 불행 중 다행인즉, 옳지 그렇다면 어디 좀…… 이런 요량짱입니다.

연애는 환장이니라(Love is Blind)란다더니 옛말이 미상불 옳아, 이다지도 야속스레 윤직원 영감 같은 노인에게까지 들어맞기를 하는군요. 그나마 골고루 골고루……

"내가 나이 많언개루 싫으냐?"

인제는 제이단으로 들어가서, 나이 많은 게 나쁘지 않다는 변명, 혹은 나이 많아도 많지 않다는 주장을 해야 할 차롑니다.

"싫긴 뭐어가 싫여요? 나이 많은 이가 좋죠, 허물없구……"

"그렇구말구…… 그러구 나넌 예순다섯 살이라두 기운은 무척 시단다…… 든든허지!"

"참, 영감님은 늙었어두 몸집이 이렇게 크니깐, 기운두 무척 셀 거야. 그렇죠?"

"호랭이라두 잡을라면 잡넌다!"

"하하하. 그렇거들랑 인제 동물원에 가서 호랭이허구 씨름을 한번 해보시죠?…… 아이 참, 하마허구 호랭이허구 씨름을 붙이믄 누가 이기꼬? 하하하, 아하하하……"

"허허, 그년이 또 까불구 있네!"

윤직원 영감은 어느 결에 다시 집어 문 담뱃대 빨부리로 침이 지르르 흘러내리는 것도 모르고, 흐물흐물 춘심이를 올려다봅니다. 몸이 자꾸만 뒤틀립니다.

"춘심아?"

"네에?"

"너어……, 저어……, 내 말, 들을래?"

"무슨 말을, 요?"

묻기는 물으면서도 생글생글 웃는 게, 벌써 눈치는 챈 모양입니다. 윤직원 영감은, 오냐 인제야 옳게 되었느니라고 일단의 자신이 생겼습니다.

"내 말, 들을 티여?"

"아, 무슨 말이세요?"

윤직원 영감은 히죽 한 번 더 웃고는 슬며시 팔을 꼬느면서

"요녀언! 이루 와!"

하고 덥석 허리를 안아들입니다. 마음 터억 놓고서 그러지요, 시
방……

아, 그랬는데 웬걸, 고년이 별안간

"아이 망칙해라!"

하고 소리를 빽 지르면서, 그만 빠져 달아나질 않는다구요.

여섯 번!

윤직원 영감은 진실로 기가 막힙니다. 여섯 번이라니 하마 성미
급한 젊은 놈이었다면 그새 목이라도 몇 번 매고 늘어졌을 것입
니다.

글쎄 요년은, 눈치가 으수하길래²² 믿은 구석으로 안심을 했던
참인데, 대체 웬일인고 싶어, 무색한 중에도 좀 건너다보려니까,
이게 또 이상합니다.

그동안에 다섯 기집애들은 울기 아니면 욕을 하면서, 영락없이
꽁무니가 빠지게 도망을 했는데, 요년은 보아야 그렇게 소리를
바락 지르고 미꾸리 새끼처럼 빠져나가기는 했어도, 그저 저기만
치 물러앉았을 따름이지, 울거나 골딱지를 냈거나 도망을 가거나
하기는새레, 날 잡아보라는 듯이 밴들밴들 웃고 있지를 않겠습니
까. 마구 간을 녹입니다.

아무려나, 그렇다면 다시 어떻게 사알살 달래볼 여망이 없지도
않습니다.

"저런 년 부았넝가! 헤헤, 그거 참!…… 이년아, 그러지 말구,
이리 오니라, 이리 와, 웅? 춘심아!"

"싫여요!"

"왜?"

"웬 뭘 왜!"

"너, 이년 내 말 안 듣기냐?"

"인제 보니깐 영감님이 퍽 음충맞어!"

"아, 저런 년! 허, 그거 참!⋯⋯ 너, 그러기냐!"

"어때요, 머!"

"그러지 말구 이만치 오니라. 내, 이얘기허마."

"여기서두 들려요!"

"그리두 이만치, 가까이 와!"

"피— 또 붙잡을 영으루?"

"너, 내 말 들으면 내가 좋은 것 사주지?"

"존 거, 무엇?"

"참, 좋은 것 사줄 티여!"

"글쎄, 존 게 무어냐니깐?"

용천뱅이가 보리밭에 숨어 앉아서, 어린애들이 지나갈라치면, 구슬 줄게 이리 온, 사탕 줄게 이리 온, 한답니다. 그와 근리하다 할는지 어떨는지 모르겠군요.

윤직원 영감은 미처 무얼 사주겠다는 생각도 없이, 당장 아쉬운 대로 어르느라고 낸다는 게 섬뻑 그 소리가 나와졌습니다. 그랬기 때문에 자꾸만 물어도 이내 대답을 못하던 것입니다.

"늬가 각구 싶다넌 것 사주마!"

"내가 가지구 싶다는 걸 사주세요?"

"오냐!"

"정말?"

"그리여!"

"가지뿌렁!"

"아니다, 참말이다!"

"그럼, 나 반지 사주믄?"

"반? 지?…… 에라끼년! 누가 그런 비싼 것 말이간디야!"

"피. 그게 무어 비싼가?…… 저기 본정 가믄 칠 원 오십 전이믄 빠알간 루비 박은 거 사는데…… 십팔금으루 가느다랗게 맨든 거……"

"을매? 칠 원 오십 전?"

"네에."

"참말이냐?"

"가보시믄 알걸 뭐!"

"그리라, 그럼 사주마…… 사줄 티닝개루, 인제 이리 오니라!"

"애개개! 먼점 사주어예지, 머."

"먼점 사주구? 그건 나두 싫다!"

"나두 싫다우!"

"고년이 똑 어디서 미꾸람지 새끼 같다! 에엥, 고년이…… 그러지 말구, 이년 춘심아!"

"네에?"

"그러지 말구, 이리 오니라, 응? 그럼 내가 인제 내일이구 모리구, 진고개 데리구 가서 반지 사주께!"

"일없어요!…… 시방 가서 사주시믄?"

"시방이사 밤으 어떻게 갈 수 있냐? 내일 낮에 가서 사주마. 그러지 말구, 이리 오니라!"

"싫여요!"

윤직원 영감은 칠 월 오십 전이면 산다는 그 반지를 사주기는 사줄 요량입니다. 하기야 돈 칠 월 오십 전만 놓고서 생각하면 아깝지 않은 것은 아니나, 그래도 명색이 동기 쳇것인데, 칠 월 오십 전짜리 반지 한 개로 아탕발림을 시키다니, 도리어 헐한 셈입니다. 제 법식대로 머리를 얹히자면 이삼백 원 오륙백 원이 들곤 할 테니까요.

그래, 잘라먹지 않고, 내일이고 모레고 사주기는 사줄 텐데, 춘심이년이 못 미더워서 그러는지 까부느라고 그러는지, 밴둘밴둘 말을 안 듣고는 애를 태워줍니다. 생각하면 밉기도 하고 미운 깐으로는 볼퉁이라도 칵 쥐어질러주고 싶습니다.

그러나 괜히 함부로 잡도리를 했다가는, 단박 소갈찌²³가 나서, 뽀르르 달아나버리고는 다시는 안 올 테니, 그렇게 되고 보면 여섯 번 만에 겨우 반성공을 한 것이 도로아미타불이 될 게 아니겠다구요.

에라, 그러면 기왕이니 내일 제 소원대로 반지를 사주고 나서……, 이렇게 할 수 없이 순연(順延)을 하기로 요량을 했습니다.

"그럼, 내일 진고개 데리구 가서 반지 사주께, 그담버텀은 내 말 잘 들어야 헌다?"

"네에, 듣구말구요!"

아까부터 이내, 죄꼼도 부끄러워하는 내색이라고는 없고, 그저 처억척입니다. 사실 맨 처음에 윤직원 영감이 쓸어안으려고 했을 때도 소리나 지르고 빠져나가기나 하고 했지, 귀밑때긴들 붉히질 않았으니까요.

"꼬옥 그러기다?"

"염려 마세요!"

"오널치름 까불구, 말 안 들으면 반지 사준 것 도로 뺏넌다?"

"뺏기 전에 얼른 뽑아서 바치죠!"

"어디 두구 보자. 그럼 내일 즘심 먹구서 올라오니라. 같이 가서 사주께."

"더 일찍 와두 좋습니다!"

드디어 흥정은 다 되었습니다. 마침맞게 마당에서 청요리 궤짝이 딸그락거리더니, 삼남이가 처억

"우동 두 그릇, 탕수육 한 그릇, 어서 빨리 시켜 왔어라우."

하고 복명을 합니다.

춘심이는 대그르르 웃고, 윤직원 영감은 끙! 저 잡것 좀 부아! 하면서 혀를 찹니다.

연애를 하면 밥이 쉬 삭는다구요. 윤직원 영감은 그런데, 저녁밥을 설치기까지 한 판이라 속이 다뿍 허출해서 우동 한 그릇을 탕수육으로 반찬 삼아 걸게 먹었습니다.

이렇게 성사가 되고 마음이 느긋할 줄을 알았다면, 기왕이니 따끈하게 배갈을 한 병 데워 오라고 할 것을……, 하는 후회도 없지 않았습니다.

춘심이는 또 춘심이대로 반지를 끼고 권번이며 제 동무들한테 며 자랑을 할 일이 좋아서, 연신 쎄왈대왈, 우동이야 탕수육이야 볼이 미어지게 쓸어넣었습니다.

"너, 그렇지만 춘심아?"

윤직원 영감은 우동 한 그릇을 물린 뒤에, 트림을 끄르르, 새끼 손 손톱으로 잇살²⁴을 우벼서 밀창문에다가 토옥, 담뱃대를 땅따 앙 치면서 하는 소립니다.

"……늬 집에 가서 이런 이얘기 허머넌 못쓴다! 응?"

"무슨 얘기요?"

"내가 반지 사주구서 말이다, 저어 거시기, 응? 그 말 말이여?"

"네에 네…… 않습니다!"

"허머넌 못써!"

"글쎄 않는대두 그리세요!"

"나, 욕 은어먹지. 너, 매 은어맞지. 그리서사 쓰겄냐?…… 그리 닝께루 암말두 허지 달어, 응?"

"염려 마세요, 글쎄…… 저렇게 커다란 영감님이 겁은 무척 내 시네!"

"늬가 이년아, 주둥이가 하두 방정맞이닝개루 맴이 안 뇐다!"

윤직원 영감은 슬며시 뒤가 나던 것입니다. 호사에 마가 붙기 쉬운 법인걸, 만약 제 부모가 알고 보면 약간 칠 원 오십 전짜리 반지 한 개 사준 걸로는 셈도 안 닿고, 그것들이 마구 언덕이야 비비려 덤빌 테니 그 성화가 어디며, 필경 돈 백 원이라도 부서지 고 말 테니까요.

춘심이는 그런데, 우선 반지 한 개 얻어 가질 일이 좋아, 온갖
정신이 거기만 쏠려서, 제 부모한테 발설을 하지 말라는 신칙도
그저 건성으로 대답을 하다가, 윤직원 영감이 뒤를 내는 눈치니
까는, 되레 제가 지천을 해준 것이고, 그런 것을 윤직원 영감은
지천이 되었건 코 묻은 밥이 되었건, 그런 체모는 잃은 지 오래
고, 애인의 맹세를 믿고서 적이 안심을 했습니다. 자고로 노소 없
이 사랑하는 이의 말은 무엇이고 곧이가 들린다구요.

11. 인간 체화人間滯貨와 동시同時에 품부족 문제品不足問題, 기타其他

시방 사랑에서는 일흔두 살 먹은(가칭 예순다섯 살 먹은) 증조할아버지가, 열다섯 살 먹은 애인과 더불어 그처럼 구수우하니 연애 흥정이 얼려가고 있겠다요. 그리고 안에서는……

경손이는 아까 안방에서 열다섯 살 동갑짜리 대부 태식이와 같이 싸우며 놀리며 저녁을 먹고 나서는 아랫목에 가 버얼떡 드러누워 뒹굴고 있었습니다.

다른 식구는 죄다 물러가고, 야속히 배짱 안 맞는 대고모 서울아씨와 지지리 보기 싫은 대부 태식이와, 그 둘이만 본전꾼¹으로 달랑 남아 있는 안방에, 가뜩이나 서울아씨는 『추월색』으로 아닌 이를 앓고, 태식은 『조선어독본』 권지일로 귀신이 씻나락을 까먹고, 이런 부동조(不同調)의 소음 속에서 그 애 경손이가 그 소갈찌에 천연스레 섭슬려 있다니 매우 희귀한 현상입니다. 고양이와 개와 원숭이와가 싸우지 않고 같은 울안에서 노는 격이랄까요.

경손이는 실상 어떤 궁리에 골몰해서 깜빡 잊어버리고, 그대로 처져 있는 것입니다.

골몰한 궁리란 건 다른 게 아닙니다. 「모로코」의 재상영이 있고, 또 중일전쟁의 뉴스 영화가 좋은 게 오고 해서 꼭 구경은 가야만 하겠는데, 정작 군자금이 한 푼도 없어, 일왈 누구를, 이왈 어떻게 엎어삶았으면 돈을 좀 발라낼 수가 있을꼬, 이 궁리를 하던 것입니다.

뚱뚱보 영감님?…… 안 돼!

건넌방 겡까도리?……² 안 돼!

제 조모 고씨가 집안 사람 아무하고나 싸움을 하자고 대든대서 지은 별명입니다.

서울아씨?…… 안 돼!

숙모?…… 안 돼!

대복이?…… 글쎄? 에이, 고 재리³ 깍쟁이! 제가 왜 제 돈도 아니면서 그렇게 치를 떨꼬!

어머니?…… 글쎄……

하니 그중에 가능성이 있자면 아무래도 대복이와 제 모친입니다. 대복이는 대장대신⁴이요, 제 모친은 모친이니까요.

종차 삼십 년이나 사십 년 후에 가서야 백만 원을 상속받을 장손일 값에, 시방은 단돈 이십 전이나 삼십 전이 없어 이다지 머리를, 그 연한 머리를 썩입니다그려.

경손이는 두루 두통을 앓는데, 서울아씨는 이를 생으로 앓느라 퇴침을 도두 베고 청을 높여

"각설이라 이때에⋯⋯"

하고 양금채¹ 같은 목에다가 멋이 시큰둥하게

"⋯⋯하징 아니헤야⋯⋯"

하면서, 콧소리를 양념 쳐 흥을 냅니다.

그건 바로 음악입니다. 얼마큼이나 음악적이냐 하는 것은 보장키 어려워도, 음악은 분명 음악입니다.

인간은 번뇌가 있으면 노래를 하고 싶어진다고요. 번뇌까지 안가고라도 마음이 싱숭생숭하거드면 콧노래가 절로 나옵니다.

물론 슬퍼도 노래를 부르고 기뻐도 노래를 부르고, 또 춤을 추기도 하고 하기는 하지만, 그중의 한 가지 마음 싱숭거릴 때에 부르는 노래는 새짐승이 자웅을 찾느라고 묘한 소리로 우는 것과 가장 공통된, 동물의 한 본능이라고 합니다.

그런데, 그러나 인간은 그 동물적인 본능을 보다 맹목적(盲目的)으로 이용을 하는 제이의 본능이 있답니다.

철들어가기 시작한 총각이 봄날 산나무를 하러 가면서 지겟목발을 장단 삼아

"저 건너 갈미봉에 비가 묻어 들어를 온다⋯⋯"

하고 멋등그러지게⁶ 넘깁니다.

또 궂은비 축축이 내리는 가을날, 노랫장이나 부를 줄 아는 기생이 제 방 아랫목에 오도카니 꼬부리고 누워 손가락 장단을 토옥톡

"약사 몽혼으로 향유적이면⋯⋯"

하면서, 다뿍 시름 겨워 콧노래를 흥얼흥얼 흥얼거립니다.

무릇 그 총각이면 총각, 기생이면 기생이, 깊숙한 산중이나 또는 아무도 없는 제 집의 제 방구석에서, 대체 누구더러 들으라고 노래를 부르겠습니까.

그게 가로되 홍이라구요. 새짐승이 자웅을 후리려고 우는 것과 마찬가지로, 총각은 거기 어디 촌 처녀 색시더러 들으란 노래고, 기생은 또 저대로 제 정랑(情郎)더러 들으란 노래고.

이렇듯 본능에서 우러나서 노래를 부르기는 짐승이나 인간이나 매일반이지만, 그 다음이 다르답니다.

인간은 제가 부르는 제 노래에, 남은 상관 않고 우선 제가 먼저 좋아하기 때문입니다.

어느 촌 계집애가 들어를 주는지 않는지, 어느 놈팽이가 들어를 주는지 않는지, 그런 것은 생각도 않는답니다.

그런 타산은 도시에 의식 가운데 떠오르지도 않고, 괜히 그저 마음이 싱숭생숭하길래 아무렇게나 아무거나 괜히 그저 불러지는 대로 한마디 부르고 보니까는, 어떻게 속이 더 이상해지는 것 같기도 하고, 기뻐지는 것 같기도 하고, 후련해지는 것 같기도 하고 해서, 일언이폐지하면 소위 홍이라는 게 나는 거랍니다.

그와 마찬가지로, 시방 서울아씨와 이야기책 『추월색』도 꼬옥 그렇습니다.

공자님은 가죽 책가위[7]가 세 번이나 해지도록 책 한 권을 가지고 오래 읽었다더니만 서울아씨는 『추월색』 한 권을 무려 천독(千讀)은 했습니다. 그러고서도 아직도 놓지를 않는 터이니까 앞으로 만독을 할 작정인지 십만독 백만독을 할 작정인지 아마도 무작정이기 쉽습니다.

그뿐만 아니라, 서울아씨는 책 없이, 눈 따악 감고 누워서도 『추월색』 한 권을 처음부터 끝까지 따르르 내리외울 수가 있습니다.

그러니 그게 천하 명작의 시집(詩集)도 아니요, 성경책이나 논어 맹자나 육법전서도 아닌 걸, 글쎄 어쩌자고 그리 야속스럽게 파고들고 잡고 늘고 할까마는, 실상인즉 서울아씨는 『추월색』이라는 이야기책 그것 한 권을 죄다 외우는 만큼, 술술 읽기가 수나롭다는 것 이외에는 달리 취하는 점이 없습니다.

그는 무시로 마음이 싱숭생숭할라치면 얼른 『추월색』을 들고 눕습니다. 누워서는 처억 청을 높여 읽는데

"각설이라 이때에……"

하고 양금채 같은 목으로 휘청휘청 멋들어지게 고저와 장단을 맞춰가면서 (다리와 몸을 틀기도 하면서) 가끔 시큰둥한

"……하징 아니헤야……"

조의 콧소리로 양념까지 치곤 합니다. 이렇게 멋지게 청을 돋워 읽고 있노라면, 싱숭거리던 속이 어떻게 더 이상해지는 것 같기도 하고, 기뻐지는 것 같기도 하고, 후련해지는 것 같기도 해서, 일언이폐지하면 그 소위 흥이라는 게 나던 것입니다.

따라서 그건, 촌 나무꾼 총각이 육자배기를 부른다든가, 또는 기생이 궂은비 오는 날 제 방 아랫목에 누워 콧노래로 수심가를 흥얼거린다든가 하는 근경과 조금도 다를 것이 없지 않다구요.

그러므로 노래가 아무것이라도 제게 익은 것이면 익을수록 좋

듯이, 서울아씨의 『추월색』도 휑하니 외우게시리 눈과 입에 익어, 서슴지 않고 내리읽을 수가 있으니까, 그래 좋다는 것입니다. 결단코 『추월색』이라는 이야기책의 이야기 내용에 탐탁하는 게 아닙니다.

그럴 바이면 차라리 책을 걷어치우고 맨으로 누워서 외우는 게 좋지 않느냐고 하겠지만, 그건 또 재미가 없는 것이, 인력거꾼이 인력거를 안 끌고는 뛰기가 싱겁고, 광대가 동지섣달이라도 부채를 들지 않고는 노래가 헤먹고 하듯이, 서울아씨도 다 외우기야 할망정 그래도 그 손때 묻고 낯익은 『추월색』을 펴들어야만 제대로 옳게 노래하는 흥이 납니다.

진실로 곡절이 그러하고, 그렇기 때문에 남이야 이를 앓는다고 흥을 보거나 말거나 또 오뉴월에도 이야기책을 차고 누웠다고 비웃음을 하거나 말거나 아무것도 상관할 바 없고 사시장철 밤낮없이 손에서 『추월색』을 놓지 않는 서울아씨요, 그래 오늘 저녁에도 일찌감치 시작을 했던 것입니다.

*

"……그리혜야 드디어 돌아오징 아니……"

이렇듯 서울아씨의 『추월색』 오페라가 적이 가경에 들어가고 있는데, 이짝 한편으로부터서는 도무지 발성학상 계통을 알 수 없는 바스[8] 음악 하나가 대단히 왁살스럽게 진행이 되고 있습니다.

"비—, 비—가, 오—오…… 모—, 모—가, 모—가, 모—가……"

태식이가 방 한가운데 배를 깔고 엎디어,『조선어독본』권지일, 비가 오오, 모가 자라오를 읽던 것입니다.

좀 민망한 비유겠지만 발음이 분명치 못한 것까지도, 흡사 왕머구리(큰 개구리) 우는 소리 같습니다.

그러나 열심은 무서운 열심입니다. 재작년 봄에 산『조선어독본』권지일 그것을 오로지 이 년하고도 반년 동안 배워온 것이 이 대문인데, 물론 그전엣치는 다 잊어버렸습니다. 한편으로 잊어버려가면서도 끄은히' 읽기는 읽으니까 그게 열심이던 것입니다.

"비—, 비—가, 오—오. 비—가 오—오. 모—, 모—가, 모—가…… 이잉, 잊어버렸저!…… 경손아."

"왜 그래?"

"잊어버렸저!"

"잊어버렸으니 어쩌란 말야?"

"……"

"고만둬요! 제발…… 그거 한 권 가지구 도통할 텐가? 대학까지 졸업할 작정인가!……"

"누—나?"

"……"

"누—나?"

"……"

"누—나—?"

"왜 그래?"

"잊어버렸저!"

"비가오오 모가자라오."

"잉?"

"참 너두 딱하다!…… 비가 오오―, 모가 자라오―, 그래두 몰라?"

"히히…… 비―가 오―오, 모―가 자―자―라 자―라오, 히히…… 비―가 오―오, 모―가 자―라 자―라오."

"에이 귀 따가워!"

경손이는 비로소 제가 어디 와서 있던 줄을 깨닫고는 벌떡 일어나더니, 마루의 뒷문에 연한 툇마루를 타고, 뒤채의 큰방인 제 모친의 방으로 들어갑니다.

그 방에는 경손의 숙모 조씨까지 건너와서 동서가 바느질을 하고 앉아 소곤소곤 무슨 이야기를 하다가, 경손이가 달려드는 설레[10]에 뚝 그칩니다.

"넌 네 방에서 공부나 하던 않구, 무엇 하느라구 앞뒤루 드나들구 이래?"

경손의 모친 박씨가 지날말[11]로 나무람 겸 하는 소립니다.

"놀구 싶을 땐 책 덮어놓구서 맘대루 유쾌하게 놀아야 합니다요!"

경손이는 떠벌거리면서 바느질판 한가운데로 펄신 주저앉습니다. 바느질감이 모두 날리고 밀리고 야단이 납니다.

"아, 이 애가 웬 수선을 이리 피워…… 공분 밤낮 꼴찌만 하는

182

녀석이, 놀 속은 남보담 더 바치구……"

"어머니두!…… 내가 공부 못한다구 우리 집 재산이 딴 데루 갈까?…… 태식이 천치는, 비가 오오 모가 자라오, 그거 두 줄 가 지구 한 달을 배워두 천석꾼인데…… 아 그런데 이 경손씨가 만 석 상속을 못 받어요?'

"넌 어디서 중동이[1]만 생겼나 보더라!…… 쓸데없는 소리 말 구, 공부 잘해!"

"낙제만 않구 올라가믄 돼요…… 학교 성적 좋은 녀석 죄다 바 보야…… 아 참, 우리 작은아버진 말구서…… 그렇죠? 아즈머 니……"

무슨 일인지, 경손이는 이 집안의 그 많은 인간 가운데 유독 그 의 숙부 종학 하나만은 존경을 합니다.

"말두 마라!……"

조씨가 그러잖아도 뚜 나온 입술을 좀더 내밀고 쭝긋거리면서, 경손의 말을 탓을 하던 것입니다.

"……세상, 그런 못난 사람두 있다더냐?"

"우리 작은아버지가 못나요? 난 보니깐, 우리 집에선 제일 잘나 구 똑똑합니다. 단, 경손이 대감만 빼놓구서, 하하하…… 나두 우 리 작은아버지 닮아서 이렇게 똑똑해!…… 그렇죠, 어머니? 내가 똑똑하죠?"

"옜다, 이 녀석! 까불기만 하는 녀석이, 어디서……"

"하하하하……"

"사내가 오죽 못나믄 첩 하날 못 얻어 살구서……"

조씨는 혼자 말하듯 구느름을 내다가, 바늘귀를 꿰느라고 고개를 처듭니다. 새초옴한 게 벌써 새서방 종학이한테 귀먹은 푸념깨나 쏟아져 나올 상입니다.

"첩 얻으믄 못써요! 태식이 같은 오징어(軟體動物) 생겨나요, 시들부들…… 그렇죠? 아즈머니!"

"말두 말래두!…… 첩을 백은 못 얻어서, 새장가 든다구 조강지처 이혼하려 들어? 그게 못난 사내 아니구 무어라더냐?…… 그리구서두 머? 경찰서장?…… 흥, 경찰서장 똥이나 빨아 먹지!"

"흥! 작은아버지가 경찰서장 할 사람인 줄 아시우? 참 어림없수!"

"그래두 그릴 영으루 법률 공부 배운다믄서?"

"말두 마시우. 큰사랑 뚱뚱할아버지, 헷다방[13]이지!…… 아주, 작은손자가 경찰서장 될라치믄 영감님이 척 뽐낼 영으루! 흥!"

"너 이 녀석, 어디 가서 그런 소리 지망지망[14] 해라?"

경손의 모친은 경계하는 소립니다. 그 소리가 시할아버지 귀에라도 들어가고 보면 생벼락이 내릴 테요. 따라서 말을 낸 경손이도 한바탕 무슨 거조든지 당할 터이니까 말입니다.

그러나 조씨는 연방 더 전접스럽게……

"워너니 재갸[15]가 진작 맘 돌리기 잘했지야…… 주제에 무슨 경찰서장은……"

"아즈머니두!…… 아즈머니두 경찰서장 등 대구 있었수? 그랬거덜랑 얼른 이혼하시우. 경찰서장 오백 리 갔수!"

"아, 저놈이 못할 소리가 없어!"

경손의 모친이 눈을 흘기면서 나무랍니다.

"어머니두! 이혼하는 게 왜 나뿐가? 내가 여자라믄 백 번만 결혼하구 백 번만 이혼해보겠던걸……, 헤헤…… 그런데 참, 어머니!"

"듣기 싫여!"

"아냐, 저 거시키……, 서울아씨 시집 안 보내우!……"

"매친 녀석!"

"뭘 그래! 시집보내예지. 난 꼴 보기 싫여!……"

"이 녀석이 시방, 맞구 싶어서……"

"내버려두시오! 그 애야 다아 옳은 말만 하는걸…… 난 그리잖어두 맘 없는 집살이에, 덮친 디 엎친다구, 시고모 등쌀에 생병이 나겠습디다…… 난 그 아씨 꼴 아니 봤으면 살이 담박 지겠어!"

"오라잇! 우리 아즈머니 부라보!…… 아 그렇구말구요. 서울아씬 시집보내구, 아즈머니두 이혼하구서 새루 결혼하구, 응? 아즈머니!……"

"네 요놈, 경손아!"

"네에?"

"너, 정녕 그렇게 까불구 그럴 테냐?"

"하하하…… 그럼 다신 안 그리께요…… 그 대신 오십 전만……"

"망할 녀석?"

경손의 모친은 일껏 정색을 했던 것이, 경손이가 더펄대는 바람에 그만 실소를 해버립니다.

"응? 어머니…… 오십 전만……"

"돈은 무엇에 쓸 영으루 그래?"

"하, 사내대장부가 돈 쓸 데 없어요? 당당한 백만장자 윤직원 윤두섭 씨의 맏증손자 윤경손씨가!"

"난 돈 없으니, 그렇거들랑 큰사랑 할아버지께 가서 타 쓰려무나?"

"피, 무척 내가 이뻐서 돈 주겠수…… 어머니 히잉, 오십 전마 아안……"

"없어!"

"이 애야, 그럴라 말구……"

조씨가 옆에서 꼬드기는 소립니다.

"……서울아씨더러 좀 달래려무나?…… 넌 그 아씨 시집보내 줄 걱정까지 해주는데, 그까짓 돈 오십 전 아니 주겠니? 오십 전은 말구, 오 원 오십 원두 주겠다!"

물론 서울아씨가 미워라고 시방 그 쑥 나온 입술로 비꼬는 솜씨지요. 그런데 경손이는 거기 귀가 반짝하는지 눈을 깜작깜작 고개를 깨웃깨웃

"서울아씰?…… 시집보내준다구?…… 하하, 오옳지, 옳아!"

하면서 무릎을 탁 치고 일어서더니

"됐어, 됐어!…… 왜 아까 그때 바루 그 생각을 못했을까?…… 어쩐 말이냐!"

하고 거드럭거리고 나갑니다.

박씨는 아들놈 등 뒤를 걱정스럽게 바라다보면서 무슨 말을 할

듯 말 듯하다가 그만둡니다.

분배[16]를 놓던 경손이가 나가고 방 안이 갑자기 조용하자, 두 동서는 제각기 제 생각에 잠겨 한동안 바느질손만 바쁩니다.

"때그르르."

마침 박씨가 굴리는 실패 소리에 정신이 들어, 조씨는 자지러지듯 한숨을 내쉽니다.

"형님은 그래도 좋시겠우……"

"……"

"아즈바님이 따루 계시긴 하세두, 다아 마음은 아니 변허시구…… 다아 저렇게 똑똑한 아들두 두시구…… 난 전생에 무슨 업원이 그대지두 중했는지, 팔자가 이 지경이니!…… 차라리 죽은 목숨만두 못한 인생!…… 그래두 우리 어머니 아버진, 날 이 집으루 시집보내믄서, 만석꾼이 집 지차[17] 손자며느리래서, 호강에 팔자에, 모두 늘어질 줄 알았을 테지!……"

"그런 소리 하지 말소!……"

박씨가 위로의 말대답을 합니다. 그러나 박씨는 이 동서를 위로해줄 말이 딱합니다.

번번이 마주 앉으면 노래 부르듯 육장 두고서 하는 꼭같은 푸념이요 팔자 탄식인걸, 그러니 인제는 듣기도 헤먹거니와, 이편의 위로엣 말도 밤낮 되풀이하던 그 소리라, 말하는 나부터가 헤먹습니다.

"……난들 무슨 팔자가 그리 우나게[18] 좋다던가?…… 남편이 저럭허구 다닐 테믄 맘 변하나 안 변하나 매일반이지…… 자식은 하나 두었다는 게 벌써 에미 품안에서 빠져나간걸…… 그러니 동세나 내나 고단하긴 매양 같지, 별수 있는가?…… 다같이 부잣집 이름 좋은 종이요 하인이지…… 대체 이 집은……"

안존하던 박씨의 음성은 더럭 보풀스러워지면서,[19] 아직 고운 때가 안 가신 눈이 샐룩 까라집니다.

"……무얼루, 무엇이 만석꾼이 부잔고?…… 이 옷 주제허며 손이 이게 만석꾼이 집 며느리들이람?…… 끌끌……"

미상불 동서가 다 영양이 좋지 못한 얼굴입니다. 손은 작년 겨울에 터진 자국이 여름 내 원상 회복이 못 된 채 북두갈고리 같습니다.

박씨는 여태도 인조항라 고의를 입고 있고, 조씨는 역시 배 사먹으러 가게 설렁한 검정 목 보이루[20] 치마를 휘감고 있습니다.

박씨는 저네들의 주제를 들여다보다가, 고개를 돌려 방 안 짐을 둘러봅니다.

화류 의걸이에 이불장에 삼층장에 머릿장에 베갯장에 양복장에 이칸 장방이 그득, 모두 으리으리합니다.

"……저런 게 다아 무슨 소용인구!…… 넣어두구 입을 옷이 있어야 저런 것두 생색이 나지…… 저런 걸 백 개 들여놓니 얼명주 단속곳 한 벌만 한가! 아무 짝에두 쓸디없는 치레뻔…… 난 여름부터 고기가 좀 먹구 싶은 걸 못 얻어먹었더니……"

동서의 위로가 아니고 어쩌다가 제 자신의 구느름이 쏟아져 나와서, 마악 거기까지 말이 갔는데, 헴 하는 연한 밭은기침 소리에 연달아 미닫이가 사르르 열립니다.

옥화가 왔던 것입니다. 창식이 윤주사가 올 봄에 새로 얻은 기생첩, 그 옥화랍니다.

기생으론 그다지 세월도 없었으나 어느 여학교를 이 년인가 다녔고, 그런데 어디서 배웠는지 묵화를 좀 칠 줄 아는 것으로, 그 소위 아담한 교양이 윤주사의 눈에 들었던 것입니다.

하나 생김새는 도저히 아담함과는 간격이 뜹니다.

도럄직한²¹ 얼굴이면서 어딘지 새침한 바람이 돌고, 그런가 하고 보면 생긋 웃는데 눈초리가 먼저 웃습니다.

이 새침새가 남의 조강지처로는 아무래도 팔자가 세겠는데, 마침 고놈 눈웃음이 화류계 계집으로 꼭 맞았습니다. 다시 그의 흐뭇하니 육감적으로 두터운 입술은 그 이상의 것을 암시하구요.

옥화는 이 큰댁엘 자주 드나들어, 시아버지 윤직원 영감의 귀염을 일쑤 받고, 외동서 고씨의 성미를 맞추기에 노력을 하고, 서울 아씨나 이 두(남편의) 며느리와도 사이가 좋습니다. 능한 외교 수완을 지니고 있는 게 분명한데, 그러고서도 기생으로 세월이 없었다니 좀 이상은 합니다마는, 실상인즉 그러니까 윤주사 같은 봉을 잡았지요.

옥화는 언제고 여학생 차림을 합니다. 기생의 여학생 차림이란 어딘지 좀 빤지르르한 게 암만해도 프로 취(職業臭)가 흐르기는 하는 것이지만, 당자들은 그걸 교정할 용기가 없어, 옥화도 그 본에 그 본입니다. 그래도 옥화 저더러 말하라면 기생은 일시 액운이었고, 인제 다시 예대로 여학생 저를 찾은 것이랍니다.

*

"두 동세분이 바누질을 하시는군?……"

옥화는 영락없이 눈으로 웃으면서, 깍듯이 며느리들더러 허우를 하여,²² 어서 오시라고 일어서는 인사를 맞대답합니다.

"……그새 다아 안녕허시구?"

옥화는 손에 사들고 온 과자 꾸러미를 내놓으면서 주객 셋이 둘러앉습니다.

"무얼 오실 때마다 늘 이렇게…… 허긴 잘 먹습니다마는!……"

박씨가 치하를 합니다. 미상불 옥화는 언제고 빈손으로 오는 법은 없습니다.

"잘 자시니 좋잖우? 호호…… 그런데 저어, 새서방 소식이나 들었수?"

이건 조씨더러 가엾어하는 기색으로 묻는 말!……

"내가 그이 소식을 알다간 서쪽에서 해가 뜨라구요?"

"원 저를 어째!…… 부부간에 의초가 그렇게 아니 좋아서 어떡허우!"

"어떡허긴 무얼 어떡해요!…… 날, 잡아먹기밖에 더 허까!……"

"아이, 숭헌 소릴……"

옥화는 박씨가 풀어놓는 비스킷을 저도 하나 집어넣으면서

"……그 얌전한 서방님이, 어째 색신 마댄담?…… 그 아우 형제가 둘이 다아 얌전하기야 조옴 얌전한가!…… 아이 참, 어디 나

190

갔수?"

"누가, 요?"

박씨는 무슨 소린지 몰라 뚜렛뚜렛합니다.

"누구라니 새서방……, 경손 아버지 말이지……"

"그이가 오기나 했나요?"

"오기나 하다께?…… 아, 온 줄 몰루?"

"네에."

"어쩌나!"

"왔어요?"

"오기만!…… 아까 저어, 아따 우미관 앞에서 만난걸…… 그리구 언제 왔느냐니깐 아침 차루 왔다구, 그 말꺼정 했는데!……"

"그래두 집엔 아니 왔어요!"

"어쩌나!…… 저거 야단났군! 호호."

"야단날 일이나 있나요!…… 아마 볼일이 바빠서 미처 집엔 들를 틈이 아니 난 게죠."

속은 어떠했던지 박씨는 그래도 이만큼 사람이 둥글고 덕이 있습니다.

세 여자는 잠깐 말이 없이 잠잠합니다. 시방 박씨는 남편 종수가 분명 어디 가서 난봉을 피우고 있으려니, 그래도 올라는 왔으니까 얼굴이라도 뵈기는 하겠지, 이런 생각을 혼자 하고 있고, 옥화는 옥화대로 긴한 사무가 있어, 인제는 이만해도 마을 나온 증거는 만들어놓았으니까, 조금만 더 있다가 정작 가볼 데를 가보아야 하겠다는 생각을 하고 있고.

그리고 조씨는, 옥화의 백금반지야 금반지야 다이아반지가 요란한, 고운 손길이며 진짜 비단으로 휘감은 옷이며를 골고루 여새겨 보면서, 논다니요 첩데기란 아무래도 이렇게 제 티를 내는 법이니라고, 에이 더럽다고 속으로 비웃고 있습니다.

그러나 진실로 그 속의 속을 캐고 볼 양이면 조씨는, 옥화가 그렇듯 좋은 패물이며 값진 옷을 입고 예쁘게 단장을 하고서 한가로이 마음 편히 놀러 다니는 팔자가 부러워 못 견딥니다.

부러웠고, 부러우니까는 오기가 나고, 그래 앙앙한 오기가 바싹 마른 교만을 부리던 것입니다.

이편, 경손이는 다뿍 불평스런 얼굴을 우정 만들어가지고 안방으로 들어옵니다.

서울아씨와 태식이의 두 가수(歌手)는 여전히

"……헤야, 하징 아니하고오!"

의 『추월색』 오페라와

"비—, 비—가 오—오. 모— 모—가 모—가 자— 자—라 자—라오."

의 맹꽁이 음악을 끈기 있게 쌍주하고 있습니다.

경손이는 심상찮이 불평스런 얼굴은 얼굴이라도, 일변 매우 조심성 있게 서울아씨가 누웠는 옆에 가 앉습니다.

"그게 무슨 책이죠?"

"『추월색』이란다."

서울아씨는 긴치 않다고 이맛살을 약간 찌푸립니다.

그러나 경손이는 더욱 은근합니다.

"퍽 재밌죠?"

"그렇단다!"

"그럼 나두 한번 봐예지!……"

경손이는 혼자 중얼거리고는, 한참 있다가 또!……

"……전서방, 저녁 다아 먹었나?…… 대고모가 아까 차려 내보낸 게 전서방 밥상이죠?"

서울아씨는 속이 뜨끔했으나, 겉만은 아무렇지도 않게 경손을 바라봅니다.

"그렇단다…… 왜 그러니?"

"아뇨, 밥 다아 먹었으믄 나가서 돈 좀 달라구 하게요."

"……"

서울아씨는 아까 대복이의 저녁 밥상을 차리러 나서느라고 저도 모르게 일으킨 이변을 비로소 깨달았으나, 그래서 속이 뜨끔했던 것이나, 경손이가 막상 눈치를 채지는 못한 것 같아서 적이 마음이 놓였습니다.

그러나 아직 완전히 안심은 할 수가 없어, 좀더 속을 떠보아야 하겠어서, 슬며시 오페라를 중지하고, 짐짓 제 말 나오는 거동을 살피려 드는데, 경손이는 연해 혼잣말로 두런두런……

"에이! 고 재리, 깍쟁이!"

"……"

"고거, 죽어버렸으믄 좋겠어!"

"……"

"그중에 그따위가 병신이 지랄하더라구, 내 참!"

"……"

"아, 글쎄 대고모!"

"왜?"

"아, 대복이 녀석이, 말이우……"

"그래서?"

"내 참!…… 내 인제, 마구 죽여놀 테야!……"

"아니, 왜 그래? 무어라구 욕을 하든?"

"욕은 아니라두, 욕보다 더한 소리지 머!……"

"무어랬길래 그래?"

"아, 고 병신이, 밤낮 절더러, 대고모 말을 하겠지! 망할 자식 같으니라고!"

서울아씨는 얼굴이 화끈 다는 것을 어찌하지 못했습니다.

"무어라구 내 말을 한단 말이냐?"

"머, 별소리가 많아요! 느이 대고모님은 참 얌전한 부인네라구, 그런 소리두 하구……, 또오……"

"또오?"

"퍽 불쌍하다구…… 소생이 무언지, 소생이라두 하나 있었더라 믄 그래두 맘이나 고난치 않았을걸, 어쩌구 그런 소리두 하 구……"

"주제넘은 사람두 다아 보겠다! 제가 무엇이 대껴서 날 가지구 그러네저러네 해?"

말의 뜻에 비해서는 악센트가 그다지 강경하진 않습니다. 대복 이를 꾸짖자기보다, 경손이한테 발명이기가 쉽지요.

"그러게 말이에요…… 내 인제, 다시 그따위 소릴 하거던 마구 그냥 죽여놀 테에요!"

"……"

"큰사랑 할아버지께 고해서, 아주 밥통을 떼어놓던지…… 망할 자식! 상놈의 자식이!"

"경손아?"

서울아씨는 긴장한 태를 아니 보이느라고 내려놓았던 『추월색』을 도로 집어들면서 경손이를 부르는 음성도 대고모답게 상냥하고도 위의〔威儀〕가 있습니다.

경손이의 대답 소리도 거기 알맞게 대단히 삼가롭습니다.

"너, 애여 남허구 시비할세라?"

"네에."

"대복이가 했단 소리가, 다아 주저넘구 하긴 하지만, 넌 아직 어린애니깐 남하구 시빌 하구 그래선 못써요!…… 좀 귀에 거실리는 소릴 하더래두 거저 들은 숭 만 숭 하는 것이지, 응?"

"네에."

"그리구, 그런 되잖은 소리 들었다구, 이 사람 저 사람한테 옮기지두 말구…… 그따위 소린 한 귀루 듣구 한 귀루 흘려버릴 소리 아냐?"

"네에, 아무더러두 얘기 아니허께요!"

경손이는 푸시시 일어서고, 서울아씨는 도로 오페라를 계속하려고 합니다.

"밥이나 다아 먹었나? 작자가!……"

경손이는 혼자 중얼거리면서 미닫이를 열다가 짐짓 머뭇머뭇하는 체하더니

"대고모?"

하고 어렵사리 부릅니다.

"왜?"

"저어, 저녁이라 말하기가 안돼서 그러는데요!……"

"그래?"

"내일 대복이한테 타서 도루 가져다 드리께, 저어, 돈 이 원만!……"

"돈은 이 원씩이나 무엇에 쓰니?"

"좀 살 게 있어서 그래요!"

서울아씨는 더 묻지도 않고 일어서더니, 의걸이를 열쇠로 열고는, 속서랍에서 일 원짜리 두 장을 꺼내다가 줍니다.

대체 서울아씨가 다른 사람도 아니요, 경손이한테 돈을 이 원씩이나 주다니, 그것 또한 이변이 아닐 수 없습니다. 오늘 저녁처럼 경손이가 서울아씨를 존경(?)하고 서울아씨는 경손이한테 상냥하게 굴고 한 적도 물론 전고에 없는 일이고요.

"내일 대복이한테 타서 드리께요?"

경손이는 두 손 받쳐 돈을 받고, 서울아씨는 그 소리를 도리어 나무람하되!……

"내가 네게다가 돈 취해줄 사람이더냐?…… 그런 소리 말구, 가지구 가서 써요!"

다아 이렇습니다.

가령 받고 싶더라도 아니 받을 생각을 해야지요. 살쾡이가 닭 물어다 먹고서 갚는 법 있나요.

경손이는, 네에 그러겠습니다고, 더욱 공손히 대고모 안녕히 주무세요란 인사까지 한 후에 마루로 나오더니, 안방에다 대고 혓바닥을 날름, 코를 실룩, 눈을 깨끗, 오만 양냥이[23]짓을 다 합니다.

구두를 신노라니까 등 뒤에서 마루의 괘종이 아홉 시를 칩니다.

아홉 시면 지금 가더라도 「모로코」밖에 못 볼 텐데 어쩔꼬 싶어 작정을 못한 대로 나가기는 나갑니다. 아무튼 나가보아서 영화를 보든지, 영화는 내일 밤으로 미루고 동무를 불러내어 그 돈 이 원을 유흥을 하든지 하자는 것입니다.

안대문은 잠겼고, 그래 사랑 중문으로 가는데 큰사랑에 춘심이가 와서 있는 것이 미닫이의 유리쪽으로 얼핏 들여다보였습니다.

경손이는 잠깐 서서 무엇을 생각하다가, 잠자코 대문 밖으로 나가더니, 조금 만에 되짚어 들어오면서

"삼남아?"

하고 커다랗게 부릅니다. 삼남이는 벌써 십오 분 전에 잠이 들었으니까 대답이 없고, 대복이가 건넌방 앞문을 열고 내다봅니다.

"여기 춘심이라구 왔수? 어떤 여편네가 대문 밖에서 좀 불러달래우!"

경손이는 대단히 성가신 심부름을 하는 듯이 볼멘소리로 투덜거려놓고는, 이내 돌아서서 씽씽 나가버립니다.

대복이가 전갈을 하기 전에 춘심이는 제 귀로 알아듣고 뛰어나와서, 납작구두를 신는 둥 마는 둥 대문 밖으로 달려나옵니다.

대복이나 윤직원 영감은, 경손이가 하던 소리를 곧이를 들은 건 물론이요, 춘심이도 깜빡 속아 제 집에서 누가 부르러 온 줄만 알았습니다.

　춘심이는 대문 밖으로 나가서 문등이 환히 비치는 골목을 둘레둘레, 왔으면 어머니가 왔을 텐데 어디로 갔는고 하고 밟아 나옵니다.

　마침 옆으로 빠진 실골목[24] 앞까지 오느라니까, 경손이가 그 안에서 기침을 합니다.

　춘심이는 비로소 경손한테 속은 줄을 알고는, 골딱지가 나려다가 생각하니 반가워, 해뜩해뜩 웃으면서 쫓아갑니다. 경손이도 말없이 웃고 섰습니다.

　"울 어머니 어딨어?"

　"느이 집에 있지, 어딨어?"

　"난 몰라!…… 들어가서 영감님더러 일를걸?"

　"머야?…… 흥! 연앨 톡톡히 하시는 모양이군?…… 오래잖아 우리 큰사랑 할머니 한 분 생길 모양이지?"

　"몰라이! 깍쟁이……"

　춘심이는 마구 보풀을 내뗍니다. 속이 저린 탓으로, 경손이가 혹시 아까 윤직원 영감과 반지 조건을 가지고 연애 계약을 하던 경과를 죄다 듣고서 저러는 게 아닌가 싶어, 젖내야 날 값에 그래도 계집애라고 그런 연극을 할 줄 알던 것입니다. 게나 가재는 나면서부터 꼬집을 줄 알 듯이요.

　"……머, 내가 누구 때문에 밤낮 여길 오는데 그래…… 늙어빠지구 귀인성[25] 없는 영감님이 그리 좋아서?…… 남 괜히 속두 몰라주구, 머……"

춘심이는 제가 지금 푸념을 해대는 말대로, 늙어빠지고 귀인성 없는 윤직원 영감이 결단코 좋아서 오는 게 아니라, 윤직원 영감한테 오는 체하고서 실상은 경손이를 만나러 온다는 게, 그게 정말인지 아닌지는 춘심이 저도 모르는 소립니다. 아마 보나 안 보나 윤직원 영감과 경손이를 다같이 만나러 오는 것이기 십상일 테지요.

그러나 시방 이 경우 이 자리에서는 단연코 경손이 때문에 온다는 것으로, 팔팔 뛰지 않지 못할 만큼 춘심이도 본시, 그리고 벌써 계집이던 것입니다. 천하의 계집치고서, 멍텅구리 외에는 남자를 속이지 않는 계집은 아마 없나 보지요?

춘심이는 윤직원 영감한테 다니기 시작한 지 세번째 만에 경손이를 알았습니다.

석양쯤 해선데, 춘심이가 윤직원 영감이 있으려니만 여겨 무심코 방으로 쑥 들어서니까, 커다란 윤직원 영감은 간데없고, 웬 까까중이의 죄꼬만 도련님이 연상 앞에서 라디오를 만지고 있었습니다.

좀 무색했으나, 고 도련님 이쁘게도 생겼다고, 함께 동무해서 놀았으면 좋겠다고 생각했습니다.

경손이는 뚱뚱보 영감한테 들켰나 해서 깜짝 놀랐으나, 이어 아닌 걸 알고, 한데 요건 또 웬 계집앤고 싶어 춘심이를 마주 짯짯이 쳐다보았습니다.

전에 이 큰사랑에 오던 계집애는 이 계집애가 아닌데……, 그것들은 모두 빌어먹게 보기 싫었는데……, 요건 어디서 깜찍하니

고거 이쁘게는 생겼다……, 동무해서 놀았으면 좋겠다……, 경손이 역시 이렇게 생각했습니다.

연애에는 소위 퍼스트 임프레션이라는 게 제일이라구요. 과연 둘이 다같이 첫인상이 만점이었습니다.

그래, 하나는 문지방을 잡고 서서, 하나는 라디오의 스위치를 잡고 앉은 채 한참이나 서로 쳐다보았습니다. 그러다가 경손이가 먼저

"너, 누구냐?"

하면서 눈에 나타난 호의와는 다르게 텃세하듯 따지고 일어섭니다.

"넌 누구냐?"

춘심이 역시 말소리는 강경합니다. 적어도 이 댁에서 제일 어른이요, 제일 크고 뚱뚱한 영감님, 그 어른한테 다니는 낸데, 제까짓 것 까까중이 도련님이면 소용 있느냐 속이겠지요.

경손이는 장히 시쁘다고, 바짝 다가와 춘심이를 들여다봅니다.

"그래, 난 이 댁 되련님이다!……"

"피이……, 되련님이 아니구 영감님이믄 사람 하나 궂힐²⁶ 뻔했네!"

"요 계집애 건방지다!"

"아니믄?…… 병아리 새끼처럼 텃셀 해요!"

"요것 보게…… 너 요것, 주먹 하나 먹구퍼?"

"때리믄 제법이게?"

"정말?"

“그래!”

“요걸!……”

경손이가 번쩍 들이대는 주먹이 코끝으로 육박을 해도 춘심이는 꼼짝 않고 서서 웃습니다. 웃음도 나름이지만, 이건 호의가 가득한 웃음입니다.

“하하, 고거 야!……”

경손이는 주먹을 도로 내리면서 좋게 웃습니다. 역시 춘심이처럼 호의가 가득한 웃음입니다.

“왜 안 때려?”

“울리믄 쓰나!”

“내가 울어?”

“네 이름이 무어지?”

“알면서 물어요!”

“내가, 알아?”

“그럼!”

“내가?”

“너— 너— 하는 건 무언데?”

“오옳지! 너라구 했다구! 하하하…… 그럼, 아가씨 존함이 누구시오?”

“누가 아가씨랬나? 해해해……”

“하하하…… 무어냐? 이름이……”

“춘, 심……”

“응, 춘심이…… 그리구, 나인?”

"열다섯 살……"

"하! 나허구 동갑이다!"

"정말?"

"응!"

"이름은?"

"경손씨."

"경손씨?…… 활동사진 배우 이름 매니야!……"[27]

"안 됏! 되련님 이름을 그런 데다가 빗대다니……"

"피이!"

"그래두!"

"어쩔 테야?"

"한 대 먹구 싶어?"

경손이는 또 주먹을 들이댑니다. 그러나 그게 아까 먼저보다는 도리어 무릎하건만,[28] 무릎할뿐더러 정말 때릴 의사가 아닌 줄을 빠안히 알면서도 춘심이는 허겁스럽게 엄살 엄살, 다시 안 그런다고 항복을 합니다.

"다신 안 그러기다?"

"응!"

"응…… 그리구……"

"무어?"

"아니…… 참, 너두 기생이냐?"

"응!"

"요릿집이두 댕기구? 응, 인력거 타구?"

"응!"

"그리구서?······"

"무얼?"

"인력거 타구, 요릿집이 가서?······"

"손님 앞에서 소리두 하구, 술두 치구······"

"그리구?"

"다 놀믄 인력거 타구 집으로 오구······"

"그거뿐?"

"뿐!······"

"돈은? 아니 받구?"

"왜 안 받아!"

"얼마?"

"한 시간에 일 원 오십 전······"

"꽤다!······ 몇 시간이나?"

"대중없어······"

"갈 땐 이렇게 입구 가니?"

"야단나게?······ 쪽찌구 긴치마에 보선 신구 그리구······"

"하하하."

"해해해."

이때 마침 대문간에서 윤직원 영감의 기침 소리가 들려, 이 장면은 그대로 커트가 됩니다. 그러나 경손이가 총총히

"저기, 뒤채 내 방으루 놀러 오너라, 응? 꼭······"

하고, 부탁하기를 잊지 않았습니다.

그 뒤로부터 두 아이의 연애는 급속도로 발전을 해갔습니다. 무대는 이 집의 뒤채 경손이의 방과, 영화 상설관과 안국동에 묘한 뒷문이 있는 청요릿집과, 등이구요.

그사이에 경손이는 춘심이한테 코티의 콤팩트와 향수 같은 것을 선사했고, 춘심이는 하부다이[29] 손수건에다가 그다지 출 수는 없으나 제 솜씨로 경손이와 제 이름을 수놓아서 선사했습니다. 두 아이의 대강 이야기가 그러했습니다. 그리고 다시, 오늘 밤으로 돌아와서 실골목의 장면인데……

경손이는 춘심이가 너무 억울해하니까, 그를 믿고(믿고 안 믿고가 아니라 도시에 의심을 했던 게 아니었으니까요) 아무려나 농담이 과했음을 속으로 뉘우쳤습니다.

아마 인간이라고 생긴 것이면, 사내치고서 계집한테 속지 않는 녀석은 없나 보지요.

"극장 가자……"

경손이는 이내 잠자코 섰다가 불쑥 하는 소립니다.

이 기교 없는 기교에, 정말 아닌 노염이 났던 춘심이는 단박 해해합니다. 가령 정말로 성이 났었더라도 그러했겠지마는요.

"늦었는데?"

"괜찮아."

"영감님?"

"그걸 핑곌 못해?"

춘심이는 좋아라고 연신 생글뱅글, 사랑으로 들어가더니, 대뜰에 올라서서

"영감님? 나, 집이 가봐야겠어요!"

합니다.

"오냐!……"

윤직원 영감의 허연 수염이 미닫이의 유리쪽을 방 안에 가리며 내다봅니다.

"……누가 불르러 왔더냐?"

"네!…… 우리 아버지가 아푸다구, 어머니가 왔어요!"

"그렇거들랑 어서 가부아라…… 거, 무슨 병이 났단 말이냐?"

"모르겠어요. 갑자기 그냥……"

"그럼 무엇 먹은 게 체히여서 곽란이 났넝가 부구나?"

"글쎄, 잘 모르겠어요!"

"어서 가부아라…… 그러구, 곽란이거던 와서 약 가져가거라…… 사향소합환 주께."

"네."

"어서 가부아라…… 그러구 내일 낮에 올라냐? 반지 사러 가게……"

"네."

"꼭 올 티여?"

"네, 꼭 와요!"

"지대리마?…… 반지 꼭 사주마?"

"네…… 안녕히 주무세요?"

"오냐…… 너 혼자 가겠냐?"

"아이! 괜찮아요!"

"무섭거던 삼남이 데리구 가구!"

"무섭긴 무엇이 무서요!"

"그럼 어서 가보구, 내일 오정 때쯤 히여서 꼭 오니랭? 반지 사러 진고개 가게, 응?"

"네."

"잘 가거라, 응!"

"네, 안녕히 주무세요!"

"오냐, 어서 가거라…… 그러구, 내일 반지 사러 가자?"

반지 소리가 들이 수없이 나오나 봅니다.

걱정도 되겠지요. 제 아범이 병이 났다니, 그게 중해서 내일 혹시 오기가 어렵게 되면 또다시 연애를 연기해야 할 테니까요.

그 육중스런 임시 첩장인을 위해, 중값 나가는 사향소합환을 주마는 것도 과연 근경속이 그럴듯하기는 합니다.

아무려나 이래서 조손간에 계집애 하나를 가지고 동락을 하니 노소동락(老少同樂)일시 분명하고, 겸하여 규모 집안다운 계집 소비 절약이랄 수도 있겠습니다.

그렇지만, 소비 절약은 좋을지 어떨지 몰라도, 안에서는 여자의 인구가 남아돌아가고(그래 한숨과 불평인데) 밖에서는 계집이 모자라서 소비 절약을 하고(그래 칠십 노옹이 예순다섯 살로 나이를 야바위도 치고, 열다섯 살 먹은 애가 강짜도 하려고 하고) 아무래도 시체의 용어를 빌려오면, 통제가 서지를 않아 물자 배급에 체화(滯貨)와 품부족(品不足)이라는 슬픈 정상을 나타낸 게 아니랄 수 없겠습니다.

12. 세계사업世界事業 반절기半折記

　역시 같은 날 밤이요, 아홉 시가 한 오 분가량 지나섭니다. 그러
니까 방금 창식이 윤주사의 둘째첩 옥화가 계동 큰댁에를 들렀다
가 며느리뻘 되는 뒤채의 두 새댁들과 말말 끝에, 집에는 얼굴도
들여놓지 않은 종수를, 아까 낮에 우미관 앞에서 만났다는 그 이
야기를 하고 있는 그 시각과 거진 같은 시각입니다.

　과연, 그리고 공폴시, 그 시각에 종수는 그의 병정인 키다리 병
호의 인도로 동관 어떤 뚜쟁이집을 찾아왔습니다.

　종수는 새삼스럽게 소개할 것도 없이, 만석꾼 윤직원 영감의 맏
손자요, 창식이 윤주사의 맏아들이요, 경손이의 아범이요, 윤씨
네 가문 빛내는 큰 사업의 제일선 용사 중 한 사람으로서 군수 운
동을 하느라고 고향에 내려가 군 고원을 다니는 사람이요, 그리
고 장차 경찰서장이 될 동경 어느 대학 법학과 학생 종학의 형이
요, 이러한 그 종숩니다. 주욱 꿰어놓고 보니 기구가 대단하군요.

뭐, 옛날 지나(支那) 땅의 주공(周公)이라던지 하는 사람은, 문왕의 아들(文王之子)이요, 무왕의 동생(武王之弟)이요, 시방 임금의 삼촌(今王之叔父)이요, 이렇대서 근본 좋고 팔자 좋고 권세 좋고 하기로 세상 우두머리를 쳤다지만, 종수의 기구도 그 양반 주공을 능멸하기에 족할지언정 못하지는 않겠습니다. 이렇듯 몸 지중한 종수가 어디를 가서 오입을 하면 못해 하필 구접스레한 동관의 뚜쟁이집을 찾아왔을까마는 거기에는 사소한 내력과 곡절이 있던 것입니다.

종수는 시방 나이 스물아홉, 생김생김은 이 집안의 혈통인 만큼 헤멀끔하니, 어디 한 군데 야무지게 맺힌 데가 없고, 좋게 보아야 포류지질(蒲柳之質)¹입니다. 혹시 눈먼 관상쟁이한테나 보인다면, 널찍한 그의 얼굴과 훤하니 트인 이마에 만석이 들었다고 할는지 모르지요. 하기야 또 시체는 상학(相學)²도 노망이 나서, 꼭 빌어먹게 생긴 얼굴만 돈이 붙곤 하니까 종작할 수가 없지마는요.

열일곱에 서울로 공부를 올라와서, 입학 시험을 친다는 것이 단박 낙제를 했습니다. 그대로 주저앉아 강습소 나부랭이를 다니면서 준비를 하는 체하다가 이듬해 다시 시험을 치렀으나 또 낙제……

열아홉 살에 세번째 낙제, 그리고 다시 그 이듬해 스무 살에는 스무 살이나 먹어가지고 열서너 살짜리 조무래기들과 섭슬려 입학 시험을 칠 비위도 없거니와, 치자고 해도 지원부터 받아주질 않았습니다.

그해 그러니까 기사년(己巳年)에 종수의 아우 종학이 사 년 동안 줄곧 낙제를 한 형의 분풀이나 하는 듯이 우등 성적이요 겸하여 첫째로 ××고보에 입학이 되었습니다.

이때는 벌써 온 집안이 서울로 반이[3]를 해왔고, 한데 종수는 일이 그 지경이고 보니 어디로 얼굴을 두르나 부끄러운 것뿐, 일변 또 공부 따위는 애초에 하기가 싫던 것이라 아주 작파를 해버렸습니다.

명색이나마 공부를 작파하고 나서는, 돈냥이나 있는 집 자식이겠다, 할 노릇이란 빠안한 것, 그동안 조금씩 익혀온 술먹기와 계집질에 아주 털어놓고 투신을 했습니다.

윤직원 영감은 어린 손자자식이 그야말로 이마빡에 피도 안 마른 것이 주색에 빠졌으니, 사람 버릴 것이 걱정도 걱정이려니와, 그보다는 소중한 돈을 물 쓰듯 해서 더욱 심화요. 그런데 그보다도 또 속이 상한 건, 크게 바라던 군수가 장마의 개울물에 맹꽁이 떠내려가듯 동동 떠내려가는 것이었습니다.

그러나 윤직원 영감은 한 번 실패로 큰 목적을 단념할 사람이 아니었습니다. 그는 두루두루 남의 의견도 듣고 궁리도 해보고 한 끝에, 공부를 잘 시켜 고등관으로 군수가 되는 길은 글렀은즉 이번에는 군 고원으로부터 시작하여 본관을 거쳐 서무주임으로 서무주임에서 군수로, 이렇게 밟아 올라가는 길을 취하기로 했습니다.

고향의 군수와는 매우 임의로운 사이요, 또 도지사와도 자별히 가깝고 하니까, 종수를 군 고원으로 우선 앉혀놓고서 운동만 뒷줄로 잘하게 되면, 자아 본관이요, 네에 서무주임이요, 옜소 군수요, 이렇게 수울술 올라가진다는 것입니다.

과연 고향의 군수는 윤직원 영감의 청대로 선뜻 고원 자리 하나를 종수에게 제공했을 뿐 아니라, 뒷일도 보장을 했습니다.

종수는 제가 군수가 되고 싶다기보다도, 일일이 감독이 엄한 조부 윤직원 영감 밑에서 조심스럽게 노느니 고향으로 내려가서 마음 탁 놓고 지낼 것이 좋아, 매삭 이백 원씩 가용을 타 쓰기로 하고, 월급 이십육 원짜리 군 고원이 되었던 것입니다. 그것이 꼬박 삼 년 전……

그 삼 년 동안 윤직원 영감이 자기 손으로 쓴 운동비가 꽁꽁 일만 원하고 삼천 원입니다. 그리고 종수가 운동비라는 명목으로 가져간 것이 이만 원 돈이 가깝습니다. 해서 도합 삼만 원이 넘습니다. 하기야 종수가 가져간 이만 원 돈은 그것이 옳게 제 구멍으로 들어갔는지 딴 구멍으로 샜는지, 알 사람이 드물지요마는……

그러나 실상은 돈이 삼만여 원만 든 건 아닙니다.

종수가 가용으로 매삭 이백 원씩 가져갔으니 그것이 삼 년 동안 칠천여 원.

종수가 윤직원 영감의 도장을 새겨가지고 토지를 잡혀 쓴 것이 두 번에 이만여 원이요, 그것을 윤직원 영감이 일보(日步)[4] 팔 전씩 쳐서 도로 찾느라고 이만 오천여 원.

윤직원 영감의 명의로(도장은 물론 가짜지요) 수형 뒷보증(우라가키)을 해 쓴 것을 여섯 번에 사만 원을 물어주고.

이 두 가지만 해도 칠만 원 돈인데, 그 칠만 원 가운데 종수가

제 손에 넣고 쓴 것은 다 쳐야 단돈 만 원도 못 됩니다. 윤직원 영
감으로 보면 결국 손자 종수에게 사기를 당한 셈인데, 그러므로
물어주지 않고 버틸 수도 없는 것은 아닙니다.

그러나 버티고 볼 양이면 종수가 징역을 가야 하니, 이면상 차
마 못할 노릇일 뿐만 아니라, 더욱이 바라고 바라던 군수가 영영
떠내려가겠은즉, 목마른 놈이 우물 파더라고, 짜나따나 그 뒤치
다꺼리를 다 하곤 했던 것입니다.

그래, 이것저것을 모두 합치면 돈이 십만 원하고도 훨씬 넘습
니다.

윤직원 영감은 하도 화가 나고 기가 막혀서, 이 잡아 뽑을 놈아
이놈아, 돈은 무엇에다가 그렇게 물 쓰듯 하느냐고, 번번이 불러
올려다가는 도둑놈 닦달하듯 조져댑니다.

그럴라치면 종수는 군수 운동비와 교제비로 쓴다고 합니다.

그렇거들랑 왜 나더러 달래다가 쓸 것이지, 비싼 고리대금업자
의 변전[5]을 내느냐고 한다 치면, 할아버지가 언제 돈 달라는 족족
주었느냐고 되레 떠받고 일어섭니다.

물론 윤직원 영감은 곧이를 듣지는 않지만, 종수의 구실거리는
그만큼 유리했습니다.

해서 윤직원 영감의 무서운 규모로 삼 년 동안에 십여 만 원을
그 밑구멍에다가 들이민 것으로 보아, 군수 즉 양반이라는 것의
매력이 위대함을 알겠는데, 그러나 종수는 아직도 한낱 고원으로
있지, 그 이상 더 올라가지는 못했습니다. 월급만은 한 차례 삼
원이 승급되어 이십구 원을 받지만요.

하니, 일이 매우 장황스러, 성미 급한 윤직원 영감으로는 조바심이 나리라 하겠지만, 실상은 고원에서 본관까지 사 년, 본관에서 서무주임까지 삼 년, 서무주임에서 군수까지 다시 삼 년, 도합 십 개년 계획이었기 때문에, 아직 유유히 운동을 계속하는 중입니다.

그 덕에 거드럭거리는 건 좋습니다. 군에 다니는 건 명색뿐이요, 매일 술타령에 계집질, 게다가 한 달이면 사오 차씩 서울로 올라와서는 뚜드려 먹고 놉니다. 돈은 물론 제 집엣 돈을 사기해 먹고, 또 그 밖에 중이 망건 사러 가는 돈이라도 걸리기만 하면 잡아 써놓고 봅니다. 그랬다가 다급하면 그 짓, 제 집 돈 사기를 해서 물어주든지, 직접 윤직원 영감한테 운동비랍시고 뻐젓이 돈을 타든지 합니다. 이번에 올라온 것도 그러한 일 소간입니다.

얼마 전에 군의 같은 동료가 맡아보는 돈 천 원을 돌려쓴 일이 있는데, 그 돈 채워놓아야 할 날짜가 이삼 일로 박두했고, 일변 술도 날씨 선선해진 판에 한바탕 먹어제치고 싶고, 이참저참 올라왔던 것인데, 방위가 나빴던지 일수가 사나웠던지, 첫새벽 정거장에서 내리던 길로 일이 모두 꿀리기만 했습니다.

첫째, 어제 시골서 떠나기 전에 전보를 쳐두었는데 키다리 병호가 마중을 나오지 않았습니다. 돈을 얻재도, 술을 먹재도, 오입을 하재도, 종수는 그의 병정인 키다리 병호가 아니고는 꼼짝을 못합니다. 수형을 현금으로 바꾸어 오고, 요릿집과 기생을 분변을 시키고, 더러는 외상 요리의 교섭을 하고, 계집을 중매 서고, 이래서 종수가 서울서 노는 데는 돈보다도 더, 그리고 먼저 필요한 게 병호 그 사람입니다.

그렇기 때문에 미리서 전보까지 쳐두었던 것인데, 정거장으로 나오지를 않았습니다. 이건 병이 났거나 타관에를 갔거나 한 것이라고 낙심을 한 종수는, 그래도 막상 몰라 애오개 산비탈에 박혀 있는 병호의 집까지 찾아갔습니다.

역시 병호는 집에 없고, 그의 아낙의 말이, 어제 낮에 잠깐 다녀온다고 나간 채 여태 안 들어왔다는 것입니다. 그렇다면 먼 타관에는 가지 않은 듯싶고, 그것이 적이 다행해서, 들어오는 대로 곧 만나게 하라는 말을 이른 뒤에, 언제고 서울을 올라오면 집보다도 먼저 찾아드는 여관에다가 우선 자리를 잡았습니다.

××여관에서 종수는 조반을 먹고 드러누워 늘어지게 한잠을 잤습니다. 간밤에 침대차가 만원이 되어 잠을 못 잔 것이 피곤도 하거니와, 이따가 저녁에 한바탕 놀자면 정력을 길러두는 것도 해롭진 않았습니다. 또, 그러한 필요가 아니라도 병호가 없는 이상, 막대를 잃어버린 장님 같아 저 혼자서는 옴낫⁶을 못하니까, 낮잠이 제일 만만합니다.

한잠을 푹신 자고 나니까 오정이 지났는데 병호는 그때까지도 오지 않았습니다. 종수는 또 한 번 애오개를 나갔다가 그만 허탕을 치고는 답답한 나머지 여기저기 그를 찾아다녀보았습니다. 그러다가 우미관 앞에서 재수 없이 옥화를 만났던 것입니다.

종수가 도로 여관으로 돌아와서 네시까지 기다리다가 그만 질증⁷이 나서, 다 작파하고 조부 윤직원 영감한테 급한 돈 천 원이나 옭아내어가지고 내려가버릴까, 내일 하루 더 기다려볼까 망설이는 판에 키다리 병호가 터덜터덜 달려들었습니다.

"허! 미안허이!"

병호는 말처럼 긴 얼굴을 소처럼 웃으면서 방으로 들어섭니다.

"무얼 핥어먹느라구 밤새두룩 주둥일 끌구 다녔수?"

종수는 일어나지도 않고 버얼떡 누운 채, 전봇대 꼭대기같이 한참이나 올려다보이는 병호의 얼굴을 눈 흘겨주다가, 한마디 비꼬던 것입니다. 남더러 전접스런 소리를 잘하는 것도 아마 윤직원 영감의 대부터 내림인가 봅니다.

그러나 그보다도 종수는 갈데없는 후레자식입니다.

한 것이, 병호와는 같은 고향인데, 나이 십오 년이나 층이 집니다. 십오 년이면 부집(父執)[8]이 아닙니까. 종수 제 부친 창식이 윤주사가 마흔여섯이요 해서, 사실로 병호와는 네롱내롱하는[9] 사이니까요.

그런 것을 글쎄, 절하고 뵙진 못할망정 버얼떡 자빠져서는 한단 소리가 무얼 핥아먹느라고 주둥이를 끌고 다녔느냐는 게 첫인사니, 놈이 후레자식이 아니라구요.

하나 병호는 아주 이상입니다.[10]

"머, 그저 모처럼 봉을 하나 잡았더니, 그놈을 뚜디려 먹느라구."

"그래서?…… 문밖 별장으루 나갔던 속이구면?"

"응."

"각시 맛두 봤수?"

"미친 녀석! 늙은 사람두 그런 것 바친다드냐?"

"아무렴! 개가 똥을 마대지?"

둘이는 걸쭉하게 농지거리로 주거니 받거니 합니다. 그러니 결국 종수로 하여금 버르장머리가 없게 하는 것은, 이편 병호가 속이 없고 농판스런[11] 탓이요, 그걸 받아주는 때문입니다.

그러나 남의 병정을 잘 서먹자면 그만큼이나 구수하지 않고는 붙일성[12]이 없겠으니 또한 직업인지라 어쩔 수 없다는 게 병호의 변명입니다.

"돈을 좀 마련해야 할 텐데?……"

종수는 그제야 일어나더니, 잔뜩 쪼글트리고 앉으면서 담배를 붙여 뭅니다.

"해보지…… 얼마나?"

병호의 대답은 언제나 선선합니다.

"꼭 천 원허구 또, 한 오백 원……"

"오늘루 써야 허나?"

"천 원은 내일 해전으루 되면 좋구, 오늘은 오백 원가량만……"

"해보지!…… 그렇지만 은행 시간이 지나서, 좀……"

"그러니까 진작 오정 때만 왔어두 좋았지! 핥어먹으러 싸아다니느라구……"

"허! 참, 잡놈이네! 비 올 줄 알면 어느 개잡년이 빨래질 간다냐? 네가 몇 시간만 더 일찍 전볼 치지?"

"긴소리 잔소리 인전 고만 해두구, 어서 어떻게 서둘러봐요!"

"날더러만 재촉을 하지 말구, 어서 한 장 쓰게그려!"

"그런데 이번은 말이죠……"

종수는 손가방에서 수형 용지를 꺼내가지고, 일변 쓰면서 이야깁니다.

"……이번은 와리¹³를 좀더 주더래두 내 도장만 찍어야 할 텐데?"

"건 어려울걸!…… 그런데 왜?"

"아, 지난번에 논을 그렇게 해 쓴 거 일만 오천 원이 새달 그믐 아니오?"

"참, 그렇지…… 그런데?"

"그런데, 그거가 뒤집어지기 전에 이거가 퉁겨서 나오구, 그리구서 얼마 아니 있다가 또 그거가 나오구, 그래 노면 글쎄 한 가지씩 졸경을 치루기두¹⁴ 땀이 나는데, 거퍼 두 가지씩!"

종수는 쓰던 만년필을 멈추고 혀를 날름날름하면서 고개를 내두릅니다. 졸경을 치른다는 것은 빚쟁이한테 직접 단련이 아니라, 조부 윤직원 영감한테 말입니다.

"그렇잖우? 드뿍 큰목아치는 크게 해먹은 맛으루나 당한다구, 요것 이천 원짜리 때문에 경은 곱쟁일 치긴 억울해!"

"그두 그렇긴 허이마는……"

병호는 깜작깜작 생각을 하다가는 종수가 도장까지 찍어 내놓는 이천 원 액면의 수형을 집어듭니다. 아무리 가짜 도장일 값에 윤두섭이의 뒷보증이 없는, 단부랑지자[單浮浪之者] 윤종수의 수형을 가지고 돈을 얻다께 하늘서 별 따깁니다.

"좀 어렵겠는데에……"

병호는 수형을 만지작만지작, 그 기다란 윗도리를 앞뒤로 끄덕 끄덕, 연신 입맛을 다십니다.

"쉬울 테면 왜 온종일 당신 기대리구 있겠소? 잔소리 말구 어여 갔다가 와요!"

"글쎄, 가보긴 가보지만……"

병호는 수형을, 빛 낡은 회색 포라[15] 양복 속주머니에다가 건사하고 일어섭니다.

"……가보아서 되면 좋구, 안 되면 달리 또 무슨 방도를 채리더래두…… 아무려나 기대리게……"

"꼭 돼야 해요! 더구나 한 사오백 원은 오늘 우선……"

"흥, 이거 말이지?"

병호는 씨익 웃으며, 손으로 술잔 기울이는 흉내를 냅니다. 종수도 따라 웃습니다.

"참새가 방앗간을 그대루 지내우?"

"염려 말게…… 돈이 못 되면 외상은 못 먹나?"

"싫소, 외상은…… 그리구, 요릿집 간죠[16]뿐이우?"

"각시두 외상 얻어줌세, 끙……"

"어느 놈이 치사하게 외상 오입을 하구 다니우?"

"난 없어 못하겠더라!"

"양반허구 상놈허구 같은가?"

"양반은 별수 있다더냐?"

한 시간 안에 다녀오마고 나간 병호는, 두 시간 세 시간 눈이 빠지게 기다려놓고서 일곱 시 반에야 휘적휘적, 그나마 맨손으로 돌아왔습니다.

윤직원 영감의 뒷보증이 없어도 종수의 도장만 보고서 돈을 줄 사람이 꼭 한 사람 있기는 있고, 또 그 사람이면 소절수[17]를 받아다가 현금과 진배없이 풀어 쓸 수가 있는 자린데, 세상 기고 매고 아무리 찾아다녀야 만날 수가 없다는 것입니다.

이것이, 따로이 슬그머니 욕심이 생겨가지고는, 짐짓 꾸며대는 농간인 것을 종수는 알 턱이 없습니다.

윤종수의 도장 하나를 보고서 수형을 바꾸어줄 실없는 돈장사라고는 이 천지에 생겨나지도 않았습니다. 병호는 그것을 잘 알고 있고, 그러면서도 어쩌면 될 듯한 눈치를 보이는 것은, 우선 수형을 쓰게 하자는 제일단의 공작이었습니다.

그 세 시간 동안 병호는 누구를 찾아다니기는커녕, 제 집으로 가서 편안히 누웠다가 온 것도, 그러니까 종수는 알 턱이 또한 없습니다.

"빌어먹을!…… 에이 속상해!"

종수는 슬며시 짜증이 나서 피우던 담배를 재떨이에 북북 비벼 던지고는 나가 드러누우면서 두런거립니다.

"……이럴 줄 알았으면 진작 아까 저물기 전에 집으루나 가서, 할아버지께라두 말씀을 했지! 에이, 빌어먹을……"

은연중 병호가 늦게 온 칭원까지 하는 소립니다. 그러나 병호는 그 소리가 귀에 거슬리기보다는 일이 묘하게 얼려간대서 속으로 기뻐합니다.

"여보게?"

"……"

"여기다가 자네 조부님 도장 찍어서 우라가끼하게."

"싫소!…… 다아 고만두구, 내일 할아버지께 돈 천 원이나 타서 쓰구 말겠소!"

"웬걸 주실라구?"

"안 주시면 고만두, 민…… 에잇, 속상해!"

"그렇게 있어두 고만, 없어두 고만일 돈이면 애여 왜 쓸려구를 들어?"

"남 속상하는 소리 말아요! 시방 돈 천 원에 여러 집 초상나게 된 걸 가지구……"

"허어! 그 장단에 어디 춤추겠나!"

"아니, 할아버지 도장 찍구 우라가끼할 테니, 당장 돈 만들어 올 테요?"

"열에 일곱은 될 듯하네마는…… 그러구저러구 간에, 여보게?"

"말 던지우!"

"만일 자네 조부님께 말씀을 해서, 돈이 안 되면은 낭패가 생길 돈이라면서? 응?"

"낭패뿐이 아니우…… 내 온, 돈 고까짓 천 원 때문에 이렇게 속상하기라군 생전 츰이요!"

"그러니 말일세. 여그다가 우라가낄 해주면, 시방 나가서 주선을 해보구……, 하다가 안 되면 내일 해보구 할 테니깐, 자넬라커던 이놈은 꼭일랑 믿지 말구서, 내일 자네 조부님을 조르구. 그렇게 해서 두 군데 중에 되면은 좋잖은가?"

"아, 글쎄 이 당신아!⋯⋯"

종수는 답답하다고 벌떡 일어나 앉으면서 삿대질을 합니다.

"⋯⋯맨 츰에 내가 하던 소린, 한 귀루 듣구 한 귀루 흘렸단 말이오?"

"온 참!⋯⋯ 저놈 논 잽혀 쓴 놈 일만 오천 원짜리허구 연거퍼 튕겨질 테니 안됐단 말이지?"

"이번 치가 먼점 뒤집어질 테니깐 더 걱정이란 말이랍니다요!"

"그러니깐 말이야. 이번 칠[18]랑 이자나 주구서 두어 번 가끼가엘[19] 하면 될 게 아닌가?"

"가끼가에? 누가 가끼가엘 해준대나?"

"아니 해줄 게 어딨나? 이자를 주는데 왜 아니 해주나?"

"그럼 그래보까? 히히."

종수는 별안간 싱겁게 웃으면서, 언제고 준비해 가지고 다니는 윤직원 영감의 도장으로 아까 그 수형에다가 뒷보증을 해놓습니다.

"되두룩 단돈 백 원이라두 현금을 좀 가지구 오시우?"

구두를 신고 있는 병호더러 부탁을 합니다.

"글쎄, 그렇게 해보지만⋯⋯"

병호는 돌아서려다가 싱글싱글 웃습니다.

"⋯⋯자네 거 기생 고만두구서 오늘 저녁일라컨 여학생 오입 하나 해볼려나?"

"여학생?⋯⋯ 그 희떠운 소리 작작 허슈!"

"아냐! 내 장담허구 대령시킬 테니⋯⋯"

"진짤?"

"아무렴!"

"정말?"

"허어!"

"아니면 어쩔 테요?"

"내 목을 비어 바치지!"

"그럼, 내기요?"

"내기하세!…… 그런데 진짜가 아니면 나는 목을 비여놓구……, 또오, 진짜면?"

"백 원 상급 주지!"

"그래, 내 오는 길에 다아 주문해놓구 오문세."

한 시간이 좀 못 되어서 돌아온 병호는 이번도 허탕이었습니다. 단골로 그새 거래를 하던 세 군데를 찾아갔는데, 하나는 타관에 가고 없고, 하나는 놀러 나갔고, 또 하나는 은행에 예금한 게 없어서 내일이나 입금시키는 형편을 보아야만 소절수라도 발행하겠다고 한다는 것입니다.

이것도 물론 꾸며대는 소리요, 동관의 뚜쟁이집에 가서 노닥거리다가 오는 길입니다.

"그러면 내일 될 상두 부르군요?"

종수는 생각하던 바와 달라, 소갈찌도 내지 않습니다.

"글쎄?……"

"안 될 것 같아?"

"그럴 게 아니라, 이 수형일랑 내게 두었다가, 내가 한 번 더 돌아다녀볼 테니, 그렇지만 꼭 믿진 말구서, 자네 조부님한테 타내두룩 하게…… 그래야만 망정이지, 꼭 되려니 했다가 아니 되는 날이면 낭패가 아닌가? 지금두 오면서두 고옴곰 생각했지만, 그 남의 수중에 있는 돈을 얻어 쓴다는 게 무척 힘이 들구, 자칫하면 큰일을 잡치기가 쉬운 걸세그려! 아, 오늘 저녁 일만 두구 생각해 보게? 남의 돈을 믿었다가 이렇게 누차 낭패가 아닌가?"

근경 있이 타이르듯 하는 말에, 종수는 그렇겠다고 고개를 끄덕거립니다. 종수가 다소곳하니 곧이듣는 것을 보고 병호는 일이 열에 아홉은 성사라서 속으로 좋아 못 견딥니다.

병호는 그 이천 원짜리 수형을 제 주머니 속에 넣어두고 내놓지 않을 참입니다.

종수가 저의 조부 윤직원 영감한테 돈을 타서 쓰면 이 수형은 소용이 없으니까, 대개는 잊어버리고 시골로 내려가기가 십상입니다. 또, 혹시 생각이 나서 찾더라도 포켓을 부스럭부스럭하다가

"아뿔싸! 간밤에 변소에 가서 휴지가 없어서 고만!……"

이렇게 둘러댑니다.

만일 윤직원 영감한테 돈을 타지 못하고, 불가불 수형을 이용해야 할 경우라도 역시 뒤지를 해 없앤 줄로 둘러대고서, 새로 수형을 쓰게 합니다.

그래 좌우간 그 수형은 제가 훌트려 쥐고 있다가, 일 할 오 부 할이를 뗀 일천칠백 원을 찾아서 집어삼킵니다.

삼켜도 아무 뒤탈이 없습니다. 우선 법적으로 따져서, 하나도

죄가 될 것이 없습니다. 그러나 도시 문제가 그렇게 커지질 않습니다.

그 수형이 나중에 윤직원 영감의 수중으로 들어가서, 필경 종수가 닦달을 당하기는 당하는데, 종수는 그것이 병호의 야바윈 줄 단박 알아내기야 하겠지만, 그의 사람 된 품이 저만 알고서 제가 일을 뒤집어쓰지, 결코 그 속을 들춰내도록 박절하진 못한 사람입니다.

뿐만 아니라 그는 의붓자식 옷 해입힌 셈만 대지야고 버릇없는 소리나 해가면서, 역시 전과 다름없이 병호를 심복의 병정으로 부릴 것이요, 그것은 사람이 뒤가 없는 소치도 있겠지만 일변 아쉽기도 한 때문입니다.

더구나 일이 뒤집어지기 전에 병호가 미리서, 아 이 사람 종수, 다른 게 아니라 내가 목이 달아나게 급한 사정이 있어서 약시 이만저만하고 이만저만했네. 그러니 어떡허려나? 날 죽여주게. 이렇게 빌기라도 한다면 종수는 그것을 순정인 줄 여겨 오히려 양복이라도 한 벌 해입힐 것입니다. (옛날의 주공도 사람이 종수처럼 이렇게 어질었다구요?)

"자아, 어서 옷 입구 나서게!"

병호는 일천칠백 원을 먹어둔 바람에 속이 달떠서는 연신 싱글벙글 종수를 재촉합니다.

"……내일 일은 내일 일이구…… 자아, 오늘 저녁일라컨 우선 산뜻한 여학생 오입을 속짜[20]루 한바탕 한 뒤에, 어디 별장으루 나가서 밤새두룩, 응?"

"돈두 없으면서 무얼!"

"걱정 말아두! 요릿집은 내가 다아 그읏두룩 할 테니깐 염려 없구, 여학생 오입은 십 원이면 썼다 벗었다 하네!"

"십 원?"

"아무렴!…… 잔돈 얼마나 있나?"

"한 삼십 원 있지만!"

"됐어! 십 원은 여학생 오입채루 쓰구 이십 원은 요릿집 뿌이행하²¹루 쓰구, 머어 넉넉허이!"

"그 여학생이라는 게 밀가루나 아니우?"

"천만에!…… 글쎄, 목을 비여 바친대두 그리나?"

"더구나, 십 원이면 된다니, 유곽만두 못하잖아?"

"글쎄, 예서 우길 게 아니라, 좌우간 가보면 알 걸 가지구!"

"어디, 한번 속는 셈 대구!"

사맥이 다 이렇게쯤 되어서, 당대의 주공 종수가 이 동관의 뚜쟁이집엘 온 것입니다.

폐병 앓는 갈빗대 여대치게 툭툭 불거진 연목²²을 반자지도 아니요 거무튀튀한 신문지로 처덕처덕 처바른 얄디얄은 천장 한가운데 가서, 십삼 와트 전등이 목을 잔뜩 매고 높다랗게 달려 있습니다.

도배는 몇 해나 되었는지, 하얬을 양지가 노랗게 퇴색이 된 바람벽인데, 그나마 이리저리 쓸려서 제멋대로 울퉁불퉁 떠이고 있습니다. 거기다가 빈대 피로 댓잎(竹葉)을 쳐놓았어야 제격일 텐데, 그 자국이 없는 것을 보면 사람이 붙박이로 거처를 않고, 임시 임시 그 소용에만 쓰는 게 분명합니다.

윗목으로 몇 해를 뜨지[23] 맛을 못 보았는지, 차악 눌린 이부자리가 달랑 한 채, 소용이 소용인지라 잇만은 깨끗해 보입니다.

방 안에서는 눅눅한 습기와 곰팡 냄새가 금시로 몸이 끈끈하게 시리 가득 풍깁니다.

이지러진 사기재떨이 하나가 방 안의 유일한 가구요, 그것을 사이에 놓고 병호와 종수는 위아랫목으로 갈라 앉아 입맛 없이 담배를 피웁니다.

"멀쩡한 뚜쟁이집이구면, 무엇이 달라요? 까치 뱃바닥 같은 소릴……"

종수는 이윽고 방 안을 한 바퀴, 아까 처음 들어설 때처럼 콧등을 찡그리며 둘러보면서, 목소리 소곤소곤, 병호를 구박을 주던 것입니다.

"글쎄 뚜쟁이집은 뚜쟁이집이라두, 시방은 다르다니깐 그래!"

"다를 게 무어람!…… 여보, 나두 열여덟 살부터 다녀본 다아구로오도[24]야!"

"그땐 말끔 은근짜[25]들뿐이지만, 시방은 이 사람아 오는 기집들이 모두 상당허네!…… 여학생을 주문하면 꼭꼭 여학생을 대령시키구, 과불 찾으면 과불 내놓구, 남의 첩, 옘집 여편네, 빠쓰껄, 여배우, 백화점 기집애, 머어 무어든지 처억척 잡아오지!"

"또 희떠운 소리를!…… 아니 그래, 과부면 과부라는 걸 무얼루다가 증명허우? 민적 등본을 짊어지구 오우? 여학생은 재학 증명설 넣구 오구, 빠쓰껄은 가방을 차구 오우?"

"허허허…… 그거야 그렇잖지만…… 아냐, 대개 맞긴 맞느니…… 그렇게 널리 한대서 요샌 뚜쟁이집이라구 아녀구, 세계사업사라구 하잖나?"

"당찮은 소릴! 여보, 세계사업사란 내력이나 알구서 그리우?"

연전에 관훈동에 있는 어떤 뚜쟁이의 구혈을 경찰서에서 엄습한 일이 있었습니다. 연루자가 수십 명 잡혔는데, 차차 취조를 해들어가니까, 그 조직이 맹랑할 뿐 아니라, 이름은 세계사업사라고 지은 데는 모두 깜짝 놀랐습니다. 물론 별 의미는 없고, 아마 취체를 기이느라고[26] 그런 엉뚱한 명칭을 붙였던 것이겠지요.

아무튼 그때부터 뚜쟁이집을 어디고 세계사업사라고 불렀고, 시방은 한 개의 공공연한 은어(隱語)가 되어버렸습니다.

종수가 그러한 내력을 설명하는 것을 듣고 앉았던 병호는

"허허, 날보담 선생이군!……"

하면서 웃고 일어섭니다.

"……자아, 난 먼점 가서……"

"어디루?"

"××원 별장으루 먼점 나가서 이것저것 모두 분별을 해놓구 기대릴 테니, 자넬라컨 처억 재미 볼 대루 보구……"

"그럴 것 무엇 있소? 이왕이니 하나 더 불러오래서, 둘이 같이, 응? 하하하하!"

"허허허허…… 늙은 사람 놀리지 말구…… 그리구 참, 돈은 음식값 무엇 할 것 없이 십 원 한 장만 노파 손에다가 쥐여주구 나오게!"

"그러구저러구 간에, 진짜 여학생이 아니면 당신 죽을 줄 알아요! 괜히!……"

"염려 말래두!"

병호는 마루로 나가더니 안방의 노파를 불러내어 무어라고 두어 마디 소곤소곤 이야기를 하고 나서 밖으로 나갑니다.

종수가 시계를 꺼내어 마침 아홉 시 이십 분이 된 것을 보고 있노라니까, 샛문을 배깃이 열고 노파가 담뱃대 문 곰보딱지 얼굴을 들이밉니다.

"한 분이 먼점 가셔서 심심하시겠군!……"

노파는 병호가 앉았던 자리로 가서 팔짱을 끼고 도사려 앉습니다.

"……아이! 그 새서방님 얼굴두 좋게두 생겼다! 오래잖아 색시가 올 테지만, 보구서 색시가 더 반하겠수 호호오……"

언변이 벌써 뚜쟁이로 되어먹었고, 게다가 겉목을 질러 웃는 소리가 징그러울 만큼 능청스럽습니다.

"시방 온다는 게 정말 여학생은 여학생입니까?"

종수는 하는 양을 보느라고 말을 시켜놓습니다.

"온! 정말 아니구요! 아주 버젓한 고등학교 다니는 색시랍니다. 머, 밀가루 가져다가 복색만 여학생으루 채려서 들여밀 줄 알구들 그리시지만, 아 시방이 어느 세상이라구 그렇게 속힐래서야 되나요! 정말 여학생이구말구요, 온!"

"버젓한 여학생이 어째 하라는 공분 아니 허구서……"

"오온! 여학생은 멋 모르나요? 다아, 응? 멋이 들어서, 다아 심심소일루 다니는 색시두 있구, 또오 더러는 돈맛을 알구서 다니기두 허구…… 그렇지만 지끔 오는 색신 노상히 돈만 바라거나, 또 심심소일루 다니는 이가 아니랍니다! 그건 참, 잘 알아두시구, 너무 함부로 다루질라컨 마시우! 괜히……"

"그럼 무엇 하러 다니는데요?"

"신랑! 신랑을 고르느라구 그래요. 꼬옥 맘에 드는 신랑을!"

"네에! 그래요오! 으응, 신랑을 고른다!"

"참, 인물인들 오죽 잘났나요. 머, 똑 떨어졌죠."

"네에! 그렇게 잘났어요?"

"말두 마시우! 괜히, 담박 반해가지굴랑, 내일이래두 신식 결혼하자구 치마끈에 매달리리다! 호호호……"

"피차에 맘에 들면야 그래두 좋죠. 마침 장가두 좀 가구푸구 하던 참이니깐……"

"그렇게 뒷심을 보실 테거들랑 돈을 애끼지 말구서, 우선 오늘 저녁버텀이라두 척 돈을 좀 몇십 환 듬뿍 쓰세야죠! 그래야 다아 색시두!"

"지끔 오는 인 돈을 바라구 오는 게 아니라면서요?"

"온! 시방야 돈을 아니 바라지만서두, 신랑 양반이 다아 돈이 많구 호협허신 그런 인 줄은 알아야, 다아 맘이 당기죠!"

"옳아! 그두 그렇겠군요!…… 나인 몇이라죠?"

"온 어쩌나! 아, 말 탄 서방이 그리 급하랴구, 시방 곧 올 텐데, 호호, 미리서 반하셨구료! 호호호…… 올해 갓 스물이랍니다. 나이두 꼬옥 좋죠!"

마침 대문 소리가 삐그덕 나더니 자박자박

"기세요?"

하고 삼가로운 목소리가 들립니다.

"왔군!"

어느 결에 일어서서 샛문으로 나가려던 노파가, 종수를 돌려다 보고 눈을 찌긋째긋합니다.

종수는 저도 모르게 약간 긴장이 되어, 바깥의 동정에 귀를 기울입니다. 그는 아까부터 노파의 하는 수작이 속이 빠안히 들여다보여, 역시 여학생이란 공연한 소리요, 탈을 쓴 밀가루기 십상이려니 하는 속치부는 하고 있으면서도, 급기야 긴장이 되는 것은 화류계 계집은 많이 다뤘어도 명색이 여학생은 접해보지 못한 그인지라, 얼마간 최면에 걸리지 않질 못한 탓이겠습니다.

노파는 밖으로 나가서 한참 소곤소곤하다가, 이윽고 샛문이 열립니다.

"자아, 내가 정말을 했는지, 거짓말을 했는지 보십시오! 이렇게 뻐젓한 여학생을 모셔왔으니, 자아."

노파가 가려 서서 한바탕 장담을 치고 나더니

"······자아······, 어여 들어와요! 온 부꾸럽긴 무에 그리 부꾸럽담! 다아 신식물 자신 양반들이, 자아······"

하고, 또 한바탕 너스레를 떨면서 모로 비켜섭니다.

십여 년 화류계에서 놀며 치어난 종수도, 어쩐지 압기가 되는 듯, 이 장면에서만은 단박 얼굴을 들고 쳐다볼 담이 나질 않고, 마침 문턱 안으로 한 발 들여놓는 비단 양말을 신은 다리로부터 천천히 씻어 올라갑니다.

놀맘한[27] 비단 양말 속으로 통통하니 살진 두 다리, 그 중간께를 치렁거리는 엷은 보이루의 검정 통치마, 연하게 물결치는 치마 주름을 사풋 누른 손길, 곱게 끊긴 흰 저고리의 앞섶 끝, 볼록한 젖가슴에 맺어진 단정한 고름, 이렇게 보아 올라가는 종수는 어느덧 저를 잊어버리고, 과연 시방 순결을 의미하는 여학생을 맞느니라 싶은 일종의 엄숙한 기분에 잠겨갑니다.

필경 종수의 시선이, 여자의 동그스름한 턱으로부터 얼굴 전체로 퍼지려고 하는데, 마침 저편에서도 외면했던 고개를 이편으로 돌리고, 돌려서 얼굴과 얼굴이 딱 마주치는 순간! 그 순간입니다.

"어엇!"

"아이머닛!"

소리는 실상 지르지도 못하고, 남녀는 동시에 숨이 막히게 놀랍니다. 종수는 앉은 자리에서 뒤로 벌떡 자빠질 뻔하다가 겨우 몸을 가누어 고개를 푹 숙이고, 계집은 홱 몸을 날려 마루를 쿵쿵, 구두는 신었는지 어쨌는지 대문을 왈카닥 삐그덕, 그다음에는 이내 조용하고 맙니다.

계집이 달아나자 종수는 정신을 차려 쫓기듯 세계사업사를 도망해 나왔습니다.

계집은 바로 창식이 윤주사의(그러니까 즉 종수의 부친의) 둘째 첩 옥화였습니다.

종수는 사람이 밤에 불(光線)을 가진 것이 참으로 고맙고 다행스럽다는 것을 절절히 느끼면서, 자동차를 몰아 동소문 밖 ××

원 별장으로 나왔습니다.

병호는 아직 기생도 나오기 전이라 혼자 달랑하니 앉았다가, 종수가 뜻밖에 일찍 온 것이 의아해 자꾸만 캐고 묻습니다.

종수는 부르댈[28] 데 없는 울화가 나는 깐으로는, 아무튼 여학생은 아니었으니 목을 베어내라고 병호나마 잡도리를 해주고 싶었으나 그것도 객쩍은 짓이라서, 그저 온다는 그 여학생이 갑자기 병이 나서 못 온다는 기별이 왔기에, 또 마침 내키지도 않던 참이라, 차라리 다행스러워 얼핏 일어섰노라고, 역시 종수 그 사람답게 쓸어 덮고 말았습니다.

13. 도끼자루는 썩어도……
—즉卽 당세當世 신선神仙놀음의 일착—齣

　동대문 밖 창식이 윤주사의 큰첩네 집 사랑, 여기도 역시 같은 그날 밤 같은 시각, 아홉 시가량 해섭니다.

　큰대문, 안대문, 사랑 중문을 모조리 닫아걸고는 감때사납게[1] 생긴, 권투할 줄 안다는 행랑아범의 조카놈이 행랑방에 버티고 앉아 드나드는 사람을 일일이 단속합니다.

　큼직하게 내기 마작판이 벌어졌던 것입니다. 벌어진 게 아니라 어젯밤부터 시작한 것을 시방까지 계속하고 있습니다.

　십 전 내기로 오백 원 짱이니 큰 노름판이요, 대문을 단속하는 것도 괴이찮습니다. 그러나 암만해도 괄세할 수 없는 개평꾼은 역시 괄세를 못하는 법이라, 한 육칠 인이나 그중 서넛은 판 뒤에서 넘겨다보고 있고, 서넛은 밤새도록 온종일 지키느라 지쳤는지, 머릿방[2]인 서사의 방에 가서 곯아떨어졌습니다.

　삼칸 마루에는 빙 둘린 선반 위에 낡은 한서가 길길이 쌓였습니다. 한편 구석으로 고려자기를 넣어둔 유리장에다가는 가야금을 기대 세운 게 더욱 운치가 있습니다.

추사(秋史)의 글씨를 검정 판자에다가 각해서 흰 펭키[3]로 획을 낸 주련[4]이 군데군데 걸리고, 기둥에는 전통(箭筒)과 활……

다시 그 한편 구석으로 지저분한 청요리 접시와 정종병들이 섭슬려 놓인 것은 이 집 차인꾼이 좀 게으른 풍경이겠습니다.

방은 양지 위에 백지를 덮어 발라 분을 먹인, 그야말로 분벽(粉壁), 벽에는 미산(美山)[5]의 사군자와 ××의 주련이 알맞게 벌려 붙어 있고, 눈에 뜨이는 것은 연상(硯床) 머리로 걸려 있는 소치(小癡)[6]의 모란 족자, 그리고 연상 위에는 한서가 서너 권.

소치의 모란을 걸어 놓고 볼 만하니, 이 방 주인의 교양이 그다지 상스럽지 않을 것 같으면서, 방금 노름에 골몰을 해 있으니 속한이라 하겠으나, 이 짓도 하고 저 짓도 하고, 맘 내키는 대로 무엇이든지 하는 게 이 사람 창식이 윤주사의 취미랍니다. 심심한 세상살이의 취미……

마작판에는 주인 윤주사와, 그의 손위에 가서 부자요 마작 잘하기로 이름난 박뚱뚱이, 그리고 손아래에는 노름꾼 째보 이렇게 세 마작입니다.

모두들 얼굴에 개기름이 번질번질하고 눈곱 낀 눈이 벌겋게 충혈이 되었습니다.

윤주사는 남풍 말에 시방 장가인데, 춘자 쓰거휘를 떠놓고, 통스 청일색입니다.

팔통이 마작두요 일이삼 육칠팔해서 두 패가 맞고, 사오와 칠팔

두 멘스에 구만이 딴짝입니다. 하니 통스는 웬만한 것이면 무얼 뜨든지 방이요, 만일 육통을 뜨면 삼육구통 석자 방인데, 게다가 구통으로 올라가면 일기통관까지 해서 만지만관입니다.

윤주사는 불가불 만관을 해야 할 형편인 것이, 오천을 다 잃고 백짜리가 한 개비 달랑 남았는데, 요행 이 패로 올라가면 사천이 들어와서 거진 본을 추겠지만, 만약 딴 집에서 예순 일백 스물로만 올라가도 바가지를 쓸 판입니다.

하기야 윤주사는 그새 많이 져서 삼천 원 넘겨 팼고 하니, 한 바가지 더 쓴댔자 오백 원이요, 그게 아까운 게 아니라, 청일색으로 만관, 고놈이 놓치기가 싫어 이 패를 기어코 올리고 싶은 것입니다.

패는 모두 익었나 본데, 손 위에서 박뚱뚱이가 씨근씨근 쓰모를 하더니

"헤헤, 뱀짝이루구나! 창식이 자네 요거 먹으면 방이지?"

하면서 쓰모한 육통을 보여주고 놀립니다.

내려오기만 하면 단박 사오륙으로 치를 하고서 육구통 방인데, 귀신이 다 된 박뚱뚱이는 그 육통을 가져다가 꽂고 오괄만으로 방이 선 패를 헐어 칠만을 던집니다.

"안 주면 쓰모 하지!······"

윤주사가 쓰모를 해다가 훑으니까 팔만입니다. 이게 어떨까 하고 만지작만지작하는데, 뒤에서 넘겨다보고 있던 개평꾼이 꾹꾹 찌릅니다. 그것은 육칠팔통을 헐어 사오륙으로 맞추고 칠통 두 장으로 작두를 세우고 팔통 넉 장을 앙깡으로 몰고, 팔구만에 칠

234

만변 쌍 방을 달고서 팔통 앙깡을 개깡하라는 뜻인 줄 윤주사도 모르는 게 아닙니다.

그러나 그렇게 한다면 가령 올라간다고 하더라도 청일색도 아니요 핑호도 아니요, 겨우 멘젱 한 판, 쓰거휘 한 판, 장가 한 판, 도합 세 판이니, 물론 백짜리 한 개비밖에 안 남은 터에 급한 화망은 면하겠지만, 윤주사의 성미로 볼 때엔 그것은 치사한 짓이요 마작의 도도 취미도 아니던 것입니다.

윤주사가 팔만을 다낌없이 내치니까, 손위의 박뚱뚱이가 펄쩍 뜁니다. 육칠만을 헐지 않았으면 그 팔만으로 올라갔을 테니까요.

"내가 먹지!"

손아래서 노름꾼 쩨보가 육칠팔로 팔만을 치하는 걸, 등 뒤에서 감독을 하는 그의 전주(錢主)가, 아무렴 먹고 어서 올라가야지 하고 맞장구를 칩니다. 쩨보는 윤주사가 만관을 겯는 줄 알기 때문에 부리나케 예순 일백 스물로 가고 있던 것입니다.

박뚱뚱이가 넉 장째 나오는 녹팔을 쓰모해 던지면서

"옜네, 창식이⋯⋯"

"그걸 아까워선 어떻게 내나?"

윤주사는 그러면서, 쓰모를 해다가 쓰윽 훑는데, 이번이야말로! 하고 벼른 보람이던지, 과연 동그라미 세 개가 비스듬히 나간 삼통입니다.

삼사오통이 맞고, 인제는 육구통 방입니다.

윤주사는 느긋해서 구만을 마악 내치려고 하는데, 마침 머릿방에 있던 서사 민서방이 당황한 얼굴로 전보 한 장을 접어들고 건너옵니다. 마작판에서는들 몰랐지만 조금 아까 대문지기가 들여온 것을 민서방이 받아 펴보고서, 일변 놀라, 한문자를 섞어 번역을 해가지고 왔던 것입니다.

"전보 왔습니다!"

"……"

윤주사는 시방 아무 정신도 없어 알아듣지 못하고, 구만을 타패합니다.

노름꾼 째보가 날쌔게

"펑!"

서사 민서방이 연거푸

"전보 왔어요!"

그러나 창식은 그저 겨우

"응? 전보?…… 구만 펑허구 무슨 자야? 어디 어디?……"

"동경서 전보 왔어요!"

"동경서? 으응!"

윤주사는 손만 내밀어서 전보를 받아, 아무렇게나 조끼 호주머니에 넣고, 박뚱뚱이의 타패가 더디다는 듯이 쓰모를 하려고 합니다.

"전보 보세요!"

"응, 보지. 번역했나?"

"네에."

윤주사는 쓰모를 해다가 만지면서 전보는 또 잊어버립니다. 사

(四)만인데 어려운 짝입니다. 손위의 박뚱뚱이는 패를 헐었지만 손아래 째보는 분명 일사(一四)만인 듯합니다.

"전보 긴한 전본데요!"

민서방이 초조히 재촉을 하는 것이나, 창식은 여전히

"응?⋯⋯ 응⋯⋯ 이게 못 내는 짝이야!⋯⋯ 전보 무어라구 왔지?"

"펴보세요, 저어."

"응, 보지⋯⋯ 이걸 내면은 아랫집이 오르는데⋯⋯ 왜? 종학이가 않는다구?"

"아녜요!"

"그럼?⋯⋯ 가마안 있자, 요놈의 짝을 어떡헌다?⋯⋯ 나, 전보 좀 보구서!⋯⋯ 이게 뱀짝이야! 뱀짝⋯⋯"

전보를 보기 위해서가 아니라, 쓰모해 온 사만을 타패하면 손아랫집이 올라가고, 올라가면 이 좋은 만관이 허사요, 그러니까 사만을 낼 수가 없고, 그래 전보라도 보는 동안에 좀더 생각을 하자는 것입니다.

윤주사는 종시 정신은 마작판의 바닥에다가 두고, 손만 꿈지럭 꿈지럭, 조끼 호주머니에서 전보를 꺼냅니다.

"⋯⋯이거 사만이 분명 일을 낼 테란 말이야, 으응!"

"이 사람아, 마작판에 몬지 앉겠네!"

"가만있자⋯⋯ 내 이 전보 좀 보구우⋯⋯"

윤주사는 왼손에 든 전보를 손가락으로 만지작만지작, 접은 것을 펴가지고는 또 한참이나 딴전을 하다가 겨우 눈을 돌립니다.

번역해논 열석 자를 읽기에 그다지 시간과 수고가 들 건 없었습니다.

"빌어먹을 놈……"

잔뜩 이맛살을 찌푸리면서, 전보를 아무렇게나 도로 우그려 넣고는

"……에라, 모른다!"

하고 여태 어려워하던 사만을 집어 따악 소리가 나게 내쳐버립니다.

"옳아! 바루 고자야!"

아니나 다를까, 손아래 째보가 일사만 방이던 것입니다. 끝수래야 일흔 일백 서른!

"빌어먹을 놈!"

윤주사는 아들 종학이더러, 전보 조건으로 또 한 번 욕을 합니다. 그러나 먼저 치는 옳게 그 전보 내용에다가 욕을 한 것이지만, 이번 치는 만관을 놓친 화풀이로다가 절로 나와진 욕입니다.

"큰댁에 기별을 해야지요?"

드디어 바가지를 쓰고, 그래서 필경 오백 원 하나가 또 날아갔고, 다시 새판을 시작하느라 마작을 쌓고 있는 윤주사더러, 민서방이 걱정 삼아 묻는 소립니다.

"큰댁에? 글쎄……"

윤주사는 주사위를 쳐놓고 들여다보느라고 건성입니다.

"제가 가까요?"

"자네가?…… 몇이야? 넷이면 내가 장이군…… 자네가 가본

다?"

"네에."

"칠 잣구…… 그래두 괜찮지…… 아홉이라, 칠구 열여섯……"

윤주사는 패를 뚜욱뚝 떼어다가 골라 세웁니다.

"그럼, 다녀오까요?"

"글쎄…… 이건 첨부터 패가 엉망이루구나!…… 인제는 일곱
바가지나 쓴 본전 생각이 간절한걸…… 가긴 내가 가보아야겠네
마는…… 자네가 가더래두 내가 뒤미처 불려가구 말 테니깐……
녹발 나가거라…… 그놈이 어쩐지 눈치가 다르더라니!…… 빌어
먹을 놈!"

"차 부르까요?"

"응!"

"마작 시작해놓구 어딜 가?"

박뚱뚱이가 핀잔을 줍니다.

"참, 그렇군…… 그럼 어떡헌다?…… 남풍 나갑니다!"

"네에, 여기 동풍 나가니, 펑 하십시오!"

"없습니다!"

윤주사는 또다시 마작에 정신이 푹 파묻히고 맙니다.

민서방은 질증이 나서 제 방으로 가버립니다.

*

이렇게 해서 윤직원 영감한테나, 그 며느리 고씨한테나, 서울아

씨며, 태식이한테나, 창식이 윤주사며 옥화한테나, 누구한테나 제각기 크고 작은 생활을 준 이 정축년(丁丑年) 구월 열××날인 오늘 하루는 마침내 깊은 밤으로 더불어 물러갑니다.

오래지 않아 새로운 날이 밝고, 밝은 그 새날은 그네들에게 다시 어떠한 생활을 주려는지, 더욱이 윤주사가 조끼 호주머니 속에 우그려 넣고 만 동경서 온 전보가 매우 궁금합니다. 하나 밝는 날이면 그것도 자연 속을 알게 되겠지요.

14. 해 저무는 만리장성萬里長城

만일 오늘이 우리한테 새것을 가져다주지 않고 어제와 꼬옥 같은 것만 되풀이를 한다면 참으로 우리는 숨이 막히고 모두 불행할 것입니다.

그러나 오늘은 어제와 같으면서도 (어제 치면서도 더 자라난) 한 다른 오늘 치를 우리한테 가져다주고, 그러하기 때문에 그리하는 동안 인간은 늙어 백발로, 백발은 마침내 무덤으로…… 이렇게 하염없어도 인류는 하루하루 더 재미있어간답니다.

그렇듯 반가운 새날이 시방 시작되느라고 먼동이 휘엿이 밝아옵니다.

날이 밝으면서 뚜우 여섯 점 고동이 웁니다. 이 여섯 점 고동에 맞추어 우리 늙은 윤직원 영감도 새날을 맞느라고 기침을 했습니다.

대단 부지런하고, 이 첫새벽(여섯 점)에 일어나는 부지런은 춘하추동 구별이 없이, 오십 년 이짝 지켜오는 절대의 습관입니다.

윤직원 영감은 잠이 깨자 맨 먼저 머리맡의 놋요강을 집어들고, 밤사이 피에서 걸러놓은 독소를 뽑습니다. 신진대사라니, 새날이 새것을 들여다가 새 생명을 떨치기 위하여 묵은 것을 버리는 것입니다. 묵은 것의 배설! 그것은 참으로 좋은 일입니다.

절절 절절, 쏟아져 나오는 액체를 윤직원 영감은 연방 손바닥으로 받아 올려다가는 눈을 씻고, 받아 올려다가는 눈을 씻고 합니다. 매일 아침 소변으로 눈을 씻으면 안력이 쇠하지 않는다는 것은 전부터 일러오던 말인데, 윤직원 영감은 시방 그 보안법(保眼法)을 행하고 있는 것입니다.

삼십 년을 두고 해 내려오는 것인데, 만일 꼬노리야라도 앓았다면 장님이 되었기 십상이겠지만, 요행 그렇진 않았고, 소변 보안법의 덕인지 어떤지는 모르겠으나, 미상불 안력이 아직도 좋아서 원체 잔글씨만 아니면 그대로 처억척 보는 건 사실입니다.

누구, 의학박사의 학위 논문거리에 궁한 이가 있거들랑 이걸 연구해서 「뇨(尿)에 의(依)한 시신경(視神經)의 노쇠 방지(老衰防止)와 및 그 원리(原理)에 관(關)하여」라는 것을 한번 완성시킨다면 박사 하나는 받아논 밥상일 겝니다.

윤직원 영감은 이윽고 안약장사를 울릴 그 보안법을 행하고 나서는, 자리옷을 여느 옷으로 갈아입은 뒤에, 담뱃대에 담배를 붙여 뭅니다.

푸욱푹 피어오르는 담배 연기가 아직도 한밤중인 듯 전등불이 환히 켜져 있는 방 안으로 자욱이 찹니다. 말도 없고 소리도 없고, 인간이란 단 하나뿐, 사람이 심심하다기보다도 전등과 방 안의 정물들이 도리어 무료할 지경입니다.

담배가 반 대나 탔음직해서는 삼남이가 부룩송아지 같은 대가리를 모로 둘러, 사팔눈의 시점을 맞추면서 방으로 들어섭니다. 손에는 빨병을 조심조심 들고……

아침마다 하는 일과라 삼남이는 들고 들어온 빨병을 말없이 내바치고, 윤직원 영감 또한 말없이 그걸 받아놓더니, 물었던 담뱃대를 뽑고 연상 서랍에서 소라껍질로 만든 잔을 꺼냅니다.

졸졸 졸졸, 놀면한 게, 또 김이 모락모락 오르는 게, 어쩌면 마침 데운 정종 비슷한 것을 잔에다가 그득 따릅니다.

이것이 역시 오줌입니다. 하나 여느 오줌은 아니고 동변(童便)이라고, 음양을 알기 전의 어린애들의 오줌입니다.

동변을 받아 먹으면 몸에 좋다는 것도, 오줌으로 보안을 하는 것과 한가지로 옛날부터 일러 내려오던 말입니다. 그걸 보면 요새 그, 오줌에서 호르몬이라든지 무어라든지 하는 약을 뽑는다는 것도 노상 허황한 소리는 아닌 듯싶고, 만일 그게 사실이라고 하면, 오줌에 들어 있는 호르몬을 발견해낸 명예는 아무리 해도 우리네 조선 사람의 조상이 차지를 해야 하겠습니다.

윤직원 영감은 오줌을 그처럼 두루 이용하는데, 일찍이 삼십 년 전 오줌 보안법으로 더불어 이 오줌 장복(長服)도 시작했던 것입니다.

시골서는 동변쯤 받아 먹기가 매우 편리했지만, 서울로 오니까는 그것도 대처(大處: 도시)의 인심이라, 윤직원 영감 말따나, 오줌도 사먹어야 하게 되었습니다.

　이웃의 가난한 집으로 어린애가 있는 데를 물색해서 그 어린애들의 아침 자고 일어난 오줌을 받아 오기로 특약을 해두었습니다. 그 대금이 매삭 이십 전……, 저편에서는 삼십 전은 주어야 한다는 것을, 대복이가 십 전만 받으라고 낙가(落價)를 시키다 못해, 이십 전에 절충이 되었던 것입니다.

　그렇게 오줌 특약을 해두고는, 새벽이면 삼남이가 빨병을 둘러메고서 오줌을 걷어 오는 것이고, 시방도 바로 그 오줌입니다.

　윤직원 영감은 빨병에서 오줌을 따르는 동안, 삼남이는 마침 생¹을 한 뿌리 껍질을 벗깁니다.

　이건 바로 쩍쩍 들러붙는 약주술로 해장이나 하는 듯이, 쪽 소리가 나게 오줌 한 잔을 마시고, 이어서 두 잔, 다시 석 잔, 석 잔을 마시자 삼남이가 생 벗긴 것을 두 손으로 가져다 바칩니다.

　"그년의 자식이 엊저녁으 짜게 처먹었넝개비다! 오줌이 이렇게 짠 걸 보닝개……"

　윤직원 영감은 상을 찌푸리면서 생을 씹습니다.

　오줌이란 본시 찝찔한 것이지만 사람의 신경의 세련이란 무서운 것이어서, 삼십 년이나 두고 매일 아침 먹어온 윤직원 영감은 그것이 조금 더 짜고, 덜 짜고 한 것까지도 알아맞힙니다.

　"……빌어먹을 년의 자식이 아마 간장을 한 종재기나 처먹었넝개비다!"

　"오늘버텀은 간장 한 종재기씩 멕이지 말라구, 가서 말하라우?"

과연 간장을 한 종지씩 먹어서 오줌이 짜고, 그래서 영감님으로 하여금 더 짠 오줌을 자시게 한다는 것은, 삼남이로 앉아 볼 때에, 그대로 묵인할 수가 없는 사건이었던 것입니다.

"야야, 구성읎넌 소리 내지두 마라! 누가 너더러 그런 참견 허라냐?"

"그럼, 구성읎넌 소리 안 히라우!"

"참, 너두 딱허다!"

"예."

삼남이는 물에 헹구어다 두려고, 빨병과 소라잔을 집어듭니다.

"약 대리냐!"

"예."

"약, 잘 부아서 대려! 어제 아침 치는 약이 너머 졸았더라!"

"예."

삼남이가 나간 뒤에 윤직원 영감은, 이번에는 보건 체조를 시작합니다.

두 다리를 쭈욱 뻗고, 두 팔을 위로 꼿꼿 뻗쳐 올리는 게 준비 동작.

그 다음에 발부리를 목표로, 그것을 붙잡으려는 듯이 허리 이상의 상체와 뻗쳐 올린 두 팔을 앞으로 와락 숙입니다. 그러나 이내 도로 폅니다. 그리고는 또 숙였다가 도로 또 펴고……

이렇게 계속해 숙였다가는 펴고 폈다가는 숙이고, 몸이 비대한데 배가 또한 커서 좀 힘이 드는 노릇이긴 하나, 하나, 둘, 셋, 연해 세어가면서 쉰 번을 채웁니다. 쉰 번을 채우니까, 아니나 다를까, 맨 처음에는 어림도 없던 것이, 뻗은 발부리와 숙이는 손끝이 마침내 맞닿고라야 맙니다.

간단한 ××강장술(强壯術) 비슷하다고 할는지, 하니 그럴 바이면 라디오 체조를 하는 게 좋지 않으냐고 하겠지만, 그거야 젊은 애들이나 할 것이지, 노인이 어디 점잖지 않게시리……

후줄근하게 땀이 배고 약간 숨이 가쁜 것을, 앞미닫이를 열어놓고 앉아서 서늘서늘한 아침 바람을 쏘입니다.

날은 훨씬 밝았고, 바람 끝이 소스라치게 싸늘합니다.

"허 날이 이렇기!"

혼자 걱정을 하는데, 마침 대복이가 아침 문안 삼아, 오늘 하루의 일을 협의할 겸 건너왔습니다.

"이, 날이 이렇기 냉히여서 큰일 안 났넝가?"

"글씨올시다!……"

대복이는 문안 인사도 할 사이가 없고, 공순히 꿇어앉습니다.

"……이러다가 되내기(된서리)나 오는 날이면 큰일 나겠는디요."

"나두 허느니 말이네!…… 하누님두 원, 무슨 심청²이람 말이여. 서리두 서리지만, 우선 늦베(晩種稻)가 영글(結實)이 들 수가 있어야지! 그러잖이두 그놈의 수핸지 급살인지 때민에 도지(賭租)³를 감히여달라고 생지랄덜을 허넌디!"

가을로 접어들면서, 윤직원 영감과 대복이가 노상 걱정을 하게 된 것이 금년 추숩니다. 농형⁴이 대체로 풍년은 풍년이지만, 전라도에 수해가 약간 있었고, 윤직원 영감네 논도 얼마간 해를 입었습니다. 어느 것은 겨우 반타작이나 되겠고, 어느 것은 사태와 물에 말끔하게 씻겨 내려가서, 벼 한 톨 추수는커녕 그 논을 다시파 일구는 데 되레 물역이 먹게 생겼습니다.

이것은 지난 백중 무렵에 대복이가 실지로 내려가서 보고 온 것이니까, 노상 소작인들의 엄살로만 돌릴 수는 없는 것입니다.

허기야 그렇다고 해도 윤직원 영감은 내밀 배짱이 없는 것은 아닙니다.

'우리 논으로 말하면 죄다 도조를 선세(先稅)로 정했으니까 상관이 없다. 소작 계약에도 씌어 있지만 흉년이 들어서 추수가 덜났다거나, 또 아주 없다거나 하더라도, 선세인 만큼 소작인은 정한 대로 도조를 물어야 경우가 옳지 않으냐.

만약 흉년이라고 도조를 감해주기로 든다면, 그러면 그 반대로풍년이 들어서 벼가 월등 많이 나는 해는 도조를 처음 정한 석수(石數)⁵보다 더 받아도 된단 말이냐? 그때에 가서 도조를 더 물라면 물 테냐? 물론 싫다고 할 것이다. 거 보아라. 그러니까 흉년 핑계를 대고서 도조를 감해달라고 하는 것은 공연한 떼다.'

매우 지당한 주장입니다. 그러나 경위는 빠질 게 없는데, 윤직원 영감의 말대로 하면

'세상이 다 개명을 해서 좋기는 좋아도, 그놈 개명이 지나치니까는 되레 나쁘다. 무언고 하니, 그 소위 농지령이야, 소작조정령이야 하는, 천하에 긴찮은 법이 마련되어가지고서, 소작인놈들이건방지게 굴게 하기, 그래 흉년이 들든지 하면 도조를 감해내라어째라 하기, 도조를 올리지 못하게 하기, 소작을 떼어 옮기지 못

하게 하기……'

이래서 모두가 성가시고 뇌꼴스러워[6] 볼 수가 없다는 것입니다.

'내 땅 가지고 내 맘대로 도조를 받고, 내 맘대로 소작을 옮기고 하는데, 어째서 도며 군이며 경찰이 간섭을 하느냐?'

이게 도무지 속을 알 수 없고, 해서 불평도 불평이려니와 윤직원 영감한테는 커다란 수수께끼가 아닐 수 없던 것입니다.

아무튼 싹수가 줄잡아야 천 석은 두웅둥 뜨게 되었고 (물론 배짱대로야 버티어는 보겠지만 도나 군이나 경찰의 권유며 간섭에는 항거를 해서는 못쓰니까 말입니다) 그러자니 생으로 배가 아파 요새 며칠 대복이와 주종이 맞대고 앉으면 걱정이 그 걱정이요, 공론이 어떻게 하면 묘한 꾀를 써서 소작인들을 꼼짝 못하게 하여, 옹근 도조를 받을까 하는 그 공론입니다.

그런데 우환 중에 날이 이렇게 조랭(旱冷)을 해서, 벼의 결실을 부실하게까지 하려 드니 더욱 걱정이 안 될 수가 없습니다.

대복이와 이런 이야기 저런 이야기 하는 참에, 삼남이가 약을 달여 짜가지고 들여다 놓습니다. 삼과 용을 주재로 한 보약입니다.

오줌도 먹고 보건 체조도 하고 좋은 보약도 먹고, 해서 어떻게든지 몸을 충실히 하여 오래오래 살고 싶은 게 윤직원 영감의 크고 큰 소원입니다.

만석의 부를 그대로 누리면서 (아니, 자꾸자꾸 더 늘려가면서) 오래오래, 백 살 이백 살, 백 살 이백 살이라니, 천 살 만 살 (아니, 천지가 무궁할 테니 그 천지로 더불어 무궁토록) 영원히 살고 싶습니다. 이 가산을 남겨두고, 이 좋은 세상을 백 살을 못 살고서 죽어버리다니, 그건 도저히 원통하고 섭섭해 못할 노릇입니다.

옛날의 진시황(秦始皇)은 영생불사를 하고 싶어, 동남동녀 오천 명을 동해의 선경으로 보내어 불사약을 구하려고 했다지만, 우리 윤직원 영감도 진실로 그만 못지않게 영생의 수명을 누리고 싶습니다.

허기야 걸핏하면 뭐, 내가 앞으로 오십 년을 더 살겠느냐, 백 년을 더 살겠느냐, 다직' 한 십 년 더 살다가 죽을걸……, 어쩌구 육장 이런 소리를 하곤 하기는 합니다.

물론 그것이 천지의 공도(公道)요 하니까 사실도 사실이겠지만, 윤직원 영감은 비록 말은 그렇게 할 값에, 마음은 결단코 앞으로 한 십 년 고거나 더 살고서 죽고 싶진 않습니다.

절대로 영생불사……, 진시황과 같이 간절하게 영생불사를 하고 싶습니다.

윤직원 영감이 재산을 고이고이 지키면서 더욱더욱 늘리고, 일변 양반을 만들어내고자 군수와 경찰서장을 양성하고 하는 것은, 진시황으로 치면 오랑캐를 막아 진나라를 보전하기 위해 만리장성(萬里長城)을 쌓던 역사적이요 세계적인 그 토목 사업과 다름없는, 역사적인 정신적 토목 사업입니다.

만리의 장성을 높이 쌓아, 나라를 천지로 더불어 길이길이 지키고, 나는 불사약을 먹어 이 나라의 주재자로 이 영광을 무궁토록 누리고…… 하자던 진시황과, 만석꾼의 가산을 더욱 늘려가면서 천지로 더불어 길이길이 지키고 양반을 만들어 가문을 빛내되,

나는 오줌을 먹고 보건 체조를 하고 보약을 먹고 하여 이 집안의
가장으로 이 영광을 무궁토록 누리고…… 하자는 윤직원 영감과,
그 둘은 조금도 서로 다를 바이 없는 것입니다.

*

그럭저럭 여덟 시가 되자, 윤직원 영감은 안으로 들어가서 조반
을 자시고 나와, 다시 그럭저럭 아홉 시가 되었습니다.

하늘은 씻은 듯이 맑고 햇볕은 양기롭습니다. 정히 좋은 날이
요, 윤직원 영감한테는 그새와 마찬가지나, 새로이 행복된 오늘
입니다. 오후쯤 해서는 올챙이와 말이 얼린 수형 조건으로, 오천
구백오십 원을 주고서 칠천 원짜리 수형을 받아 일천오십 원의
이익을 볼 테니, 그중 일백오 원은 구문으로 올챙이를 주더라도
일천일백오십오 원^{8}이고 본즉, 오늘도 벌이가 쏠쏠하여 기쁘고.

그런데 오늘은 또 춘심이와 다아 이러쿵저러쿵하게 될 날이어
서, 이를테면 특집 호화판(特輯豪華版)입니다.

행복과 만족까지는 모르겠어도, 윤직원 영감 이외의 다른 식구
들도, 죄다 평온무사한 것만은 적실합니다.

태식이는 골목 구멍가게에 나가서 맘껏 오마께^{9}를 뽑고 사먹고
하니, 무사태평을 지나 오히려 행복이고.

경손이는 간밤에 춘심이로 더불어 랑데부를 하면서, 이 원 돈을
유흥하던 추억에 싸여 시방 학과에도 여념이 없는 중이고.

서울아씨는 『추월색』을 일찌감치 들고 누웠으니, 오만 시름 다

잊었고……

뒤채의 두 동서는 바느질에 여념이 없는 중, 박씨는 남편 종수가 오늘은 집에를 들어오겠지야고 안심코 기다리고……

고씨는 새벽 세 시가 지나 술이 얼큰해 들어오더니 여태 태평몽이고……

동소문 밖 ××원 별장에서는 종수가 배반(杯盤)이 낭자한 요리상 앞에 기생들과 병호로 더불어 역시 태평몽이고……

옥화는 간밤의 일이 좀 걸리기는 하지만, 뭘 집 한 채와 패물과 또 현금으로 이삼천 원 몽똥그렸으니, 발설이 되어 윤주사와 떨어져도 그다지 섭섭할 건 없다고 안심이고.

윤주사도 도합 사천오백 원을 마작으로 폈으나 오천 원도 채 못되는 것, 술 사먹은 폭만 대면 고만이라고, 새벽녘에야 든 잠이 시방 한밤중이요, 자고 있으니까 동경서 온 그 전보의 사단도 걱정을 잊었고……

다아 이렇습니다. 그렇고 다시 윤직원 영감은……

윤직원 영감은 오정 때에 오라고 한 춘심이를 어째 다뿍 늘어지게 오정 때에 오라고 했던고, 또 제 아범이 앓는다고 불려갔으니 혹시 못 오기나 하면 어찌하노 해서, 바야흐로 등이 단 참인데 웬걸, 아홉 시 치는 소리가 때앵땡 나자 고년이 씨이근버어근 해뜩빤뜩 달려들지를 않는다구요!

어떻게도 반가운지! 윤직원 영감은 앞미닫이를 더럭 열면서 뛰어나오기라도 할 듯이 엉덩이를 떠들썩, 커다란 얼굴에다가 하나 가득 웃음을 흩트립니다.

"어서 오니라…… 아범은 앓넌다더니 인제 갱기찮어냐?"

"네에, 인전 다 나았어요……"

춘심이는 (속으로 요용용 하면서) 토방에 가 선 채, 방으로 들어가려고도 않습니다.

"……어서 나오세요, 반지 사러 가게요……"

"헤헤헤! 그년이 잊어빼리두 안했네!…… 그리라, 가자! 제엔장맞일……"

"내가 그걸 잊어버려요? 밤새두룩 잠두 아니 잔걸! 아, 오정 때 오라구 허신 걸, 아홉 점에 왔다면 고만이지 머어…… 어서 옷 입으세요!"

"오냐, 꿍……"

윤직원 영감은 뒤뚱거리고 일어서서 의관을 차립니다.

"……반지 파넌 가게서 쬐깐헌 여학생이 반지 찐다구 숭보면 어쩔래?"

"남이 숭보는 게 무슨 상관 있나요? 나만 좋았으면 고만이지……"

"으응, 그리여잉! 그렇다면 갱기찮지!"

"갠찮기만 해요? 머……"

"오냐 오냐!"

괜히 속이 굴져서 말이 하고 싶으니까 입을 놀리겠다요.

어제 오후 부민관의 명창대회에 가던 때처럼, 탕건 받쳐 통영갓에, 윤이 치르르 흐르는 안팎 모시 진솔 것에, 하얀 큰 버선에다가, 운두 새까마니 간드러진 가죽신에, 은으로 개대가리를 한 개

252

화장에, 합죽선에, 이렇게 차리고 처억 나섭니다.

덜씬 큰 윤선 옆에 거룻배 하나가 붙어서 가는 격이라고나 할는지, 아무튼 이 애인네 한 쌍은 이윽고 진고개 어귀에 나타났습니다.

사람마다 모두들 윤직원 영감을 한 번씩 짯짯이 보면서 지나갑니다. 더구나 때묻은 무명 고의적삼에 지게를 짊어지고 붉은 다리를 추어 올린 요보[10]가 아니면, 뒷짐 지고 흰 두루마기에, 어둔 얼굴에 힘없이 벌린 입에, 어릿거리는 눈으로 가게를 끼웃끼웃, 가만히 들어와서는 물건마다 한참씩 뒤적뒤적하다가 슬며시 나가 버리는 센징[11]들만이 조선 사람인 줄 알기를 십상으로 하던 본정통〔本町通〕 주민들은, 시방 이 윤직원 영감의 진고개 좁은 골목이 뿌드옷하게시리 우람스런 몸집이며, 위의 있고 점잖은 얼굴이며 신선 같은 차림새하며가 풍기는 양반상의 위풍에, 그만 압기라도 되는 듯 제각기 눈을 홉뜨고서 하 입을 벌립니다.

좀 심한 천착인 것 같으나, 윤직원 영감으로 해서 조선 사람에도 요보나 센징 말고 조센노 양반상[12]이 있다는 것을 그야말로 재인식했다고 할 수가 있겠고, 따라서 윤직원 영감 자신은 그 필요는커녕 도리어 긴찮은 일로 여기는 것이지만 (그렇기 때문에 애꿎이) 조선 사람을 위해 무언의 만장기염을 토한 셈이 되어버렸습니다.

앞을 서서 가던 춘심이가 초입을 조금 지나 어떤 귀금속 상점 앞에 머무르더니, 진열창 속을 파고 들여다봅니다. 제가 눈 익혀 두었던 그 칠 원 오십 전짜리 반지를 찾는 속인데, 그러나 아무리 들여다보아야 보이질 않습니다.

낙심이 되어, 어쩔꼬 하다가 무슨 생각을 했는지 윤직원 영감을 데리고 그대로 가게 안으로 들어섭니다.

"이랏샤이마세."[13]

구경도 할 겸, 점원들이 있는 대로 대여섯 일제히 합창을 하고 나섭니다.

춘심이는 점원 하나를 상대로, 권번에서 배운 토막 일어를 이용하여, 문제의 칠 원 오십 전짜리 반지를 찾습니다.

"네에! 그건입쇼!……"

답답히 듣고 있던 점원은 척 조선말로 대응을 합니다.

"……그건 마침 다 팔렸습니다마는 그거 비슷하구두……"

점원은 부지런히 진열장을 안에서 열고, 빨갱이 파랭이 노랭이 깜쟁이, 모두 올망졸망 알룽달룽, 반지가 들어박힌 곽을 꺼내다 놓더니, 그중 빨갱이 한 놈을 뽑아 춘심이를 줍니다.

"……이것이 썩 좋습니다. 아까 말씀하시던 거보다는 훨씬 낫습니다. 뽄두 이뿌구, 돌두 빛깔이 곱구…… 네헤."

춘심이가 받아들고 보니, 아닌 게 아니라 요전 치보다 더 이쁘고 좋아 보입니다. 다시 왼쪽 무명지에다가 끼어보니까는, 아주 맞춤으로 꼭 맞습니다.

"이거 사주세요."

춘심이는 정가표가 실 끝에서 아른거리는 반지를 손에 낀 채, 윤직원 영감의 코밑에다가 들이댑니다.

"그게 칠 원 오십 전이라냐? 체 참, 손복허겄다!"

윤직원 영감은 두루마기 자락을 젖히고 염낭끈을 풀려다가, 점원을 돌아봅니다.

"……이게 칠 원 오십 전이라면 너머 과허니 조깨 깎읍시다?"

"아니올시다! 이건 십 원입니다, 네헤."

"엉? 이게 십 원이여?…… 아니, 너 머시냐, 칠 원 오십 전짜리 산다더니, 십 원짜리를 골르냐?"

"그래두 그건 죄다 팔리구 없다는걸요, 머……"

"그럼 못 사겄다! 다런 디루 가던지, 이담 날 오던지 그러자!"

"난 싫여요! 이거가 꼭옥 맘에 드니깐 이거 사주세야지, 머……"

"에이! 안 될 말!"

윤직원 영감은 조그마한 걸상에서 커다란 엉덩이를 쳐듭니다.

"머, 이 원 오십 전 상관이올시다! 네헤……"

점원이 알심[14] 있게 만류를 하던 것입니다.

"……앉으십쇼. 이게 십 원이라두 칠 원 오십 전짜리보다 갑절이나 물건이 낫습니다. 몸두 훨씬 더 굵구요, 네헤."

"그리두 여보, 원……"

"아 그리구, 할아버지께서 손녀애기 반질 사주시자면 좀 쓸 만한 걸루, 네헤."

죽일 놈입니다. 아무리 모르고 한 소리라지만, 글쎄 애인끼리를 할아버지요 손녀애기라고 해놓았으니, 욕치고는 이런 욕이 어데 있겠습니까?

윤직원 영감은 그렇다고, 너 이놈! 그건 무슨 고연 소린고! 이렇게 나무랄 수도 없는 노릇, 속으로만 창피해 죽겠는데, 그러나 춘심이는 되레 재미가 있다고 생글생글 웃습니다.

"난 머, 이거 꼭 사주어예지 머, 난 싫여요!"

싫다고 하니 다아 의미심장한 말입니다.

"허! 거참……, 으음! 거참!"

윤직원 영감은 마지못해 도로 앉습니다. 그 두 마디의 탄성이, 역시 의미가 심장합니다. 첫마디는 춘심이의 위협에 대한 항복이요, 다음 치는 할아버지와 손녀애기가 다시금 창피하다는 소리구요.

"그리서? 꼭 그놈만 사야 헌담 말이냐?"

"네에, 헤헤……"

"여보, 쥔양반?"

"네에, 헤."

"사기넌 삽시다. 헌디, 좀 과허니 조깨만 드을 냅시다."

"에누린 없습니다 네헤. 머, 십 원이라두 비싼 값이 아니올시다. 네."

"머얼 안 비싸다구 그리여! 잔말 말구서 팔 원만 받우!"

"하아, 건 안 되겠습니다. 이건 꼭 정가대루 받어두 이문이 별루 없습니다, 네…… 에 또 저어 기왕 점잖어신 어른께서 말씀하신 거니, 이십 전만 덜해서 구 원 팔십 전에 드리지요, 네헤."

"귀넌시리 시방 우넌소리 허니라구! 팔 원만 받어요, 팔 원."

"아, 이런 데 와선 그렇게 에누릴 않는 법이에요! 생선장순 줄 아시나 봐!"

춘심이가 핀잔을 주는 소립니다. 그러고 보니 윤직원 영감도, 이년아 너는 잠자코 있지 않고서 무얼 초라니처럼 나서느냐고 한바탕 욕을 해야 할 텐데, 억지 춘향이가 아니라 애먼 할아버지가 되었으니, 어떻게 손녀애기더러 쌍스런 입잣을 놀립니까.

"야야, 그런 소리 마라! 세상으 에누리 옰넌 홍정이 어디 있다데야? 나넌 나라에 바치넌 세전(稅納)두 에누리를 허넌 사람이다!"

점원은, 농담을 잘하는 재미있는 할아버지라고 빈들빈들 웃고만 있습니다.

윤직원 영감은 꿈싯꿈싯, 염낭에서 돈을 암만큼 꺼내어 조심해서 세어보고 만져보고 또 들여다보고 하더니 별안간, 남 깜짝 놀라게시리

"옜소! 팔 원 오십 전이오. 나넌 인제넌 몰루……"

하고 말과 돈을 한꺼번에 내던지고는 몸집까지 벌떡 일어섭니다.

"……가자, 인제넌 다아 되얐다. 어서 가자!"

점원은 기가 막혀서 엉거주춤, 사뭇 붙들듯 안 된다고 날뜁니다.

다시 한 시간은 넘겨 승강을 했을 겝니다. 마구 싸우다시피 구원 십 전에 그 반지를 뺏어가지고 가게를 나오니까 열한 시가 훨씬 넘었습니다.

진고개를 빠져나와 전차 정류장으로 광장을 건너가면서, 춘심이는 손에 낀 반지를 깨웃깨웃 못 견디게 좋아합니다.

"춘심아?"

"네에?"

해뜩 돌려다보고 웃으면서 또 반지를 들여다봅니다.

"반지 사서 찌닝개 좋냐?"

"거저 그렇죠, 머……"

"저런 년 부았넝가! 이년아, 나넌 네 때민에 돈 쓰구 망신당허구 그렸다!"

"망신은 왜요?"

"아, 그 녀석이 할아버지가 머? 손녀애기를 어쩌구 않더냐?"

"해해, 해해해해."

"아무턴지 인제넌 내 말 듣지?"

"네에."

"흐음, 아무렴 그리야지. 저어 이따가 저녁에 에……"

"네에."

"일찌감치 오니라, 응?"

"네에!"

"날 돌르면 안 되야?"

"네에."

"꼬옥?"

"글쎄, 걱정 마세요!"

"으음."

"저어 참, 영감님?"

"왜야?"

"우리 저기 미쓰꼬시[15] 가서, 난찌[16] 먹구 가요?"

"난찌? 난찌란 건 또 무어다냐."

"난찌라구, 서양 즘심 말이에요."

"서양 즘심?"

"네에, 퍽 맛이 있어요!"

"아서라! 그놈의 서양밥, 말두 내지 마라!"

"왜요?"

"내가 그년의 것이 좋다구 히여서, 그놈의 디 무어라더냐 허넌 디를 가서, 한번 사먹다가 돈만 내버리구 죽을 뻔히였다!"

"하하하, 어떡허다가?"

"아, 그놈의 것 꼭 소시랑을 피여논 것치름 생긴 것을 주먼서 밥을 먹으라넌구나! 허 참……"

윤직원 영감이 만약 전감이 없었다면 춘심이한테 끌려가서 그 서양 점심을 먹느라고 한바탕 진고개에 있어서의 조선 정조를 착실히 나타냈을 것이지만, 요행 그 소위 쇠스랑 펴놓은 것—— 포옥¹⁷에 대한 반감의 덕으로 작파가 되었습니다.

종로 네거리에서 춘심이를 일단 작별하면서, 또다시 두 번 세 번 다진 뒤에 계동 자댁으로 돌아오니까, 마침 뒤를 쫓듯 올챙이가 수형 할인을 해 쓴다는 철물교 다리의 강씨를 데리고 왔습니다. 대복이도 가타고 했고, 당장 칠천 원 수형을 받고 오천구백오십 원 소절수를 떼어주었습니다. 따로 일백오 원짜리를 구문으로 올챙이한테 떼어준 것은 물론이구요.

강씨와 올챙이를 돌려보내고 나니까, 드디어 오늘도 구백사십오 원을 벌었다는 만족에 배는 불룩 일어섭니다.

간밤에 창식이 윤주사가 마작으로 사천오백 원을 펐고, 종수가 이천 원짜리 수형을 병호한테 야바위당했고, 이백여 원 어치 요리를 먹었고, 그러고도 오래잖아 돈 이천 원을 뺏으러 올 테고 하니, 윤직원 영감이 벌었다고 좋아하는 구백여 원의 열 갑절 가까운 팔천여 원이 날아갔고 한즉, 그것은 결국 옴팡장사[18]요, 이를테면 만리장성의 한 귀퉁이가 좀이 먹는 것이겠는데, 그러나 윤직원 영감이야 시방 그것을 알 턱이 없던 것입니다.

다시 그리고, 이따가 저녁에 춘심이를 사랑하게 될 행복에 이르러서는 침이 홍건히 괴어 방금 뚜우 오정 소리를 듣고도 이어 점심을 먹으러 들어갈 여념이 없이, 술에 취하듯 푹신 취해버렸습니다.

마침 그때입니다. 마당에서 별안간 뚜벅뚜벅 들리는 구두 소리에 무심코 미닫이의 유리쪽으로 내다보노라니까, 웬 양복 가랑이가 펄쩍거리고 달려들지를 않는다구요!

어떻게도 놀랐는지, 벌떡 일어서서 안으로 피해 들어갈 체세를 가집니다.

요마적[19] 양복쟁이라고는 좀처럼 찾아오는 법이 없지만, 어찌하다가 더러 찾아온다 치면 세상 그거같이 싫고 겁나는 것은 없습니다.

사람은 누구 없이 뱀을 섬뻑 만나면 대개는 깜짝 놀라 몸이 오싹해지고, 반사적으로 적의와 경계의 자세를 취합니다.

이것은 우리의 오래오랜 조상, 즉 사전인류(史前人類)가 파충류의 전성시대에 그들의 위협 밑에서 수백만 년을, 항상 공포와 투쟁과 경계를 하고 살아오는 동안, 그것이 어언간 한 개의 본능이 되어졌고, 그러한 조상의 피가 시방도 우리 인류의 몸에 흐르고 있는 때문이라고 말하는 학자가 있습니다.

그럴듯한 해석이고, 한데 윤직원 영감이 양복쟁이가 찾아오게 되면 우선 먼저 놀라 우선 먼저 피하려 드는 것도 그와 비슷한 것이라고 하겠습니다.

기미년 이후 한동안 소위 양복청년이라는 별명을 듣는 사람들한테 그놈 새애까만 육혈포 부리 앞에 가슴패기를 겨냥 대고 앉아 혼비백산, 돈을 뺏기던 일…… 그렇게 돈 뺏기고 혼이 나고 하고서도, 다시 경찰서의 사람들한테 이실고실 참고 심문을 당하느라고 땀을 뻘뻘 흘리던 일……

지방의 유수한 명망가라고 해서 그네들과 무슨 연락이 있을 혐의는 아니었고 범인 수사에 필요한 심문을 하던 것인데, 일 당하던 당장 혼백이 나갔던 윤직원 영감이라, 대답이 자꾸만 외착[20]이 나곤 해서 피차에 수고로웠습니다.

치가 떨리고 이가 갈리는 게, 언제고 섬뻑 찾아드는 양복쟁이던 것입니다.

그러한 위험객 말고도, 다시 생명보험회사의 외교원……

누구나 돈냥 있는 사람은 다아 겪어본 시달림이지만 윤직원 영감도 많이 당했습니다.

하기야 윤직원 영감 당자는 나이 많으니까 가입할 자격이 없기 때문에, 가로되 자제 몫으로, 가로되 손자 몫으로, 가로되 무슨 몫으로, 이렇게 조릅니다.

윤직원 영감의 대답은 매우 신랄해서

"게 여보! 원 아무런들 날더러 자식 손자 보험 걸어놓구서, 그 것 타 돈 먹자구 그것덜 죽기 배래구 앉었으람 말이오?"

이렇습니다. 그러나 그만 소리에 퇴각할 사람들이 아니요, 찰거 머리처럼 붙어 앉아서는 쪼드윽쫀득 졸라댑니다.

이처럼 파기증[21]을 생으로 내주는 게 역시 불쑥 찾아오는 양복 쟁이던 것입니다. 그리고 그다음이 기부를 받으러 오는 패……

대개 민간의 교육 사업이나 또는 임시 임시의 빈민 혹은 이재민 의 구제 사업인데, 그들이 찾아와서는 사연을 주욱 이야기한 후, 그러니 영감께서도……, 이렇게 청을 합니다.

윤직원 영감은 다 듣고 나서는, 시침 뚜욱 따고 대답입니다.

"예에! 거 다아 존 일이지요. 히여야 허구말구요…… 그런디 나넌 시방 나대루 수십 년지간 해마닥 수수백 명을 구제허구 있 으닝개루, 그런 기부나 구제에넌 참예를 안 히여두 죄루 가던 않 얼 티닝개루 구만둘라우!"

"네에! 거 참 매우 장하십니다! 사업은 무슨 사업이신지요?"

객은 듣던 바와는 다르다고 탄복해서, 아무튼 그 사업 내용을 수인사로라도 물어볼밖에요.

"예에…… 내가 시방 한 만 석가량 추수를 허우. 그러구 작인이 천 명 가까이 되지요. 그러닝개 천 명 가까운 작인덜한티다가 논 을 주어서, 농사를 히여 먹구살게 허넝 게 구제허구넌 큰 구제 아 니오?"

이 말에 웬만한 사람은 속으로 웃고 진작 말머리를 돌리겠지만, 좀 귀가 무딘 패는 더욱 탄복을 하여 묻습니다.

"네에! 그러면 근 천 명 되는 소작인들한테 소작료를 받지 않으시구, 논을 무료루 내주시는군요? 네에! 허어!"

"아니, 안 받으면 나넌 어떻게 허구?…… 원 참…… 여보 글씨, 제 논 각구 앉어서 도지(小作料)두 안 받구, 그냥 지여먹으라구 내주넌 그런 빙신천치두 있다우?"

윤직원 영감은 이렇게 당당히 나무랍니다.

듣는 사람은 분반(噴飯)할 난센스나 또는 농담으로 돌리겠지만, 윤직원 영감 당자는 절대로 엄숙합니다.

지주가 소작인에게 토지를 소작으로 주는 것은 큰 선심이요, 따라서 그들을 구제하는 적선이라는 것이 윤직원 영감의 지론이던 것입니다. 윤직원 영감의 신경으로는 결코 무리가 아닙니다. 논이 나의 소유라는 결정적 주장도 크지만, 소작 경쟁이 언제고 심하여, 논 한 자리를 두고서 김서방 최서방 이서방 채서방 이렇게 여럿이, 제각기 서로 얻어 부치려고 청을 대다가는 필경 그중의 한 사람에게로 권리가 떨어지고 마는데, 김서방이나 혹은 이서방이나 또는 채서방이나에게로 줄 수 있는 논을 최서방 너를 준 것은 지주 된 내 뜻이니까, 더욱이나 내가 네게 적선을 한 것이 아니냐?…… 이것이 윤직원 영감의 소작권에 의한 자선사업의 방법론입니다.

윤직원 영감은 그리하여 자기가 찬미하는, 가령 경찰 행정 같은 그런 방면의 사업에다가 자진하여 무도장(武道場) 건축비를 기부한다든지 하는 외에는 소위 민간 측의 사업이나 구제에는 절대로 피천²² 한 푼 내놓질 않는 주의요, 안 할 사람인데, 번번이들 찾아

와서는 졸라대고 성가시게 하고 하는 게 누군고 하면, 역시 양복
쟁이던 것입니다.

이와 같이, 시골서 이래로 근 이십 년 각종 양복쟁이에게 위협
과 폐해와 졸경을 치르던 윤직원 영감인지라, 인류의 조상이 수
백만 년 동안 파충류와 싸우고 사느라 그들을 대적하고 경계하고
하는 본능이 생겨, 그 피가 시방 우리의 몸에까지 흐르고 있듯이,
윤직원 영감도 양복쟁이라면 덮어놓고 적의가 솟고, 덮어놓고 싫
어하는 제이의 본능이 생겨졌습니다.

윤직원 영감은 그래서, 방금 뚜벅거리고 달려드는 양복가래쟁
이를 보자마자, 옛 뜨거라고 벌떡 일어서서 뒷문을 열고 안으로
피신을 하려는 참인데, 그러나 시기는 이미 늦어 양복쟁이가 앞
미닫이를 연 것이 더 빨랐습니다.

화가 나서 휙 돌려다보니까, 요행으로 낯선 양복쟁이가 아닌 게
안심은 되었지만, 속아 놀란 것이 그담에는 속이 상합니다.

"야, 이 잡어 뽑을 놈아, 지침이나 좀 허구 댕기라!······"

방금 동소문 밖 ××원 별장의, 그야말로 주지육림(酒池肉林)
으로부터 돌아오는 종숙입니다.

욕은 담배 한 대 피우는 정도로 언제나 먹어두는 것, 아무렇지
도 않아하고 조부에게 절을 한자리 꾸벅, 무릎을 꿇고 앉습니다.

"무엇 허러 또 올라왔나?"

"볼일두 좀 있구, 그래서······"

"볼일이랑 게 별것 있간디? 매양 돈이나 뺏으러 쫓아왔
지?····· 권연시리 돈 소리 헐라거던 아예 내 눈앞으 뵈지두 말구

가뻬리라!"

이렇게 발등걸이²³를 당하고 보니, 종수는 마치 생고니의 첫 구멍을 막힌 격²⁴이라 말문이 어디로 열릴 바를 몰라, 잠시 고개만 숙이고 대답이 없습니다.

"대체 너넌 그년의 군순지 막걸린지넌 어떻게 되넌 심이냐? 심이!……"

화가 아니 났더라도 짐짓 난 체해야 할 판, 이윽고 재떨이에 담뱃대를 땅따앙, 음성도 역정스럽던 그대로 딴 조목을 들어 지천을 합니다.

"……응? 그놈의 군수 하나 바래다가 고손자 × 패겄다, 네엔장맞일!"

십 년 계획이라 속은 말짱하면서도, 주마가편이라니 재촉을 해, 십 년보다 더 속히 되면 속히 될수록 좋은 노릇이니까요. 그러나 이 말에서 종수는 언뜻 돈 발라낼 꾀가 생각이 났습니다.

"그건 염려 없어요. 그리잖어두 이번에 그 일 때문에 겸사겸사해서……"

"응? 거 듣너니 반간 소리다!…… 그리서? 다 되얐냐?"

단박 풀어져서 좋아합니다. 참으로, 애기같이 천진난만한 할아버집니다.

"오라잖어서 본관 사령은 나올려나 봐요!"

"그리여? 참말이냐?"

"네에."

"그렇다면 작히나 좋겄냐! 그런디 그담에, 참말루 군수는 은제

되냐?"

"그건 본관이 된 댐엔, 다아 쉬어요!"

"그렇더래두 몇 해 있어야 될 것인디?"

"한 사오 년이!…… 그런데 저어……"

"응?"

"이번에 계제에 한 이천 원 좀 들여야 일이 수나롭겠어요!"

"그러면 그렇지! 그러면 그리여!……"

윤직원 영감은 펄쩍 뜁니다. 마침 옛날의 그 혼란스럽던 판임
관, 그리고 그 윗길 주임관, 그들의 금테 두른 양복, 금장식한 칼,
이런 것을 손자 종수에게 입혀놓고 양반의 위풍을 떨치는 장면을
연상하면서, 비록 시방은 그러한 제복이 없어는 졌을망정 판임관
이면 금테가 한 줄, 다시 주임관으로 군수가 되면 금테가 두 줄,
이렇대서 한참 좋아하는 판인데, 밉살머리스럽게 돈 소리를 내놓
고 앉았으니 그만 정이 떨어지고, 또다시 부아가 버럭 나던 것입
니다.

"……잡어 뽑을 놈! 권연시리 돈이나 협잡질헐라닝개루, 시방
쫓아 올라와서넌, 씩둑꺽둑,²⁵ 날 돌라먹을라구 그러지야? 누가
네 속 모를 줄 아냐? 글씨 일 다아 되얐다면서 무슨 돈이 이천 원
이나 드냐? 들기를……"

"지가 쏠려구 그리는 게 아니에요!"

"늬가 안 쓰구, 그러면 여산(礪山) 중놈이 쓴다냐?"

"선샃감으루 금강석 반질 하나 살려구 그래요!"

"뭐어?…… 아니 세상에 이천 원짜리 반지가 어디 있으며, 또

266

오 있다구 치더래두, 그 사람은 그걸 손꾸락으다 찌구 베락을 맞이라구, 이천 원짜리 탄지를 사다가 슨사를 헌담 말이냐? 죽으머넌 썩을 놈의 손꾸락으다가, 아무리 귀골이기루서니 이천 원짜리를 찌다께, 베락 맞일 짓이 아니여! 나넌 보닝개루 구 원 십 전짜리두 버젓허니 좋기만 허더라…… 대체 누가 조작이냐. 네 소견이냐? 누가 시켜서 그러냐?"

"군수 영감이 그리세요. 저 거시키, 요전번 올라왔을 때 마침 지전씰 만났었는데, 할아버지두 잘 아시잖어요? 왜 저 총독부 내무국에 있는 그 지전씨!……"

"그리서?"

"구경을 나온 길인지. 부인허구 아이들을 모두 데리구 미쓰꼬시루 들어오는 걸 만났더래요. 퍽 반가워하면서, 제 말두 묻구, 잊어버리던 아니했노라구…… 그러면서 같이 산볼 하자구 해서 미쓰꼬시 안을 여기저기 둘러보는데, 마침 귀금속부에 갔다가 지전씨 부인이 이천 원짜리 금강석 반지를 내논 것을 보더니, 퍽 가지구퍼 하더래나요? 그러니깐 지전씨가 웃으면서, 나두 사주구는 싫어두 어디 돈이 있느냐구. 그러니깐 부인이 여간 섭섭해하는 기색이 아니더래요. 그런 때 군수 영감은, 재갸가 돈만 있었으면 담박 사서 선살 했으면 다른 때 만 원을 들인 것보다두 생색이 더 나겠는데, 원체 재갸한테는 지닌 게 없기두 했지만 큰돈이라 생심을 못했다구……"

"그러닝개루 그걸 너더러 사서 지전씨네 집으다가 슨사를 허라더람 말이여?"

"네에, 마침 또 꼭지가 물러가는 눈치구 하니깐, 이 계제에 그래뙀으면 유리할 것 같다구요……"

윤직원 영감은 말없이 담배만 빽빽 빨고 있습니다. 어떻게 생각하면 정말 같기도 합니다. 또 어떻게 생각하면 종수의 야바위 같기도 합니다. 그러나 거짓말이 아닌 것을 거짓말로 잘못 넘겨짚고서 그 벼락 맞을 선사를 않고 보면, 일을 낭패시키는 것이 될 테니 차라리 속는 셈 잡고 돈을 내느니만 같지 못하겠다는 생각이 마침내 들고 말았습니다.

"모르겠다! 나는 시방 돈이래야 톡톡 털어서 천 원밖으 읎으닝개, 그놈만 갖다가 무얼 사주던지 말던지, 네 소견대루 헐라먼 히여라. 나는 모른다!"

자기 말대로 나라에 바치는 세납도 에누리를 하거든, 종수가 청구하는 운동비를 어찌 깎지 않겠습니까.

그러나 종수는 조부의 그러한 성미를 잘 알기 때문에 한 자국 더 뛰어, 천 원 소용을 이천 원으로 불렀으니 종수가 선숩니다.

윤직원 영감은 대복이를 불러, 천 원 소절수를 씌어 도장을 찍어 아주 현금으로 찾아다가 종수를 주라고 시킵니다. 그러면서 속으로, 오늘 구백사십오 원 번 것이 오십오 원 새끼까지 쳐가지고 도로 나가는구나 생각하니, 매우 섭섭하고 허망했습니다.

15. 망진자_{亡秦者}는 호야_{胡也} 니라

일찍이 윤직원 영감은, 그의 소싯적 윤두꺼비 시절에, 재갸 부친 말대가리 윤용규가 화적의 손에 무참히 맞아 죽은 시체 옆에 서서, 노적이 불타느라고 화광이 충천한 하늘을 우러러

"이놈의 세상, 언제나 망하려느냐?"

"우리만 빼놓고 어서 망해라!"

하고 부르짖은 적이 있겠다요.

이미 반세기 전, 그리고 그것은 당시의 나한테 불리한 세상에 대한 격분된 저주요 겸하여 웅장한 투쟁의 선언이었습니다.

해서 윤직원 영감은 과연 승리를 했겠다요. 그런데……

*

식구들은 시아버지 윤직원 영감이 보기가 싫은 건넌방 고씨만

빼놓고, 서울아씨, 태식이, 뒤채의 두 동서, 모두 안방에 모여 종
수를 맞이하는 예를 표하고, 그들의 옹위 아래 윤직원 영감과 종
수는 각기 아랫목과 뒷벽 앞으로 갈라 앉았습니다. 방금 점심 밥
상을 받을 참입니다.

"너 경손 애비, 부디 정신 채리라……!"

윤직원 영감이 종수더러 곰곰이 훈계를 하던 것입니다. 안식구
가 있는 데라 점잖게 경손 애비지요.

"……정신을 채리야 헐 것이 늬가 암만히여두 네 아우 종학이
만 못히여! 종학이는 그놈이 재주두 있고, 착실히여서, 너치름 허
랑허지두 않고 그럴뿐더러 내년 내후년이머넌 대학교를 졸업허잖
냐? 내후년이지?"

"네."

"그렇지? 응, 그래, 내후년이면 대학교 졸업을 허구 나와서, 삼
년이나 다직 사 년만 찌들어 나머넌 그놈은 지가 목적헌, 요새 그
목적이란 소리 잘 쓰더구나, 응? 목적…… 목적헌 경부가 되야각
구서, 경찰서장이 된담 말이다! 응? 알겄어."

"네."

"그러닝개루 너두 정신을 바싹 채리각구서, 어서어서 군수가
되야야 않겄냐?…… 아, 동생놈은 버젓한 경찰서장인디, 형놈은
게우 군서기를 댕기구 있담! 남부끄러서 어쩔 티여? 응?…… 아
글씨, 군수 되구 경찰서장 되구 허머넌, 느덜 좋구 느덜 호강이
지, 머 그 호강 날 주냐? 내가 이렇기 아등아등 잔소리를 허넌 것
두 다 느덜 위히여서 그러지, 나는 파리 족통만치두 상관읎어야!

알어듣냐?"

"네—"

"그놈 종학이는 참말루 쓰겄어! 그놈이 어려서버텀두 워너니 나를 자별허게 따르구, 재주두 있구 착실허구, 커서두 내 말을 잘 듣구…… 내가 그놈 하나넌 꼭 믿넌다 꼭 믿어. 작년 올루 들어서 그놈이 돈을 어찌 좀 히피 쓰기는 허넝가 부더라마는, 그것두 허기사 네게다 대머는 안 쓰는 심이지. 사내자식이 너처럼 허랑허지만 말구서, 제 줏대만 실헐 양이면 돈을 좀 써두 괜찮언 법이여…… 그리서 지난달에두 오백 원 꼭 쓸디가 있다구 핀지히였길래, 두말 않고 보내주었다!"

마침 이때, 마당에서 헴헴, 점잖은 밭은기침 소리가 납니다. 창식이 윤주사가 조금 아까야 일어나서, 간밤에 동경서 온 전보 때문에 억지로 억지로 큰댁 행보를 하던 것입니다.

윤주사는 토방으로 내려서는 아들 종수더러 언제 왔느냐고 심상히 알은체를 하면서, 역시 토방으로 내려서는 두 며느리의 삼가로운 무언의 인사와, 마루까지만 나선 이복 누이동생 서울아씨의 입인사를 받으면서, 방으로 들어가서는 부친 윤직원 영감한테 절을 한자리 꾸부리고서, 아들 종수한테 한자리 절과, 이복동생 태식이한테 경례를 받은 후, 비로소 한옆으로 꿇어앉습니다.

"해가 서쪽으서 뜨겄구나?"

윤직원 영감은 아들의 이렇듯 부르지도 않은 걸음을, 더욱이나 안방에까지 들어온 것을 이상타고 꼬집는 소립니다.

"……멋 허러 오냐? 돈 달라러 오지?"

"동경서 전보가 왔는데요……"

지체를 바꾸어 윤주사를 점잖고 너그러운 아버지로, 윤직원 영감을 속 사납고 경망스런 어린 아들로 둘러놓았으면 꼬옥 맞겠습니다.

"동경서? 전보?"

"종학이놈이 경시청에 붙잽혔다구요!"

"으엉?"

외치는 소리도 컸거니와, 엉덩이를 꿍 찧는 바람에, 하마 방구들이 내려앉을 뻔했습니다. 모여 선 온 식구가 제가끔 정도에 따라 제각기 놀란 것은 물론이구요.

윤직원 영감은 마치 묵직한 몽치'로 뒤통수를 얻어맞은 양, 정신이 멍해서 입을 벌리고 눈만 휘둥그랬지, 한동안 말을 못하고 꼼짝도 않습니다.

그러다가 이윽고 으르렁거리면서 잔뜩 쪼글트리고 앉습니다.

"거, 웬 소리냐? 으응? 으응?…… 거 웬 소리여? 으응? 으응?"

"그놈 동무가 친 전본가 본데, 전보가 돼서 자세는 모르겠습니다."

윤주사는 조끼 호주머니에서 간밤의 그 전보를 꺼내어 부친한테 올립니다. 윤직원 영감은 채듯 전보를 받아 쓰윽 들여다보더니 커다랗게 읽습니다. 물론 원문은 일문이니까 몰라보고, 윤주사네 서사 민서방이 번역한 그대로지요.

"종학, 사—상 관계—로, 경—시청에 피검!…… 이라니? 이게 무슨 소리다냐?"

"종학이가 사상² 관계로 경시청에 붙잽혔다는 뜻일 테지요!"

272

"사상 관계라니?"

"그놈이 사회주의에 참예를……"

"으엉?"

아까보다 더 크게 외치면서, 벌떡 뒤로 나동그라질 뻔하다가 겨우 몸을 가눕니다.

윤직원 영감은 먼저께는 몽치로 뒤통수를 얻어맞은 것같이 멍했지만, 이번에는 앉아 있는 땅이 지함을 해서 수천 길 밑으로 꺼져 내려가는 듯 정신이 아찔했습니다.

그러나 그것은 결단코 자기가 믿고 사랑하고 하는 종학이의 신상을 여겨서가 아닙니다.

윤직원 영감은 시방 종학이가 사회주의를 한다는 그 한 가지 사실이 진실로 옛날의 드세던 부랑당패가 백길 천길로 침노하는 그것보다도 더 분하고, 물론 무서웠던 것입니다.

진(秦)나라를 망할 자 호(胡: 오랑캐)라는 예언을 듣고서, 변방을 막으려 만리장성을 쌓던 진시황, 그는 진나라를 망한 자 호가 아니요, 그의 자식 호해(胡亥)임을 눈으로 보지 못하고 죽었으니, 오히려 행복이라 하겠습니다.

"사회주의라니? 으응? 으응?……"

윤직원 영감은 사뭇 사람을 아무나 하나 잡아먹을 듯, 집이 떠나게 큰 소리로 포효(咆哮)를 합니다.

"……으응? 그놈이 사회주의를 허다니! 으응? 그게, 참말이냐? 참말이여?"

"허긴 그놈이 작년 여름방학에 나왔을 때버틈 그런 기미가 좀

뫼긴 했어요!"

"그러머넌 참말이구나! 그러머넌 참말이여, 으응!……"

윤직원 영감은 이마로 얼굴로 땀이 방울방울 배어 오릅니다.

"……그런 쳐 죽일 놈이, 깎어 죽여두 아깝잖을 놈이! 그놈이 경찰서장 허라닝개루, 생판 사회주의 허다가 뎁다 경찰서에 잽혀? 으응?…… 오사육시³를 헐 놈이, 그놈이 그게 어디 당헌 것이라구 지가 사회주의를 히여? 부잣놈의 자식이 무엇이 대껴서 부랑당패에 들어?……"

아무도 숨도 크게 쉬지 못하고, 고개를 떨어뜨리고 섰기 아니면 앉았을 뿐, 윤직원 영감이 잠깐 말을 그치자 방 안은 물을 친 듯이 조용합니다.

"……오죽이나 좋은 세상이여? 오죽이나……"

윤직원 영감은 팔을 부르걷은 주먹으로 방바닥을 땅 치면서 성난 황소가 영각⁴을 하듯 고함을 지릅니다.

"화적패가 있너냐아? 부랑당 같은 수령(守令)들이 있더냐?…… 재산이 있대야 도적놈의 것이요, 목숨은 파리 목숨 같던 말세(末世)넌 다 지내가고오……, 자 부아라, 거리거리 순사요, 골골마다 공명헌 정사(政事), 오죽이나 좋은 세상이여…… 남은 수십만 명 동병(動兵)을 히여서, 우리 조선놈 보호히여주니, 오죽이나 고마운 세상이여? 으응?…… 제 것 지니고 앉어서 편안허게 살 태평세상, 이걸 태평천하라구 허는 것이여, 태평천하!…… 그런디 이런 태평천하에 태어난 부잣놈의 자식이, 더군다나 왜지가 떵떵거리구 편안허게 살 것이지, 어찌서 지가 세상 망쳐놀 부랑당패에 참섭을 헌담 말이여, 으응?"

땅 방바닥을 치면서 벌떡 일어섭니다. 그 몸짓이 어떻게도 요란스럽고 괄괄한지, 방금 발광이 되는가 싶습니다. 아닌 게 아니라 모여 선 가권들은 방바닥 치는 소리에도 놀랐지만, 이 어른이 혹시 상성이 되지나 않는가 하는 의구의 빛이 눈에 나타남을 가리지 못합니다.

"……착착 깎어 죽일 놈!…… 그놈을 내가 핀지히여서, 백년 지녁을 살리라구 헐걸! 백년 지녁 살리라구 헐 테여…… 오냐, 그놈을 삼천 석거리는 직분(分財)히여줄라구 히였더니, 오냐, 그놈 삼천 석거리를 톡톡 팔어서, 경찰서으다가, 사회주의 허는 놈 잡어 가두는 경찰서으다가 주어버릴걸! 으응, 죽일 놈!"

마지막의 으응 죽일 놈 소리는 차라리 울음소리에 가깝습니다.

"……이 태평천하에! 이 태평천하에……"

쿵쿵 발을 구르면서 마루로 나가고, 꿇어앉았던 윤주사와 종수도 따라 일어섭니다.

"……그놈이, 만석꾼의 집 자식이, 세상 망쳐놀 사회주의 부랑 당패에 참섭을 히여. 으응, 죽일 놈! 죽일 놈!"

연해 부르짖는 죽일 놈 소리가 차차로 사랑께로 멀리 사라집니다. 그러나 몹시 사나운 그 포효가 뒤에 처져 있는 가권들의 귀에는 어쩐지 암담한 여운이 스며들어, 가득히 어둔 얼굴들을 면면 상고, 말할 바를 잊고, 몸 둘 곳을 둘러보게 합니다. 마치 장수의 죽음을 만난 군졸들처럼……

1. 윤직원 영감 귀택지도

1 빗밋이 '비스듬히'의 잘못 쓰인 말.

2 몸메(もんめ) 일본말로서 '돈쭝'의 뜻임. 한 돈가량 되는 무게. 올바른 표기는 '돈 메'임.

3 거판지다 '거방지다'의 방언. 몸집이 크다. 행동이 점잖고 무게가 있다.

4 과시(果是) 과연.

5 수부귀다남자(壽富貴多男子) 오래 살고, 부자이며, 신분이나 지위가 높고, 아들이 많음. 오복 가운데 네 가지임.

6 여대치다 뺨치게 낫다. 능가하다.

7 편사 놈이 널 머리 들먹거리듯 활쏘기를 겨루는 사람이 전혀 상관없는 널에 대하여 이러쿵저러쿵한다는 뜻으로, 당치 않은 것을 들추어내어 말썽을 부림을 비유적 으로 이르는 말.

8 돈쨩 종이돈 몇 장.

9 용천배기 문둥이.

10 칙살스럽다 잘고 더러운 데가 있다. 『조광』 연재본에는 '칙살시럽게'로 되어 있 으나 단행본에는 '칙살럽게'로 나오는데 이는 오식인 듯하다.

2. 무임승차 기술

1 소불하(少不下) 적게 잡아도.

2 차인 '차인꾼'의 준말. 임시 심부름꾼으로 부리는 사람.

3 다래 '다리'의 방언. 예전에 여자들의 머리숱이 많아 보이라고 덧넣었던 딴 머리.

4 흙게 매듭·사개·고동·사복 따위를 단단하게 조인 정도나, 어떤 것을 맞추어서 짠 자리.

5 생수 품질이 좋은 비단의 하나인 생소갑사(生素甲紗).

6 보풀떨이 앙칼스러운 짓. 보기에 모질고 날카로운 데가 있는 짓.

7 청기와장수 비법이나 기술 따위를 자기만 알고 남에게는 알려주지 아니하는 사람을 비유적으로 이르는 말.

3. 서양국 명창대회

1 상지(相持) 서로 자기의 의견만을 고집하고 양보하지 않음.

2 서두리 일을 거들어주는 사람. 또는 그 일.

3 밑질기다 눌어붙어서 떠날 줄 모르다.

4 갈충머리(가) 없다 진득함이 없이 촐랑거리다.

5 해망 행동이 해괴하고 요망스러움.

6 영금 따끔하게 당하는 곤욕.

7 오두 '오두발광'의 준말. 몹시 흥분하여 미친 듯이 날뛰는 짓.

4. 우리만 빼놓고 어서 망해라!

1 방퉁이질 바보 같은 짓. 또는 노름판 같은 데서 노름을 하지 않으면서 그 옆에 붙어서 참견하는 짓.

2 소대성(蘇大成) 고전소설 『소대성전』의 주인공 이름으로 잠이 몹시 많은 사람을 비유적으로 이르는 말.

3 대푼변 100분의 1이 되는 이자.

4 토색질 돈이나 물건 따위를 억지로 달라고 하는 짓.

5 앙연하다 마음에 차지 않거나 야속하다.

6 사맥 일의 내력과 갈피.

7 근경(近頃) 요즘. 요즘의 사정.

8 밭다 시간이나 공간이 몹시 가깝다.

9 내평 '속내평'의 준말. 겉으로 드러나지 않는 사정.

10 육장 한 번도 빼지 않고 늘.

11 사음(舍音) 이두어로 '마름'의 뜻. 지주를 대리하여 소작인을 관리하는 사람.

12 보비위 남의 비위를 잘 맞춰줌.

13 직원(直員) 향교의 임원.『조광』연재본과 명성사판(1940년판) 단행본까지는 윤 직원의 직함이 '장의(掌儀)'로 되어 있음.

14 바이 전날 의식을 진행할 때 절하는 과정에서 국궁(鞠躬)한 다음 '머리를 땅에 대어 절하고 머리를 들라'는 뜻으로 사회자가 외치던 말. 국궁은 '존경하는 뜻으 로 몸을 굽힘'을 뜻함.

15 시구문 시체를 내가는 문이라는 뜻으로 '수구문(水口門)'을 달리 이르던 말.

5. 마음의 빈민굴

1 새수빠지다 하는 짓이 줏대가 없고 사리에 온당하지 못하다.

2 맞다대기 맞대거리.

3 띄우다 구체적 대상을 정하지 않고 던져두다.

4 가래비써다 가로로 벌리다.

5 거니 어떤 일이나 사태의 미묘한 상황이 진행되어가는 과정.

6 솥글겅이 눌은밥. 솥바닥에 눌어붙은 밥에 물을 부어 불려서 긁은 밥.

7 공규 오랫동안 남편이 없이 아내 혼자서 사는 방.

8 구느름 못마땅하여 혼자서 하는 군소리.

9 드리없다 경우에 따라 변하여 일정하지 않다.

10 낮게(낮아) **하다** '함부로 대하다' '낮추보다'의 뜻으로 보임.

11 제접 의미가 불확실함.『조광』연재본에는 '제법'으로, 단행본 초 · 재간본에는 '제접'으로 되어 있음.

12 수형(手形) '어음' '손도장' '증거 문서'를 뜻하는 일본말.

13 소간(所幹) 볼일.

14 수언 순, 아주, 몹시.

15 아귓심 손아귀의 힘.

6. 관전기

1 입잣 입짓. 입놀림.

2 앙뚱하다 말하는 것이나 하는 짓이 생각지 아니하게 조금 까다롭고 밉살스럽다.

3 원혐(怨嫌) 못마땅하게 여겨 싫어하고 미워함.

4 화용도(華容道) 싸움. 중국 삼국 시대 적벽전 직후 벌어진 화용도 싸움에서 온 말.

5 대끼다 두렵고 마음이 불안하다.

6 머리 까닭. 필요.

7 왜장치다 들떼놓고 큰 소리로 마구 떠들다.

8 어더고야 『조광』 연재본과 초판 단행본에는 '어더귀야'로 되어 있음. '얼씨구나' 정도의 뜻으로 보임.

9 시쁘다 마음에 차지 아니하여 시들하다.

10 염량 선악과 시비를 분별하는 슬기.

11 거상(居常) 일상생활에서의 보통 때.

12 미어다 부듯다 메어부딪다. '미다'는 '메다'의 방언. '부듯다'는 '부딪다'의 방언.

13 배채우다 '배가 채이다'의 형태로, 약이 올라 몹시 분하다는 뜻으로 보임.

14 멋스리다 말이나 행동을 아무렇게나 하고 싶은 대로 하다.

15 고패 고비.

16 소증(素症) 푸성귀만 너무 먹어서 고기가 먹고 싶은 증세.

17 방치 '다듬잇방망이'의 평안 방언.

18 능장질 사정없이 몰아치는 매질.

19 유세통 유세를 부리는 서슬.

20 중판매다 하던 일을 도중에 그만두다.

21 세마리가 팔리다 '정신이 팔리다'의 비속어.

22 이짐 고집이나 떼.

23 무너나다 이어서 맞춘 자리가 어긋나다.

24 엎어삶다 그럴듯한 말로 남을 속여 자기의 뜻대로 되게 하다.

7. 쇠가 쇠를 낳고

1 근천스럽다 보잘것없고 초라한 데가 있다.

2 오꼼 도드라지게 오똑 일어서는 모양.

3 전접스럽다 보기에 매우 치사스럽고 더럽다.

4 여새기다 마음에 새겨두다.

5 흠선 우러러 공경하고 부러워함.

6 퍼근히 다리를 뻗어 느긋하고 편안하게.

7 조간 이야기. 말씀.

8 안지매 앉음새.

9 선변 선이자.

10 구문(口文) 흥정을 붙여주고 그 보수로 받는 돈.

11 상고(商賈) 장수. 장사치.

12 취체 규칙 · 법령 · 명령 따위를 지키도록 통제함. '단속'으로 순화.

13 호리를 다투다 매우 적은 분량도 아껴 쓰고 아까워하다.

14 추렷하다 '추레하다'의 방언.

8. 상평통보 서 푼과……

1 노수 노잣돈.

2 방색 들어오지 못하게 막음.

3 헤먹다 들어 있는 물건보다 공간이 넓어서 어울리지 아니하다. 사람의 성질이 야무지지 못하고 헤실바실하다.

4 근경속 실속. 실감. 근거.

5 대문 글의 한 동강이나 단락.

6 데숙이 '뒷덜미'의 전라 방언.

7 말치 없다 이러니저러니 하는 뒷말이나 군말이 없다.

8 속치부 잊지 아니하고 마음에 새겨둠.

9 농엄 '농말'로 쓰인 듯. 실없이 하는 웃음엣소리.

10 불일성지(不日成之) 며칠 안 걸려서 이룸.

11 방구다 '방구하다'의 방언. 널리 찾아 구하다.

12 갠소름하다 넓이가 좁고 가느다랗다.

13 숫두룸하다 행동이 약삭빠르지 아니하고 숫된 데가 있다.

14 까리적다 성깔을 부리는 태도가 없다.

15 별조 별수.

16 전중이 징역살이하는 사람을 속되게 이르는 말.

17 너끔하다 '누꿈하다'의 방언. 전염병이나 해충 따위의 퍼지는 기세가 매우 심하다가 조금 누그러져 약해지다.

18 재전(在前) 이미 지나가버린 그때. 증왕(曾往).

19 납뛰다 '날뛰다'의 잘못 쓰인 말.

20 한무내하다 '아무 상관 없다'는 뜻의 속어.

9. 절약의 도락 정신

1 체수 남을 대하기에 떳떳할 만한 도리. 체면.

2 당꾸바지 군의 전차(탱크)병이 입는 군복 형태의 바지.

3 눈정기 힘차게 내쏘는 눈의 광채

4 치어나다 똑똑하고 뛰어나다.

5 꼼꼼하다 '인색하다'의 전남 방언.

6 고정(孤貞)하다 마음이 외곬으로 곧다.

7 만능잡이 뭐든지 잘해내는 사람.

8 두루딱딱이 여러모로 알맞은 모양.

9 낭탁 주머니.

10 각다분하다 일을 해나가기가 고되고 힘들다.

11 활량 '한량'의 변한 말.

12 상호(相好) 얼굴의 모양. 원래 불교에서 쓰는 말.

13 몽글게 먹고 가늘게 싼다 크게 욕심을 부리지 않고 분수를 지키는 것이 옳은 일이며, 그것이 또한 편한 일이기도 하다는 말.

14 외수 속임수.

15 다들리다 닥뜨리다.

16 떼마 데마. 데마고기 demagogy의 준말. 허위 선전이나 인신공격.

17 상량(商量) 헤아려서 잘 생각함.

18 굴저하다 마음이 느긋하고 만족스럽다.

10. 실제록

1 주축하다 주장이 되어 움직이다.

2 덜머리 진 총각 '떠꺼머리 총각'의 방언. 장가들 나이가 지나도록 머리를 길게 땋아 늘인 총각.

3 중소(重所)히 매우 중하게.

4 내시 이 앓는 소리 내시가 거세를 하여 가늘어진 목청으로 이앓이를 한다는 뜻으로, 맥없이 지루하게 흥얼거리는 것을 비유적으로 이르는 말.

5 안동 사람을 데리고 함께 가거나 물건을 지니고 감.

6 경지영지(境地英智)하다 영민한 슬기를 지닌 지경에 있다.

7 긴상 '김씨(金氏)'를 일본식으로 부르는 말.

8 지수(祗受) 임금이 내리는 물건을 공경하여 받음. 여기서는 '청을 받아들임'의 뜻.

9 한데 그런데, 그러한데.

10 암상떨이 남을 시기하고 샘을 잘 내는 짓.

11 암마야상 '안마사'를 일본식으로 부르는 말.

12 나귀는 샌님만 업신여긴다 자기에게 만만해 보이는 사람에게는 별 까닭도 없이 함부로 대하는 경우를 비유적으로 이르는 말.

13 손맞다 함께 일하는 데 서로 보조가 맞다.

14 잔사살 잔사설. 쓸데없이 번거롭게 자질구레한 말을 늘어놓음.

15 단작스럽다 하는 짓이 보기에 치사하고 더러운 데가 있다.

16 리베 Liebe. '애인, 연인'의 독일말.

17 아탕발림 사탕발림.

18 아바위 치다 남의 눈을 속여 옳지 않은 일을 하다.

19 약시약시하다 이러이러하다.

20 성명(性命)이 없다 인성(人性)과 천명(天命)이 없다. 목숨이 없다.

21 허겁떨이 마음이 실하지 못하여 매우 겁을 내는 일.

22 으수하다 의수하다. 제법 그럴듯하다.

23 소갈찌 '소갈머리'의 잘못 쓰인 말.

24 잇살 '잇새'의 잘못 쓰인 말.

11. 인간 체화와 동시에 품부족 문제, 기타

1 본전꾼 이웃에 놀러 가거나 사람들이 많이 모이는 자리에 언제 가도 와 있는 사람. 술자리 같은 데서 도중에 일어서지 않고 끝까지 앉아 있는 사람.

2 껭까도리(喧嘩鷄) '싸움닭'이라는 뜻의 일본말. '껭카도리'가 올바른 표기임.

3 재리 매우 인색한 사람을 낮잡아 이르는 말.

4 대장대신 일본의 재무부장관.

5 양금채 양금을 치는, 대나무로 만든 가늘고 연한 채. 가냘프고 고운 목소리. 성격이 고분고분하고 상냥한 모양.

6 멋등그러지게 멋들어지게.

7 책가위 책의 겉장이 상하지 않게 종이, 비닐, 헝겊 따위로 덧씌우는 일. 또는 그런 물건.

8 바스 베이스bass. 저음.

9 꼬은히 끈히. 끈질기게.

10 설레 가만히 있지 아니하고 자꾸 움직이는 행동이나 현상.

11 지날말 별다른 의미 없이 하는 말.

12 중동이 '주둥이'의 사투리.

13 헷다방 헛다방. 헛일.

14 지망지망 조심성이 없고 경박하게 촐랑대는 모양.

15 재갸 자기.

16 분배 많은 사람들이 야단스럽게 부산을 떨며 법석이는 일. 북새.

17 지차(之次) 맏이 이외의 자식들.

18 우나다 유별나다.

19 보풀스럽다 보기에 모질고 날카로운 데가 있다.

20 보이루 보일voile. 성기게 짜서 비쳐 보이는 얇고 가벼운 직물.

21 도리암직하다 동글납작한 얼굴에 키가 자그마하고 몸매가 얌전하다.

22 허우를 하다 '하오하다'의 변한 말. 상대를 예사로 높이어 말하다.

23 양냥이 '입'을 속되게 이르는 말.

24 실골목 좁고 가느다란 골목.

25 귀인성(貴人性) 신분이나 지위가 높고 귀하게 될 타고난 바탕이나 성질.

26 긏히다 죽게 하다. 일을 그르치게 하다.

27 매니야 초판(명성사간)에는 '같애'로 되어 있음.

28 무름하다 적당하게 무르다.

29 하부다이 하부타에(はぶたえ). 견직물의 일종으로 '부드러우며 윤이 나는 순백색 비단'의 일본말.

12. 세계사업 반절기

1 포류지질 잎이 일찍 떨어지는 연약한 나무라는 뜻으로, 갯버들처럼 몸이 잔약하여 병에 걸리기 쉬운 체질을 이르는 말.

2 상학 사람의 얼굴이나 몸에 나타난 특징을 보고 그 사람의 운명을 알아내는 일을 연구하는 학문.

3 반이(搬移) 짐을 날라 이사함. 또는 세간을 운반하여 집을 옮김.

4 일보 날변. 날로 계산하여 일정하게 무는 이자.

5 변전(邊錢) 변돈. 이자를 무는 빚돈.

6 옴낫 '옴나위'의 북한어. 꼼짝할 만큼의 적은 여유. '옴나위를 못하다'는 꼼짝달싹 못하다.

7 질증 지루함이나 시달림으로 생긴, 몹시 싫어하는 생각.

8 부집 '부집존장(父執尊長)'의 준말. 아버지의 친구로 아버지와 나이가 비슷한 어른을 높여 이르는 말.

9 네롱내롱하다 서로 네니 내니 하며 터놓고 지내다.

10 이상이다 밉살스럽게 지껄이며 빈정거리다.

11 농판스럽다 분위기나 행동거지가 진지하지 못하고 장난기나 농기가 있다.

12 붙일성 남을 잘 사귀는 성질.

13 와리(わり) 할당, 배당의 뜻을 지닌 일본말.

14 졸경을 치르다 한동안 남에게 심한 괴로움을 당하다.

15 포라 '포럴 poral'의 잘못. 가는 심지실과 굵은 장식실을 강한 꼬임을 주어 하나로 엮어 만든 실을 사용하여 평직으로 짠 천. 여름옷감으로 쓰임.

16 간죠 '계산(하다), 돈을 치르다'의 일본말. '간조'가 올바른 표기임.

17 소절수(小切手) '수표'의 일본식 말.

18 치(値) 것, 물건, 몫.

19 가끼가에(かきかえ) '고쳐 씀' '돌려줄 기일이 지난 차용 증서를 다시 고쳐 쓰는 것'을 뜻하는 일본말. '가키카에'가 올바른 표기임.

20 속짜 알짜.

21 행하(行下) 심부름을 하거나 시중을 든 사람에게 주는 돈이나 물건.

22 연목 서까래.

23 뜨지 뜯이. 헌옷이나 이불 등을 빨아가지고 뜯어서 새로 만드는 일, 새로 하기 위해서 뜯는 일.

24 구로오도 전문가 또는 기생·여급 등 접객을 직업으로 하는 여자를 뜻하는 일본말. '구로토'가 옳은 표기임.

25 은근짜 몰래 몸을 파는 여자를 속되게 이르는 말.

26 기이다 어떤 일을 숨기고 바른대로 말하지 않다.

27 놀맘하다 '노르스름하다'의 뜻인 듯함.

28 부르대다 남을 나무라기나 하는 듯이 거친 말로 야단스럽게 떠들어대다.

13. 도끼자루는 썩어도……

1 감때사납다 사람이 억세고 사납다.

2 머릿방 안방 뒤에 달린 작은 방.

3 펭키 '페인트'의 일본식 말.

4 주련(柱聯) 기둥이나 벽 따위에 장식으로 써서 붙이는 글귀. 주로 한시의 연구(聯句)를 쓴다.

5 미산 근대 서화가 황용하(黃庸河, 1889~?)의 호인 듯함. 사군자를 잘 그렸으며, 일제 강점기에 많은 활동을 했고, 6·25 때 행방불명됨.

6 소치 조선 시대 서화가 허유(許維, 1809~1892)의 호.

14. 해 저무는 만리장성

1 생 생강.

2 심청 '마음보' '심술'의 잘못 쓰인 말.

3 도지(賭租) 도조. 농부가 남의 논밭을 빌려서 부치고 그 세로 해마다 무는 벼.

4 농형(農形) 농사가 잘되고 못된 형편.

5 석수 곡식을 섬으로 센 수효.

6 뇌꼴스럽다 보기에 아니꼽고 얄미우며 못마땅한 데가 있다.

7 다직 기껏. 정도나 힘이 미치는 데까지 한다고 해야.

8 일천일백오십오 원 이것은 구백사십오 원의 착오인 듯함.

9 오마께 경품이나 덤을 뜻하는 일본말. '오마케(おまけ)'가 옳은 표기임.

10 요보 일제 강점 시대에 일본인들이 조선인 가운데서도 특히 막일꾼을 멸시하여 지칭하던 말.

11 센징 일본인들이 조선인들을 일반적으로 (직업이나 계층 구분 없이) 낮추어 부르던 말.

12 조센노 얌반상 '얌반'은 '양반'의 일본식 발음. 거기에 일본어 '상(さん)'이 붙은 말로 여기서는 비꼬는 의도가 있음. '조선의 양반씨'의 뜻.

13 이랏샤이마세 '어서 오십시오'의 일본말.

14 알심 은근히 동정하는 마음. 보기보다 야무진 힘.

15 미쓰꼬시 유명한 백화점 이름.

16 난찌 런치 lunch. 점심.

17 포옥 포크 fork.

18 옴팡장사 이익을 보지 못하고 밑지는 장사.

19 요마적 지나간 얼마 동안의 아주 가까운 때.

20 외착(外錯) 착오가 생기어 서로 어그러짐.

21 파기증 계약이나 약속 따위를 깨뜨려버리고 싶은 마음.

22 피천 노린동전. 매우 적은 액수의 돈.

23 발등걸이 남이 하려는 일을 앞질러 먼저 함.

24 생고니의 첫 구멍을 막힌 격 '생고니'는 '우물고누'의 사투리. 검은 말, 흰 말을 가지고 승부를 다투는 고누놀이의 첫 말 놓을 구멍을 막는다는 말로, 무엇을 처음

시작하려고 할 때 못하게 막는 경우를 말함.

25 씩둑꺽둑 이런 말 저런 말로 쓸데없이 자꾸 지껄이는 모양.

15. 망진자는 호야니라

1 몽치 짤막하고 단단한 몽둥이.

2 사상 『조광』 연재본에는 이것이 ××로 복자화되어 있음.

3 오사육시(誤死戮屍) 형벌이나 재앙을 입어 비명에 죽고, 시체가 다시 목이 잘림.

4 영각 황소가 암소를 찾아 길게 뽑아 우는 소리.

현실의 추(醜)와 문학적 미(美)
──『태평천하』의 세계

이주형

1

채만식(蔡萬植, 호 白菱 혹은 采翁)은 일제 침략기인 1902년에 나서 일제 강점 시대와 해방기를 거쳐 한국전쟁 발발 직전인 1950년 6월 11일까지 살았다. 한국인으로서는 아마도 가장 운 나쁜 사람의 하나일 것이다. 이 시기는 민족적 수난과 고통, 사회적 혼란이 이어지던 때이니, 일생을 이런 나쁜 세상만 보고 좋은 세상은 보지 못한 채 보낸 한국인이 역사를 통틀어 얼마나 될 것인가? 그가 맞은 개인적 운도 나쁜 편이었다. 농읍(農邑, 전북 옥구군) 소지주의 아들로 나서 자랐다는 점과 교육받기가 어려웠던 시절에 서울에서 고보(高普)를 다니고 동경 유학까지 했다는 점은 행운이라 할 수 있다. 그러나 20대 초반 이후부터는 행운과 거리가 멀었으니, 본인의 뜻과 다른 시골 처녀와의 조혼과 집안의 경제적 침몰이 있고, 그에 이어 「레디메이드 인생」에서의 표현처럼 '갈 곳 없는 초상집의 개'가 된 식민지 지식인의 일생이 시작된 것이다. 경영이 어려웠던 신문사들을 전전하며 고초를 겪은 데다가, 성질마저 스스로 달한 것처럼 '신경질'(「작가 단편 자서전」)에다 결벽증까지 있었다. 거기에다 그는 시대와 타협하며 적당히 살기는커녕 반대로 그를 거부하며 피곤하게 살았다. 그는 나쁘고도 절실한 체험을 많이 했기에 할 이야기도 많았고, 그 이야기 거의가 나쁜 데 관한 것이었다. 그는 중·장편소설 15편, 단편소설 70여 편, 희곡·촌극·시나리오·'대화소설' 30여 편, 문학평론 40여 편, 수필·잡문 140여 편을 썼으니, 남긴 양으로도 한국 근대 소설가 가운데 몇 손가락 안에 들어간다.

작가로서 채만식이 택한 것은 현실과의 불화가 작을 수 있는 예술주의의 길이 아니었다. 그는 예쁜 예술품을 만들어내는 것으로 만족하는 예술가로 머무는 것이 아니라, 그보다도 민족·사회의 현실과 미래에 대해 고민하는 지식인으로서의 길을 더 중시했다.

2

채만식은 「자작 안내(自作案內)」에서, 임화(林和)나 김남천(金南天)이 자신의 장편소설 『탁류』에 박태원(朴泰遠)의 『천변풍경』과 꼭같은 유형의 '세태소설'이라는 레테르를 붙이고 있다면서 강한 불만을 표시했다. 그는 "세상이 용인하는 대로 『천변풍경』이

좋은 예술품인 데야 틀림없겠지만 『탁류』가 그보다 못한 작품이
라고 하더라도 나는 양자를 같이 값 치는 데는 단연 불복"이라고
했다. 이유는 "고슴도치도 제 새끼는 곱다고 하는 그런 심사" 때
문이 아니라, 『탁류』에는 "적극적인 작가의 의욕"이 깔려 있는 데
다가, 근본적으로 양 작품은 다른 '문학 정신'의 산물이기 때문이
라는 것이다. 그 '문학 정신'의 차이란 어떤 것인가, 그리고 채만
식의 그것은 무엇인가?

　　하필 박태원씨를 두고 하는 말이 아니라, 누구든지 문학을 고려
　　자기나 사군자(四君子)와 같이 치는 사람이면 몰라도(미상불 그
　　러한 문학이 없는 게 아니요, 따라서 그네는 그걸로 자족할 것이지
　　만) 문학이 적으나마 인류 역사를 밀고 나가는 한 개의 힘일진대
　　한인(閑人)의 소장(消長)거리나 아녀자의 완롱물(玩弄物)에 그칠
　　수는 없을 것이라고 나는 목이 부러져도 주장을 하는 자이기 때문
　　이다. (「자작 안내」)

바로 예술주의와 현실주의(혹은 리얼리즘)라는 차이인 것이며,
채만식은 후자에 목숨을 걸 정도였던 것이다. 채만식의 문학은
실제로 철저하게 현실주의의 길을 걸었다. 그는 다른 글(「사이비
농민소설」)에서 "생활을 통하여 인간의 세계하며 이데아를 표출
시키는 리얼리즘의 도(道)"를 강조하기도 했다.
　그가 쓴 거의 대부분의 작품의 제재는 당대의 민족·사회 현실
혹은 역사와 관련된 문제였다. '리얼리즘의 도'를 지키지 못했다

고 생각하는 자신의 작품들에 대해 그는 "변변찮은 못난이 자식"으로서, "만인이 그것을 추앙한댔자 추호도 기쁘지 않다"고 했다. 이런 제재들을 다룰 때 채만식이 주로 취한 것은 부정적 현상의 전경화(前景化)였다. 부정적 현상들로 가득 찬 시대에만 산 그로서는 현실에 대해 근본적으로 부정적인 시각을 가지고 있었고, 작가로서도 부정적인 것을 그려내는 데 익숙할 수밖에 없었다.

그의 작품 전체로 볼 때 기본적인 구도는 부정면의 전경화에서 시작하여 긍정면의 모색으로 끝난다고 할 수 있다. 많은 개별 작품들 내에서 이런 구도가 보인다. 『탁류』『태평천하』「패배자의 무덤」「도야지」「낙조」「소년은 자란다」 등 그의 대표작 반열에 드는 주요 작품들이 그런 구도를 갖는다. 시기적으로 볼 때에도, 첫 작품 「과도기」는 부정적 면으로 일관하는 작품이고, 1930년대 초기의 대부분 작품들 역시 그러하다. 30년대 말 작품인 「패배자의 무덤」이나 최후작인 「소년은 자란다」는 긍정적 전망을 보이는 것으로 끝난다. 30년대 후기 이후 더욱 암울한 시기에 와서 이런 구도가 분명해진다.

채만식이 체험한 시대는 '탁류'의 시대, 비극의 시대였으며, 그의 현실 인식 역시 탁류적 · 비극적이었으며, 자신이 말한 것처럼 "니힐리즘의 독한 호흡"에 빠지기도 했다. 그렇지만 그는 이 탁류가 씻겨나가야 하고, 결국 그렇게 될 것이라는 믿음은 가지고 있었다. 미래의 '청류'에 대한 희망이다.

부정면의 전경화에 대해 그는 다음과 같이 말했다.

사실 나는 그 길을 평생 두고 가려고는 않고, 그 길 부정면만 골라내는 것이 위험하다는 것을 또한 우리네 스승이 경계한 바이라 잊어버린 것은 아니다. 그러나 부정면을 통하여 기실 긍정면을 주장하기 위해서의 부정면은 결단코 유독하지는 않은 것이다. (「자작 안내」)

　그가 그린 많은 부정면의 반대적 양상이 곧 긍정면이 되는 것이다. 부정면의 소멸을 통해 긍정면들이 생성되고 마침내 청류의 사회, 청류의 역사가 도래하리라는 것이 그의 작품 구조가 가지는 논리다.

　그의 작품들에서 부정의 대상이 된 것은 당대의 여러 현상이나 인물 등 다양하며, 대부분 사회적·민족적 의미를 지니는 것들이다. 부정의 소설적 기법도 다양했다. 1930년대 전기까지는 주로 정면적 묘사에 의존했다. 그러나 1930년대 후기에 오면 우회적 기법, 즉 풍자·역설·반어·희화·과장 등 다양한 기법이 활용되었다. 한편 '대화소설'·촌극·희곡 같은 장르의 활용 역시 많은 작품을 통해 시도되었다. 이런 기법들을 통해 예술적 효과, 흥미 유발, 검열 통과 등 여러 가지 성과를 얻을 수 있었다.

　채만식은 잘못된 역사, 잘못된 사회에 대해 깊은 반감을 가졌으며, 그것의 변혁을 갈망하고 있었던 작가였다. 그러나 변혁의 방법에 대한 그의 구상이 구체화되어 나타나지는 않는다. 이데올로기로 보면 사회주의가 하나의 방법으로 제시되지만 그 자신 사회주의 신봉자는 아닌 것으로 작품이나 실제 행동에서 나타난다.

작품에서 그는 카프의 작가들처럼 사회주의자 혹은 무산 계급의 힘과 투쟁의 현장이나, 그에 의한 변혁의 전망(믿음)을 분명하게 형상화하지 않았다. 또한 카프에도 가입하지 않고 '동반자 작가'로 남아 있었으며, 그 때문에 '방랑적 작가'라고 비판받기도 했다. 그러나 염상섭이 그의 작품들을 통해 보여준 것과 같은 '심퍼사이저'와는 달랐다. 또한 해방 후에도 채만식은 어떤 정치·문화 단체에도 가입하지 않았다. 그는 진보적 사고를 가지고 있으면서도, 이념적 경사도, 어떠한 속박도 싫어하고 독자적으로 신경질적인 자기 목소리를 내면서 살아간 자유주의자였다고 할 수 있다.

3

채만식 소설의 전개 과정은 기준에 따라 여러 단계로 구분해볼 수 있지만, 작품 내의 골간적 요소인 부정의 양상이 변화하는 것을 기준으로 다섯 단계로 나누어보는 것이 적절하다고 생각한다. 이러한 작품 내적 변화는 시대 상황 및 문단 상황의 변화와도 밀접한 관련이 있다.

채만식이 등단을 한 것은 1924년 「세 길로」를 통해서이지만 처음 쓴 작품은 1923년의 중편 「과도기」이다. 이때부터 1927년까지의 작품은 발표작 2편, 유작 2편이지만 기법이나 작가의식이 정제되지 못한, 습작의 수준이라 할 수 있다. 그러나 「과도기」에서 이

미 현실의 여러 문제들에 대한 부정의식이 강하게 표출되고 있다.

채만식이 본격적으로 작가로서 활동을 시작한 것은 1928년부터 인데 이때부터 1933년까지를 한 시기로 본다. 카프의 활동이 활발했던 시기였는데, 채만식은 '동반자 작가'로서 주로 노동자·농민, 실직 인텔리 등 빈자들의 궁핍한 현실의 모습을 짧은 형식의 단편이나 '대화소설'이나 촌극을 통해 묘사했다. 앞 시기가 부정의식의 출발기라면 이 시기는 부정적 현실의 사생(寫生)기 정도로 말할 수 있다.

1934년에서 1938년 사이는 일제 강점 시대 채만식 문학의 성취도가 최고에 달한 시기였다. 현실 인식, 부정의 논리도 심화되고 기법도 다양하고 세련되었다. 짧은 길이의 작품은 사라졌다. 카프가 해체된 시기이기도 한데, 카프 해체에 뒤따른 문학, 특히 소설의 위기의식과 함께 소설의 다양한 모색이 이루어지던 때이다. 「레디메이드 인생」이 전환적 작품이거니와 채만식의 대표작들인 『탁류』『태평천하』「치숙」 등이 나왔다. 부정 논리의 확대·심화기쯤으로 말할 수 있다.

1939년 초 채만식은 '관재(官災, 투옥)'를 당하게 되는데, 이해의 작품「패배자의 무덤」에서부터 이전 작품들과는 달리 부정의식을 작품 외면에서 내보이지 않다가 마침내는 대일 굴종에까지 이르게 된다. 그도 억압이 극대화된 '암흑기'의 현실을 살아가지 않을 수 없었다. 몸이 죽거나 의식이 식물화된 인물, 신변잡사 등이 작품의 중심을 이루고 있다. 해방 직전에는 계속되는 "구복(口腹)의 전령의 급함"(「자작 안내」)과 억압을 이겨내지 못하고 『여인전기』 같은 '임전보국(臨戰報國)'의 소설도 썼다. 그러나 그를 지배해왔던 부정의식은 결코 아주 사라진 것이 아니고 작품의 밑에서 잠행하는 상태였다가 해방 후 다시 전면으로 나오게 된다.

해방 후 그는 부정의식을 다시 전면화하면서 작품 활동을 재개했다. 부정의식이 그에게서 사라졌다면 그는 더 이상 작가일 수 없었다. 해방기에 그는 해방 직전의 굴종을 자기비판함으로써 작품 활동 재개의 논리적 입지를 찾는 한편, 완숙한 의식과 기법으로 해방 공간의 부정적 양상들을 날카롭게 적출, 묘사하면서 자신의 생각을 전보다 더 적극적으로 드러냈다. 「민족의 죄인」은 해방 후 문인들의 대표적 자기비판 소설로서, 여기서 채만식은 과거의 과오를 절대적·상대적 맥락으로 해명·비판하면서 앞으로의 방향을 간접적으로 표출했다. 이 시기에 그는 진보적 중간파로 남아 과거의 부정의식을 복원, 심화하여 주로 풍자적 기법에 기대면서 당대의 '낮도깨비' 출몰 모습(단편 「맹순사」 「미스터방」에 각각 '畫出魍魎之圖其一' 및 '其二'라는 부제를 붙였다)을 그려냈다. 그는 이때 당대 현상만을 보는 데 그치지 않고 「늙은 극동선수」 등을 써서 우리 근·현대사의 맥락을 짚어보려는 데도 큰 노력을 기울였다. 「낙조」에서는 동족상잔의 가능성을 경계하기도 했다. 「소년은 자란다」는 그의 마지막 작품(미발표 유작)으로 해방 전후의 민중 수난사와 함께 새로운 세대와 시대에 대한 기대를 표출했다.

『태평천하』는 1938년 『조광(朝光)』 1월호에서 9월호까지 『천하태평춘』이라는 제목으로 연재되었고, 1940년과 1948년에 각각 초판(명성사〔明星社〕 발행)과 재판(동지사〔同志社〕 발행) 단행본이 나왔는데, 재판에서는 주인공의 직함을 '장의(掌儀)'에서 '직원(直員)'으로, 제목도 『천하태평춘』에서 『태평천하』로 바꾸고 약간의 교정을 보았다. 초판을 그대로 찍어서 제목만 『황금광시대(黃金狂時代)』, 『애정의 봄』이라 붙인 해적판이 각각 1949년과 1958년에 나왔다. 작품 내의 현재 시간은 1937년 9월 어느 날의 석양무렵부터 다음 날 점심때까지이다. 중일전쟁(1937년 7월 7일)이 발발하고 조선 총독부의 전시 체제령(1937년 7월 27일)이 내려진 직후인, 살벌한 시기이다. 작중에서, 일본군의 진격과 승리를 기원하는 윤직원과 올챙이(석서방)의 대화 속에 중일전쟁의 상황이 나온다.

전체 15장으로 구성되어 있고 각 장마다 내용을 요약 혹은 상징(비유)하여 재미있게 표현한 제목들이 붙어 있다. 이 작품은 이제 한국 근대 소설사를 대표하는 몇 개의 장편소설 중의 하나로 자리매김되고 있는데, 그럴 이유가 충분히 있다. 일제 강점 시대에는 장편소설 자체가 적었거니와 그중 다수가 대중 오락물로서의 통속소설이었다. 이때 『태평천하』는 풍자로 일관한 유일한 장편소설로서, 다른 어느 작품과도 유사하지 않은 독특한 문체를 가

진 개성 있는 작품으로, 식민지 사회의 어두운 한 모습을 잘 그려
내었던 것이다.

1935년 카프가 정식 해산한 후 문단에는 문학 위기론이 팽배했
는데 그 타개책의 하나로 풍자문학이 제시되었다. 최재서(崔載
瑞)가 처음으로 「풍자문학론」을 통해 풍자문학을 부각시켰는데,
그는 자기 풍자를 가장 가치 있는 것으로 보았다. 이에 대해서 안
함광(安含光)은 「'풍자문학론' 비판」에서 사회 풍자가 문단 위기
의 진정한 타개책이라 주장했다. 이어 1936년 2월 한식(韓植)이
「풍자문학에 대하여」에서 풍자문학에 대한 체계적인 이론을 폈는
데, 그는 풍자문학이 "현실이 가지고 있는 모순과 불합리를 정면
으로 공격할 수 없는 때에 간접으로 배후 혹은 측면으로부터 그
를 적발하여 그에 저항하며 그와 격투하는 문학상의 한 방법"인
데, 이는 진정한 리얼리즘 정신에서 나오는 것이라고 했다. 또 구
체적인 방법으로는 직설적인 말을 외치는 것이 아니라 표면상 웃
으면서 대상에게 달려드는 것이며, 비유·암시·기지·캐리커
처·조소 등의 표현 수법을 이용해야 한다고 했다. 그는 풍자의
의도와 방법을 한마디로 '소살(笑殺)'이라고 표현했다. 다음 해에
는 이운곡(李雲谷)이 또한 「풍자문학의 길」을 써서 풍자문학이야
말로 확고한 이데올로기와 비판 정신을 가진 프로 작가나 진보적
자유주의 작가만이 쓸 수 있는, "가장 총명하고 영리한" 문학적
방법이라는 주장을 펴면서 "작품 전체가 풍자로 침투되고 풍자로
써 통일되어야" 올바른 풍자소설이라는 점을 덧붙여 말했다.

채만식을 한마디로 말할 때 흔히 '풍자작가'라고 하지만 정작

풍자소설이라고 할 만한 것이 아주 많은 것은 아니다. 그의 작품 전체를 두고 볼 때 정면에서 웃음 없이 그린 작품이 대부분이다. 그러나 성취도가 높은, 그의 '대표작'으로 손꼽힐 만한 작품들 가운데는 풍자 수법을 기초로 한 것이 많다. 『태평천하』도 그중 하나다. 위에서 말한 풍자문학론은 이 작품이 연재되기 1, 2년 전에 나온 것으로, 이 작품 구상의 큰 계기가 되었을 것으로 보인다. 이전에 이미 「레디메이드 인생」으로 풍자와 요설의 수법을 써서 평판작을 내본 채만식으로서는 좋은 자극과 용기를 얻을 수 있었을 것이다. 『태평천하』는 안함광 이후 논자들의 풍자문학론과 맞아떨어지는 작품이라고 할 수 있다.

『태평천하』에서 채만식은 명백히 부정면을 그리고자 했고, 그것을 욕하고자 했다. 그는 김남천이 이 작품에 대해 신문학 30년에 전례가 없을 정도로 부정적 인물만이 등장했으며, 부정적 인물만의 등장은 아무래도 문학의 본도가 아니라는 입장을 보인 것을 두고 다음과 같이 반박했다.

그렇게밖에는 붓을 댈 수 없는 사정이나 부정면을 통해서야만 그 긍정면이 도리어 박력 있이 보여질 수법상의 경우가 또한 없는 게 아니다.

아무튼지 나는 눈치는 먹더라도 한동안 『천하태평춘』의 방향도 버릴 수는 없다. 그러한 부정면의 대(對) 긍정면의 관계를 알아볼 줄 모르고 문학적으로 표현된 현실의 '추(醜)'를 문학적 '미(美)'로 보지를 못하고서 '문학적 추'로 여기는 '성자(聖者)'들이 있으나, 그런 분들이 독자의 한 사람인 것을 나는 대단히 폐로워하는 동시에, 그들에게는 손쉽게 '기꾸찌깡'이나 한평생 읽고 있으라고 권면을 해둔다. (「자작 안내」)

이 구절은 채만식 문학의 본질을 가장 단적으로 설명해주는 것이다. 자기 작품에 그려진 '현실의 추'는 다름 아닌 '문학적 미'라는 것이다. 부정적인 현실을 문학적 기법을 통해 훌륭하게 그려냄으로써 긍정적 현실을 알려준다는 것인데, 여기에는 긍정적 현실의 지향도 문학적 기법과 함께 '문학적 미'에 포함된다는 뜻이 내포된다. 평생 기쿠치 간(菊池寬, 1888~1948. 일본의 소설가·극작가)이나 읽으라는 것은 통속소설이나 읽으라는 욕이다.

이 작품에서 채만식이 부정하려 한 것은 우선 잘못된 역사의 현장인 한말과 일제강점시대 그 자체이다. 한말에 대한 혐오는 윤직원 부자가 탐관오리와 화적패에 의해 수탈당하고 살해당하는 장면의 묘사에서 잘 나타난다. 이런 부패와 무법천지의 사회가 바로 민중으로 하여금 나만 빼고 다 망해버리라는 저주(염원)를 낳게 했으며, 또한 일제 식민지 시대는 그들로 하여금 윤직원처럼 반역사적·반사회적·반민중적 인물로 나아가게 했다는 것이다. 그들에게는 자신의 안전을 지켜주는 것이 최선의 권력이요 국가인 것이며, 그것이 곧 일제라는 믿음이 생겨나지 않을 수 없다는 것이 이 장면에 깔린 채만식의 생각임을 쉽게 알 수 있다. 그리고 일제강점시대는 무엇보다 이러한 인물들을 끌어들여 조선인 사회를 썩어가게 한다는 점에서 혐오의 대상이 된다. 윤직원 같은 부정적 인물이 좋아하는, '태평천하'라고 하는 식민지 현실이 바로 부정의 대상이다.

작중에서 가장 초점적으로 부정되는 것, 즉 중심적 '현실의 추'는 바로 윤직원이라는 인물이다. 그는 일제강점시대가 되면서 일제 권력에서 보호처를 찾고, 철저히 일제에 굴종하면서 자산가로 성장한다. 서울에 거주하는 부재 지주로서 호남에 있는 '내 땅' 가지고 '내 맘대로' 하면서 소작인들을 착취하고, 다른 한편으로는 체계(일수) 돈놀이, 수형(手形, 어음) 할인 등의 고리 사금융업으로 도시민들을 착취하여 부를 축적한다. 그가 가장 증오한 것은 사회 변혁을 지향하는 저항적·진보적 이념이나 인물 즉 독립운동가, 사회주의자 등이다. 철저히 반사회적·반민족적·반민중적·반역사적 인물이다.

돈만으로는 식민지 사회에서의 안녕을 보장받을 수 없다고 본 윤직원은 족보에 도금칠하기, 스스로 직함 갖기, 양반 혼인, 권력자 배출 등 '4대 사업'을 실천해나간다. 이러한 인물을 부정하기 위해 작자가 활용한 것이 풍자 수법이다. 윤직원으로 하여금 무임승차 기술(奇術), 인력거 삯 깎기, 오래 살기 위해 오줌 먹기, 춘심이와의 유희 등등 우습기 짝이 없는 행동으로 스스로를 큰 체격 및 많은 재산에 역비례하여 왜소하게 비하함으로써 독자에게 '소살'당하게 하는 것이다. 그러면서 가족들에게도 배척·배신당하는, 고립무원의 인물로 만들어버림으로써 더욱더 초라한 인물이 되게 하는 것이다.

작품의 대부분의 분량은 윤직원의 부정적 모습을 그린 것이지만, 또 많은 부분에서는 천민 자산가 윤직원가(家)를 구성하는 인물들, 즉 윤직원 직계 가족과 주변 인물 전체를 부정의 대상, '현실의 추'로 그린다. 이 작품에는 한 가족 5대가 등장한다. 제1세대 윤용규는 한말의 요호부민으로, 화적패와 부패 관리에 맞서다 죽는다. 제2세대가 윤직원이고 제3세대가 윤창식, 제4세대는 윤종수 · 종학, 제5세대는 윤경손이다. 염상섭의 『삼대』와 비할 때 윤직원은 조의관, 윤창식은 조상훈, 윤종학은 조덕기에 대응되는 세대라고 할 수 있는데, 앞의 두 세대 인물들은 상호 유사성이 많다. 윤창식은 개화기에 성장한 세대로서, 일정한 가치관과 삶의 지표 없이 노름, 계집질 등으로 세월을 보내는 타락한 유산층 자제다. 윤직원만큼 악을 행하지는 않지만 사회 · 민족 현실은 철저히 외면하고 향락만을 찾는 쓰잘 데 없는 인물이다. 윤종수 역시 식민지 시대의 쓰레기 같은 인물로서, 조부의 4대 사업 중 군수 배출 계획의 대상 인물이지만 무능하고 향락에 빠져 있을 뿐이다. 종수의 15살짜리 아들 경손이는 학생이지만 공부와는 거리가 멀고, 증조부의 '애인'인 15살짜리 동기(童妓) 춘심이와 '연애'를 한다. 이 집안 여인네들인 윤직원의 딸, 며느리, 손부(孫婦)들은 모두 '생과부'들로서, 못난이들이다.

가족 구성원들 대부분이 사이가 나빠 집안은 "싸움을 근저당(根抵當)해놓고" 쓰고 있다. 가족 외 인물들(대복이, 삼남이, 올챙이)은 모두 부정적으로 나타나고, 옥화는 창식의 첩이면서도 종수에게 (모르고) 매음을 하러 가기까지 하는 인물이다. 이들 모든 인간이 혐오스럽고 경멸스러운 존재들이다. 한마디로, 작중인물 모두가, 한 명만 빼고, 윤직원의 욕설을 빌려 표현하면 "짝 찢을 년"과 "잡아 뽑을 놈"이거나 그에 준한다. 여기서는 식민지 시대 사회에 대한 '탁류' 의식에서 인간 혐오 의식에까지 나아간 작자의 모습이 느껴질 수 있다.

이 시대는 이렇게 부정적 인물만이 있는 구제 불능의 시대인가? 작자는 그렇게만 보는 것은 아니다. 긍정적 인물로 한 사람, 종학이 있다. 그는 공부도 잘하고 동경 유학까지 하고 있는 지식인이며, 조부 윤직원이 경찰서장 배출 대상으로 계획한 인물이다. 작중의 부정적 인물, 부정적 상황들을 쏟아내버리고 뒤집어 버려야 한다는 작자의 생각이 살아 있고, 그런 생각을 소설적으로 표출할 수 있는 돌파구 혹은 도구로서 종학이 설정된 것이다. 종학은 윤직원의 기대와는 반대로 윤직원이 가장 싫어하는 사회주의자가 되어 일본 경찰에 체포된다. 이로써 윤직원은 죽음을 만난 못난 패군지장(敗軍之將)의 꼴이 된다.

결국 이 집안은, 아니 식민지 일제 강점 사회는 작품의 제14장 제목처럼 '해 저무는 만리장성'을 지나 '무너지는 만리장성'과 함께 파멸해야 하고 또 그렇게 될 것이 암시된다. 실제로 작품의 연재가 끝나고 정확히 7년 뒤에 그것은 현실화되었다. 만리장성을 무너뜨리는 주체는 누구인가? 작자는 호야(胡也, 胡亥)라고 했다. 구체적 인물은 종학인데, 그는 바로 이 집안 중심부에 있는 인물로서, 만리장성을 쌓은 진시황의 아들 호해인 셈이다.

채만식 소설 세계에서 '문학적 미'를 완결시켜줄 수 있는 주체적 인물로 설정된 것은 바로 작중 부정의 대상이 된 집단 속에서 자생하는 새로운 세대이다. 종학뿐 아니라 『탁류』에서는 계봉, 「패배자의 무덤」에서는 종택의 어린 아들, 「도야지」에서는 문태석, 「낙조」에서는 박영춘, 「소년은 자란다」에서는 영호 등이 있다. 채만식은 기성세대에의 불신과 신세대에의 신뢰를 분명히 드러내지만, 그러나 부정면의 극복에 관한 논리는 아무래도 허약하다. 신세대가 어떤 논리적 바탕 위에서 어떻게 할 것인지를 그의 작품들은 보여주지 못했다. 종학의 경우에는 사회주의자로만 되어 있으며, 전보상의 체포 소식만 있을 뿐, 그의 말이나 행동이 직접적으로 그려진 것은 없다. 계봉 이하 다른 인물들은 사회주의자가 아닐뿐더러 다른 어떤 이념이나 방법도 구체화되어 있지 않다.

김남천은 '긍정적 인물'이란 "역사를 추진시키는 적극적인 성격적 전형"인데, 『태평천하』에 이르기까지 채만식 소설에서는 그런 인물이 설정되지 않았다는 불만을 토로한 바 있다(「현대 조선 소설의 이념」). 그리고 종학은 이 집안이 망조가 들어간다는 것을 강조하기 위해 "기계적으로 잠시 빌려온 것"이며, "그림자만 비친" 인물로, "엄연한 의미에서 작중인물이 아니었다"고 단정한다. 그의 생각으로는 "육체나 두뇌를 구비하고 행동을 하면서 작품 속에 들어오는" 인물이야말로 올바른 작중인물이요 '성격적 전형'이 될 수 있다는 것이다. 이런 비판은 일정한 정당성을 갖는다고 할 수 있다.

이 작품은 유례가 없는 독특한 형식, 문체를 지닌다. 기본적으로 풍자의 수법으로 일관했지만, 세부적으로 극적 장면 구성, 판소리적 표현 방식, 경어체 등을 쓰고 있다. "무대는 이 집의……" "다시, 오늘 밤으로 돌아와서 실골목의 장면인데……" "이 장면은 그대로 커트가 됩니다" "관중이 없어서 웃어주질 않으니 좀 섭섭한 장면입니다" 식의 지문도 직접 나타나지만, 극적 장면scene들의 집적(集積) 형태를 취한다. 각 장은 짧은 시간 안에 일어난 한 사건의 현장, 즉 하나의 장면으로 이루어져 있다. 예를 들면, 제1장은 윤직원이 외출했다 귀가하는 장면, 제12장은 이날 밤 "아홉 시가 한 오 분가량 지나"서부터 몇 시간 동안 시내 유곽에서 종수가 오입질하는 장면, 마지막 장은 전보 내용이 윤직원에게 통보되는 장면 등이다. 제4장만 과거사를 '파노라마panorama, summary'와 '장면scene'을 섞어 묘사해놓은 것이다. 그러면서 작자가 적극적으로 개입해서 논평을 가한다. 장면 구성 형태 때문에 독자는 영화나 연극을 볼 때처럼 강한 현장감을 느낄 수 있다.

화자는 '입니다' 식의 경어체를 써서 독자를 높여줌으로써 호감을 얻는 한편 직접 대화를 하는 듯한 느낌을 주어 자신과 그들의 거리distance를 가깝게 하면서 작중의 부정적 현상들에 대한 비판 의식을 공유하고자 한다. 그런 효과를 더욱 높이기 위해 작자는 또한 "이 이야기를 쓰고 있는 당자 역시 전라도 태생이기는 하지만, 그 전라도 말이라는 게 좀 경망스럽습니다"고 자신을 낮추기도 한다.

적극적 논평과 대상 묘사 방식은 조선 시대 판소리 사설의 수법을 계승했다. 판소리 사설에서 쓰였던 반어 · 자기 폭로 · 비유 · 과장 · 희화화 등의 표현법에다 전라(북)도 사투리의 어감까지 엮인 요설이 계속되어, 이 작품의 독자는 판소리 창자들의 아니리와 창을 들을 때와 유사한 느낌과 재미를 맛볼 수 있게 된다. 경어체로 된 화자의 해설(지문)은 또한 일제강점시대 독자들에게는 무성영화(활동사진) 변사의 설명을 듣는 느낌도 준다.

　자 부아라, 거리거리 순사요, 골골마다 공명헌 정사(政事), 오죽이나 좋은 세상이여…… 남은 수십만 명 동병(動兵)을 히여서, 우리 조선놈 보호히여주니, 오죽이나 고마운 세상이여? 으응?…… 제 것 지니고 앉어서 편안허게 살 태평세상, 이걸 태평천하라구 허는 것이여, 태평천하!……

이것은 부정적 인물인 윤직원을 통해 부정적 현실을 예찬하는 부분이다. 「치숙」에서 일관되게 이용된 이중 반어의 수법이다. 이를 통해 작자는 일제 현실을 비꼬면서, 윤직원과 일제 강점 하의 세상을 동시에 부정하는 것이다.

　초리가 길게 째져 올라간 봉의 눈, 준수하니 복이 들어 보이는 코, 뿌리가 추욱 처진 귀와 큼직한 입모, 다아 수부귀다남자의 상입니다.
　나이?…… 올해 일흔두 살입니다. 그러나 시삐 여기진 마시오. 심장비대증으로 천식기가 좀 있어 망정이지, 정정한 품이 서른 살먹은 장정 여대친답니다. 무얼 가지고 겨루든지 말이지요.
　그 차림새가 또한 혼란스럽습니다. 옷은 안팎으로 윤이 지르르 흐르는 진솔 것이요, 머리에는 탕건에 받쳐 죽영(竹纓) 달린 통영 갓(統營笠)이 날아갈 듯 올라앉았습니다.

〔……〕

이 풍신이야말로 아까울사, 옛날 세상이었더면 일도의 방백(一道方伯)일시 분명합니다. 그런 것을 간혹 입이 비뚤어진 친구는 광대로 인식 착오를 일으키고, 동경·대판의 사탕장수들은 캐러멜 대장감으로 침을 삼키니 통탄할 일입니다.

이것은 윤직원을 묘사하는 지문의 한 부분이다. 이 작품 속의 모든 지문들이 이와 유사하다. 이 인용문에는 앞에서 열거한 여러 판소리 사설적 표현 방식들이 섞여 있다. 우선, 예를 들면 "봉의 눈" "시뻐 여기진 마시오" "입이 비뚤어진 친구는" "인식 착오" "통탄할 일" 등등 언어적 반어로 가득 차 있다. 이 부분 전체가 겉으로는 추어올리지만 실제로는 크게 비하하는 반어적 의미를 지니고 있다. 그리고 "광대" "일도의 방백" "캐러멜 대장" 등으로 과거와 현재의 사물을 동원해가며 비유법을 쓴다. 여기에 그려진 윤직원의 모습은 재미있는 하나의 희화(戱畵)이다. 또한 '여대치다' 같은 사투리나 "수부귀다남자" 같은 '문자 쓰기'도 한다. 다른 지문에서 작중인물인 삼남이를 묘사하면서 "눈은 사팔이어서 얼굴을 모로 돌려야 똑바로 보이고, 코는 비가 오면 고개를 숙여야 합니다"고 하거나 고씨를 묘사하면서 "이통이 세어 한번 코를 휘어붙이면 지렛대로 떠곤질러도 꿈쩍을 않고"라고 하는 것 등은 재미있는 과장의 한 예다.

이처럼 『태평천하』는 정면적·객관적 묘사를 기본으로 하는 근대 리얼리즘 소설과는 매우 다르다. 투철한 역사·사회의식을 소설 창작의 기본 조건으로 생각했던 채만식이 이런 기법을 창안한 것은, 작중의 지문(윤직원과 고씨의 싸움 장면)에서 쓴 말을 빌리면, '총퇴각' 아니면 '게릴라 전술'을 택할 수밖에 없는 현실에서 후자를 택한 결과이다. 총퇴각이란 역사·사회의식을 버린 예술주의 문학, 통속 문학 등으로 빠져나가는 것이다. 그는 판소리 사설에서 이용되었던 문학적 표현법들을 계승·발전시켜 잘못된 역사, 악한 현실, 추한 인물들 등 부정적 대상들을 겉으로 웃으면서 추어올리면서 바로 그 마각이 드러나게 해나가다가, 마지막 장면을 통해서는 이러한 것들이 몰락하게 될 것이라는 전망을 암시한 것이다.

한마디로 말해서, 채만식은 부정적 현상들이 난무하는 시대 현실을 독자적인 문학적 기법과 비판의식으로 그려냄으로써 '문학적 미'를 추구하려 했는데, 『태평천하』는 그 대표적 성과물이다. 그가 추구한 '문학적 미'는 '현실의 추'를 그리는 것 자체가 아니라 긍정적 진실의 미를 찾는 데서 완성되는 것이다.

1902년(1세) 전라북도 옥구군 임피면 읍내리에서 부친 채규섭(蔡奎
燮), 모친 조우섭(趙又燮) 사이에서 9남매 중 5남으로 태어남.

1910년(9세) 임피보통학교 입학.

1914년(13세) 임피보통학교 졸업. 이후 향리에서 서당을 다니며 한문
수학.

1918년(17세) 중앙고등보통학교 입학.

1920년(19세) 은선흥(殷善興)과 혼인.

1922년(21세) 중앙고등보통학교 졸업. 4월, 일본 와세다(早稻田) 대
학 부속 제일 와세다 고등학원 문과 입학.

1923년(22세) 여름 방학에 귀향한 뒤 복교하지 않아 이후 학업 중단.
최초 중편「과도기」탈고.

1924년(23세) 강화의 사립학교 교원으로 취직. 『조선문단』에「세 길
로」발표.

1925년(24세) 동아일보사에서 기자로 근무.

1926년(25세) 동아일보사 사직. 실업 상태로 향리에서 암중모색. 크로포트킨 등의 무정부주의와 사회주의 이론에 심취하며, 문학에의 길을 닦음.

1929년(28세) 이해 말부터 개벽사에 입사. 『별건곤』『제1선』『혜성』 등의 편집에 종사함.

1932년(31세) 1년여에 걸쳐 현인 이갑기와 동반자 작가 논쟁을 벌임.

1933년(32세) 조선일보에 장편 『인형의 집을 나와서』 발표. 이후 단편 「레디메이드 인생」(『신동아』, 1934)을 발표하는 등 활발한 문예 활동을 펼침. 이후 카프 2차 사건의 발생과 함께 일시적으로 작품 활동 중지.

1936년(35세) 개성으로 옮겨가 새로운 생활 환경을 마련하고 본격적인 전업작가의 생활에 돌입. 「명일」(1936)을 필두로 『탁류』(1937), 『태평천하』(1937) 등을 써내면서 당대 문단의 중진 작가의 자리를 굳힘.

1940년(39세) 개성에서 안양으로 이거.

1941년(40세) 서울 근교 광장리로 이거.

1945년(44세) 일제 말기에 서울 근교를 떠나 고향으로 낙향하였다가 해방이 된 후 서울로 다시 거처를 옮김.

1946년(45세) 다시 재낙향(옥구 익산)하는 등 우여곡절을 겪으면서도 집필 활동에 전념하여 주옥같은 해방기의 명편들을 남김. 「논 이야기」「미스터 방」 등을 발표.

1948년(47세) 「낙조」「민족의 죄인」 등을 발표.

1950년(49세) 예견하였던 민족상잔의 비극 6·25전쟁을 눈앞에 둔 시점에서 지병 악화로 타계. 전북 옥구의 선영에 안장됨.

작품 목록

1. 소설

작품명	발표지	발표 연월일
과도기 (중편, 1923년 작)	문학사상	1973. 8~9
세 길로	조선문단(3호)	1924. 12
불효자식	조선문단(2권 10호)	1925. 7
생명의 유희(1928년 작)	문학사상	1975. 1
산적	별건곤	1929. 12
허허 망신했군(콩트)	신소설	1930. 1
그 뒤로	별건곤	1930. 1
병조와 영복이	별건곤	1930. 2, 3, 5
창백한 얼굴들	혜성	1931. 10
화물 자동차	혜성	1931. 11
암소를 팔아서 (1931년 작으로 추측됨)	집	1943
농민의 회계 보고	동방평론	1932. 7
인형의 집을 나와서(장편)	조선일보	1933. 5. 27~11. 14

작품명	발표지	발표 연월일
팔려간 몸	신가정	1933. 8
레디메이드 인생	신동아	1934. 5~7
염마(장편)	조선일보	1934. 5. 16~11. 5
보리방아	조선일보	1936. 7. 4~22
소복 입은 영혼	신동아	1936. 8
언약(콩트)	여성	1936. 9
빈…제일장 제이과	신동아	1936. 9
명일	조광	1936. 10~12
부전딱지(콩트)	여성	1936. 11
젖	여성	1937. 1
얼어죽은 모나리자	사해공론	1937. 3
생명	백광(3~4합집)	1937. 4
정거장 근처(중편)	여성	1937. 3~10
어머니를 찾아서	소년	1937. 4~8(5회)
어떤 화가의 하루(콩트)	동아일보	1937. 9. 18, 21, 22
탁류(장편)	조선일보	1937. 10. 12~1938. 5. 17
황금원(1937년 작, 유고)	현대문학	1956. 4
태평천하춘 (장편, 『태평천하』로 개제)	조광	1938. 1~9
동화	여성	1938. 3
치숙	동아일보	1938. 3. 7~14
향연(콩트)	동아일보	1938. 5. 17
두 순정	농업조선	1938. 6
쑥국새	여성	1938. 7
이런 처지	사해공론	1938. 8
용동택의 경우	농업조선	1938. 8
소망	조광	1938. 10
점경(콩트)	조선일보	1938. 12. 28
정자나무 있는 삽화	농업조선	1939. 1
패배자의 무덤	문장	1939. 4

작품명	발표지	발표 연월일
금의 정열(장편)	매일신보	1939. 6. 19~11. 19
반점	문장(임시증간호)	1939. 7
모색	문장	1939. 9
홍보씨	인문평론(창간호)	1939. 10
태풍 (『탁류』에서 재수록)	박문	1939. 10
이런 남매	조광	1939. 11
상경반절기(1939년 작, 유고)	신사조	1962. 11
차 안의 풍속	신세계	1940. 1~2
순공 있는 일요일	문장	1940. 4
냉동어(중편)	인문평론	1940. 4, 5
젊은 날의 한 구절 (중편, 미완)	여성	1940. 5, 7, 8, 10, 11
회	조광	1940. 12
근일	춘추(신춘호)	1941
사호일단	문장	1941. 2
왕치와 소새와 개미와(동화)	문장(폐간호)	1941. 4
집	춘추	1941. 6
병이 낫거든	조광	1941. 7
종로의 주민	제향날	1941. 2. 20 탈고
해후		1941. 3. 17(음) 탈고
차중에서(유고)	체신문화	1961. 3
덕원이 선생		1941
고약한 사돈		1941
아름다운 새벽(장편)	매일신보	1942. 2. 10~7. 10
향수	야담	1942. 2
삽화	조광	1942. 7
어머니(장편, 미완, 1947년 『여자의 일생』으로 개제)	조광	1943. 3~10
배비장(장편, 박문서관 출판)		1943. 11. 30

작품명	발표지	발표 연월일
여인전기(장편)	매일신보	1944. 10. 5~1945. 5. 17
심봉사(중편)	신시대	1944. 11, 12, 1945. 1
처자(유고)	자유문학	1961. 7
선량하고 싶던 날(1944년 작)	약업신문	1960. 6. 18, 25
실의 공(1944년 작)	가정생활	1962. 10
신군(미완)	반도の광	1944
유감(콩트)	한성시보	1945. 10
맹순사	백민	1946. 3, 4
역로	신문학	1946. 6
미스터 방	대조	1946. 7
허생전(중편, 협동문고 4-1)		1946. 11. 15
논 이야기	협동	1946. 10
옥랑사(장편, 1948년 작)	희망	1955. 5~1956. 5
도야지	문장(속간호)	1948. 6
낙조(『잘난 사람들』)		1948
민족의 죄인	백민	1948. 10, 1949. 1
아시아의 운명 (1948년 작, 유고)	야담	1955. 10
청류 (장편, 1948년 작, 미완, 유고)	현대문학	1986. 11
이상한 선생님(동화)	어린이나라	1949. 1
역사	학풍	1949. 1
늙은 극동선수	신천지	1949. 2, 3
소년은 자란다 (중편, 1949년 작, 유고)	월간문학	1972. 9
소(1950년 작, 미완)		

2. 평론

작품명	발표지	발표 연월일
작자의 변	조선일보	1930. 5. 31, 6. 3~6. 5
평론가에 대한 작자로서의 불복	동아일보	1931. 2. 14~21
문단소어	중앙일보	1931. 11. 30
문예평가 함일돈군의 기극	비판	1931. 12
현인군과 카프에	조선중앙일보	1932. 1. 30
현인군의 몽을 계함	제일선	1932. 7~8
백 명이 한 개를 낳더라도 옳은 프로 작품을	조선일보	1933. 1. 6
창작의 태도와 실제	조선일보	1934. 1. 11
문예비평가론	조선일보	1934. 2. 15, 16
문예시감(1)	조선중앙일보	1934. 5. 13~18
한 작가로서의 항변	조선일보	1934. 10. 3
문예시감(2)	동아일보	1936. 2. 13~17
소설 안 쓰는 변명	조선일보	1936. 5. 26~30
문단시감	조선중앙일보	1936. 6. 21, 24~28, 30
현대작가 창작고심 합담회(좌담)	사해공론	1937. 1
한제 수편	동아일보	1937. 8. 26, 29
조선문단 근상	조선일보	1937. 9. 30, 10. 1, 3, 5
출판문화의 위기	조선일보	1937. 10. 24, 26.
위장의 과학평론	조선일보	1937. 12. 1~6
문학과 영화	조선일보	1938. 6. 16~21
작가의 한계	조선일보	1938. 8. 4~9
대하를 읽고서(서평)	조선일보	1939. 1. 28
연극 발전책	조광	1939. 1
모방에서 창조로	동아일보	1939. 2. 7, 8
이효석씨 저 해바라기(서평)	동아일보	1939. 2. 21
삼월 창작 개관	동아일보	1939. 3. 7, 9, 10, 14.
장덕조 여사의 진경	조광	1939. 3
문학 작품의 영화화 문제	동아일보	1939. 4. 6

작품명	발표지	발표 연월일(참고)
박태원씨 저 기방소설집(서평)	조선일보	1939. 5. 22
염상섭 작 이심(서평)	조선일보	1939. 6. 5
작품권의 변	매일신보	1940. 3. 26~28
삼월의 작품들	인문평론	1940. 4
소설가는 이렇게 생각한다	조선일보	1940. 6. 14, 15
소설을 잘 씁시다	조광	1940. 7
문학과 해석	매일신보	1940. 8. 21~24, 26
문예시평	매일신보	1940. 9. 25~28, 30
김남천 저 사랑의 수족관 평(서평)	매일신보	1940. 11. 19
시대를 배경하는 문학	매일신보	1941. 1. 5, 10, 12, 14, 15
문학과 전체주의	삼천리	1941. 1
국민문학의 공작정담회(좌담)	매일신보	1941. 11. 7, 10, 11
창작합평회(좌담)	신문학	1946. 6
청춘잡조를 받아 읽고(서평)	협동	1949. 1

3. 희곡

작품명	발표지	발표 연월일
가죽버선(1927년 작)	문학사상	1973. 2
낙일	별건곤	1930. 6
농촌 스케치	별건곤	1930. 8
밥	별건곤	1930. 10
그의 가정 풍경	별건곤	1931. 1
미가 대폭락	별건곤	1931. 2
스님과 새장사	혜성(창간호)	1931. 2
두부	혜성	1931. 5
야생소년군	동광	1931. 5
코 뗴인 지사	혜성	1931. 8
사라지는 그림자	동광	1931. 9
간도행	신동아	1931. 11

작품명	발표지	발표 연월일
조그마한 기업가	신동아	1931. 12
행랑 들창에서 들리는 소리	신동아	1932. 2
감독의 안해	동광	1932. 3
낚시집판의 풍파	혜성	1932. 3
목침 맞은 사또	신동아	1932. 5
부촌	신동아	1932. 7
조조	신동아	1933. 3
인텔리와 빈대떡	신동아	1934. 4
영웅 모집	중앙	1934. 8
다섯 귀머거리(동극)	신가정	1934. 9
심봉사(검열로 삭제)	문장	1936
흘러간 고향	조광	1937. 3
예수나 안 믿었더면	조선문학	1937. 4~5
제향날	조광	1937. 11
당랑의 전설	인문평론	1940. 10
무장삼동(1941년 작, 유고)	문학사상	1976. 2. 3
심봉사	전북공론	1947. 10, 11

4. 수필

작품명	발표지	발표 연월일
김기전씨	별건곤	1930. 3
우애결혼의 의의	별건곤	1930. 5
칼세이지의 애국영웅 한니발(잡문)	별건곤	1930. 7
인도의 뮤니티(사병반란)(잡문)	별건곤	1930. 12
문단 제일선(잡문)	제일선	1933. 3
투르게네프와 나(자설)	조선일보	1933. 8. 26
『인형의 집을 나와서』를 쓰면서(자설)	삼천리	1933. 9
비평 정신과 내용의 양전에(잡문)	조선일보	1933. 10. 5

작품명	발표지	발표 연월일
향수에 번뇌하여서(자설)	조선일보	1934. 5. 10, 11
인연 맺어진 여인들(자설)	신동아	1934. 7
하일잡초(자설)	조선일보	1935. 7. 18~21
나의 무력한 펜 한 개(자설)	조선일보	1935. 8. 31
단장 수삼제(자설)	조선일보	1935. 12. 21, 22, 25, 27, 28
문단 의견(잡문)	조선일보	1936. 1. 4
문학인의 촉감	조선일보	1936. 6. 4, 6~13
농촌 색시와 나(자설)	신동아	1936. 7
문인 멘털 테스트(자설)	백광	1937. 3
백마강의 뱃놀이(기행)	현대평론	1937. 7
극평에 대하여(잡문)	동아일보	1937. 8. 6.
박연행 회화(기행)	동아일보	1937. 11. 16~21
통곡하고 싶은 심정(잡문)	동아일보	1938. 1. 14
작가 단편 자서전(자설)	삼천리문학	1938. 1
잃어버린 10년(자설)	조선일보	1938. 2. 18~26
여백록	박문(2집)	1938. 11
조선 문단의 황금시대(잡문)	동아일보	1938. 7. 19
금강창랑 굽이치는 군산항의 금일(기행)	조광	1938. 7
송도잡기(기행)	조선일보	1938. 7. 3, 9, 10, 12
임진강과 그 유역(기행)	조광	1938. 8
구기자 열매만 붉어 있는 고향(기행)	조광	1938. 9
만경평야(기행)	여성	1938. 9
먼저 지성의 획득을(잡문)	비판	1938. 11
탁류의 계봉(잡문)	동아일보	1939. 1. 7
속 여백록	박문(3집)	1939
안회남씨에게(잡문)	여성	1939. 4
자작 안내(자설)	청색지	1939. 5
사이비 농민소설	조광	1939. 7
지충	박문	1939. 8
금과 문학(자설)	인문평론	1940. 2

작품명	발표지	발표 연월일
문학을 나처럼 해서는(자설)	문장	1940. 2
남행기(기행)	문장	1940. 2
등경암(기행)	매일신보	1940. 2. 21
안양복거기	매일신보	1940. 6. 5~8, 10, 11
외래어 사용의 단편감	한글(80호)	1940
대륙 경륜의 장도, 그 세계사적 의의(잡문)	매일신보	1940. 11. 22, 23
자유주의를 청소(잡문)	삼천리	1941. 1
풍속시평	매일신보	1941. 1. 25, 27, 28
방황 이십 년	신시대	1941. 2
간도행(기행)	매일신보	1943. 2. 17~24
기미 삼일날	한성일보	1946. 3. 1
한글 교정·오식·사투리	민성	1949. 3

5. 단행본

책이름	출판사	발행 연월일
채만식 단편집	학예사	1939. 8. 4
탁류	박문서관	1939. 11
3인 장편집(「천하태평춘」 수록)	명성사	1940
금의 정열	영창서관	1941. 6. 10
집	조선출판사	1943. 10. 25
배비장	박문서관	1943. 11. 30
조선단편문학선집(제1집)	범장각	1946. 1. 20
허생전	조선금융조합연합회	1946. 11. 15
제항날	박문출판사	1946. 12
조선대표작가전집(제8권)	서울타임즈사	1947. 3. 10
아름다운 새벽	박문출판사	1947
조선문학전집 단편집(상)	한성도서주식회사	1948. 6. 20
잘난 사람들	민중서관	1948
당랑의 전설	을유문화사	1948. 10. 15
태평천하	동지사	1948. 12. 5

▌참고 문헌

1995년에 발표된 한 조사에 따르면 채만식은 해방 이후부터 학위 논문 테마로 가장 많이 다루어진 작가이다(권영민 편, 「한국현대문학연구의 결산」, 『한국문학 50년』, 문학사상사, 1995). 오늘날까지 학위 논문을 포함하여 채만식에 대한 비평, 논문, 저서는 500여 편이 넘게 발표되었다. 채만식에 대해 이처럼 방대한 연구 성과가 집적된 것은 그만큼 채만식의 작품 세계가 다양한 논의를 필요로 하는, 다채롭고 풍부한 문제들을 포함하고 있다는 의미이기도 하다. 채만식에 대한 연구는 1970년대에 작품 목록과 작가 연보가 거의 확정되면서 본격화되었고 1980년대 후반 『채만식 전집』(창작과비평사)이 간행되면서 그 연구 성과가 양적으로나 질적으로나 배가되었다고 할 수 있다.

『태평천하』는 채만식의 대표작이자 1930년대 후반 식민지 조선의 현실을 풍자적으로 그려낸 작품으로, 그에 대한 학문적 접근도 다양한 갈래로 이루어져왔다. 함께 수록한 목록을 통해 그 다양한 접근 방향을 짐작할 수 있겠지만, 여기서는 대표적인 몇몇 경향들을 개괄하기로 한다.

우선, 『태평천하』가 1930년대 조선의 현실을 비판적으로 반영하고 있는 작품이라는 점에 주목하여, 현실 반영과 작가의식의 문제를 탐구한 연구 성과들을 들 수 있다. 이들은 한결같이 『태평천하』를 식민지 조선 현실의 반영면에서 당대 문학의 대표적 성과작의 하나로 평가한다. 그런 점에서 당대의 대표적 리얼리즘 소설의 하나로 손꼽히는 염상섭의 『삼대』와의 비교를 통해 식민지 현실 반영과 작가의식 양상을 검토하는 논문도 많다. 이런 연구들은 당대 현실의 성격을 결정하는 가장 기본적인 조건이 식민지 상황과 자본주의라는 두 축이었다고 보고, 채만식과 염상섭은 이러한 조선의 현실에 가장 민감하게 반응하면서 그것을 나름의 방식으로 작품 속에 잘 반영한 대표적 작가였다고 평가한다. 또한 『삼대』와 『태평천하』는 가족사와 세대의 문제를 중심에 두고 있다는 공통점 때문에도 좋은 비교 연구의 대상이 되었다. 김동환, 김승종, 김종구, 신상웅, 윤석달, 정한숙 등의 논문들이 『삼대』와 『태평천하』의 비교를 통해 식민지 상황과 자본주의적 변화에 대한 반영의 문제, 그 형상화 방법 문제, 인물 유형 문제, 작자의 세계관 문제 등 다양한 문제들을 논했다.

『삼대』와 『태평천하』의 비교가 당대 현실의 반영과 작가의 현실 인식의 유형 문제를 해명하는 효과적인 방법이었다면, 채만식의 또 다른 대표작인 『탁류』와 『태평천하』의 비교는 채만식 문학의 전반적 면모를 설명하는 데 유효한 방법으로 간주되었다. 『탁류』가 식민지의 왜곡된 근대화 과정을 비극적 사건들의 정면적 묘사를 통해 드러낸 작품인 데 비해,『태평천하』는 당대의 부정적 현실을 작중 인물들의 풍자라는 우회적 방식을 통해 드러낸 작품임은 진작부터 밝혀져 있거니와, 많은 연구들이 서로 상반된 것처럼 보이는 형상화 방식을 취한 이 두 작품을 비교 검토하는 과정을 통해 채만식 문학 전반을 일관성 있게 설명할 수 있는 논리적 근거를 찾아내고자 했다. 김치수, 오한근, 이상갑, 정현기, 한지현 등의 논문들이 바로『탁류』와『태평천하』의 비교를 통해 채만식 문학의 핵심적 요소를 해명하고자 한 것이다.

또한『태평천하』가 풍자소설이라는 점 때문에 그 풍자적 특징에 대한 논의가 많이 이루어졌다.『태평천하』의 연구는 풍자성의 문제가 중심을 이룬다고 해도 될 것이다. 당대에 대한 작가의 현실 인식은 풍자적 특징을 해명하기 위한 기본적 검토 대상이 될 것이며, 또한 풍자를 이루어내는 미의식, 작품 구조의 특성, 여러 표현 기법 등도 함께 구명되어야 할 요소이다. 이와 같은『태평천하』의 풍자성과 관련된 문제를 탐구한 연구로는 이주형, 민현기, 배경열, 이훈, 윤영옥, 정홍섭, 양현진 등의 논문을 들 수 있다.

『태평천하』에 관한 연구 중 또 하나의 중요한 문제는 판소리와의 관련 양상에 관한 것이다.『태평천하』는 인물을 과장하고 희화화하여 제시하는 방식, 인물의 행동과 사건에 대한 묘사와 화자의 논평을 자유롭게 넘나드는 서사 기법, 관객의 반응을 유도함으로써 해학과 풍자의 효과를 배가시키는 방법 등 전통적 판소리 양식을 적극적으로 수용하고 있음이 많은 연구를 통해 밝혀졌다. 한국의 근대 문학이 대부분 서구적 소설 양식에 의거하고 있다는 점을 고려한다면,『태평천하』와 판소리의 관련 양상은 한국 근대 문학의 전통성 문제를 깊이 탐구

할 수 있는 근거를 제공하기도 한다. 이주형, 고순자, 박병윤, 송현호 유려아, 이인식, 정현주, 유화수, 박태상 등의 논문들이 『태평천하』의 판소리 수용 양상을 논했다. 이 밖에 전통 장르의 패러디 문제를 통해 채만식 문학의 의미를 조명한 연구(방민호), 『태평천하』의 서사 구조 와 작중 화자가 영화적 문법과 활동사진 변사를 활용한 것으로 본 연 구(김재석), 『태평천하』에 수용된 전북 방언의 특징을 밝힌 연구(이태 영) 등도 특기할 만하다.

아래에 제시한 연구 목록은 채만식 문학에 대한 연구 업적 중 『태평 천하』를 중점적으로 거론하고 있는 것으로 한정하였음을 밝힌다.

1. 단행본

국어국문학회 편, 『채만식 문학 연구』, 한국문화사, 1997.

김윤식 편, 『채만식』, 문학과지성사, 1984.

문학과사상연구회, 『채만식 문학의 재인식』, 소명출판, 1999.

방민호, 『채만식과 조선적 근대 문학의 구상』, 소명출판, 2001.

서연호 외, 『채만식 연구』, 태학사, 1996.

이래수, 『채만식 소설 연구』, 이우출판사, 1986

황국명, 『채만식 소설 연구』, 태학사, 1998.

2. 논문

강선옥, 「텍스트 상호성을 이용한 교수-학습 방안 연구: 『태평천하』
　　와 판소리·판소리계 소설을 중심으로」, 홍익대학교 교육대학
　　원 석사학위 논문, 2002.

강정식, 「채만식 문학의 풍자: 『태평천하』를 중심으로」, 『백록어문』 1,
　　　제주대 국어교육연구회, 1986.

경영호, 「『삼대』와 『태평천하』에 대한 연구」, 충북대학교 교육대학원
　　　석사학위 논문, 1982.

고순자, 「『태평천하』 구조 연구: 판소리계 소설 『흥부전』과의 관련 양
　　　상을 중심으로, 『백록어문』 6, 제주대 국어교육연구회, 1989.

권혁준, 「『태평천하』의 등장인물 성격 분석」, 동해전문대 연구논문집,
　　　1994.

김동현, 「『천하태평춘』의 판소리 문체 연구」, 『국어교육』 73, 74 합본
　　　호, 한국어교육학회, 1991.

김동환, 「『삼대』 『태평천하』의 환멸 구조」, 『관악어문연구』 16집, 서
　　　울대학교 인문대학, 1991.

김두하, 「채만식 장편소설 연구: 『태평천하』 『탁류』를 중심으로」, 경
　　　남대학교 교육대학원 석사학위 논문, 1985.

김명숙, 「『태평천하』 연구」, 인하대학교 교육대학원 석사학위 논문,
　　　1988.

김상선, 「채만식의 『천하태평춘』 고찰」, 『운당 구인환 선생 화갑 기념
　　　논문집』, 1989.

김성진, 「아이러니를 통한 소설의 현실 인식 연구: 『삼대』 『태평천하』
　　　를 중심으로」, 서울대학교 석사학위 논문, 1994.

김숙현, 「「제향날」과 『태평천하』의 대비적 고찰」, 『경남어문논집』 2,
　　　경남대학교, 1989.

김승종, 「『삼대』와 『태평천하』의 대비적 고찰」, 연세대학교 석사학위

논문, 1984.

김승환, 「『천하태평춘』의 윤두섭 연구」, 『개신어문연구』 3, 충북대학교, 1984.

김애란, 「『태평천하』의 정통성 연구: 풍자와 해학을 중심으로」, 건양대학교 석사학위 논문, 2001.

김영택, 「『태평천하』와 「치숙」의 풍자성 연구」, 『난대 이응백 박사 고희 기념 논총』, 1992.

김용성, 「채만식의 『태평천하』 연구」, 경희대학교 석사학위 논문, 1984.

김재석, 「『태평천하』의 서사 구조와 화자 성격」, 『문학과 언어』 15, 문학과 언어 연구회, 1994.

김종구, 「가족소설, 『삼대』·『태평천하』 연구」, 한남대학교 논문집, 1985.

김치수, 「역사적 탁류의 인식: 채만식의 『탁류』와 『태평천하』」, 『현대 한국 문학의 이론』, 1972.

김헌선, 「자아와 세계의 대결 구조로 본 채만식의 『천하태평춘』」, 『경기교육논총』, 경기대학교, 1996.

도애경, 「『태평천하』 인물고」, 『한국언어문학』 39, 한국언어문학회, 1997.

문현옥, 「채만식 소설의 서술 방식 연구: 『태평천하』와 『탁류』를 중심으로」, 전남대학교 석사학위 논문, 1998.

민완기, 「판소리와 『태평천하』의 상동성 연구」, 한국외국어대학교 석사학위 논문, 1985.

민현기, 「『태평천하』와 작가 정신」, 『한국 근대소설과 민족 현실』, 문
　　학과지성사, 1989.

―――, 「『태평천하』의 작품 구조와 작가 정신」, 『관악어문연구』 5, 서
　　울대학교 인문대학, 1980.

박남철, 「『태평천하』의 인물 구조」, 한양대학교 석사학위 논문, 1984.

박덕은, 「채만식의 『태평천하』 연구」, 전남대학교 논문집 29, 1984.

박병윤, 「『태평천하』의 판소리 수용 양상에 관한 연구」, 전북대학교
　　석사학위 논문, 1987.

박영희, 「『삼대』와 『태평천하』의 비교 연구_, 동아대학교 석사학위 논
　　문, 1978.

박태상, 「『흥보가』『태평천하』『왕릉일가』으 패러디적인 양상 비교 연
　　구」, 『1930년대 민족문학의 인식』, 한길사, 1990.

방현석, 「밀레니엄 시대의 태평천하를 기뻐하다」, 『실천문학』, 1999년
　　가을호.

배경열, 「『태평천하』에 나타난 '풍자' 연구」, 『관악어문연구』 26, 서
　　울대학교 인문대학, 2001.

백금희, 「『태평천하』의 풍자성 연구」, 계명대학교 석사학위 논문,
　　1993.

백남국, 「풍자적 플롯의 전개 과정에서 은유적 구조의 역할: 소설 『태
　　평천하』의 풍자성 분석」, 『국제어문』 1, 국제어문학회, 1979.

변화영, 「『태평천하』의 사회시학적 연구」, 『현대문학이론연구』 2, 한
　　국현대문학이론연구회, 1992.

서종택, 「세속화와 자기 풍자: 『태평천하』, 「레디메이드 인생」」, 『한국

근대소설의 구조』, 시문학사, 1982.

송현호 · 유려아, 「한국 근대소설의 전통 예술 수용 양상:『태평천하』
의 서사 구조와 서술 방식을 중심으로」,『국어국문학』108, 국
어국문학회, 1992.

신상웅, 「『삼대』와『태평천하』의 구조에 관한 비교 연구」, 중앙대학교
박사학위 논문, 1987.

―――, 「『태평천하』의 풍자 구조 연구」, 세종대학교 석사학위 논문,
1981.

신순철, 「『태평천하』연구_, 경주전문대 논문집 4, 1989.

신영길, 「1930년대 한국 가족사 소설 연구:『삼대』『태평천하』『대하』
를 중심으로」, 충남대학교 석사학위 논문, 1990.

양현진, 「채만식 문학의 풍자성 연구」, 이화여대 박사학위 논문,
2004.

여민희, 「판소리『흥부전』과 채만식의『태평천하』의 비교 연구」, 경희
대학교 석사학위 논문, 1993.

오승용, 「『태평천하』의 풍자 구조 연구」,『백록어문』6, 제주대학교,
1989.

오한근, 「채만식 소설 연구:『탁류』와『태평천하』를 중심으로」, 연세
대학교 석사학위 논문, 1994.

윤석달, 「『삼대』와『태평천하』의 비교 연구」, 고려대학교 석사학위 논
문, 1981.

이남호, 「닫힌 현실과 풍자 기법:『태평천하』론」,『현대소설』, 1991년
9월호.

이상갑, 「『탁류』와 『태평천하』에 나타난 내면화 양상」, 『한국학연구』 6, 고려대학교, 1994.

이승진, 「채만식 장편소설 연구:『태평천하』와 『탁류』의 구조 분석」, 강원대학교 석사학위 논문, 1993.

이용남, 「『태평천하』의 서사론적 연구」, 『현대소설연구』 7호, 한국현대소설학회, 1997년 12월.

이인숙, 「『태평천하』와 판소리계 소설과의 관계」, 『한국어교육』 1, 국제한국어교육학회, 1980.

이재선, 「『태평천하』와 융성붕괴의 가족사」, 『한국 현대소설사』, 홍성사, 1979.

이주형, 「채만식의『태평천하』」, 『한국 현대소설 작품론』, 문장, 1981.

———, 「『태평천하』의 풍자적 성격」, 김윤식 편, 『채만식』, 문학과지성사, 1984.

———, 「채만식 문학과 부정의 논리」, 『한국 현대소설사 연구』, 민음사, 1984.

이준호, 「채만식 소설의 공간의식 연구:『삼대』와 『태평천하』를 중심으로」, 군산대학교 석사학위 논문, 2004.

이태영, 「채만식 소설『천하태평춘』에 나타난 방언의 특징」, 『국어문학』 32, 국어문학회, 1997.

이 훈, 「리얼리즘의 측면에서 본『태평천하』의 풍자의 방법」, 『목포어문학』, 목포대학교, 1998년 7월.

———, 「『태평천하』의 풍자 방법에 대한 연구」, 『한국언어문학』 51, 한국언어문학회, 2003.

임명진, 「한국 근대소설의 '엮음'에 관하여(1): 채만식의 『태평천하』 의 경우」, 『비평문학』, 1994년 10월호.

임영희, 「『삼대』와 『태평천하』 대비 연구」, 동아대학교 석사학위 논 문, 1978.

전복규, 「채만식의 『태평천하』에 대한 연구: 작중인물을 중심으로」, 인천전문대 논문집, 1985.

정 양, 「놀부와 『태평천하』의 윤직원」, 『한국언어문학』 45, 한국언어 문학회, 2000.

정귀숙, 「『태평천하』의 서술 태도 지도 연구」, 숙명여대 석사학위 논 문, 1999.

정성우, 「『삼대』와 『태평천하』의 비교 연구: 인물의 유형을 중심으 로」, 동국대학교 석사학위 논문, 1998.

정양면, 「『삼대』와 『태평천하』의 비교 고찰」, 조선대학교 교육대학원 석사학위 논문, 1985.

정한숙, 「붕괴와 생성의 미학: 『삼대』와 『태평천하』의 효과에 관하 여」, 『한국문학』 창간호, 1973년 11월호.

정현기, 「『삼대』 『탁류』 『태평천하』에 나타난 인물 연구」, 연세대학교 박사학위 논문, 1982.

─────, 「『탁류』와 『태평천하』의 인물」, 『한국 현대소설 연구』, 새문 사, 1990.

정현주, 「『흥보전』의 현대적 계승에 관한 고찰: 『태평천하』와 『놀부 뎐』을 중심으로」, 고려대학교 석사학위 논문, 1996.

정홍섭, 「채만식 문학의 풍자 양식 연구」, 서울대학교 박사학위 논문,

2003.

조남현,「삶의 모습의 극명한 묘사: 염상섭『만세전』, 채만식『천하태
　　평춘』」,『현대문학』, 1987년 3월호.

천주리,「채만식 소설학 연구:『탁류』와『태평천하』를 중심으로」, 성
　　균관대학교 석사학위 논문, 2003.

최시한,「가정소설 전통의 지속과 변모: 채만식의『태평천하』를 중심
　　으로」,『배달말』16, 배달말학회, 1991.

최성임,「채만식의『태평천하』에 나타난 풍자성 연구」, 이화여대 석사
　　학위 논문, 1981.

최을용,「채만식의『태평천하』연구」, 계명대학교 석사학위 논문,
　　1976.

한지현,「전형적 인물의 창조와 작가의 세계관:『탁류』와『태평천하』
　　를 중심으로」, 광운대 논문집, 1993.

──── ,「『태평천하』의 성과와 한계」, 이선영 편,『1930년대 민족문학
　　의 인식』, 한길사, 1990.

한형구,「『탁류』및『태평천하』연구 시론」,『관악어문연구』9, 서울대
　　학교 인문대학, 1984.

홍석영,「채만식의 풍자문학 연구: 장편『태평천하』를 중심으로」,『선
　　청어문』23, 서울대학교 사범대학, 1995.

한국문학전집을 펴내며

오늘의 한국 문학은 다양한 경험과 자산에서 비롯된 것이지만, 그중에서도 우리 앞선 세대의 문학 작품에서 가장 큰 유산을 물려받고 있다. 그럼에도 우리는 가끔 우리의 문학 유산을 잊거나 도외시한다. 마치 그것 없이는 살아갈 수 없는 소중한 물을 쉽게 잊고 사는 것처럼 그동안 우리는 우리가 이루어놓은 자산들을 너무 쉽게 잊어버리고 있었는지도 모르겠다. 인기 있는 외국 작품들이 거의 동시에 번역 출판되고, 새로운 기획과 번역으로 전 세계의 문학 작품들이 짜임새 있게 출판되고 있는 요즈음, 정작 한국 문학 작품들을 체계적으로 정리하지 못하고 있었다는 점을 최근에 우리는 깊이 반성하게 되었다. 그리고 이러한 때늦은 반성을 곧바로 '한국문학전집'을 기획하는 힘으로 전환하였다.

오늘의 시점에서 '한국문학전집'을 기획한다는 것은, 우선 그동안 양적으로나 질적으로 괄목할 만한 수준에 이른 한국 문학 연구 수준을 반영하는 새로운 시각이 전제되어야 할 것이다. 그리고 '우리 것을 지키자'는 순진한 의도에서가 아니라, 한국 문학이 바로 세계 문학이 되는 질적 확장을 위해, 세계 문학 속에서의 한국 문학의 정체성을 찾는 일을 간과해서는 안 될 것이다.

이번 기획에서 우리가 가장 크게 신경 썼던 점은 크게 두 가지이다. 하나는, 그동안 거의 관습적으로 굳어져왔던 작품에 대한 천편일률적인 평가를 피하고 그동안의 평가에 대한 비판적 평가와 더불어 새로운 평가로 인한 숨은 작품의 발굴이었다. 그리하여 한국 문학사를 시기별로 구분하여 축적된 연구 성과들 위에서 나름대로 중요한 작품들을 선별하는 목록 작업에 가장 큰 공을 들였다. 나머지 하나는, 그동안 여러 상이한 판본의 난립으로 인해 원전 텍스트가 침해되고 있는 심각한 상황을 고려하여 각각의 작가에게 가장 뛰어난 연구자들을 초빙하여 혼신을 다해 원전 텍스트를 확정하였다는 점이다.

장구한 우리 문학사의 주옥같은 작품들을 한자리에 모아, 세대를 넘고 시대를 넘어 그 이름과 위상에 값할 수 있는 대표적인 한국문학전집을 내놓는다. 이번에 출간되는 한국문학전집은 변화된 상황과 가치를 반영하는 내실 있고 권위를 갖춘 내용으로 꾸며질 것이며, 우리 문학의 정본 전집으로서 자리매김해 한국 문학의 전통을 계승하고 발전시키는 데 기여하고자 한다. 이 기획이 한국 문학의 자산들을 온전하게 되살려, 끊임없이 현재성을 가지는 살아 있는 작품들로, 항상 독자들의 옆에 있게 되기를 기대한다.

(주)**문학과지성사**

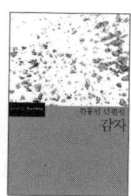

01 감자 김동인 단편선

최시한(숙명여대) 책임 편집

수록 작품 약한 Z의 슬픔 / 배따라기 / 태형 / 눈을 겨우 뜰 때 / 감자 / 광염 소나타 / 배회 / 발가락이 닮았다 / 붉은 산 / 광화사 / 김연실전 / 곰네

극단적인 상황과 비극적 운명에 빠진 인물 군상들을 냉정하게 서술해낸 한국 근대 단편 문학의 선구자 김동인의 대표 단편 12편 수록. 인간과 환경에 대한 근대적 인식을 빼어난 문체와 서술로 형상화한 김동인의 주옥같은 작품들을 만날 수 있다.

02 탈출기 최서해 단편선

곽근(동국대) 책임 편집

수록 작품 고국 / 탈출기 / 박돌의 죽음 / 기아와 살육 / 큰물 진 뒤 / 백금 / 해돋이 / 그믐밤 / 전아사 / 홍염 / 갈등 / 먼동이 틀 때 / 무명초

식민 치하 빈궁 문학을 대표하는 최서해의 단편 13편 수록. 식민 치하의 참담한 사회적 현실을 사실적으로 전해주는 작품들. 우리 민족의 궁핍한 현실에 맞선 인물들의 저항 정신과 민족 감정의 감동과 울림을 전한다.

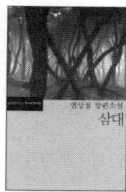

03 삼대 염상섭 장편소설

정호웅(홍익대) 책임 편집

우리 소설 가운데 서울말을 가장 풍부하게 살려 쓴 작품이자, 복합성 · 중층성의 세계를 구축하여 한국 근대 장편소설의 대표작으로 꼽히는 염상섭의 『삼대』. 1930년대 서울의 중산층 가족사를 통해 들여다본 우리 근대의 자화상이다.

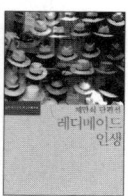

04 레디메이드 인생 채만식 단편선

한형구(서울시립대) 책임 편집

수록 작품 논 이야기 / 레디메이드 인생 / 미스터 방 / 민족의 죄인 / 치숙 / 낙조 / 쑥국새 / 당랑의 전설

역설과 반어의 작가 채만식의 대표 단편 8편 수록. 1920~30년대의 자본주의적 현실 원리와 민중의 삶을 풍자적으로 포착하는 데 탁월했던 채만식. 사실주의와 풍자의 절묘한 조합으로 완성한 단편 문학의 묘미를 즐길 수 있다.

05 비 오는 길 최명익 단편선

신형기(연세대) 책임 편집

수록 작품 폐어인 / 비 오는 길 / 무성격자 / 역설 / 봄과 신작로 / 심문 / 장삼이사 / 맥령

시대를 앞섰던 도더니스트 최명익의 대표 단편 8편 수록. 병과 죽음으로 고통받는 인물 군상들을 통해 자신이 예감한 황폐한 현대의 징후를 소설화한 작가 최명익. 너무나 현대적이어서 당시에는 제대로 평가받을 수 없었던 탁월한 단편소설들을 만난다.

06 사하촌 김정한 단편선

강진호 (성신여대) 책임 편집

수록 작품 그물 / 사하촌 / 항진기 / 추산당과 곁사람들 / 모래톱 이야기 / 제3병동 / 수라도 / 인간단지 / 위치 / 오끼나와에서 온 편지 / 슬픈 해후

리얼리즘 문학과 민족 문학을 대표하는 김정한의 대표 단편 11편 수록. 민중들의 삶을 통해 누구보다 먼저 '근대화의 문제'를 문학적으로 제기하고 예리하게 포착한 작가 김정한의 진면목을 본다.

07 무녀도 김동리 단편선

이동하 (서울시립대) 책임 편집

수록 작품 화랑의 후예 / 산화 / 바위 / 무녀도 / 황토기 / 찔레꽃 / 동구 앞길 / 혼구 / 헐거부족 / 달 / 역마 / 광풍 속에서

한국적이고 토착적인 전통 세계의 소설화에 앞장선 김동리의 초기 대표작 12편 수록. 민중의 삶 속에 뿌리 내린 토착적 전통의 세계를 정확한 묘사와 풍부한 서정으로 형상화했던 김동리 문학 세계를 엿본다.

08 독 짓는 늙은이 황순원 단편선

박혜경 (인하대) 책임 편집

수록 작품 소나기 / 별 / 겨울 개나리 / 산골 아이 / 목넘이마을의 개 / 황소들 / 집 / 사마귀 / 소리 / 닭제 / 학 / 필묵장수 / 뿌리 / 내 고향 사람들 / 원색오똑이 / 곡예사 / 독 짓는 늙은이 / 황노인 / 늪 / 허수아비

한국 산문 문체의 모범으로 평가되는 황순원의 대표 단편 20편 수록. 엄격한 지적 절제와 미학적 균형으로 함축적인 소설 미학을 완성시킨 작가 황순원. 극적인 사건 전개 대신 정적이고 서정적인 울림의 미학으로 깊은 감동을 전한다.

09 만세전 염상섭 중편선

김경수 (서강대) 책임 편집

수록 작품 만세전 / 해바라기 / 미해결 / 두 출발

한국 근대 소설의 기념비적 작품인 「만세전」, 조선 최초의 여류화가인 나혜석의 삶을 소설화한 「해바라기」, 그리고 식민지 조선의 현실을 담아내고 나름의 저항의식을 형상화하기 위한 소설적 수련의 과정을 단적으로 보여주는 「미해결」과 「두 출발」 수록. 장편소설의 작가로만 알려진 염상섭의 독특한 소설 미학의 세계를 감상한다.

10 천변풍경 박태원 장편소설

장수익 (한남대) 책임 편집

모더니스트 박태원이 펼쳐 보이는 1930년대 서울의 파노라마식 풍경화. 근대 자본주의 사회의 이데올로기와 일상성에 대한 비판에 몰두하던 박태원 초기 작품의 모더니즘 경향과 리얼리즘 미학의 경계를 넘나드는 역작. 식민지라는 파행적 상황에서 기형적으로 실현되던 근대화의 양상을 기층 민중의 생활에 초점을 맞춰 본격화한 작품이다.

11 태평천하 채만식 장편소설

이주형(경북대) 책임 편집

부정적인 상황들이 난무하는 시대 현실을 독자적인 문학적 기법과 비판의식으로 그려냄으로써 '문학적 미'를 추구했던 채만식의 대표작. 판소리 사설의 반어, 자기 폭로, 비유, 과장, 희화화 등의 표현법에 사투리까지 섞은 요설로, 창을 듣는 듯한 느낌과 재미를 선사하는 작품. 세태풍자소설의 장을 열었던 채만식이 쓴 가족사소설의 전형에 해당한다.

12 비 오는 날 손창섭 단편선

조현일(홍익대) 책임 편집

수록 작품 공휴일 / 사연기 / 비 오는 날 / 생활적 / 혈서 / 피해자 / 미해결의 장 / 인간동물원초 / 유실몽 / 설중행 / 광야 / 희생 / 잉여인간 / 신의 희작

가장 문제적인 전후 소설가 손창섭의 대표 단편 14작품 수록. 병적이고 불구적인 인간 군상들을 통해 전후 사회 현실에서의 '절망'의 표현에 주력했던 손창섭. 전쟁 그리고 전쟁 이후의 비일상적 사태를 가장 근원적인 차원에서 표현한 빼어난 작품들을 선별했다.

13 등신불 김동리 단편선

이동하(서울시립대) 책임 편집

수록 작품 인간동의 / 흥남철수 / 밀다원시대 / 용 / 목공 요셉 / 등신불 / 송추에서 / 까치 소리 / 저승새

「무녀도」의 작가 김동리가 1950년대 이후에 내놓은 단편 9편 수록. 전기 작품에 이어서 탁월한 문체의 대력, 빈틈없는 구성의 묘미, 인상적인 인물상의 창조, 인간에 대한 깊이 있는 통찰이라는 김동리 단편의 미학을 다시 한 번 경험할 수 있는 기회이다.

14 동백꽃 김유정 단편선

유인순(강원대) 책임 편집

수록 작품 심청 / 산골 나그네 / 총각과 맹꽁이 / 소낙비 / 솥 / 만무방 / 노다지 / 금 / 금 따는 콩밭 / 떡 / 산골 / 봄·봄 / 안해 / 봄과 따라지 / 가을 / 두꺼비 / 동백꽃 / 야맹 / 옥토끼 / 정조 / 땡볕 / 형

고단한 삶을 살아가는 순박한 촌부에서 사기꾼에 이르기까지 다양한 삶의 모습을 문학 속에 그대로 재현한 김유정의 주옥같은 단편 23편 수록. 인물의 토속성과 해학성, 생생한 삶의 언어와 우리 소리, 그 속에 충만한 생명감을 불어넣은 김유정 문학의 정수를 맛본다.

15 소설가 구보씨의 일일 박태원 단편선

천정환(성균관대) 책임 편집

수록 작품 수염 / 낙조 / 소설가 구보씨의 일일 / 애욕 / 길은 어둡고 / 거리 / 방란장 주인 / 비량 / 진통 / 성탄제 / 골목 안 / 음우 / 재운

한국 소설사상 가장 두드러진 모더니즘 작품으로 인정받는 「소설가 구보씨의 일일」을 비롯한 박태원의 대표 단편 13편 수록. 한글로 씌어진 가장 파격적이고 실험적인 작품으로 주목 받은 박태원. 서울 주변부 중산층의 삶이라는 자기만의 튼실한 현실 공간을 구축하여 새로운 소설 기법과 예술가소설로서의 보편성을 획득한 작품들이다.

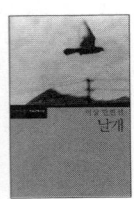

16 날개 이상 단편선

김주현(경북대) 책임 편집

수록 작품 12월 12일 / 지도의 암실 / 지팡이 역사 / 황소와 도깨비 / 공포의 기록 / 지주회시 / 동해 / 날개 / 봉별기 / 실화 / 종생기

근대와 맞닥뜨린 당대 식민지 조선의 기념비요 자화상 역할을 하는 이상의 대표 단편 11편 수록. '천재'와 '광인'이라는 꼬리표와 함께 전위적이고 해체적인 글쓰기로 한국의 모더니즘 문학사를 개척한 작가 이상. 자유연상, 내적 독백 등의 실험적 구성과 문체로 식민지 근대와 그것에 촉발된 당대인의 내면을 예리하게 포착해낸 이상의 문제작들을 한데 모았다.

17 흙 이광수 장편소설

이경훈(연세대) 책임 편집

한국 최초의 근대 장편소설 『무정』을 발표하면서 한국 소설 문학의 역사를 새롭게 쓴 이광수. 『흙』은 이광수의 계몽 사상이 가장 짙게 깔린 작품으로 심훈의 『상록수』와 함께 한국 농촌계몽소설의 전위에 속한다. 한국 근대 문학사상 가장 많이 연구되고 있는 작가의 대표작답게 『흙』은 민족주의, 계몽주의, 농민문학, 친일문학, 등장인물론, 작가론, 문학사 등의 학문적·비평적 논의의 중심에 있는 작품이다.

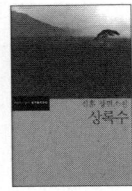

18 상록수 심훈 장편소설

박헌호(성균관대) 책임 편집

이광수의 장편 『흙』과 더불어 한국 농촌계몽소설의 쌍벽을 이루는 『상록수』. 심훈의 문명(文名)을 크게 떨치게 한 대표작이다. 1930년대 당시 지식인의 관념적 농촌 운동과 일제의 경제 침탈사를 고발·비판함으로써, 문학이 취할 수 있는 현실 정세에 대한 직접적인 대응 그리고 극복의 상상력이란 두 가지 요소를 나름의 한계 속에서 실천해냈고, 대중적으로도 큰 호응을 불러일으킨 작품이다.

19 무정 이광수 장편소설

김철(연세대) 책임 편집

20세기 이래 한국인이 가장 많이 읽고 가장 자주 출간돼온 작품, 그리고 근현대 문학 가운데 가장 많이 연구의 대상이 된 작가 ㅇ 광수의 대표작 『무정』. 씌어진 지 한 세기가 가까워오도록 여전히 읽히고 있고 또 ㅎ-적 논쟁의 중심에 서 있는 『무정』을 책임 편집자의 교정을 충실하게 반영한 최고의 선본(善本)으로 만난다.

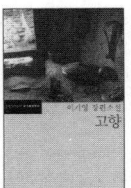

20 고향 이기영 장편소설

이상경(KAIST) 책임 편집

'프로문학의 정점'이자 우리 근대 문학사의 리얼리즘의 확립을 결정적으로 보여주는 이기영의 『고향』. 이기영은 1920년대 중반 원터라는 충청도의 한 농촌 마을을 배경으로 봉건 사회의 잔재를 지닌 채 식민지 ㅈ-본주의화가 진행되어가는 우리 근대 초기를 뛰어난 관찰로 묘파한다. 일제 식민 치하 근대화에 대한 문학적·비판적 성찰과 지식인의 고뇌를 반영한 수작이다.

21 까마귀 이태준 단편선

김윤식(명지대) 책임 편집

수록 작품 불우 선생 / 달밤 / 까마귀 / 장마 / 복덕방 / 패강랭 / 농군 / 밤길 / 토끼 이야기 / 해방 전후

'한국 근대소설의 완성자' '단편문학'의 명수. 이태준은 우리 근대 문학의 전개 과정에서 결코 간과할 수 없는 역할을 담당했던 작가 가운데 한 사람이다. 문학의 자율성과 예술성을 상실하지 않으면서도 현실 문제에 각별한 관심을 보여주었던 그의 단편은 한국소설사에서 1930년대를 대표하는 것으로 인정받고 있다.

22 두 파산 염상섭 단편선

김경수(서강대) 책임 편집

수록 작품 표본실의 청개구리 / 암야 / 제야 / E선생 / 윤전기 / 숙박기 / 해방의 아들 / 양과자갑 / 두 파산 / 절곡 / 얼룩진 시대 풍경

한국 근대사를 증언하고 있는 횡보 염상섭의 단편소설 11편 수록. 지식인 망국민으로서의 허무적인 자기 진단, 구체적인 사회 인식, 해방 후와 전후 시기에 대한 사실적 증언과 문제 제기를 포함한 대표작들을 통해 횡보의 단편 미학을 감상한다.

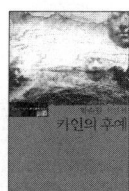

23 카인의 후예 황순원 소설선

김종회(경희대) 책임 편집

수록 작품 카인의 후예 / 너와 나만의 시간 / 나무들 비탈에 서다

인간의 정신적 순수성과 고귀한 존엄성을 문학의 제일 원칙으로 삼았던 작가 황순원. 그의 대표작 가운데 독자들의 가장 많은 사랑을 받은 장편소설들을 모았다. 한국전쟁을 온몸으로 체득하면서 특유의 절제되고 간결한 문장으로 예술적 서사성을 완성한 황순원은 단편에서와 마찬가지로 변함없는 감동의 세계를 열어놓는다.

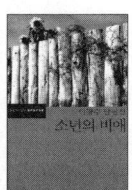

24 소년의 비애 이광수 단편선

김영민(연세대) 책임 편집

수록 작품 무정 / 소년의 비애 / 어린 벗에게 / 방황 / 가실 / 거룩한 죽음 / 무명 / 꿈

한국 근대소설사와 이광수 개인의 문학 세계에서 중요한 의미를 갖는 단편 8편 수록. 이광수가 우리말로 쓴 최초의 창작 단편 「무정」, 당시 사회의 인습과 제도를 비판한 「소년의 비애」, 우리나라 최초의 서간체 소설인 「어린 벗에게」, 지식인의 내면적 갈등과 자아 탐구의 과정을 담은 「방황」, 춘원의 옥중 체험을 바탕으로 씌어진 「무명」 등 한국 근대문학의 장르와 소재, 주제 탐구 면에서 꼼꼼히 고찰해야 할 작품들이다.

25 불꽃 선우휘 단편선

이익성(충북대) 책임 편집

수록 작품 테러리스트 / 불꽃 / 거울 / 오리와 계급장 / 단독강화 / 깃발 없는 기수 / 망향

8·15 해방과 분단, 6·25전쟁으로 이어지는 한국 근현대사의 열병을 깊이 있게 고찰한 선우휘의 대표작 7편 수록. 평판작 「불꽃」과 「깃발 없는 기수」를 비롯해 한국 근현대사의 역동성과 이를 바라보는 냉철한 작가의식이 빚어낸 수작들을 한데 모았다.

26 맥 김남천 단편선

채호석(한국외대) 책임 편집

수록 작품 공장 신문 / 공우회 / 남편 그의 동지 / 물 / 남매 / 소년행 / 처를 때리고 / 무자리 / 녹성당 / 길 위에서 / 경영 / 맥 / 등불 / 꿀

카프와 명맥을 같이하며 창작과 비평에서 두드러진 족적을 남긴 작가 김남천. 1930년대 초, 예술운동의 볼셰비키화론 주장과 궤를 같이하는 「공장 신문」 「공우회」, 카프 해산 직후 그의 고발문학론을 담은 「처를 때리고」 「소년행」 「남매」, 전향문학의 백미로 꼽히는 「경영」 「맥」 등 그의 치열했던 문학 세계의 변화를 일별할 수 있는 대표작 14편 수록.

27 인간 문제 강경애 장편소설

최원식(인하대) 책임 편집

한국 근대 여성문학의 제일선에 위치하는 강경애의 대표작. 일제 치하의 1930년대 조선, 자본가와 농민·노동자의 대립 구조 속에서 농민과 도시노동자가 현실의 문제를 해결하고자 하는 주체로 성장하는 과정과 그들의 조직적 투쟁을 현실성 있게 그려낸 작품. 이기영의 『고향』과 더불어 우리 근대 소설사에서 리얼리즘 소설의 수작으로 꼽는다.

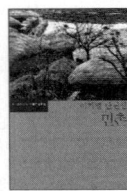

28 민촌 이기영 단편선

조남현(서울대) 책임 편집

수록 작품 농부 정도룡 / 민촌 / 아사 / 호외 / 해후 / 종이 뜨는 사람들 / 부역 / 김군과 나와 그의 아내 / 변절자의 아내 / 서화 / 맥추 / 수석 / 봉황산

카프와 프로문학의 대표 작가 이기영. 그가 발표한 수십 편의 단편소설들 가운데 사회사나 사상운동사로서의 자료적 가치가 높으면서 또 소설 양식으로서의 구조미를 제대로 보여주는 14편을 선별했다.

29 혈의 누 이인직 소설선

권영민(서울대) 책임 편집

수록 작품 혈의 누 / 귀의 성 / 은세계

급진적이고 충동적인 한국 근대의 풍경 속에 신소설이라는 새로운 서사 양식을 창조해낸 이인직. 책임 편집자의 꼼꼼한 텍스트 확정과 자세한 비평적 해설을 통해, 신소설의 서사 구조와 그 담론적 특성을 밝히고 당시 개화·계몽 시대를 대표하는 서사 양식에 내재화된 일본적 식민주의 담론을 고집는다.

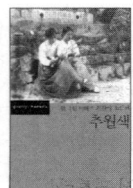

30 추월색 이해조 안국선 최찬식 소설선

권영민(서울대) 책임 편집

수록 작품 금수회의록 / 자유종 / 구마검 / 추월색

개화·계몽시대의 대표적인 신소설 작가 3인의 대표작. 여성과 신교육으로 집약되는 토론의 모습을 서사 방식으로 활용한 「자유종」, 구시대적 인습을 신랄하게 비판한 「구마검」, 가장 대중적인 신소설 가운데 하나로 꼽히는 「추월색」, 그리고 '꿈'이라는 우화적 공간을 설정하여 현실 비판의 풍자적 색채가 강한 「금수회의록」까지 당대의 사회적 풍속과 세태의 변화를 민감하게 반영한 작품들을 수록했다.

31 젊은 느티나무 강신재 소설선

김미현(이화여대) 책임 편집

수록 작품 안개 / 해방촌 가는 길 / 절벽 / 젊은 느티나무 / 양관 / 황량한 날의 동화 / 파도 / 이브 변신 / 강물이 있는 풍경 / 점액질

1950, 60년대를 대표하는 여성 작가 강신재의 중단편 10편을 엄선했다. 특유의 서정적인 문체와 관조적 시선, 지적인 분석력으로 '비누 냄새' 나는 풋풋한 사랑 이야기에서 끈끈한 '점액질'의 어두운 욕망에 이르기까지, 운명의 폭력성과 존재론적 한계를 줄기차게 탐구한 강신재 소설의 여정을 한눈에 볼 수 있는 기회다.

32 오발탄 이범선 단편선

김외곤(서원대) 책임 편집

수록 작품 일요일 / 학마을 사람들 / 사망 보류 / 몸 전체로 / 갈매기 / 오발탄 / 자살당한 개 / 살모사 / 천당 간 사나이 / 청대문집 개 / 표구된 휴지 / 고장난 문 / 두메의 어벙이 / 미친 녀석

손창섭·장용학 등과 함께 대표적인 전후 작가로 꼽히는 이범선의 대표작 14편 수록. 한국 현대사의 비극에 대한 묘사를 바탕으로 하면서도 잃어버린 고향, 동양적 이상향에 대한 동경을 담았던 초기작들과 전후의 물질적 궁핍상을 전통적 사실주의에 기초해 그리면서 현실 비판적 성격을 강하게 드러낸 문제작들을 고루 수록했다.

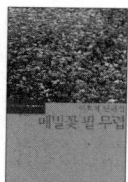

33 메밀꽃 필 무렵 이효석 단편선

서준섭(강원대) 책임 편집

수록 작품 도시와 유령 / 깨뜨려지는 홍등 / 마작철학 / 프레류드 / 돈 / 계절 / 산 / 들 / 석류 / 메밀꽃 필 무렵 / 삽화 / 개살구 / 장미 병들다 / 공상구락부 / 해바라기 / 여수 / 하얼빈산협 / 풀잎 / 낙엽을 태우면서

근대 작가의 문화적 정체성이 끊임없이 흔들렸던 식민지 시대, 경성제대 출신의 지식인 작가로서 그 문화적 혼란기를 소설 언어를 통해 구성하고 지속적으로 모색했던 이효석의 대표작 20편 수록.

34 운수 좋은 날 현진건 중단편선

김동식(인하대) 책임 편집

수록 작품 희생화 / 빈처 / 술 권하는 사회 / 유린 / 피아노 / 할머니의 죽음 / 우편국에서 / 까막잡기 / 그리운 흘긴 눈 / 운수 좋은 날 / 발 / 불 / B사감과 러브 레터 / 사립정신병원장 / 고향 / 동정 / 정조와 약가 / 신문지와 철창 / 서투른 도적 / 연애의 청산 / 타락자

한국 근대 단편소설의 형식적 미학을 구축하고 근대적 사실주의 문학의 머릿돌을 놓은 작가 현진건의 대표작 21편 수록. 서구 중심의 근대성과 조선 사회의 식민성 사이에서 방황하는 지식인의 내면 풍경뿐만 아니라, 식민지 조선의 일상을 예리하게 관찰함으로써 '조선의 얼굴'을 담아낸 작가 현진건의 면모를 두루 살폈다.

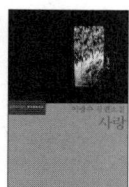

35 사랑 이광수 장편소설

한승옥(숭실대) 책임 편집

춘원의 첫 전작 장편소설. 신문 연재물의 제약에서 벗어나 좀더 자유롭고 솔직한 그의 인생관이 담겨 있다. 이른바 그의 어떤 장편소설보다도 나아간 자유 연애, 사랑에 관한 작가의 생각을 엿볼 수 있는 작품. 작가의 나이 지천명에 이르러 불교와 『주역』 등 동양고전에 심취하여 우주의 철리와 종교적 깨달음에 가닿은 시점에서 집필된, 춘원의 모든 것.

36 화수분 전영택 중단편선

김만수(인하대) 책임 편집

수록 작품 천치? 천재?/운명/생명의 봄/독약을 마시는 여인/화수분/후회/여자도 사람인가/하늘을 바라보는 여인/소/김탄실과 그 아들/금붕어/차돌멩이/크리스마스 전야의 풍경/말 없는 사람

1920년대 초반 자연주의, 사실주의적 색채가 강한 작품 세계로 주목받았던 작가 전영택의 대표작선. 이들 작품에서 작가는, 일제 초기의 만세운동, 일제 강점기하의 극심한 궁핍, 해방 직후의 사회적 혼돈, 산업화 초창기의 사회적 퇴폐상에 대한 자신의 경험을 소박한 형식 속에 담고 있다.

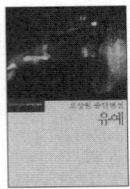

37 유예 오상원 중단편선

한수영(동아대) 책임 편집

수록 작품 황선지대/유예/균열/죽어살이/모반/부동기/보수/현실/훈장/실기

한국 전후 세대 문학의 대표 작가 오상원의 주요작 10편을 묶었다. '실존'과 '행동'에 초점을 맞춘 그의 작품은, 한결같이 극한 상황에 처한 인간 존재의 의미를 묻는 데 천착하면서 효과적인 주제 전달을 위해 낯설고 다양한 소설적 실험을 보여준다.

38 제1과 제1장 이무영 단편선

전영태(중앙대) 책임 편집

수록 작품 제1과 제1장/흙의 노예/문 서방/농부전 초/청개구리/모우지도/유모/용자소전/이단자/B녀의 소묘/O형의 인간/들메/며느리

한국 농민문학의 선구자로 평가받는 이무영의 주요 단편 13편 수록. 이들 작품에서 작가는, 농민을 계몽의 대상이 아닌, 흙을 일구는 그들의 삶을 통해서 진실한 깨달음을 얻는 자족적 대상으로 바라본다. 이무영의 농민소설은 인간을 향한 긍정적 시선과 삶의 부조리한 면을 파헤치는 지식인의 냉엄한 비판 의식이 공존하고 있다.

39 꺼삐딴 리 전광용 단편선

김종욱(세종대) 책임 편집

수록 작품 흑산도/진개권/지층/해도초/GMC/사수/크라운장/충매화/초혼곡/면허장/꺼삐딴 리/곽 서방/남궁 박사/죽음의 자세/세끼미

1950년대 전후 사회와 60년대의 척박한 삶의 리얼리티를 '구도의 치밀성'과 '묘사의 정확성'을 통해 형상화한 작가 전광용의 대표 단편 15편 모음집. 휴머니즘적 주제 의식, 전통적인 서사 형식, 객관적이고 냉철한 묘사 태도, 짧고 건조한 문체 등으로 집약되는 전광용의 작품 세계를 한눈에 살필 수 있는 계기.

40 과도기 한설야 단편선

서경석(한양대) 책임 편집

수록 작품 동경/그릇된 동경/합숙소의 밤/과도기/씨름/사방공사/교차선/추수 후/태양/임금/딸/철로 교차점/부역/산촌/이녕/모자/혈로

식민지 시대 신경향파·카프 계열 작가로서 사회주의 리얼리즘 문학을 추구한 작가 한설야의 문학적 특징을 잘 드러내는 단편 17편을 수록했다. 시대적 대세에 편승하며 작품의 경향을 바꾸었던 다른 카프 작가들과는 달리 한설야는, 주체적인 노동자로서의 삶을 택한 「과도기」의 '창선'이 그러했듯, 이 주제를 자신의 평생 과제로 삼아 창작에 몰두했다.

41 사랑손님과 어머니 주요섭 중단편선

장영우(동국대) 책임 편집

수록 작품 추운 밤 / 인력거꾼 / 살인 / 첫사랑 값 / 개밥 / 사랑손님과 어머니 / 아네모네의 마담 /
북소리 두둥둥 / 봉천역 식당 / 낙랑고분의 비밀

주요섭이 남녀 간의 애정 문제를 주로 다룬 통속 작가로 인식되어온 것은 교정되어야
마땅하다. 그는 빈민 계층의 고단하고 무망(無望)한 삶을 사실적으로 재현하는 데 탁
월한 기량을 보였으며, 날카로운 현실인식과 객관적 묘사의 한 전범을 보여주었고 환
상성을 수용함으로써 보다 탄력적인 소설미학을 실험하기도 하였다.

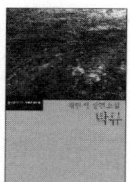

42 탁류 채만식 장편소설

우찬제(서강대) 책임 편집

채만식은 시대의 어둠을 문학의 빛으로 밝히며 일제 강점기와 해방기의 우리 소설사
를 빛낸 작가다. 그는 작품활동 전반에 걸쳐 열정적인 창작열과 리얼리즘 정신으로
당대의 현실상을 매우 예리하게 형상화했다. 특히 『탁류』는 여주인공 초봉의 기구한
운명의 족적을 금강 물이 점점 탁해지는 현상에 비유하면서 타락한 당대의 세계상을
여실하게 드러내주고 있다.

43 벙어리 삼룡이 나도향 중단편선

우찬제(서강대) 책임 편집

수록 작품 젊은이의 시절 / 별을 안거든 우지나 말걸 / 옛날 꿈은 창백하더이다 / 여이발사 /
행랑 자식 / 벙어리 삼룡이 / 물레방아 / 꿈 / 뽕 / 지형근 / 청춘

위험한 시대에 매우 불안하게 살았던 작가. 그러나 나도향은 불안에 강박되기보다 불
안한 자유의 상태를 즐기는 방식으로 소설을 택한 작가였다. 낭만적 환멸의 풍경이나
낭만적 동경의 형식 등은 불안에 대한 나도향 식 문학적 향유의 풍경으로 다가온다.

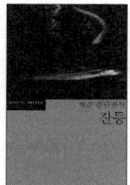

44 잔등 허준 중단편선

권성우(숙명여대) 책임 편집

수록 작품 탁류 / 습작실에서 / 잔등 / 속습작실에서 / 평대저울

한국 근대소설사에서 허준만큼 진보적 지식인의 진지한 자기 성찰을 깊이 형상화한
작가는 없었다. 혁명의 필연성을 기꺼이 인정하면서도 혁명과 해방으로 인해 궁지와
비참에 몰린 사람들에 대해 깊은 연민과 따뜻한 공감의 눈길을 던진 그의 대표작 다
섯 편을 한데 모았다.

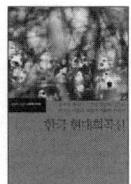

45 한국 현대희곡선

유치진 함세덕 오영진 차범석 이근삼 최인훈 이현화 이강백 이윤택 오태석

이상우(고려대) 책임 편집

수록 작품 토막 / 산허구리 / 살아 있는 이중생 각하 / 국물 있사옵니다 / 옛날 옛적에 훠어이 훠
이 / 카덴자 / 봄날 / 오구─죽음의 형식 / 심청이는 왜 두 번 인당수에 몸을 던졌는가

한국 현대희곡 100년사를 대표하는 작품 열 편. 1930년대부터 1990년대까지 각 시
기의 시대정신과 연극 경향을 대표할 만한 희곡들을 골고루 선별하였고, 사실주의 희
곡과 비사실주의희곡의 균형을 맞추어 안배하였다.

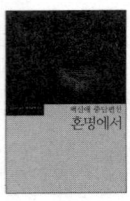

46 혼명에서 백신애 중단편선

서영인 책임 편집

수록 작품 나의 어머니/꺼래이/복선이/채색교/적빈/낙오/악부자/정현수/학사/호도/어느 전원의 풍경―일명·법률/광인수기/소독부/일여인/혼명에서/아름다운 노을

일제강점기 한국문학을 대표하는 여성 작가이자 사회운동가인 백신애의 주요 작품 16편을 묶었다. 극심한 가난과 봉건적 인습의 굴레에 갇힌 여성들의 비극, 또는 그로부터 벗어나고자 하는 의지를 섬세한 필치와 치열한 문제의식으로 그려냈다. 그의 소설을 통해 '봉건적 가족제도와 여성의 욕망'이라는 해묵은 주제가 오늘날에도 여전히 풀리지 않는 과제로 존재하고 있음을 알게 된다.

47 근대여성작가선
김명순 나혜석 김일엽 이선희 임순득

이상경(KAIST) 책임 편집

수록 작품 의심의 소녀/선례/돌아다볼 때/탄실이와 주영이/경희/현숙/어머니와 딸/청상의 생활―희생된 일생/자각/계산서/매소부/탕자/일오일/이름 짓기/딸과 어머니와

일제강점기 한국문학을 대표하는 여성 작가들의 주요 작품 15편을 한 권에 묶었다. 근대 여성의 목소리로서 여성문학은 봉건적 가부장제에서 벗어나고자 개인으로서 여성의 자유로운 선택을 가로막는 온갖 질곡에 저항해왔다. 여성이 봉건적 공동체를 벗어나 개성을 찾아 나서는 길은 많은 경우 가출, 자살, 일탈 등으로 귀결되었지만, 그럼에도 여성 자신의 힘을 믿으면서 공동체의 인습에 저항하고 새로운 공동체를 지향하는 노력이 있었다. 여기에 식민지라는 조건 속에서 민족의 해방은 더 큰 과제이기도 했다. 이 책에 실린 여성 작가의 작품들은 신여성의 이러한 꿈과 현실, 한계를 여실히 드러내 보여준다.

48 불신시대 박경리 중단편선

강지희(한신대) 책임 편집

수록 작품 계산/흑흑백백/암흑시대/불신시대/벽지/환상의 시기/약으로도 못 고치는 병

여성의 전쟁 수난사를 가장 탁월하게 그려낸 작가 박경리의 대표 중단편 7편 수록. 고독과 절망의 시대를 살아내면서도 현실과 타협하지 못하는 결벽성으로 인간의 존엄을 고민했던 작가의 흔적이 역력한 수작들이 담겼다.